D1866829

ROMEON
VERLAG

Die Legende des schwarzen Ordens - Teil 1
1. Auflage, erschienen 9-2019

Umschlaggestaltung: Romeon Verlag
Text: Javier Alvarez
Layout: Romeon Verlag

ISBN: 978-3-96229-094-8

www.romeon-verlag.de
Copyright © Romeon Verlag, Kaarst

Das Werk ist einschließlich aller seiner Teile urheberrechtlich geschützt. Jede Verwertung und Vervielfältigung des Werkes ist ohne Zustimmung des Verlages unzulässig und strafbar. Alle Rechte, auch die des auszugsweisen Nachdrucks und der Übersetzung, sind vorbehalten. Ohne ausdrückliche schriftliche Genehmigung des Verlages darf das Werk, auch nicht Teile daraus, weder reproduziert, übertragen noch kopiert werden. Zuwiderhandlung verpflichtet zu Schadenersatz.

Alle im Buch enthaltenen Angaben, Ergebnisse usw. wurden vom Autor nach bestem Gewissen erstellt. Sie erfolgen ohne jegliche Verpflichtung oder Garantie des Verlages. Er übernimmt deshalb keinerlei Verantwortung und Haftung für etwa vorhandene Unrichtigkeiten.

Bibliografische Information der Deutschen Nationalbibliothek:
Die Deutsche Nationalbibliothek verzeichnet diese Publikation in der Deutschen Nationalbibliografie; detaillierte bibliografische Daten sind im Internet über *http://dnb.dnb.de* abrufbar.

Javier Alvarez

Die Legende des schwarzen Ordens

Teil 1:
Das Geheimnis des schwarzen Ordens

Einführungsgedanken

Die Sonne steht hell über der Sierra Horizonte. Die Luft riecht gut und Menschen auf den Straßen feiern ausgelassen. Heute, 100 Jahre nach den Geschehnissen von damals, als Spanien von einer großen Gefahr bedroht wurde, erzählen die Leute immer wieder diese Geschichten von einem Mann, den sie in ganz Spanien jedes Jahr immer wieder feiern, den sie verehren und anbeten. Denn diese Gefahr war so enorm und gefährlich, dass das Land daran zu zerbrechen drohte. Eine Gefahr, die von vielen zu lange zu sehr unterschätzt wurde. Aber da gab es einen Mann und seine Freunde und Soldaten, der sich dieser Gefahr widersetzte und in den Weg stellte und sich damit selbst immer wieder in tödliche Gefahr begab.

Wer war dieser mutige Mann? Alvaro Cortez, Commandante von 3000 Männern. 35 Jahre alt und ein Mann mit 1,85m Größe und stattlicher Figur. Ein sehr erfahrener Commandante, auch wenn er noch sehr jung war. Er und seine Männer erkannten sehr schnell die große Gefahr, die sich hinter der dunklen Bedrohung versteckte und von vielen anderen nicht erkannt werden wollte. Und diese Gefahr, die sich da entwickelte, wurde letztendlich sogar zur Legende, auch wenn diese Legende sehr tödlich wurde. Alvaro Cortez jedenfalls trotze dieser Gefahr und so wurde schnell erkannt, dass es sich bei dieser Gefahr um den

berüchtigten „Schwarzen Orden" handelt, einer brutalen Mörderbande, einer sektenähnlichen, menschenverachtenden Vereinigung, deren Zeil es anscheinend ist, die Macht in Spanien an sich zu reißen.

Aber die Mannen um Alvaro Cortez setzen den Verbrechern um diese Mörderbande viele Male ihre Kampfeskraft entgegen und so ging diese Geschichte in die Köpfe der Menschen ein, denen Cortez und seine Männer das Leben rettete, als DIE LEGENDE DES SCHWARZEN ORDENS.

Diese Geschichte erzählt auch von einer großen Liebe, von einer Frau, die für Alvaro Cortez der wichtigste Mensch in seinem Leben wird und damit auch in die Geschichte eingehen wird als die Frau an Cortez' Seite. Eine Liebe, die alles Normale sprengen wird.

Cortez findet das Geheimnis des Schwarzen Ordens heraus und es wird einen langen Kampf geben, um dem Land, um Spanien von dieser Bedrohung zu erlösen und die Freiheit wieder zu geben.

Kapitel 1

Wir schreiben das Jahr 1345 und der spanische Commandante Alvaro Cortez befindet sich mit seinen Mannen auf dem Rückweg zu seinem Fürsten Miguel Vasquez, den Dritten nach Cordoba. Cortez ist auf einer Mission in Norden des Landes gewesen, wo er ein rebellierendes Volk zur Räson bringen sollte, die gegen den König in Madrid protestieren und aufbegehren. Aber sie wollen ihn nicht stürzen, aber sie wollen Aufmerksamkeit und zugehört werden, aber der König hört ihnen bisher nicht zu. Stattdessen lässt er Alvaro Cortez mit 3000 Mann nach Norden rücken und der Kommandant wurde dort natürlich nicht mit offenen Armen empfangen, stattdessen musste er sich der Gegenmacht erwehren, die ihn die sogenannte „Wilde Horde“ entgegenstellte.

Es dauerte einige Tage, bis Cortez die „Horde“ erstmal beruhigen konnte und ihnen erklären konnte, was er eigentlich von ihnen will. Dann versuchte er auch, mit den verschiedenen Anführern zu reden, was sich als sehr schwer herausstellt. Denn die „Wilde Horde“ besteht aus mehreren Clans und die sind sich alles andere als einig und für Cortez ist das Problem, dass es zwar einige vereinzelte Clanführer gibt, die auch bereit sind, mit Cortez zu reden. Aber die meisten stehen selbst Cortez nicht friedlich gegenüber, denn für sie ist er nur ein Lakaie des spanischen Königs. Und so ist es eine sehr schwere Mission, die Cortez nun aber erstmal abbrechen muss, um zurück zu seinem Fürsten und auch Freund Miguel Vasquez zu reiten.

»Diese Wilden sind ja echt unglaublich. Wie kann man nur so verrückt sein und unsere Hilfe ablehnen.? Aber bei denen wundert mich wirklich nichts. Wie die leben da in ihren Hütten.«

Tomas, ist froh, dass die Reise von Cortez Soldaten wieder Richtung Süden geht. Aber der Kommandant widerspricht seinem besten Bogenschützen.

»Tomas du siehst überall nur das schlechte. Aber bei diesen Wilden muss selbst ich wirklich sehr suchen, um das was Positives zu suchen. Da werden wir noch viel Zeit brauchen, um die zu überzeugen, dass sie uns vertrauen müssen. Aber der König macht es einem auch nicht einfach. Ich weiß nicht, was der gegen mich hat, aber diese Mission wäre nicht nötig, wenn der sich auch um seine etwas anderen Leute kümmern würde. Und auf die Königin hört er nicht.«

»Also Alvaro, das kann ich nicht verstehen. Warum hat der König etwas gegen dich. Du bist sein bester Commandante und hast für ihn viele Siege errungen. Trotzdem ist er Dir gegenüber immer so ernst. Was ist da zwischen Dir und dem?« »Tomas, das ist nicht so einfach. Die Königin und ich liebten uns einst, als wir noch ganz jung waren, aber dann lernte sie den König bei einem Ausritt mit einer feinen Gesellschaft kennen und sie war die Zofe eines befreundeten Fürsten und da nahm er sich Carlotta einfach zur Frau und machte mich zum Commandante und sagte noch zu mir. dass ich sein erster Heerführer werden kann, wenn ich in Zukunft die Finger von Carlotta lasse. Oder ich muss das Land verlassen.«

»So ein falsches Schwein, und das ist auch noch König. Und für so einen kämpfen wie auch noch.«

»Manche Sachen kannst du Dir im Leben nicht aussuchen. Ich sage mir immer, wir kämpfen für die Königin. Auch wenn die nichts zu sagen hat und auch sehr einsam ist. Denn so viel wie ich weiß, hat der König ständig andere Frauen in seinem Bett. Aber das habe ich die jetzt nicht erzählt, hast du das verstanden, Tomas?«

»Alvaro ich bin doch nicht blöd. Aber wie geht's es jetzt mit dieser Horde weiter und wieso holt uns der Fürst jetzt plötzlich zurück? Wir sind doch grad erst am Anfang mit der „Horde".«

»Das weiß ich auch nicht, aber Miguel würde uns nicht zurückbeordern, wenn es nicht wichtig wäre.«

»Aber seltsam ist das schon. Die Verhandlungen mit unseren wilden Freunden hatten ja noch nicht mal richtig angefangen, da steht plötzlich der Bote da und überreicht uns die Befehle zum Rückzug. Und die Horde ist wiedermal unbeachtet. Ich frage mich, wieso schickt uns Miguel überhaupt erst in diese Mission, wenn er uns fast gleich wieder abzieht.« Cortez ist sichtlich genervt davon, dass er mit seinen Mannen nach nur einigen Tagen bei der Horde wieder zurück zu seinem Fürsten soll. Er hat diese Mission selbst angeraten und der Fürst hat ihm dann zugestimmt. Vielleicht hätte der Fürst den König noch fragen sollen, aber Miguel hielt das für unnötig, schließlich ist er hier der regionale andalusische Fürst und da hat er selbst dies Entscheidung getroffen. Aber was kann jetzt wichtiger sein als dieses Volk im Norden, die schon seit einiger Zeit, vielen Monaten, immer wieder Attacken reitet gegen königliche Transporte, seien es Lebensmittel oder Waffentransporte, reiten, zur Ordnung zu rufen und zu fragen, was sie bewegt? Menschen wurden bei diesen Überfällen niemals verletzt, die Horde hat immer nur Sachen gestohlen, wie Schmuck und Gold und bei anderen Transporten Brot. Und nun muss Cortez zurück trotz unerledigter Dinge.

Es ist mittlerweile dunkel geworden und die Männer wollen langsam rasten, aber Pedro sieht plötzlich von weitem Feuer und Rauch und schreit:

»Alvaro schau da vorne, Feuer, Rauch, da brennt ein Dorf. Wir müssen schnell da hin. Wir müssen helfen«

Cortez gibt den Befehl:

»Sofort 20 Männer mit mir, Ramon, Tomas, Domingo, Pedro ihr kommt auch mit. Schnell wir müssen sehen, was wir retten können«

Die Männer reiten los und brauchen vielleicht 5 Minuten bis zu dem Dorf, da brennt es lichterloh, die Menschen schreien vor Angst und rennen wild durcheinander. Feindliche Angreifer sind keine zu sehen, aber die Männer um Cortez versuchen, schnell die

Lage zu begreifen und ein Mann aus dem Dorf, der Cortez sieht, fragt ihn, ob er und seine Männer das Löschgerät holen können, dass das Dorf besitzt, das steht am benachbarten See und muss noch vollgepumpt werden. Pedro und die Männer laufen schnell mit dem Mann zum See, pumpen das Gerät voll und schieben es dann sofort zum Dorf. Dann fangen sie an, die brennenden Häuser zu löschen.

Cortez ist in ein brennendes Haus gelaufen und kann dort zwei Frauen befreien. Da kommt ein anderer Mann angerannt und schreit »Mein Sohn, mein Sohn, bitte helft mir.«

Cortez schnappt sich Pedro und der versucht mit seiner Kraft, einen brennenden Balkon zu stützen, auf dem das Kind steht und schreit, wobei er einen schmalen Baumstamm nimmt als Stütze. Cortez stürmt ins Haus und rennt die Treppe rauf, wobei diese danach gleich zusammenstürzt. Jetzt muss Alvaro vom Dach runter, er hat sich den Jungen geschnappt und ist auf das Dach des Hauses geflüchtet. Es bleibt nicht mehr viel Zeit und Pedro schreit zu Cortez:

»Wirf den Jungen runter und dann springst du auf den Heuwagen, den Cortez Männer inzwischen gebracht haben. Da war doch tatsächlich in der ganzen Hektik und dem ganzen Feuer noch ein Wagen mit Heu gewesen, den die Männer jetzt nehmen, damit Cortez vom Dach springen kann. Vorher hat Cortez den Jungen in die starken Arme von Pedro, dem Hünen, fallen gelassen. Nachdem Cortez in den Heuwagen gesprungen ist, retten sie noch weitere Menschen aus ihren brennenden Häusern. Die Angreifer hatten doch tatsächlich viele Leute in den Häusern eingeschlossen, die Türen versperrt, sie sollten in den Häusern verbrennen. Leider sterben auch einige Dorfbewohner, aber die meisten können Alvaros Männer retten. Auch aus der Dorfkirche, da hatten die Angreifer auch Menschen eingeschlossen. Unglaublich, auch Kinder waren in der Kirche drin, was mag das für eine Bande sein, die nicht mal vor Kindern Halt macht?

Nachdem sich alles wieder beruhigt hat und alle Feuer gelöscht sind, sitzen die Dorfbewohner und Alvaros Männer zusammen am Lagerfeuer und sprechen über das geschehene. Und die Männer um Cortez bekommen Wein zu trinken und auch was zu Essen.

»Wie viele Angreifer waren das gewesen, habt ihr das einschätzen können?« fragt Cortez einen Mann aus dem Dorf.

»Vielleicht 50. Alle sahen so aus wie von der Wilden Horde und sie haben gegrölt, mater los a Todos. Se supone que deben. schrien sie immer wieder.»

Pedro sagt zu Alvaro »Tötet sie alle. Sie sollen brennen. Soll das deren Schlachtruf sein? Und das soll die Wilde Horde gewesen sein? Vielleicht waren die Angreifer so gekleidet wie die Horde.«

»Pedro du bist genial, die Angreifer sollen eigentlich den Eindruck erwecken, dass es die Wilde Horde war, die das Dorf angegriffen hat alle töten. Keinen am Leben lassen. Keine Zeugen hinterlassen. Es gibt einen, der sie steuert und er will alle tot sehen. Aber diese Söldner haben einen großen Fehler gemacht. Sie sind abgehauen und haben nicht geschaut, ob noch Leute am Leben sind. Sonst wüssten wir jetzt nichts von diesen Angreifern.«

Cortez ist sich sicher, dass die Überlebenden nicht überleben sollten und dass hier ein Feind im Land ist, der gefährlicher ist, als dass es die Wilde Horde ist. Aber Alvaro hat noch keine Ahnung, wer hier am Werke ist.

Die Leute im Dorf erzählen noch, dass es in letzter Zeit in umliegenden Dörfern auch zu ähnlichen Überfällen kam. Und da wurden alle getötet. Da hat Ramon einen Einfall.

»Und diesmal kamen wir ins Spiel und haben die Leute retten können. Jedenfalls die meisten. Das war bei den anderen Überfällen nicht so. Jetzt müssen wir herausfinden, woher diese Angreifer in Schwarz kommen und wer ihnen die Befehle gibt.«

»Ramon, Du hast Recht. Wir erzählen Miguel davon. Dann wird er entscheiden, was zu tun ist. Und wir müssen herausfinden, ob noch weitere Überfälle geplant sind.«

Am nächsten Morgen sehen alle die Verwüstung, die von den Angreifern angerichtet wurde, und sie sind verzweifelt, weil fast das ganze Dorf verbrannt ist. Die Häuser könnte man vielleicht notdürftig reparieren, aber zum Bau neuer Häuser braucht das Dorf viel Holz. Und aus dem Wald können sie nicht alles Holz schlagen, den Wald brauchen sie zum Schutz.

Cortez sagt zu den Dorfbewohnern, er werde sich darum kümmern, dass neues Holz zu dem Dorf geliefert wird, aber das kann einige Zeit dauern. Dann verabschieden sich Cortez und die Männer von den Dorfbewohnern. Die bedanken sich nochmal für ihre Rettung und der Mann, dessen Sohn Cortez und Pedro vom Dach eines brennenden Hauses gerettet haben sagt zu Cortez:

»Dios te proteja«

»Gott beschütze auch Euch«

Antwortet Cortez und die Männer reiten wieder los. Domingo sagt dann zu Alvaro, nachdem sie aus dem Dorf weg sind

»Ich frage mich, warum wir von den Überfällen nichts wussten? Und zur selben Zeit treiben wir uns mit 3000 Mann sinnlos im Lande rum, und hier werden Dörfer überfallen und wir kommen nur durch Zufall vorbei. Warum aber sahen die Angreifer aus wie Männer von der Wilden Horde? Die greifen doch keine Dörfer an.«

Alvaro antwortet:

»Hier will jemand den Eindruck erzeugen, dass es die Wilden sind, die Dörfer überfallen, aber die tun sowas sicher nicht. Die bringen keine Frauen und Kinder um. Aber warum macht jemand sowas«

»Das werden wir herausfinden.«

Sagt Cortez zu Domingo und Cortez sagt weiter:

»Jetzt erstmal zurück zu Miguel und sehen, was der für einen neuen Auftrag für uns hat. Und ich, möchte wissen, warum der uns von der Horde so schnell abgezogen hat. Da steckt doch noch was anderes dahinter. Das muss der König gewesen sein, der uns zurückholt. Miguel war das sicher nicht. Der hat mir doch sein OK gegeben, dass wir mit der Horde verhandeln sollen. Ich habe ihm doch den Vorschlag gemacht. Nein, Miguel muss vom König einen neuen Befehl bekommen haben. Anders kann es nicht sein.«

Cortez ist sich sicher, dass der König dahintersteckt, aber warum macht er das? Diese Mission bei der Horde war wichtig. Es muss wirklich etwas Seltsames dahinterstecken.

Nun haben die Männer noch zwei Tagesritte vor sich, bevor Sie bei Fürst Miguel sind und Alvaro ist sehr neugierig darauf, zu erfahren, warum er und die anderen zurückbeordert wurden. Unterwegs erleben sie keine weiteren Überfälle. Dann sind sie wieder in Cordoba und Fürstin Alejandra empfängt Alvaro persönlich am Schlosshof. Sie freut sich, ihn wieder zu sehen, die beiden waren früher mal verliebt, aber dann heiratete sie Miguel. Zunächst nur aus politischen Gründen, aber später verliebte sie sich sogar in den Fürsten.

»Hallo Alvaro. Schön dich und die anderen zu sehen. Müßig zu fragen, wie die Reise war. Du bist sicher verwirrt, dass du so schnell wieder zurückgeholt wurdest. Aber Miguel wird Dir alles erklären.«

Alvaro ist auch erfreut, die Fürstin zu sehen, und er gibt ihr einen Kuss auf die Wange und sagt dann:

»Du bist schön wie immer, aber ich bin schon sehr verwundert, dass wir so wenig Zeit hatten, mit der Horde zu reden. Ich bin gespannt, was mir Miguel zu sagen hat.«

Kaum hat er den Satz gesagt, kommt der Fürst auch auf den Schlosshof und nimmt seinen Freund und Commandante in seine Arme und die Freunde drücken sich, aber Cortez fragt gleich »Was soll diese Aktion? Ich bin mir zwar sicher, dass der Befehl nicht von Dir kommt, aber ich frage dich trotzdem, wieso wir so schnell zurückkommen sollten?

»Das kann ich Dir gleich erklären, Alvaro. Lass uns aber rein gehen in meine Gemächer und dann wirst du alles erfahren.« , sagt der Fürst zu Cortez und der sagt noch, dass Ramon bei der Unterredung dabei sein soll.

Der Fürst ist einverstanden und die Drei gehen rein und setzen sich. Eine Bedienstete bekommt die Weisung von Miguel, Wein zu bringen und was zu essen und dann beginnt Miguel zu erzählen, warum der Befehl zum Rückzug kann.

»Alvaro ich verstehe deinen Unmut, aber es gibt eine einfache Erklärung. Als du gerade zwei Tage weg warst, kam der König zu einem Besuch hier her. Er wollte mit dir reden, da sagte ich ihm, du bist auf meinen Befehl hin nach Norden zur Wilden Horde, um mit denen zu reden oder zu verhandeln, da es immer wieder Raubzüge der Horde auf Lebensmittel -und Waffentransporte gab. Da wurde der König richtig sauer, und er sagte mir, du sollst sofort wieder zurückkommen, es gibt wichtigeres, als mit diesen Wilden zu reden.«

»Das wundert mich jetzt nicht, dass der König sowas sagt über die Horde, der war noch nie begeistert von denen. Und mal ganz ehrlich, es hat keinen Spaß gemacht, es ist schwer, mit denen normal zu reden. Du sitzt da mit denen am Tisch und wenn ihnen etwas nicht passt, dann steht einer auf und kippt den Tisch um. Einfach so. aber ich kann sie auch verstehen, dass sie sauer sind. Denn dein Onkel macht alles, damit sie wild werden. Das hilft alles nicht weiter, was der König da macht. Aber warum hat er uns jetzt wieder zurückgeholt. Was ist so wichtig?«

Alvaro ist sichtlich angefressen, er weiß aber auch, dass Miguel nicht dafür verantwortlich ist und dass der König manchmal unberechenbar ist.

»Der König hat einen neuen Befehl für Dich. Du sollst schnellstens gen Osten reiten, nach Alicante und da einige Beobachtungen machen. Da soll es eine größere Bedrohung geben und du sollst herausfinden, was das für eine Bedrohung ist. Sollte es was Ernstes sein, wird der König Truppen nach Osten entsenden, mit dir als Anführer, denn wie er noch selbst betonte, du bist immer noch sein bester Commandante.» Miguel ist ein wenig aufgeregt wegen seines Onkels, aber Alvaro beruhigt ihn.

»Das ist ja schön zu hören, was der König über mich sagt. Aber ich kenne ihn zu gut. Er ist kein Freund von mir, aber er weiß sehr wohl, dass ich seine Truppen sehr gut anführen kann. Was für eine Bedrohung soll das sein? Wir sind auf dem Rückweg vom Norden bei einem Dorf vorbeigekommen, das überfallen wurde und die Angreifer haben das Dorf niedergebrannt, einige getötet, wir konnten viele retten. Aber die Angreifer sahen aus, hatten die Dorfbewohner gesagt, wie Männer von der Wilden Horde. Aber die Horde hat noch nie ein einfaches Dorf überfallen und Frauen und Kinder getötet. Die Angreifer müssen verkleidet gewesen sein und wollen den Verdacht auf die Horde lenken.« Miguel ist überrascht über Alvaros Schlussfolgerungen wegen des Dorfangriffs.

»Wieso traust du der Horde einen Angriff nicht zu. Sie haben in letzter Zeit einige Regierungskonvois ausgeraubt und Waffen und Gold gestohlen.«

»Und Brot darfst du nicht vergessen und Mehl, weil sie Hunger haben und schon eine Weile nichts mehr geliefert bekommen. Dann musst der König sich nicht wundern, wenn die sich von den Konvois des Königs was holen« unterbricht Alvaro den Fürsten, der sogleich Cortez`s Argumentation hinterfragt.

»Wieso nimmst du diese Wilden in Schutz. Sie haben trotzdem kein Recht, des Königs Konvois zu überfallen.« entgegnet Miguel

»Der bekannteste Clanführer der Horde, Carlos Finjero, Miguel du kennst ihn noch von früheren Besuchen, hat mir gesagt, die Leute haben dort gehungert, sie hatten kein Mehl mehr zum Brotbacken und die Kinder hatten Hunger und weinten nachts, weil nichts zu essen da war. Kannst Du da seelenruhig zuschauen, wie da die Menschen hungern.? Wenn ja, dann kenne ich dich nicht mehr. Dann bist du so wie dein Onkel.« Miguel ist erschrocken, wie schonungslos Cortez ihm die Wahrheit ins Gesicht wirft. Aber er gibt seinem Commandante und Freund sogar recht.

»Alvaro du weißt wie sehr ich dich schätze. Ich muss die aber wiedersprechen, in einem Punkt. Ich bin gewiss nicht wie mein Onkel, ich bin wie mein Vater, das weißt du auch. Du weißt auch, wie mein Vater und der König zueinanderstanden. Vorsichtig ausgedrückt, mochten sie sich nicht. Dann ist mein Vater spurlos verwunden und tot gefunden und der König sagte, das war die Horde. Ich weiß nicht, wer meinen Vater ermordet hat, aber die Horde war es nicht. Das weiß ich selbst, denn mein Vater setzte sich für die ein und Carlos Finjero und er waren fast wie Freunde.«

Cortez schaut seinen Freund sehr erstaunt an:

»Miguel du überrascht mich. Ich weiß, dass du Respekt vor deinem Onkel, dem König hast. Aber die Sache mit deinem Vater tut mir sehr leid, aber dass du dafür die Horde nicht verantwortlich machst, wie es dein Onkel macht, dafür hast du meinem Respekt, weil es die Wahrheit ist. Jetzt möchte ich aber wissen, warum der König andere Befehle hat für mich, statt mit der Horde zu reden.« Miguel trinkt zunächst einen großen Schluck Wein und auch Ramon und Alvaro haben Durst. Und Miguel erklärt dann den beiden Freunden, was der König für einen neuen, wichtigen Befehl hat.

»Alvaro, Ramon, ihr habt einen delikaten Auftrag. Ihr sollt Richtung Alicante reiten. Da soll es seit einiger Zeit immer wieder Überfälle auf Dörfer geben und Cortez soll die Vorfälle untersuchen. Es ist sehr gefährlich, da im Moment jemand hinzuschicken, aber der König meinte, wenn einer das kann, dann ist es Cortez. Da hat mein Onkel eine sehr hohe von dir, Alvaro. Ich weiß leider auch, was für einen persönlichen Zwist du mit ihm hast und das tut mir leid. Aber du bist ein starker Mensch und ein großer Commandante und du wirst auch diesen Auftrag erfüllen.«

Alvaro ist ein wenig gerührt von den Worten des Fürsten und seines Freundes.

»Miguel, die Überfälle die da stattgefunden haben sollen, bist du sicher, dass das Richtung Alicante passiert ist? Der Überfall, wo wir zu Hilfe kamen, das war im Westen des Landes. Aber natürlich werden wir Richtung Alicante reisen, wenn es der König befiehlt.«

»Du nimmst am besten 50 Mann mit, Das soll reichen. Du sollst auch nicht kämpfen unterwegs. Haltet euch aus Kampfhandlungen weitestgehend raus. Ihr sollt nur beobachten. »

« Und was ist, wenn wieder ein Dorf brennt, sollen wir da weiterreiten und wegschauen? Das ist doch nicht dein Ernst? Einen solchen Befehl werde ich bestimmt nicht befolgen.«

Alvaro ist ein wenig aufgebracht, als ob er, der ein Soldat ist, bei einem Überfall wegschauen würde.

»Cortez manchmal möchte ich dir in deinen Arsch treten. Natürlich sollst du nicht wegschauen, aber Priorität hat diese Untersuchung. Der König hat mir auch einen Plan mitgegeben, wo genau du langreiten sollst. Da auf der Kate sind die Stellen, die ihr besonders untersuchen sollt. Und wichtig ist, dass ihr, wenn ihr da wirklich was herausfindet, dann muss das der König schnell erfahren, damit er reagieren kann und notfalls eine Armee aufstellen kann. So hat es der König zu mir gesagt. Und er sagt noch, 50 Mann seinen ausrechend, denn ihr sollt hauptsächlich beobachten und ermitteln. Kampfhandlungen sollt ihr vermeiden, weil dann der Feind gewarnt ist.«

Cortez erwähnt nochmal den Überfall auf das Dorf im Westen und Miguel sagt noch, dass der König nichts von Überfällen im Westen erwähnt hat, das wundert ihn aber schon jetzt. Cortez fragt Miguel, was jetzt aus der Horde wird, wie geht es da weiter und Miguel schaut etwas ratlos daher. Er kann jetzt nichts ohne den König unternehmen. Was die Horde betrifft, muss er sich vorher mit seinem Onkel abstimmen. Und Miguel kann sich nicht mit dem König anlegen, dazu ist er auch nicht der Mensch. Und Cortez ist nicht in der Position, sich jetzt mit dem König anzulegen. Dann wäre er die längste Zeit Commandante gewesen und würde vielleicht noch des Landes verwiesen auch wenn er Alvaro Cortez ist. jetzt können sie im Moment nichts machen, was der Horde hilft.

Aber dann hat Cortez plötzlich eine Idee.

»Miguel ich habe einen Vorschlag, den du nicht ablehnen kannst, auch wenn er etwas gefährlich ist. Es geht um Alejandra, lass sie bitte reinholen, » Der Fürst ist verwundert, was Alvaro denn mit seiner Frau vorhat, aber er lässt eine Bedienstete nach der Fürstin rufen und sogleich ist Alejandra bei den Männern.

»Mein Schatz, Alvaro hat etwas zu sagen, er hat eine Idee und da spielst du die Hauptrolle.«

Die Fürstin schaut etwas verwundert, aber dann lässt sie sich von Cortez seinen Plan erklären.

»Alejandra du könntest eine Reise machen Richtung Norden, da hast du doch noch Verwandte. Wenn ich mich nicht täusche, lebt da irgendwo eine Tante von dir. Die hatten wir doch früher mal zusammen besucht. Und mein Plan geht dahin, dass du Richtung Norden reiten wirst, aber nicht, um die Tante zu besuchen, sondern du sollst mit Carlos Finjero reden, den mächtigste der Clanführer von der Wilden Horde. Und du sollst ihm erklären, warum wir wieder abgezogen wurden und nicht weiter verhandeln konnten. Du sollst ihm sagen, dass der König den Befehl gab und dass ich den Befehl befolgen musste. Er muss sich bald mit mir treffen, denn er ist sicher sauer, weil ich so plötzlich wegreiten musste. Könntest du das für uns machen. Traust du dir das zu?« Alejandra schaut erstmal etwas verdutzt und auch Miguel ist sehr erstaunt über das, was Cortez seiner Frau alles zutraut und zumuten will.«

»Also Alvaro du willst meine Frau einfach so in ein gefährliches Gebiet schicken, und mit diesen Wilden zu reden?«

Da fällt Alejandra dem Fürsten einfach ins Wort. »Miguel ich kann auch für mich selbst reden. Als ich dich geheiratet habe, was habe ich da zu dir als Bedingung gesagt? Erinnerst du dich noch?«

Der Fürst weiß in dem Moment genau, was seine Gattin meint.

»Ja mein Schatz ich kenne diese Sache noch. Also gut, dann sage was dazu.«

»Also Alvaro ich finde es sehr vertrauensvoll von dir, dass du mich fragst, ob ich diese Reise machen kann. Ich kann das machen. Auf alle Fälle und ich weiß auch, dass das gefährlich ist. Deshalb müsst ihr mir auch eine Eskorte mitgeben. Wieviel Soldaten, das müsst ihr entscheiden. Aber Miguel, ich kann das durchaus schaffen.«

Der Fürst ist erstaunt über seine Frau, dass sie sich ohne lange zu überlegen, in dieses Abenteuer stürzt.

»es wäre vielleicht überlegenswert, ob die Soldaten nicht einfache Bauernkleidung anziehen, so dass sie nicht jeder als Soldaten erkennt. Gerade, weil in dem Gebiet auch das Dorf ist, wo ihr die Menschen gerettet habt und die Angreifer das Dorf überfallen haben, das kann immer wieder passieren. Alejandra das wird sehr gefährlich werden, das weißt du auch, aber ich bin sicher, du wirst das schaffen.«

»Mein Fürst ist immer noch skeptisch, Alvaro schau ihn dir an, er möchte eigentlich nicht, dass ich das mache, aber Miguel, ich muss das tun. Meine Abwesenheit ist nicht so auffallend, wie wenn du das jetzt tun würdest. Der König interessiert sich nicht dafür, was ich mache.«

Der König hatte vor einigen Jahren auch mal versucht, Alejandra als seine Geliebte zu bekommen. Aber sie hat ihm das sehr deutlich zu verstehen gegeben, dass er seine schmutzigen Finger von ihr lassen soll. Sonst sagt sie das Königin Carlotta und sie sagt das dann dem Volk, dass der König Fürstin Alejandra, die Frau seines Neffen, Fürst Miguel, unsittlich anfassen wollte und schon hätte der König einen Riesenskandal. Da ließ er die Finger weg von Alejandra und interessiert sich seitdem nicht mehr für sie.

Die Fürstin fragt Cortez, wann sie denn abreisen soll und er meint, in zwei Tagen wäre gut. Jetzt müsse er selbst seine Mission vorbereiten und dann Richtung Osten reiten. Er verabschiedet sich noch von der Fürstin und gibt ihr noch einen Kuss auf die Wange. In dem Moment denkt er in Gedanken nochmal an die Zeit zurück, als die beiden verliebt waren, dann musste er aber zu Gunsten seines Freundes und Fürsten Miguel auf Alejandra verzichten, die Politik war stärker. Aber er weiß, dass er sie nach all den Jahren immer noch liebt und sie ihn auch, und das weiß auch der Fürst. Und Miguel weiß auch, dass sich Alvaro und seine Fürstin niemals heimlich treffen würden, dafür hat Cortez zu viel Respekt vor seinem Freund Miguel.

Nach einem Tag reiten Cortez und seine Männer dann schließlich los und einen weiteren Tag später setzt sich die Gruppe Soldaten mit der Fürstin in Bewegung. Alejandra ist sich schon bewusst, dass das ein Himmelfahrtskommando werden könnte, aber sie hatte schon immer Mut zum Risiko, deshalb wurde auch diese Politische Ehe arrangiert, denn ihr Vater ist ein hoher Senator des Königs und mit der Hochzeit seines Neffen sicherte sich der König weiter hohen Einfluss in der andalusischen Region. Aber leider war er dann bei der künftigen Fürstin vor einigen Jahren bitter abgeblitzt. Das Problem für den König war dann, er hatte plötzlich nicht mehr so viel Einfluss, wie er anfangs dachte, da er Alejandra unterschätzt hatte. Aber über seinen Neffen hat er immer noch großen Einfluss, denn der charakterlich nicht so stark wie seine Fürstin. Aber dafür hat Miguel einen sehr guten Freund mit Cortez. Schon seit der Kindheit sind sie befreundet, haben auch einige Schlachten zusammengeschlagen.

Und Cortez hat Miguel auch schon einige Male das Leben gerettet. Und nun muss der Fürst seine geliebte Alejandra Richtung Norden schicken, um mit Carlos Finjero zu verhandeln. Aber Alejandra hat noch einen großen Vorteil. Sie ist eine sehr schöne Frau mit toller Figur. Und die Wilde Horde mag schöne Frauen. Und da Alejandra nicht nur schön, sondern auch klug ist, das wird Carlos Finjero sehr beeindrucken. Es gibt aber auch bei der Horde Clanführer, die es total ablehnen, mit Frauen zu reden. Aber Carlos ist einer der wenigen vernünftigen. Einfach wird es jedenfalls nicht. Aber Alejandra ist eine starke Frau, die auch mal einem Mann widersprechen kann. Nun werden Cortez und seine Männer sich auf den Weg Richtung Osten machen, um des Königs Auftrag zu erfüllen. Es wird keine leichte Mission, es ist eine gefährliche Gegend. Aber Cortez und seine Männer haben schon viele schon viele heikle Missionen gehabt und alle gemeistert. Trotzdem steh ein Ritt ins Ungewisse an.

Kapitel 2

3 Tage sind Alvaro und die Männer jetzt unterwegs und treffen jetzt auf das Bergmassiv, was Miguel angekündigt hatte. Es ist ein schmaler Weg, den Cortez und die anderen da zum Durchreiten haben, aber es nützt nichts, der König hat diese Gegend bestimmt, weil die Männer dann schneller am Strand von Alicante sind, wo sie erste Erkundungen machen sollen. Ramon schaut nach oben und ihm durchgeht ein mulmiges Gefühl, denn es ist total unübersichtlich. Er meint zu Cortez, es sei vielleicht besser, wenn alle zügig durchreiten, 50 Soldaten sind sie insgesamt und die müssen erstmal da durch und dieses Gefühl wird im nächsten Moment brutal bestätigt, denn plötzlich schießen Pfeile aus dem Nichts und mit einmal werden 10 Männer tödlich getroffen.

Weitere Pfeile schießen sofort hinterher und Cortez schreit zu den Männern, sie sollen sich in Deckung begeben. Das ist aber sehr schwierig, denn es schießen weitere Pfeile auf Cortez und seine Männer und weitere werden tödlich getroffen. Dann stürmen mit lautem Geschrei schwarz gekleidete Angreifer auf die Männer zu und sie können sich nur mit großer Mühe wehren. Ein Angreifer reißt Cortez vom Pferd und sie fechten zunächst miteinander. Es kommen noch 4 weitere Angreifer hinzu und er hat Mühe, diesen Angriff abzuwehren. Er hat schon gegen viele Angreifer gleichzeitig gekämpft, aber diese Feinde hier kämpfen anders, sie sind hinterhältig aber er kann sich zunächst losreißen und läuft den steilen Hang hinauf, wo er vorhin noch mit Ramon gesprochen hat, dass sie schnell durch dieses Bergmassiv durchreiten müssen, um einer Gefahr zu entgehen.

Aber diese Gefahr ist jetzt plötzlich da und es sind durch die Pfeilschüsse schon zahlreiche Soldaten von Cortez tot. Und Cortez selbst sieht nicht, wie die anderen schwer zu tun haben, sich selbst gegen die schwarzen Feinde zu wehren. Pedro ist zwar groß und kräftig, aber auch nicht gegen Pfeile immun, aber getroffen wurde er noch nicht. Auch nicht Ramon und Domingo. Tomas hat selbst einige Angreifer mit seinen Pfeilen töten können, aber von Cortez` Leuten sind viele getötet worden.

Cortez ist inzwischen oben am Hang angelangt, kann hier aber nicht viel ausrichten, denn als er am Ende des Hanges angekommen ist, sieht er einen großen Wasserfall und da kann er nicht weiter. Und die schwarzen Angreifer haben ihn schon eingeholt, weil er nicht weiterkann und schon stürzen sich wieder 4 Mann auf Cortez drauf, er kann sie zwar mit viel Kraft wegstoßen, wird dann aber von zwei Pfeilen getroffen, einer in die linke Schulter, einer in die rechte Brust. Cortez beginnt zu schwanken durch die Pfeiltreffer, plötzlich verspürt er noch einen schweren Schlag am Kopf und verliert dadurch den Halt. Er stürzt den Wasserfall mit einem lauten Schrei herunter …

Dann ist eine tödliche Stille. Die schwarzen Angreifer sind sich sicher, dass Cortez tot ist und machen sich davon, bevor Alvaros Männer sie noch töten können.

Die anderen haben Cortez`Kampf am oberen Hang nicht mitbekommen, sie hatten mit ihren eigenen Abwehrkämpfen zu tun, aber als die Angreifer dann alle in die Flucht geschlagen oder getötet werden konnten, erst da fällt den Männern auf, dass Cortez nicht da ist.

Ramon fragt die anderen, die noch übrig sind, und als er sich umschaut, merkt er, dass sie nur noch zu zehnt sind. Alle anderen sind tot und fast alle die tot sind, wurden von schwarzen Pfeilen getroffen. Es ist nicht zu glauben, Ramon und Domingo und die anderen, Pedro und Tomas sind fassungslos. Sie wurden hinterhältig überfallen und hatten keine Chance, sie sind überrollt worden und jetzt müssen sie Alvaro, ihren Commandanten, finden.

»Hat jemand Alvaro gesehen, wo hat er gekämpft?«

»Ich habe kurz gesehen, wie er nach oben den Hang hochlief, konnte ihm aber nicht helfen, weil ich selbst mit 3 Mann kämpfte.« sagt Pedro zu Ramon und Ramon sagt zu den anderen:

»Wir müssen den Hang hoch, schauen, ob Cortez da irgendwo liegt, vielleicht ist er verletzt und braucht unsere Hilfe.«

Die anderen geben ihm Recht und sie gehen alle den Hang rauf und was sie aber nicht finden, das ist ihr Anführer. Von Cortez keine Spur. »Alvaro, Alvaro, wo bist du, Alvaro, Alvaro, wo bist Du?«

Alle rufen nach Cortez, aber er antwortet nicht. Sie suchen den ganzen Hang ab, schauen überall nach, gehen nochmal den Hang runter, schauen da nochmal alles ab und gehen dann nochmal hoch, den Hang nochmal absuchen. Aber sie finden ihren Commandante nicht. Sie schauen sich alle ratlos an und wissen nicht, was sie tun sollen. Ramon sagt schließlich:

»Wir schauen uns jetzt nochmal alles an, die ganze Gegend. Wir suchen überall nochmal und dann gehen wir zum Fuße des Wasserfalls, aber wenn Alvaro hier runtergestürzt ist, dann kann er den Aufprall ins Wasser kaum überlebt haben.«

Pedro ist erzürnt, als Ramon das sagt:

»Willst du damit sagen, wir können Alvaro vergessen? Du spinnst doch. Ich werde ihn nicht aufgeben, wir suchen weiter. Das kann es doch nicht gewesen sein.«

Pedro ist sehr aufgebracht, Alvaro und er sind wie Brüder, sie sind gemeinsam aufgewachsen, nachdem Alvaro ihm als Kind das Leben gerettet hatte. Er wird seinen Bruder nicht einfach aufgeben. Irgendwo muss er doch sein, vielleicht ist er verletzt und kann sich nicht selbst helfen, aber er kann sich auch nicht bemerkbar machen. Das sagt er auch zu Ramon und den anderen und Ramon gibt Pedro Recht.

»OK. Wir suchen am Fuß des Wasserfalls nochmal. Aber wenn wir ihn da nicht finden, dann müssen wir mit dem Gedanken leider leben, dass er möglicherweise…«

Da fällt ihm Pedro ins Wort und brüllt Pedro an:

»Mein Bruder ist nicht tot. Verdammt nochmal. Er ist nicht tot. Er darf und kann nicht tot sein. Das geht nicht. Er ist doch mein Bruder. Er ist doch Cortez«.

Pedro fängt laut an zu weinen und Ramon nimmt ihn in seine Arme und drückt ihn und muss auch weinen. Sie müssen mit dem Gedanken leben, dass ihr Freund tot ist.

»Mein Bruder ist nicht tot, er ist verschwunden und liegt wahrscheinlich irgendwo, aber vielleicht müssen wir tatsächlich damit leben, dass Cortez von den Angreifern getötet würde und die Strömung hat ihn irgendwo hingetrieben. Wenn es denn so sein soll, dann muss auch ich, müssen wir alle damit leben. Aber wieso sind wir gerade hier überfallen worden?«

Ramon und auch die anderen schauen sich gegenseitig an und Ramon sag:t

»Pedro du hast Recht, das kann kein zufälliger Angriff gewesen sein, aber wer sollte uns in so eine hinterhältige Falle locken? Wohl kaum der König.«

»Natürlich nicht der König, aber jemand aus seinem näheren Bekannten Stab. Der ein Verräter ist. Der hat jemand die Pläne des Königs verraten und heimlich Angreifer hierherschicken lassen. Und die haben unseren Commandante hinterhältig getötet.«

Domingo wird stinksauer und brüllt in den Himmel:

»Ihr habt unseren Commandante getötet, ich werde euch finden und ich werde euch töten.«

Tomas fällt dann ein ganz anderes Problem ein:

»Fürstin Alejandra ist auf dem Weg zur Wilden Horde. Aber der König weiß davon nichts. Und sie reisen nicht als Soldaten, sondern als Bauern. Aber was wäre, wenn sie doch überfallen werden, dann werden die sogenannten Bauern sich zu erkennen geben müssen, dass sie doch Soldaten sind. Dann würde der König davon erfahren und das wäre gar nicht gut. So wissen nur wir davon und das Beste ist, dass das so bleibt.«

»Da hast du Recht. Wir müssen zurück nach Cordoba und den Fürsten sagen, was passiert ist, dass Alvaro tot ist. Aber da fällt mir ein, ist es möglich, dass die schwarzen Angreifer Alvaro vielleicht entführt haben?«

Sagt Ramon. Alle anderen sagen aber in dem Moment gar nichts, sie sind einfach mit den Nerven am Ende. Keiner will wahrhaben, dass ihr Freund und Commandante tot sein soll. Aber die Realität ist eine andere und die Wahrheit ist schmerzvoll. Die Männer wissen in dem Moment nicht, wie sie mit dieser schwierigen Situation umgehen sollen. Und Pedro geht an einen am Boden liegenden Baumstamm und setzt sich drauf und denkt zurück an seine Kindheit, als er 10 Jahre alt war.

»In Pedros Gedanken spielt sich der Film ab, wie er und Alvaro sich als Kinder kennenlernten. Pedro war in einem Kinderheim, seine Eltern wurden bei einem Überfall getötet. Es waren damals auch schwarz gekleidete Angreifer. Aber niemand hat damals daran gedacht, warum die denn so gekleidet waren. Und da Pedro keine anderen Verwandte mehr hatte, der Bruder seiner Mutter und dessen Familie wurden auch getötet. Er überlebte als einziger des Dorfes und kam dann in ein Heim. Da erging es ihm nicht gut und er haute ab und lief tagelang durch die Wälder. Ernährte sich von Pflanzen und trank schmutziges Wasser. Dann kam er in ein sumpfiges Gebiet und plötzlich sackte er in den Sumpf und drohte unterzugehen. Er schreit ganz laut um Hilfe und schreit immer wieder und plötzlich steht da ein anderer Junge, der hatte in der Nähe rumgetrieben und hörte die Hilfeschreie. Das ist Alvaro. Er sieht, wie der andere Junge zu versinken droht. Aber er kann selber nicht so nah ran, Pedro schreit Alvaro zu, er muss am Rande bleiben und soll einen langen Ast suchen, der sehr dick ist. Alvaro läuft sofort los und sucht nach einem dicken Ast und tatsächlich findet er einen schmalen Baum vielleicht drei Meter hoch und wie eine Hand dick. Er versucht den kleinen Baum abzuknicken, was sehr schwer ist, aber es gelingt Alvaro, das Ding abzubrechen und er bringt den kleinen Baum sofort zu dem Sumpf und reicht ihn vorsichtig zu Pedro. Der ist schon bis zum Hals versunken, aber Alvaro kann ihn rechtzeitig befreien und zieht Pedro mit aller Kraft aus dem Sumpf.

Die beiden Jungen umarmen und küssen sich. Pedro kann es nicht fassen, dieser fremde Junge hat ihm das Leben gerettet. Wäre dieser fremde Junge nicht in der Nähe gewesen, Pedro wäre ganz untergegangen und gestorben. Aber er hatte es im Heim nicht mehr ausgehalten. Dort wurden die Kinder immer geschlagen und sie mussten arbeiten auf dem Acker. Pedro ist zwar mit 10 Jahren schon groß und hat auch Kraft, aber das hat ihm im Sumpf nicht geholfen.

Er sitzt noch eine Weile mit Alvaro da und sie erzählen sich ihre gegenseitige Geschichte, dann sagt Pedro, er habe Hunger. Alvaro sagt daraufhin, dass sie zu seinen Eltern gehen, der Wirt Louis und seine Frau Elisa. Dort angekommen, erschrecken sich Louis und Elisa zunächst, weil Pedro so schmutzig und schwarz ist. Die beiden Jungen erzählen, was passiert ist und Louis meint zu Alvaro, dass er das sehr gut gemacht hat. Pedro erzählt von dem Heim, in dem er war und dass er davon geflüchtet ist. Das verstehen das Wirtspaar und Alvaro bittet die beiden, dass Pedro bei ihnen bleiben darf. Und somit wachsen Alvaro und Pedro als Brüder auf und sind gleichzeitig die besten Freunde und werden auch zusammen als Soldaten ausgebildet und später kämpfen sie auch in vielen Schlachten zusammen.«

Pedro wird dann abrupt aus seinen Gedanken und Erinnerungen gerissen. Ramon ruft alle Männer, die noch da sind zusammen und will ihnen was sagen.

»Leute ich weiß, dass es eine schwierige Situation ist. Unser Commandante ist vielleicht tot oder verschwunden. Einer muss jetzt die Befehle geben und wer soll das sein? Lasst uns abstimmen und einen neuen Anführer suchen. Wir müssen trotz allem organisiert bleiben. Macht ihr einen Vorschlag.«

Da sagt Domingo:

»Ramon ich glaube, du bist dafür der Beste. Alvaro hätte das auch gewollt. Du warst ja auch unter Cortez der Zweite Mann. Also ich schlage vor, dass Ramon unser neuer Anführer ist.«

Pedro, Tomas und die anderen heben auch ihre Arme und damit ist ab sofort Ramon der neue Anführer. Ramon sagt noch, ihm ist eigentlich nicht danach, Anführer zu sein, aber aus Respekt gegenüber Alvaro Cortez, was auch immer mit ihm geschehen ist, wird er diesen Posten annehmen und er sagt auch:

»OK als ersten Befehl sage ich euch, dass Domingo mein 1. Offizier sein wird. Und wir werden jetzt zurückreiten nach Cordoba und dem Fürsten erzählen, was passiert ist, wir werden sehr schnell reiten, denn wir müssen Alejandra auch hinterhereilen, um sie zu beschützen. Sie wird wohl nicht so schnell vorwärtskommen, weil auch Cortez zu ihr gesagt hat, sie soll überwiegend Nebenwege nehmen. Da wo vielleicht eher kein Angriff von Feinden erfolgen wird. Ich glaube nicht, dass wir sie erreichen, bevor sie mit Carlos Finjero geredet hat, aber wir können sie dann zurück eskortieren. Und wir müssen zum König, ihm sagen, was passiert ist.«

Pedro meint dazu:

»Der wird uns allen den Kopf abreißen, weil wir nach seiner Meinung nicht in der Lage waren, einen einfachen Befehl zu befolgen. Das Gute ist, bevor der mir den Kopf abreißt, mache ich dasselbe mit ihm. Den lasse ich nämlich erst gar nicht an meinen Kopf ran.« Daraufhin lachen die anderen und auch Pedro muss lachen, obwohl ihm eigentlich nicht nach Lachen zumute ist. Sein Freund und Bruder ist weg, vielleicht sogar tot. Und selbst wenn er nicht tot ist und vielleicht entführt wurde, werden diese schwarzen Angreifer ihn sicher nicht freundlich behandeln, eventuell sogar foltern. Pedro mag gar nicht dran denken. Die Situation ist so schwierig für alle, aber sie müssen los und Alejandra hinterher reiten. Erstmal weiß die Fürstin noch gar nichts von Cortez Verschwinden oder Tod und sie muss beschützt werden. Sie müssen auf dem Weg zu Alejandra aber Miguel, den Fürsten informieren, der will sicher mitkommen, um seinen Frau zu schützen und so reiten die Freunde zwei Tage durch und als der Fürst sie kommen sieht und nach Alvaro fragt, erzählt Ramon, was passiert ist und Miguel bricht zusammen

»Nein, nein, nein, Cortez ist nicht tot, das kann ja nicht sein, einen Cortez bringt man nicht so einfach um. Ihr hättet besser suchen sollen nach ihm.«

Natürlich ist der Fürst im ersten Moment geschockt und als Ramon ihm sagt, dass sie der Fürstin hinterher reiten müssen um sie zu beschützen, da wird Miguel richtig sauer und schreit Ramon an

»Bist du denn von alles guten Geistern verlassen? Wer hatte nochmal diese idiotische Idee, meine Frau zur Wilden Horde zu schicken und mit denen zu verhandeln?«

Pedro sagt zu Miguel:

»Na das war Cortez, mein Fürst.«

Und schaut Miguel dabei mit schmunzelndem Gesicht an.

»Aber natürlich hat er das, entschuldige, Ramon, ich war von Sinnen. Wir müssen sehen, dass wir meine Frau hinterher reiten, wie ihr schon gesagt habt. Also lasst uns sofort losreiten und Alejandra finden.«

Miguel hat sich wieder beruhigt und Pedro sagt»Bevor wir losreiten, brauche ich ein fettes gebratenes Huhn und einen großen Krug Wein, ansonsten reite ich keinen Meter.«

Domingo fängt daraufhin an zu lachen und meint noch:

»Ein fettes Huhn ist gut. Da können wir dich auch braten. Macht keinen Unterschied«

Pedro findet das gar nicht lustig und will Domingo eine reinhauen. Aber Domingo beschwichtigt ihn.

»Mein Großer, wenn du mich schlägst, stehe ich nicht mehr auf. Das überlebe ich nicht.« und lacht wieder, aber Pedro nimmt Domingo in seine Arme und küsst ihn auf den Kopf.

»Wir trinken jetzt alle einen schönen Wein und dann reiten wir los und schützen die Fürstin.«

Der Fürst konnte sich das Lachen nicht verkneifen, nun ist wieder Ernst angesagt. Zwei Stunden später, nachdem sich alle gestärkt haben, da reiten sie alle los, auch der Fürst kommt mit. Er möchte seiner Frau nicht aus der Ferne, sondern direkt helfen. Es ist lange her, dass er einen gefährlichen Ritt gemacht hat.

Um Zeit zu sparen, hat Ramon beschlossen, keine Nebenwege zu nehmen, sondern auf Hauptstraßen zu reiten, auch auf die Gefahr hin, dass sie angegriffen werden. Aber auf den Hauptwegen sind sie schneller und können Alejandra früher erreichen. Ihre aller Hoffnung ist, dass die Fürstin ohne Schwierigkeiten bei Carlos Finjera ankommt und er sich von ihr überreden lässt. Denn eines werden die Männer sicher nicht schaffen, dass sie Alejandra erreichen, bevor sie Carlos gefunden hat. Besser gesagt wird er sie sicher finden.

Miguel sagt noch zu Ramon:

»Wenn wir die Fürstin gefunden haben, müssen wir danach zum König und ihn informieren, was mit Cortez passiert ist, denn wenn wir das nicht machen, werden wir, und speziell ich als sein Neffe, großen Ärger bekommen. Cortez hatte eine wichtige Mission und die ist in einem Desaster geendet. Das wird der König sich nicht gefallen lassen, obwohl der Überfall absolut hinterhältig war und ihr euch genau an des Königs Route gehalten habt. Aber mein Onkel ist da völlig schmerzfrei. Er wird nicht verstehen, dass er seinen besten Soldaten bei einem Hinterhalt verloren hat.

Er hat sogar schon mal einen Soldaten aus seiner Leibgarde vor versammelter Truppe den Kopf abgeschlagen, weil der es gewagt hatte, dem König zu widersprechen. Und dabei hatte der König Schuld, weil seine Soldaten durch des Königs falschen Befehl auch in einem Hinterhalt getötet wurden.«

>< Das ist ja ein richtiges Herzchen, dein Onkel, aber ich weiß von Alvaro, dass der König oft seltsame Befehle gibt und hinterher anderen die Schuld für das Versagen gibt. Ich glaube, er würde nicht zögern, dir, seinem Neffen, den Kopf abzuschlagen, nur um seine Macht zu zeigen.«

Ramon weiß, wovon er spricht. Und er sagt noch zu Miguel

»Ich glaube, dein Kopf ist aber der sicherste in Spanien, weil er es nicht wagt, deine Fürstin zu beleidigen. Sie ist glaube ich, wie es Alvaro mal gesagt hat, die einzige Frau in Spanien, vor der er Respekt hat.«

Miguel weiß, dass Ramon Recht hat und was er meint und der Fürst gibt dann den Männern noch einen Becher Wein, bevor sie sich auf den Weg machen, um die Fürstin zu beschützen.

Kapitel 3

Zur selben Zeit, wie die Männer um Ramon in Cordoba eingetroffen waren, spielt sich im Osten des Landes Nahe Alicante in einer Bucht eine andere Geschichte ab. Etwa 10 Kilometer nördlich von der Stelle, wo Cortez und seine Männer in den Hinterhalt gerieten, wäscht eine junge Frau ihre Wäsche und erschreckt sich plötzlich, denn sie sieht am Ufer einen Mann liegen. Sie geht sehr vorsichtig zu dem Mann hin und schaut, ob der noch lebt. Er liegt mit dem Rücken im Wasser und sie sieht, dass er zwei Pfeilreste in der linken Schulter und der rechten Brust stecken hat und der Kopf hat auch eine Größe Wunde.

Die junge Frau, die Elena heißt, hat keine Ahnung, wer dieser Fremde ist, er hat Bauernkleidung an und ist von stattlicher Gestalt. Sie weiß, dass er schnell Hilfe braucht, denn wer weiß, wie lange er hier schon liegt. Denn Elena geht nur alle 2 oder 3 Tage hierher, um Wäsche zu waschen und sie läuft schnell in dem nahegelegenen Dorfe, in dem sie lebt und läuft zu dem Tischler des Dorfes, ihrem besten Freund in diesem Dorf, der heißt Vasquez und bittet ihn, zusammen mit einem anderen Mann, eine Trage zu nehmen und ihr schnell zu folgen. Denn am Ufer der Bucht, wo sie immer Wäsche wascht, da liegt ein Mann schwer verletzt und muss schnellstens ins Dorf gebracht werden.

Die beiden Männer, Vasquez, der Tischler und Alfonso, dessen Sohn, laufen Elena schnell mit der Trage hinterher. Als Vasquez den schwerverletzten Fremden sieht, da ahnt er natürlich nicht, wen er da vor sich hat.

Es ist Alvaro Cortez, der den hinterhältigen Überfall überlebt hat und der jetzt dringend versorgt werden muss, das sagt Vasquez zu Elena. Cortez sieht in dem Moment wirklich sehr schlecht aus und Elena fasst ihn an seine Stirn und die ist heiß wie ein Feuer. Cortez hat hohes Fieber. Die Pfeilreste müssen schnellstens aus den Wunden geschnitten werden, das muss der Dorfheiler machen, Abel Carrara. Der war früher mal Chirurg in einem Krankenhaus, aber dann wurde plötzlich seine Frau ermordet und sein Freund riet ihm, sofort zu fliehen, um einer Verhaftung zu entgehen. Denn da sich Abel und seine Frau einen Tag vorher laut gestritten hatten, würde er der Hauptverdächtige sein und der Freund sagte noch, dass er und seine Frau sich um Abels Tochter Letitia kümmern würden.

Diese Geschichte hat Abel auch Vasquez und Elena erzählt und jetzt lebt Abel schon 20 Jahre in diesem Dorf und nun muss er Cortez operieren. Abel meint noch, dass es wegen des hohen Fiebers sehr gefährlich ist, eine solche Operation zu machen, weil er könnte bei herausschneiden der Pfeilreste noch höheres Fieber bekommen und dann sterben. »Wenn du ihn jetzt nicht operierst, stirbt er auch an Blutvergiftung. Und Elena, du rennst in den Wald und suchst nach Kräutern, womit wir die Entzündung in seinem Körper bekämpfen müssen. Beeil dich, wir haben für alles wenig Zeit, wenn wir das Leben dieses Mannes retten wollen.«

Sagt Vasquez zu Abel und Elena. Sie läuft auch sofort in den Wald und Abel beginnt, Wasser zu erwärmen und eine Frau aus dem Dorf, Marijana, die in Vasquez schon länger verliebt ist, ist auch dazugekommen und hilft dem Arzt bei dem Wasser.

Währenddessen hat Elena Kräuter aus dem Wald geholt und macht daraus einen Medizinbrei, welcher nach der Operation auf die Wunden gestrichen wird. Damit wollen sie die Entzündungen bekämpfen, die um die Wunden herum sind und wohl mittlerweile Cortez ganzen Körper befallen haben können. Das vermutet Abel, weil sie nicht wissen, wie lange Cortez schon am Ufer lag. Es ist also höchste Eile geboten, wenn sie das Leben des für sie Fremden noch retten wollen.

Das Herausschneiden der Pfeilreste gestaltet sich für Abel aber sehr schwierig, er war immer ein sehr guter Chirurg und muss hier seine ganze Kunst anwenden, um diese Reste aus Cortez herausbekommen. Er muss die Schulter und auch die Betroffen stelle an der Brust viele weiter aufschneiden, als ihm lieb ist, denn dadurch ist der Blutverlust noch höher. Abel hat alle Mühe und es ist sehr anstrengend. Aber hier zeigt sich die chirurgische Kunst von Abel und es gelingt ihm in einem Kraftakt, beide Pfeilreste vollständig zu entfernen. Jetzt ist Elena an der Reihe und gemeinsam mit Marijana schmiert sie jetzt die Wunden mit dem Brei ein, den sie aus den Kräutern gemacht hat, ein.

Währenddessen behandelt Abel die Wunde am Kopf, die er mit einigen Stichen, vorher wäscht Vasquez die Kopfwunde mit viel Wasser aus und nachdem Abel die Wunde genäht hat, machen auch da Elena und Marijana den Brei auf die Kopfwunde und verbinden das dann. Die Operation hat eine ganze Weile gedauert und Elena sagt den Männern, sie sollen Cortez jetzt in ihr Haus tragen, sie möchte den Fremden da weiter versorgen und behandeln. Vasquez und sein Sohn legen Cortez vorsichtig auf eine Trage und bringen Cortez in Elenas Haus, wo er in ihr Schlafzimmer ins Bett gelegt wird.

Elena selbst schläft ab sofort in ihrem Wohnzimmer und wird sich um den für sie verletzten Fremden kümmern. Im Übrigen ist Elena 25 Jahre und hat schwarzes, langes Haar und strahlend schöne Augen, die Cortez sicher sehr gefallen werden, wenn er wiedererwacht.

Nachdem Cortez in ihrem Bett liegt, schaut sie sich immer wieder seine Temperatur an. Das hohe Fieber ist erst wenig zurückgegangen. Sie kühlt seinen Kopf und seinen Körper ständig mit kaltem Wasser.

Das Gute ist, Cortez ist am Leben und Elena pflegt ihn rund um die Uhr. Irgendwann schläft sie ein und dann kommt Marijana vorbei und löst Elena ab, denn der Körper muss solange gekühlt werden, bis das Fieber runtergegangen ist. Und nebenbei bekommt Cortez Wasser zu trinken und eine Suppe von Elena zu essen. Denn auch wenn Cortez bewusstlos ist, muss er trotzdem essen, und sei es nur eine Suppe, sonst würde er verhungern.

Abel sagte noch zu Vasquez und Elena, dass der Fremde auch noch die Beine gebrochen hat, aber das muss so wieder heilen. Die Beine müssen beide geschient werden und er sagt zu Vasquez, er soll zwei Schienen bauen aus Holz, die werden dann um beide Beine gebunden. So können die gebrochenen Beine heilen.

Sein ganzer Körper ist auch mit blauen Flecken übersäht. Elena macht sich Gedanken, was diesem Fremden passiert ist. Und obwohl sie ihn überhaupt noch nicht kennt, fühlt sie sich zu diesem Mann hingezogen. Trotz der schweren Verletzung, auch am Kopf, sieht sie, dass das ein Mann ist, der ihr gefällt, dabei weiß sie in diesem Moment gar nicht, ob irgendwo eine Frau auf ihn wartet. Das ist ihr aber jetzt egal.

Sie hat diesen Fremden gefunden und fühlt sich jetzt auch für ihn verantwortlich. Es bedarf sehr viel Zeit, bis dieser Mann wieder gesund ist, aber Elena hat diese Zeit und je mehr sie sich um ihn kümmert, umso mehr fühlt sie sich zu ihm hingezogen. Dabei rätselt sie auch, wer er denn sein mag. Und ein Gedanke schwirrt auch in ihrem Kopf herum.

Was ist, wenn dieser Fremde auf der Flucht war und vielleicht ein gesuchter Mörder ist? Dass dieser Fremde der beste Commandante des spanischen Königs ist, das weiß sie zu diesem Zeitpunkt noch nicht. Aber auch wenn das ein Mörder wäre, sie kümmert sich trotzdem um ihn und sollte sich das bewahrheiten, dann wäre das sehr tragisch. Aber in diesem Moment zählt nur, das Leben dieses Mannes zu retten.

Wenn das tatsächlich ein Mörder wäre, dann müsste er seiner gerechten Strafe zugeführt werden. Aber sie wird bald sehen und erfahren, was die Wahrheit ist. Er ist weiterhin bewusstlos und das nun schon mehrere Tage. Es sah am Anfang gar nicht gut aus, denn er hatte sehr hohes Fieber. Aber Elenas liebevolle Pflege und die täglichen Wechsel der Verbände mit dem Brei gegen die Entzündungen zeigen, wie sehr dieser Fremde Elena an Herz gewachsen ist. Jetzt ist es eigentlich nur noch eine Frage der Zeit, bis der für

Elena Fremde endlich aufwacht. Sie ist schon sehr gespannt, wie er wohl redet, wenn er nach diesem Schock des Überfalls überhaupt reden kann.

Sie gibt dem Fremden immer wieder zu trinken und löffelt ihm wie bei einem Baby die Suppe ein. Er bewegt auch dabei seine Lippen und schluckt alles hinter. Das zeigt ihr, dass er wohl schon einiges mitbekommt. Vielleicht auch die Küsse auf die Wange, die sie ihm schon mehrfach gegeben hat. Wenn er denn endlich aufwacht, kann er dann auch was anderes als nur Suppe essen. Auch mal Fleisch. Denn nach solange Zeit, die er jetzt schon verletzt ist und bewusstlos, da wird es auch dauern, bis er wieder richtig zu Kräften kommt.

Elena wird auch immer wieder abgelöst, vor allem von Vasquez und dessen Verehrerin Marijana. Eine ebenfalls schöne Frau, aber leider sieht Vasquez in ihr bisher „nur" eine Freundin. Wichtig ist aber, Elena hat Cortez, den Fremden, noch rechtzeitig gefunden, denn sonst wäre Cortez jetzt sicher nicht mehr am Leben.

Die anderen um Ramon und Pedro sind derweil unterwegs, um Alejandra zu treffen. Ramon hat inzwischen die Idee gehabt, nicht zuerst zum König zu reisen. Denn wenn sie das machen würden, müssten sie dem König sagen, dass Alejandra allein unterwegs und das würde dem König gar nicht schmecken. Wenn sie aber auf der Rückreise von der Horde dann beim König Halt machen, dann ist Alejandra mit dabei und es fällt dem König nicht auf, dass sie bei der Horde im Norden war.

Allerdings wird der König schwer erzürnt sein, dass sein bester Commandante sehr wahrscheinlich tot ist. Cortez ist nicht nur ein erstklassiger Kämpfer, sondern auch ein genialer Stratege. Dies ist auch für den König ein schwerer Verlust. Und auf den muss der König jetzt verzichten, wo sich gerade im Osten eine große Bedrohung anbahnt. Und wie sich gezeigt hat, ist diese Bedrohung wirklich sehr ernst zu nehmen.

Zurück zu Elena und Cortez. Am 5.Tag, als sie ihn gerade wieder waschen möchte, da schaut sie ihn an----und plötzlich macht er langsam die Augen auf und schaut Elena an. Ihre Augen leuchten in dem Moment so hell wie ein Stern und Tränen der Erleichterung rollen aus ihren wunderschönen Augen. Sie ist so glücklich, dass der Fremde endlich aufgewacht ist und er möchte ihr durchs Haar streicheln und verzieht aber vor Schmerz die Augen. Da er aber beide Hände noch nicht bewegen kann, hilft sie ihm dabei, nimmt seinen rechten Arm vorsichtig hoch, so dass er sie ihr Haar streicheln kann. »Ihr habt sehr geschmeidiges, sehr schönes Haar.« sagt Alvaro zu ihr und sie dankt ihm dieses Kompliment mit einem schönen Lächeln.

»Wer seid ihr?«

Sagt er zu Elena. Aber mit sehr kratzender Stimme. Durch die lange Bewusstlosigkeit und die schwere Verletzung kann er nur schwer sprechen. Aber Elena kullern vor Freude die Tränen übers Gesicht.

»Ich heiße Elena.«

Cortez sieht ihr ganz tief in die Augen und meint:

»Ich habe noch nie schönere Augen gesehen.«

Elena lächelt, als Cortez das sagt und da sind die Augen noch schöner als sie schon sind.

»Und wie ist euer Name?«

Da überlegt er, senkt den Kopf, richtet ihn wieder auf und sagt zu ihr:

»Ich weiß es nicht. Ich erinnere mich nicht, wer ich bin.«

Dann bricht seine Stimme zusammen, er hustet laut und Elena zieht seinen Oberkörper rauf, so dass er sich setzen kann und gibt ihm dann etwas zu trinken. Aber er will zu schnell zu viel trinken, verschluckt sich, und Elena beruhigt ihn

»Langsam, langsam, fremder Mann. Niemand nimmt euch einen Schluck Wasser weg. Trinkt langsam.«

Cortez ist beeindruckt von dieser liebevollen Art, die diese Frau an sich hat. Das gefällt ihm sehr und dazu ist sie noch so wunderschön. Elena legt Cortez ein Kissen in den Rücken, so dass er einen Moment aufrecht sitzen bleiben kann.

»Wo bin ich hier?« fragt er Elena Und sie erzählt ihm, wie er in dieses Dorf gekommen ist. Dabei setzt sie sich auf dem Rande des Bettes und gibt ihm nebenbei eine weitere Suppe zu essen und Wasser zu trinken. Er schaut ihr dabei die ganze Zeit in die Augen und sie schaut auf einmal etwas verlegen.

»Mich hat ein Mann noch nie so angeschaut wie ihr. Schaut ihr Frauen immer so an, wenn sie euch gefallen?«

Elena wirkt auf einmal verunsichert, aber Cortez, der jetzt besser sprechen kann, sagt ihr:

»Ich kann euch darauf jetzt keine Antwort geben. Weil ich mich nicht erinnern kann im Moment. Ich muss wieder wissen, wer ich bin. Aber ich kann euch eines versichern. Ihr seid eine sehr schöne Frau, nach der sich jeder Mann umschauen muss, der euch sieht. Ihr braucht vor mir keine Angst zu haben.«

In dem Moment schaut Cortez plötzlich ganz böse daher.

»Was ist, wenn ich ein böser Mensch bin, vielleicht bin ich geflohen aus einem Gefängnis und ihr habt mich gerettet, aber ihr seid in Gefahr, wenn ich ein Verbrecher wäre. Ich weiß ja nicht, wer ich bin. Ich darf auch nicht sagen, ihr braucht vor mir keine Angst zu haben.«

Da beruhigt ihn Elena:

»Ich muss mich bei euch entschuldigen. Meine Reaktion war gerade dumm von mir. Ich hätte anders reagieren müssen. Ihr seid sicher kein Verbrecher, das glaube ich nicht. Das kann ich mir nicht vorstellen. Auch wenn ihr das Gedächtnis verloren habt. Ich meine, ihr seid sicher ein guter Mensch und ihr werdet sicher von einigen Leuten vermisst. Aber da ihr euer Gedächtnis im Moment nicht habt, wisst ihr ja auch nicht, womit ihr gerade beschäftigt ward und wie ihr an das Ufer gekommen seid.«

Cortez ist erstmal beruhigt, dass sich Elena nicht weiter so seltsam abwandte. Er versucht jetzt mit ihrer Hilfe, mal vom Bett aufzustehen, ob die Beine schon wieder erlauben, dass er einige Schritte gehen kann.

»Stützt euch auf mich und wir versuchen es einmal.«

Sie können einige Schritte gehen und als sie vor dem Haus sind, da sieht Cortez, dass er in einem kleinen Dorf ist. Er versucht mit Elenas Hilfe, noch weiter zu gehen, aber es funktioniert nicht richtig. Da setzt Elenas den für sie Fremden auf einen Stuhl, der vor ihrem Haus steht und da Vasquez in dem Moment gerade vorbeikommt, da freut sich dieser, dass der Fremde aufgewacht ist.

»Hallo Fremder. Es ist sehr schön, euch wieder wach zu sehen. Aber bei dieser Pflege ist das ja auch kein Wunder. Wer seid ihr und wo kommt ihr her?«

Da sagt Elena ihm, dass sich der Fremde nicht erinnern kann. Drauf meint Vasquez:

»Oh das ist aber sehr schlecht. Aber unser Dorfarzt hat vielleicht dafür eine Lösung.«

«Vasquez, kannst du für unseren Fremden einen Stuhl mit Rädern bauen, damit ich mit ihm an der frischen Luft spazieren gehen kann. Vielleicht hilft das auch, sich zu erinnern.«

Fragt Elena ihren väterlichen Freund.

»Na klar, das kann ich machen. Ich nehme einfach einen Stuhl aus meiner Werkstatt und baue da vier kleine Räder ran. Wird zwar etwas lustig aussehen, aber Hauptsache unser fremder Freund kann sich so vorwärtsbewegen, bis er wieder laufen kann. Dauert vielleicht noch einige Tage.«

Auch Cortez bedankt sich bei Vasquez und dieser stützt jetzt den Fremden, da Elena nicht mehr Kraft im Moment hat und so gehen die Drei einige Schritte durchs Dorf. Und die anderen Dorfbewohner schauen sehr freundlich und sind auch froh, dass der Fremde wieder aufgewacht ist, das ganze Dorf war besorgt, als er ins Dorf kam und so schwer verletzt war. Jetzt sehen alle glücklich daher, dass Cortez erwacht ist und das lange Bangen wurde belohnt.

Da kommen die Drei an dem Haus von Abel vorbei, der Alvaro operiert hat und der sitzt gerade vor seinem Haus.

»Schau mal Abel«

Sagt Vasquez zu Abel:

»Deine Operation hat sich gelohnt. Der Fremde ist heute aufgewacht und das hat er dir zu verdanken. Du weißt auch, dass keiner hier im Dorf ihn hätte retten können. Du kannst stolz auf dich sein.«

Da muss Abel fast weinen. Er steht auf und geht auf Cortez zu und der sagt:

»Ihr habt mich gerettet. Danke sagen, ist sicher zu wenig. Irgendwann werde ich mich angemessen bei euch revanchieren.«

Die drei gehen dann wieder zurück zu Elena Haus und sie meint »Das reicht für den ersten Tag erstmals. Schließlich seid ihr erst heute aufgewacht. Jetzt mache ich Euch was zu essen. Vasquez du bist eingeladen.«

Aber der sagt zu Elena:

»Das müssen wir ein anderes Mal machen. Marijana hat mich schon zum Essen eingeladen. Da kann ich jetzt nicht absagen.«

Elena denkt sich, das ist schön, dass Marijana Vasquez eingeladen hat und er auch zu ihr geht. Vielleicht funkt es mal endlich bei ihm, denn Marijana ist schon länger in Vasquez verliebt, aber er lässt sie bisher nicht an sich ran. Er hatte Elena mal im Vertrauen was von seiner ersten Frau erzählt, die sei sehr krank geworden und dann gestorben und da er sie sehr geliebt hat, konnte er ihren Tod nicht verwinden. Und so tut er sich anscheinend sehr schwer, die Annäherungsversuche von Marijana zu erwidern.

Er sagte auch zu Elena, er findet Marijana auch sehr attraktiv, aber kann seine Frau nicht vergessen, da sie sehr schwer krank war und sehr gelitten hat und es ihm das Herz brach, dass er ihr nicht helfen konnte und auch kein Arzt. Seitdem hatte er auch kein Vertrauen mehr zu Ärzten, bis er Abel kennenlernte. Aber der hat eine schwierige Vergangenheit und arbeitet als Arzt nur sehr selten. Erst die Operation an Cortez war die erste Sache seit Jahren, wo sich Abel wieder als Arzt fühlte. Und Vasquez hatte auch großes Vertrauen zu Abel gehabt, weil er wusste, Abel ist der einzige, der Cortez retten konnte.

Elena hatte auch bei Abel bemerkt, dass es ihm sehr gut getan hat, als sah, wie er Cortez operiert hat, dass er nach wie vor ein guter Chirurg und Arzt ist. Und das könnte auch Vasquez helfen, denn durch Abel könnte er sein Trauma überwinden, das durch den Tod seiner Frau in ihm sich aufbaute. Der damalige Arzt konnte nicht helfen, die Frau starb qualvoll an einer undefinierbaren Krankheit. Bis heute hat er das nicht überwunden.

Jetzt hat er aber gesehen, dass ein Arzt auch helfen kann und damit sind drei Menschen vielleicht bald wieder glücklich. Denn Abel sieht, dass er wieder ein Arzt sein kann und Vasquez hat wieder Vertrauen zu einem Arzt und überwindet sein Trauma. Und dadurch ist er wieder frei im Kopf und vielleicht offen für eine neue Liebe mit Marijana. Denn die ist wirklich genau wie Elena eine sehr attraktive Frau, um die 40 Jahre alt, während Vasquez vielleicht 55 Jahre alt ist. Aber mal abwarten, wie sich das entwikkelt, ob Vasquez mal die Augen aufmacht und sieht, was für eine tolle Frau diese Marijana ist.

Zur selben Zeit zurück zu Ramon und seinen Freunden.

Die reiten mit schnellem Galopp hinter Alejandra hinterher. Einholen werden sie sie kaum, aber wie schon erwähnt, beschützen können sie sie auch auf dem Rückweg und beim König kann sie auch sehr wertvoll sein.

Alejandra selbst ist bisher ohne Zwischenfälle gut vorangekommen. Möglicherweise gibt es im Westen derzeit keine weiteren Überfälle, als diesen, wo Cortez und seine Mannen ein Dorf gerettet haben. Wobei der Westen des Landes an Portugal grenzt, und die Spione des Fürsten haben aber da keine feindlichen Aktivitäten bemerkt. Da stellt sich dann aber die Frage, wenn im Osten Gefahr lauert, wie der Überfall auf Cortez und seine Leute zeigte, wieso ist es im Westen ansonsten nicht so bedrohlich.

Es gab zwar eine Zeitlang einige Überfälle auf Dörfer, aber möglicherweise dienten diese Überfälle nur als Ablenkung, was da im Osten passiert. Und die Überfälle im Westen sind auch vom König nicht erwähnt worden, weil er keine Soldaten dahin beordert hat. Aber im Osten musste Cortez eine Mission angehen und die endete ja bekanntlich in einem ganz hinterhältigen Überfall.

Ramon und die Männer versuchen auch nachts zu reiten, um schneller voran zu kommen, tatsächlich sehen die Männer plötzlich vor sich eine Kutsche und ihre Begleitsoldaten. Sie haben Alejandra doch eingeholt, während Alejandra zunächst befürchtete, es gibt doch noch einen Überfall. Aber dann sieht sie den Fürsten, Ramon, Pedro und die anderen Freunde und sie ist erleichtert.

Als Miguel ihr allerdings erzählt, was mit Cortez passiert ist, bricht sie in Tränen aus und kann sich nur schwer beruhigen. Und das steckt die anderen mit an, allen voran Pedro, der um seinen Bruder schwer trauert. Aber er muss auch vorausschauen, die anderen brauchen ihn und seine Kampfeskraft, er muss seine Trauer zurückstecken. Alejandra kann es nicht ertragen, dass Cortez nicht mehr da sein soll, ob tot oder verschwunden oder entführt von diesen schwarzen Angreifern. Sie weint bitterlich und auch Miguel kann sie nicht trösten.

Es dauert eine ganze Weile, bis sie sich beruhigt hat und dann gehen ihr die Gedanken nochmal durch den Kopf, dass sie mal verliebt waren, aber aus politischen Gründen heiratete sie dann Miguel. Sie fragt Ramon, ob sie auch alles versucht haben, um Alvaro wieder zu finden.

»Wir haben alles mehrere Male durchsucht, aber keine Spur von ihm gefunden. Auch am Fuße des Wasserfalls haben sie alle gesucht. Einer der Männer ist sogar getaucht und hat sich den Grund des Wasserfallsees angeschaut. Und der Mann sagte dann, wäre Cortez hier runter gestürzt, da waren so viele Steine im Wasser, wäre der sofort gegen die Steine gestoßen, das hatte ihn dann spätestens getötet.«

Das ist aber eine Sache, die die Fürstin jetzt nicht unbedingt beruhigt, Fakt ist aber, Cortez ist mit großer Wahrscheinlichkeit tot. Denn warum sollten sie ihn entführen. Dass würde keinen Sinn ergeben. Wozu würde jemand Cortez entführen sollen? Um an Informationen zu kommen? Nein. Die Freunde müssen wohl damit leben, dass ihr Commandante tot ist, so schwer das auch sein mag.

Und auch Alejandra muss jetzt damit leben, aber das kann sie nicht so einfach und auch die Mannen um Ramon können das nicht. Und doch müssen sie jetzt weiter reiten, um Carlos Finjero zu treffen. Trotz Cortez`Tod brauchen sie diesen Carlos. Wobei Alejandra noch zu Ramon sagt, wenn das ein Hinterhalt war, und das ist ja offensichtlich, dann war das eine böse Falle, die den Männern jemand gestellt hat. Die Männer sollten alle getötet werden, nicht nur Cortez. Jemand ganz wichtiges muss das gewesen sein, der diesen Hinterhalt gelegt hat. Und vor allem an dieser unübersichtlichen Stelle, wo man sich nur schwer verteidigen kann, passierte dieser Überfall auch. Seltsam ist vor allem, dass der König genau diese Route Cortez vorgeschrieben hatte, da diese Stelle zwar einerseits sehr unübersichtlich ist, aber gleichzeitig ideal ist, um einen großen Umweg abzukürzen. Da muss es im Umfeld des Königs einen Verräter, oder mehrere geben. Das ist auch nicht verwunderlich, dass der König sich unter seinen Vertrauten Feinde gemacht hat. Denn sein Regierungsstil ist hart und ungerecht. Aber er hätte seinen besten Commandante wohl kaum in einen Hinterhalt geschickt.

Jetzt aber müssen sie weiterreiten und den Clanführer suchen. Sie brauchen jetzt einen Verbündeten und Finjero ist derzeit der einzige, mit dem man vernünftig reden kann. Obwohl er auch verärgert war, dass Cortez nach nur wenigen Tagen auf Befehl des Königs wieder weg musste aus den Verhandlungen mit der Horde.

Da regten sich die anderen Clanführer zu Recht auf, manche sagten, auch auf Cortez sei kein Verlass. Nur Carlos Finjero hielt zu Cortez. Er sagte zu den anderen, wenn der König das befiehlt, dann muss Cortez diesen Befehl auch ausführen und sich nicht gegen den König stellen. Cortez wüsste, wie wichtig der Horde die Anliegen an den König sind, aber wenn der sie immer wieder ignoriert, ist das nicht die Schuld von Cortez.

Das haben die anderen Clanführer trotzdem nicht akzeptiert, und das erschwert die ganze Situation. Wenn die Clanführer dann noch erfahren, dass Cortez tot sein soll, dann wird eine Verhandlung mit der Horde Praktisch unmöglich. Denn Ramon kann zwar ein guter Anführer sein, aber die Horde wird ihn als neuen Wortführer nie akzeptieren. Das hätten sie nur bei Cortez gemacht.

Aber es ändert alles nichts, Cortez ist nicht mehr bei den Freunden, aber dieser Mord bleibt auf ewig ungesühnt, denn wenn der Verräter aus den Königs Umfeld kommt, wie soll man das beweisen? Man müsste das Oberste Gericht in Madrid informieren, aber das ist alles sehr, sehr schwierig. Oder man informiert die anderen Commandantes und macht gemeinsame Ermittlungen und geht zum König. Den könnte man dann zwingen, den Schuldigen zu bestrafen, wenn man denn herausfindet, wer das war.

Für so ein Unterfangen bräuchte man aber auch die Horde, denn eine offene Revolte gegen den König würde Krieg bedeuten und ohne die Krieger von der Horde ist so eine Schlacht nicht zu gewinnen. Aber mit Alejandras Reizen könnte man die Clanführer überreden. Das wird aber ein sehr langer Weg und vielleiht schafft das auch nicht mal die Fürstin. Obwohl die Männer der Horde, vor allem die Clanführer, sind für weibliche Reize sehr empfänglich. Es wird ein Ritt auf der Rasierklinge, diese Gespräche, aber jetzt müssen Ramon und die anderen erst mal mit Carlos reden.

Ein weiteres Problem, was bisher nicht bedacht wurde, die Horde ist so unberechenbar ,mal sind sie Freund ,aber sie können schnell Feind sein, wenn sie merken, sie werden hinters Licht geführt .Aber das haben Ramon und die Freunde nicht vor, sie wollen sich der Horde stellen, aber ehrlich sein von Anfang an .Der König hat dieses Volk immer wieder ignoriert oder im Stich gelassen, dabei sind das auch Spanier wie der König, Aber sie sind aufmüpfige Menschen, die sich schon seit Jahren als Menschen zweiter Klasse fühlen, da der König mal gesagt hat,

»Das sind doch alles Wilde, deren Kampf Stil gleich der einer Affenhorde.«

Daher stammt die Bezeichnung „Wilde Horde“ Cortez hat immer versucht, dieses wilde Volk normal zu behandeln, wenngleich das auch für Cortez nicht immer leicht war. Und wenn Alejandra denen jetzt was versprechen will, dann werden die sagen, dass sie das gar nicht halten kann. Die Fürstin ist sich aber plötzlich sicher, dass die Horde nur mit Cortez reden will, auch wenn sie ihre Reize ausspielen kann. Aber der ist leider nicht mehr unter den Lebenden oder spurlos verschwunden.

Ramon sagt noch zu den anderen, es gibt bei der Horde vielleicht 10 Clans und jeder Clan hat ungefähr 1000 Mann. Eine gewaltige Armee, würde man die vereinen, 10000 Mann, das wäre ein gewaltiges Pfund. Aber es soll ja keinen Krieg geben, der König muss irgendwie anders gezwungen werden, das Volk im Norden wie Menschen zu behandeln. Aber bei der Sturheit dieses Menschen wird das sehr schwer. Die Politik des Königs gegen dieses Volk war vor 10 Jahren noch anders, aber gab es mehrere Überfälle auf dem König Transporte, Gold und Waffen wurden gestohlen und Soldaten getötet und der König erklärte die Horde zu Geächteten. Die Horde sagte damals, dass sie keine Überfälle begangen haben. Und der einzige, der ihnen damals geglaubt hatte, war ein junger Offizier namens Alvaro Cortez. Das hat ihm bei der Horde viel Sympathien eingebracht, aber der König war nicht begeistert, dass einer seiner Offiziere mir der Horde im Einklang stand. Des Königs Offiziere haben gefälligst ihrem König zu dienen, und schon gar nicht mit dem Feind zu sympathisieren. Aber der König musste das schlucken, weil Cortez schon damals auch bei der anderen Commandantes sehr beliebt war, weil er strategisch viel auf den Kasten hatte, um es mal so auszudrücken.

Als Ramon und die Fürstin bei dem nahesten Clan angelangt sind, der Clan von Carlos Finjero, da werden sie plötzlich von schwarzen Angreifern attackiert, die genauso aussehen, wie bei dem anderen Überfall, der mit Cortez` Verschwinden endete. Es sind eine ganze Menge Angreifer, die plötzlich aus dem Nichts auftauchen. Aber genauso plötzlich kommt eine Horde Kämpfer aus dem Wald heraus Ramon und den anderen Freunden zu Hilfe und verjagen die schwarzen Feiglinge.

Es sind die Männer von Carlos Finjero. Er hat die Angreifer vor einigen Stunden entdeckt und sie seitdem verfolgt, er wollte wissen, was sie vorhaben und als sie dann aber Ramon und die Fürstin angegriffen haben, da haben Carlos und seine Leute eingegriffen und die schwarze Bande verjagt.

Carlos sagt dann zu Ramon »Was habt ihr hier verloren und warum ist dieses Weib mit dabei?«

»Dieses Weib ist eine Fürstin, ich bitte um ein wenig Respekt. Ich hatte gedacht, ihr seid anders, als eure anderen Leute, aber scheinbar ist das doch nichts so. Wir haben mit euch zu reden.«

Sagt Ramon zu Finjero, aber der hat plötzlich nur Augen für Alejandra.

»Was sucht ihr hier? Wo ist Cortez, warum sehe ich ihn nicht?«
«Ich bin Fürstin Alejandra, die Frau von Fürst Miguel. Ich möchte mit euch reden, auch wegen Cortez. Erweist ihr mir die Ehre, mit euch reden zu dürfen?« Alejandra macht es sehr geschickt, denn Cortez hat mal gesagt, mit Freundlichkeit kann man Carlos Finjero weichkochen.

»Ich gebe euch die Ehre, mit mir reden zu dürfen. Mit einer schönen Frau rede ich immer gerne. Aber wir reden beide allein. Zunächst. Euer Anführer kann dann später dazu kommen.«

Carlos gibt sich Mühe, vor der Fürstin nicht wie ein Holzklotz zu wirken, wie es einige andere Clanführer der Horde jetzt sicher machen würden. Sie reiten alle zusammen in ein nahegelgenes Dorf, das von Carlos und er geht mit Alejandra zunächst allein in sein Haus. Da fragt Carlos die Fürstin erstmal, warum Cortez nicht dabei ist.

»Alvaro geriet vor einigen Tagen in einem Bergmassiv in der Nähe von Alicante mit Ramon und den anderen in einen Hinterhalt und während dieses Kampfes ist er verschwunden. Er war plötzlich weg. Entweder wurde er getötet oder die schwarzen Angreifer haben ihn entführt.«

Carlos meint daraufhin:
»Einen Cortez entführt man nicht. Entweder wurde er getötet oder er wurde schwer verletzt, aber dann hätten eure Freunde ihn gefunden. Aber so, wie ihr das ganze schildert, ist er wohl leider tot. Und wenn er während des Kampfes oben am Wasserfall runtergestürzt sein sollte, das überlebt kein Mensch. Und die Leiche kann dann sonst wo hingetrieben sein. Ich kenne diese Gegend und ich kenne diesen Wasserfall. Ich glaube, der Cortez hat das nicht überlebt. So leid es mir für euren Freund tut. Er war auch mein Freund.« Alejandra ist überrascht über diesen Carlos Finjero. Sie hat ihn anders erwartet, eher großmäulig. Aber er ist sehr freundlich zu ihr und untypisch für einen Mann der Horde.
»Alvaro hat vor diesem Überfall noch zu mir gesagt, dass ihr der einzige seid, mit dem man vernünftig reden kann. Warum sind die anderen Clanführer dagegen, mit uns zu reden?«
»Das ist nicht so einfach. Ich kenne beide Seiten und kann mich deshalb auch in eure Meinung versetzen. Die meisten anderen Clanführer sind durch den König verroht, weil der uns vor 10 Jahren zu Freiwild erklärt hat. Das haben viele andere von uns dem König sehr übelgenommen und das muss man verstehen. Einzig Cortez hat uns verstanden, aber dass er jetzt tot sein soll, das erschwert auch unseren Kampf.«
Alejandra merkt Carlos an, dass Cortez Verschwinden oder Tod ihm auch zu schaffen macht. Die beiden waren befreundet und dieser Verlust bedeutet auch für Carlos und seinen Kampf für sein Volk einen schweren Rückschlag.
»Ich verstehe euren Frust, ich versuche, den König zu beeinflussen, aber das wird fast unmöglich. Er kann es doch nicht auf einen Krieg mit euch anliegen. Das wäre Krieg gegen sein eigenes Volk. Aber diesem König könnt ihr immer alles zutrauen. Der ist so blindwütig, der würde euch am liebsten plattwalzen. Was hat der bloß gegen euch?«
Alejandra hat sich mit diesem Gespräch bei Carlos Finjero viel

Zustimmung eingebracht. Denn er hat ein feines Gespür dafür, wenn es jemand ehrlich meint. Und diese Fürstin, mit ihrer feinfühligen Art scheint es ihm angetan zu haben. Und Carlos schätzt es sehr, wenn jemand ehrlich zu ihm ist. Und da war Cortez ganz oben auf Carlos `Liste der ehrlichen Menschen.

»Ich werde versuchen, mit den anderen Clanführern zu reden, aber wenn die erfahren, dass Cortez tot ist, werden sie nur schwer zu überzeugen sein, wie wenn Cortez die Gespräche führte. Da wird es auch für mich nicht einfach, die Clans auf unsere Seite zu bringen. Ich werde alles versuchen, aber versprechen kann ich euch gar nichts. Und dann ist da noch ein anderes Problem. Einige der anderen Clanführer lehnen es ab, mit Frauen zu reden. Wen ich ihnen sag, dass ich mit euch geredet habe, dann gibt es Ärger. Also werde ich sagen zu den anderen Anführern, dass ich mit Ramon geredet habe. Ich hoffe, ihr versteht das.«

Alejandra nickt:

»Ich versteh euch in dem Punkt. Schließlich müsst ihr mit euren Leuten reden und wenn die so seltsam zu Frauen sind, dann werdet ihr das so erzählen müssen, wie ihr es für richtig haltet. Könnte jetzt Ramon mit dazu kommen, Senior Finjero?«

Carlos ist überrascht, wie freundlich Alejandra mit ihm redet. Er geht vor die Tür und bittet Ramon mit rein, dann sagt Carlos zu ihm:

»Eure Fürstin kann sehr gut reden und sie hat mich überzeugt. Ich versuche, mit den anderen Clanführern zu reden, denn einige werden sehr unruhig, wann wir was gegen den König unternehmen. Aber ich werde denen sagen, dass wir Geduld haben müssen. Außerdem sind die meistens Clanführer untereinander zerstritten und da ist ein Reden miteinander auch sehr schwer Dazu müsstet ihr, Ramon, aber selber mit den anderen Clanführern reden und bei diesem Gespräch darf die Fürstin zwar dabei sein, aber nicht reden. Ich werde ein Treffen vorbereiten, aber nicht hier, diesmal kommen wir zu euch, aber wann, das kann ich nicht sagen. Ich werde einen Boten vorschicken. Wir kennen uns auch im Rest des Landes aus. Da findet sich ein Ort, wo wir uns treffen können, ohne dass der König davon erfährt. Denn sonst könnte er euch wegen Hochverrats an ihm anklagen.«

Ramon ist erstaunt, wie offen Carlos mit ihm und der Fürstin redet.

»Carlos ihr überrascht mich, in der Vergangenheit wart ihr nicht so freundlich wie heute. Aber ihr habt Recht. Wir müssen aufpassen, dass der König nichts von unseren Treffen erfährt. Wenn wir hier wieder wegreiten, dann machen wir den nächsten Halt in Madrid beim König.

Dann erzählen wir nicht, dass wir uns heute getroffen haben. Wir sagen dem König einfach, dass wir mehrere Tage noch nach Cortez gesucht haben und es nicht wahrhaben wollten, dass er vielleicht tot ist. Das wird er uns glauben, aber er wird auch toben, dass wir nicht verhindert haben, dass Alvaro getötet wurde.«

Carlos gibt Ramon Recht, dass der König von diesem Treffen nichts wissen darf, obwohl der auch überall seine Spione hat, die davon was mitbekommen könnten.

»Carlos habt ihr auch von den Überfällen auf kleinere Dörfer gehört? Wir konnten ein Dorf retten, wo schwarze Angreifer das Dorf angezündet hatten und die erzählten auch von anderen Dörfern, die von Männern mit schwarzer Kampfkleidung überfallen wurden.«

»Wir haben davon gehört, aber konnten diese Überfälle nicht verhindern. Einige Menschen konnten wir auch retten, aber wir konnten nie rechtzeitig in den Dörfern sein, die schwarzen Angreifer waren immer schon wieder weg.«

Carlos sagt noch zu Ramon, dass sie und die anderen bis zum Morgengrauen bleiben können. Sie müssen jetzt nicht mehr wegreiten. Alejandra könne bei einer Freundin von Carlos Frau übernachten. Die anderen Männer können in der Scheune schlafen, da ist viel Platz. Und am Morgen kräht dann der Hahn und dann gibt es noch einen Kaffee vor der Abreise.«

Am nächsten Morgen gibt es für alle Kaffee und eine Kleinigkeit zu Essen und dann reiten sie alle los. Der Fürst sitzt mit seiner Alejandra in der Kutsche und Ramon, Domingo, Tomas und Pedro reiten vorne weg. Der Ritt zum König ist für Ramon und vor allem für Miguel mit großen Bauchschmerzen verbunden. Denn wie wird der König reagieren, wegen Cortez wahrscheinlichen Tod.

Wieder zurück zu Alvaro und Elena. Zwei Wochen ist er jetzt bei ihr und nachdem Vasquez einen „Rollstuhl" für Cortez gebaut hat, ist er jeden Tag mit Elena an der Luft und sie sind auch am See. Da hilft sie ihm in ein Boot und sie rudert mit ihm auf dem See. Die Arme kann Cortez noch nicht bewegen, er würde sie gerne rudern, aber die Heilung braucht noch einige Zeit, bis er wieder alles bewegen kann. Und da er sich auch beide Beine gebrochen hat, kann Alvaro im Moment noch gar nichts machen.

Doch eines kann er. Als Elena zu ihm sich heransetzt und sie auf dem Wasser zusammen was essen und trinken, da schaut er sie tief in die Augen…und gibt ihr einen Kuss. Zunächst einen kleinen, er möchte sehen, wie sie reagiert. Und sie macht genau das, was er sich gewünscht hat. Sie erwidert seinen kleinen Kuss und sie küssen sich sehr innig und lange. Dann sagt sie

»Hey fremder Mann, du küsst sehr gut. Aber weißt du, was wir machen müssen? Dir einen Namen geben. Ich sage seit 2 Wochen mein lieber fremder Mann. Aber ein netter Name wäre besser. Was passt am besten zu dir? Lass mich überlegen. Wie findest du Francisco?«

Alvaro nickt zufrieden mit dem Kopf:

»Du hast einen guten Geschmack. Der Name klingt sehr gut. Du hast auch einen guten Geschmack, was das Aussehen eines Mannes angeht. Sonst hättest du mich ja nicht geküsst.«

Da meint Elena mit einem schelmischen Lächeln:

»Der Mann ist ja gar nicht von sich überzeugt. Aber ich gebe dir in einem Punkt Recht. Ich habe einen guten Geschmack.«

Darauf gibt sie ihm nochmal einen Kuss, wobei Cortez sie daraufhin vorsichtig umarmt, sie legt sich nah an ihn ran und die beiden küssen sich. Wieder erst langsam und dann sehr, sehr innig. Es dauert einige Minuten, dann schauen sie sich wieder an und sie sagt:

»Francisco, ich glaube, ich habe mich in dich verliebt.« und gibt ihm noch einen kleinen Kuss. Darauf sagt Alvaro zu Elena

»Ich habe mich auch in dich verliebt, meine schwarzhaarige Schönheit. Deine Augen sind so voller Liebe, wenn du lächelst, glaube ich, dass ich träume.«

In dem Moment ist sie die glücklichste Frau auf dem Planeten. Aber was macht sie eigentlich, wenn er sich erinnert und er hat vielleicht eine Frau. Sie sagt sich in dem Moment, jetzt zählt nur das jetzt. Wenn es so sein würde, dass er an eine andere Frau gebunden ist, dann erlebt sie jetzt eben einen schönen Moment. Das ist das, was für Elena gerade zählt.

Sie hatte ja noch nie einen Mann, sie hat sich aber immer nach Liebe gesehnt und nun hat sie einen Mann gefunden, von dem sie zwar noch nicht viel weiß, weil er sein Gedächtnis verloren hat. Aber sie weiß, dass sie sich verliebt hat und sie weiß, dass das ein sehr schönes Gefühl ist. Sowas hat sie noch nie erlebt und sie fühlt sich auch sehr wohl dabei. Und so, wie Alvaro sie anschaut, empfindet er sicher genauso.

Nach den unglücklichen Lieben zu Königin Carlotta, die schon über 10 Jahre her ist und später die jetzige Fürstin Alejandra, da hat er jetzt eine Frau gefunden, auch wenn die Umstände ziemlich dramatisch waren. Elena und Alvaro, der für Elena jetzt Francisco heißt, sind ein richtig großartiges Paar und sie scheinen wirklich sehr glücklich zu sein. Wenn die Zeit kommt, wo sich Cortez wieder erinnert, wird das sicher für Elena ein kleiner Schock sein, wenn sie erfährt, dass sie dem großen Alvaro Cortez das Leben retten konnte und sich dann auch noch in ihn verliebt hat. Aber sie wird auch glücklich sein, dass sie diesem Mann das Leben retten konnte.

Nach der Bootsfahrt bringt Elena Alvaro wieder zu sich nach Hause. Es war so ein schöner Nachmittag und die Küsse waren auch sehr schön. Im Dorf angekommen, wartet Marijana vor Elena Haus und sagt:

»Darf ich euch morgen Abend zu mir zum Essen einladen. Vasquez und Abel sind auch da und einige andere aus dem Dorf auch. Wir wollen ein bisschen die Rettung des Fremden feiern.«

Da sagt Elena zu ihr:

»Der Fremde hat jetzt einen Namen. Ich habe mit ihm eine Bootsfahrt gemacht und habe ihm gesagt, dass er einen Namen braucht. Da habe ich ihm den Namen Francisco gegeben.«

»Das ist ein schöner Name. Eine gute Wahl von Dir, Elena«, sagt Marijana und lächelt Elena an.

»Du schaust so glücklich daher, hast dich in ihn verliebt?«

Elena antwortet ihr nicht, schaut sie aber mit einem Grinsen an, eine bessere Antwort konnte sie nicht geben. Vasquez kommt in dem Moment bei Elena vorbei und fragt, was sie denn heute gemacht hat mit dem Fremden. Da antwortet Elena »Der Fremde hat jetzt einen Namen. Da er sich noch nicht erinnert, habe ich ihn Francisco getauft, bis er seinen echten Namen wieder weiß.«

»Das ist eine gute Idee gewesen. Und Francisco klingt auch sehr passend. Sollte er sich gar nie wieder erinnern, so würde er einen schönen Namen behalten. Und dass du ihm den Namen gegeben hast, gefällt ihm sicher sehr. Wir sehen uns doch morgen Abend bei Marijana Zum Essen, oder?«

»Marijana hat uns schon eingeladen. Ist doch klar, dass wir kommen.«

Am nächsten Abend bringt Elena Francisco mit seinem „Rollstuhl" zum Haus von Marijana und diese fragt Cortez, was denn sein Gedächtnis mache?

»Das sieht noch nicht besser aus. Da ist immer noch alles dunkel und keine Besserung in Sicht. Das ist wie eine Wand, über die ich nicht drüber komme, auch wenn ich es wieder und wieder versuche. Elena meinte, das liegt vielleicht an der Wunde am Kopf, die ich vielleicht durch einen heftigen Schlag bekommen habe. Vielleicht hilft euer Essen ja dabei.«

Alvaro möchte in dem Moment aufstehen, Elena sieht das und meint, er solle das lassen, das schafft er noch nicht allein und er verliert den Halt, weil seine Beine noch nicht soweit sind, Elena kann es nicht verhindern und Cortez fällt um und liegt am Boden.

Da schreit er auf einmal sehr laut und wutentbrannt und voller Hass:

»Wer auch immer mir das angetan hat, ich werde dich finden und dich töten und mein ganzer Zorn wird dich treffen.« Elena versucht, ihn zu beruhigen und möchte ihm beim Aufstehen helfen, aber da wird sie von Cortez richtig heftig attackiert »Scher dich zum Teufel, du Hexe, vielleicht hast du mir das angetan und jetzt amüsiert du dich über mein böses Schicksal. Du machst dich über mich lächerlich.«

Elena ist geschockt und die anderen schauen sich ungläubig an, weil sie so verwundert sind, dass Francisco seine Elena plötzlich so angreift, obwohl sie sein Leben gerettet hat. Sie ist tief gekränkt und läuft weinend davon, und Alvaro hadert mit sich selbst, noch am Boden liegend. Da meint Vasquez zu Alvaro:

»Francisco, was hast du getan? Wie kannst du sowas zu Elena sagen, die Frau, die dir das Leben gerettet hat? Du bist sicher frustriert, aber ich bringe dich jetzt zu ihr und entschuldige dich bei ihr.«

Francisco nickt zustimmend. Lässt sich von Vasquez aufhelfen und in den Stuhl setzten und entschuldigt sich bei den anderen, dass der Abend zu Ende ist, bevor er angefangen hat »Es tut mir leid. Marijana wir holen das essen nach, bitte verzeiht mir.«

Alvaro ist untröstlich, er hat etwas getan, was nicht seine Art ist, aber der Frust hat ihn dahingetrieben, trotzdem hätte er das nicht zu der Frau sagen dürfen, in die er sich gerade verliebt hat und sie sich in ihn. Vasquez schiebt Francisco mit seinem Stuhl erstmal ein wenig durchs Dorf. Dabei redet er zu Francisco:

»Lass Elena erstmal ein bisschen Luft und dann gehen wir beide zu ihr. Ich weiß, dass du sie nicht verletzen wolltest, ich weiß sogar, dass sie dich sehr mag. Und ich weiß, dass du sie sehr magst. Aber tu sowas nie wieder. Sonst verlierst du sie. Und das willst du doch nicht und ich auch nicht, denn sie ist wie eine Tochter für mich und sie bedeutet mir alles.

Nun schiebt Vasquez Francisco zu Elena Haus und er geht rein, währenddessen wartet Francisco draußen. Vasquez geht ins Haus und nimmt Elena in seine Arme, und sie muss weiter weinen und kann sich nicht beruhigen:

»Gestern sagt er noch, dass er sich in mich verliebt hat, und jetzt bin ich für ihn eine Hexe, die ihn auslacht. Das ist doch nicht wahr. Ich habe mich auch verliebt aber warum beschimpft er mich dann plötzlich?«

»Mein Kind, glaube mir, dieser Mann liebt dich auch. Er ist frustriert gewesen, weil er noch nicht allein aufstehen konnte und da sind die Pferde mit ihm durchgegangen. Er erinnert sich nicht und kann noch nicht laufen. Ihm schmerzen noch die Schultern und da ist er ausgetickt. Verzeih ihm seinen Frust, er braucht dich und das weißt du.«

Elena geht vor die Tür, wo Francisco auf sie wartet. Sie schaut ihn zunächst nicht an, sondern steht nur da. Er traut sich zunächst nicht, etwas zu sagen, aber sie macht das:

»Also du meinst, ich sei eine Hexe und habe dich verteufelt. Und ich dachte, zwischen uns ist was Besonderes und du bist ein Mann, mit dem ich vielleicht glücklich sein könnte. Aber mit einem Mann, der mich so beschimpft, möchte ich nicht glücklich werden.«

Alvaro schaut sehr verängstigt und fast bettelnd zu Elena, und Vasquez gibt ihr einen Schubs:

»Sei nicht ganz so hart zu ihm, schau ihn nur an, ich kann verstehen, dass er frustriert ist. Aber ihr seid doch ein gutes Team. Geh zu ihm und schieb ihn noch ein wenig.«

Elena hört auf ihren väterlichen Freund, sagt zunächst nichts weiter zu Alvaro und der ist auch ruhig. Sie geht zu ihm und schiebt seinen Stuhl und sie gehen Richtung Wald. Da angekommen, sagt Francisco endlich einige Worte zu Elena:

»ich bin untröstlich, ich habe dir sehr wehgetan, das wollte ich aber nicht. Du bist mir in der Zeit, die ich jetzt hier im Dorf und bei dir bin, sehr wichtig geworden. Sicher bin ich frustriert, es tut mir unendlich leid. Ich verspreche dir, ich bin nie wieder böse zu dir, ich ertrage es nicht, wenn du so schaust, auch wenn du jetzt enttäuscht von mir bist. Aber ich werde das nie wieder tun. Ich möchte dich zum Lächeln bringen, denn dein Lächeln ist meine beste Medizin. Meine liebe Elena, bitte verzeih mir.«

Nach diesen rührenden Worten schaut Elena Francisco an und sagt.

»Manchmal können die schönsten Worte nicht das wieder gut machen, was andere böse Worte kaputt gemacht haben. Aber Vasquez ist ein kluger Mann. Ich möchte nicht so hart weiter sein, denn du verdammter Idiot, ich liebe dich.«

Sie nimmt ihn an beide Hände und zieht ihn vorsichtig hoch. Er steht vor ihr und sie legt seine Arme um ihre Taille und dann lächelt sie ihn an und er weint, er muss weinen, weil sie seine Arme um ihren Körper gelegt hat und sie schauen sich tief in die Augen und er sagt »Und ich liebe dich auch, wie ich noch keine Frau geliebt habe, deine schwarzen Haare, deine leuchtenden Augen. Ich kann nicht mehr ohne dich.«

Sie schaut ihn an, dann nimmt sie seine eine Hand, und sie versuchen, dass er einige Schritte gehen kann und es geht ganz gut. Sie gehen ein kleines Stück in den Wald, obwohl es schon dunkel ist. Aber beide sind froh, dass der Streit schnell wieder beendet ist. Cortez ist noch nie so ausgerastet, aber Elena sagt, dass sie seinen Frust verstanden hat, aber wenn sie so drüber nachdenkt, dann können Hexen schon Wunder vollbringen. Aber sie meint noch

»Dann bin ich eine gute Hexe, denn mit dem Teufel will ich

nichts zu tun haben. Und da ich nun eine gute Hexe bin, gehen wir jetzt wieder zurück, legen uns ins Bett und dann wirst du mich ein wenig verwöhnen mit deinen Händen, denn die brauchen jetzt Bewegung.»

Francisco ist klargeworden, dass er und sie füreinander bestimmt sind, egal, ob er seine Erinnerungen wiederfindet, oder ob das Gedächtnis so bleibt, wie es jetzt ist. Sie hat ihm das Leben gerettet, wäre sie nicht am Ufer gewesen, dann wäre Francisco jetzt tot.

Auch wenn er ein großer Kämpfer ist, gegen diesen Hinterhalt hätte jeder andere Commandante verloren, aber er hatte ein gutes Schicksal in Gestalt von Elena, die sich mit ihrer liebevollen und faszinierenden Art in sein Herz geschlossen hat.

Kapitel 4

Wieder zurück zu Ramon und seinen Männern. Fürst Miguel hat kein gutes Gefühl, wenn er an seinen Onkel, den König denkt. Alejandra sagt zu ihrem Gatten:

»Ich werde zuerst mit ihm reden, wenn du mir das erlaubst. Vielleicht kann ich ihm das mit dem Hinterhalt aus Frauen Sicht erklären, aber viel Hoffnung habe ich da zwar nicht, aber ich würde es versuchen.«

Miguel meint dazu:

»Ich lasse dir ausnahmsweise mal gerne den Vortritt, aber der König könnte das auch als Beleidigung auffassen, wie du als Frau vor deinem Gatten mit ihm reden willst. Es kann sein, dass er dann noch ungehaltener sein wird, als er es eh schon sein wird, wenn er erfährt, was mit Cortez passiert ist. Lass es uns versuchen.«

Ramon und Alejandra überlegen derweil, warum sie ihm erst jetzt Bescheid sagen, dass dieses Drama passiert ist. Ramon wird dem König erzählen, dass sie noch tagelang gesucht haben nach Cortez und dann mussten sie aufgeben. Das wird auch der König begreifen müssen, dass sie nicht gleich nach Madrid geritten sind, sondern noch alles versucht haben, um ihren Commandanten wieder zu finden. Letztendlich sind sie mit leeren Händen weggeritten, denn auch die Mission, in der Nähe von Alicante haben sie nicht fortgesetzt nach Cortez`Tod,

Aber Ramon und Miguel, auch die anderen wissen, dass wird der König nicht verstehen. Er hatte ihnen einen Auftrag erteilt, aber durch diesen Überfall waren die Männer nicht mehr in der Lage, die Mission zu erfüllen. Und dass die Männer Ramon zum neuen Anführer gewählt haben, das wird der König auch nicht akzeptieren. Wobei bei den regionalen Armeen eigentlich der Fürst die Commandantes bestimmt. Als die Männer Cortez nicht mehr fanden, da hatte ja Domingo die Idee mit Ramon als neuen Anführer. Aber der König kennt Ramon auch und er weiß um dessen Fähigkeiten.

Miguels Fähigkeiten hat der König nie unterstützt, er hatte sogar schon Gelder für Cordoba zurückgestellt, die Miguel eigentlich dringend gebracht hatte, nur weil der Fürst seinem König und Onkel mal richtig die Meinung gesagt hatte. Aber Dank Königin Carlotta nahm der König diese „Strafmaßnahme" ,wie es der König selbst bezeichnet hatte wieder zurück.

Das war das einzige Mal, dass der König auf seine Königin gehört hatte. Aber nun sind sie auf dem Weg zum König und als die Truppe die Mauern von Madrid und die ersten Häuser sieht, da kommen plötzlich schwarz gekleidete Männer, die Ramon und die anderen angreifen wollen. Es sind nicht viele und Pedro schreit zu Ramon

»Reite mit Miguel und der Fürstin schnell weiter. Domingo, Tomas und ich halten diese Verbrecher auf.«

Ramon ist zwar der Anführer, aber Pedros Idee ist richtig und die Drei und noch einige Soldaten stellen sich den schwarzen Angreifern entgegen. Die Situation ist anders wie beim Bergmassiv. Hier ist offenes Gelände, deshalb versteht Pedro auch nicht diesen offenen Angriff. Es sind nur vielleicht 30 Angreifer und Tomas erledigt mit seien Pfeilen schnell 5 bis 7 von der schwarzen Bande. Dann kommt es zum nahen Kampf und da macht Pedro gleich 3 Mann mit einmal platt. Die feindlichen Angreifer sind nicht besonderes schlau in ihrer Kampftaktik, sie scheinen sich sogar fast zu opfern, denn nach vielleicht 10 Minuten Kampf ist keiner mehr am Leben.

Warum nur hatten sie diesen sinnlosen Angriff hier unternommen? Völlig dämlich haben sich die Feinde hier verhalten. Was sollte der Angriff bezwecken. Domingo und Tomas sind ein wenig ratlos, was sollte dieser Angriff? Pedro interessiert das nicht, er ist froh, dass Ramon, Miguel und Alejandra rechtzeitig wegreiten konnten. Hat der Angriff irgendwas mit der Fürstin zu tun, die mit bei der Horde war? Darauf wird es jetzt keine Antwort geben, da alle Angreifer getötet wurden. Die drei Freunde steckt plötzlich der hinterhältige Angriff wieder im Kopf, wobei Cortez verschwand oder getötet wurde. Das kam bei Pedro gleich wieder hoch, deshalb hat er Ramon weggeschickt zusammen mit dem Fürsten und seiner Frau.

Nun können Pedro und die anderen zu Ramon hinterher reiten und ihm sagen, dass sie die schwarzen Angreifer alle getötet haben. Sie hatten auch keine Chance, einen von denen lebend zu fangen. Sie haben sich regelrecht töten lassen, aber warum so? Nun steht die Begegnung mit dem König an. Miguel tritt seinem Onkel mit schlechtem Gefühl gegenüber. Er kennt ihn nur zu gut und weiß, wie er oft reagiert. Wenn er jetzt erfährt, dass sein bester Commandante tot ist, flippt er völlig aus. Dessen ist sich Miguel sicher. Das, was da bei Alicante passiert ist, war aber kein Zufall, das wird er seinem Onkel auch sagen. Auch wenn dem König das nicht gefallen wird. Es gibt hier einen Verräter, und der muss gefunden werden. Sonst werden noch mehr Soldaten hinterhältig ermordet. Aber Miguel bezweifelt, dass der König das auch so sieht.

Der König hat fast immer eine gegensätzliche Meinung wie sein Neffe. Das ist leider so. Aber da fragt sich Miguel auch, warum hat eigentlich Carlotta diesen Kerl eigentlich geheiratet. Genau wie bei Miguel war das eine politische Heirat, aber während der König seine Carlotta von Anfang an mit seinen Geliebten betrog, war Miguel da anders, Er hat Alejandra noch nie betrogen. Als die beiden sich das erste Mal gesehen haben, da haben sie sich zwar nicht gleich ineinander verliebt, da sie noch an Cortez hing in Gedanken, aber nach einigen Wochen merkte sie, dass Miguel ein gutes Herz hatte und von da an fing sie an, ihn zumindest zu mögen. Heute nach einigen Jahren kann sie ihn zwar immer noch nicht lieben, aber sie schätzen sich und das ist in solchen Kreisen, wo politische Hochzeiten an der Tagesordnung sind, schon sehr viel.

Der König empfängt Miguel und Ramon sowie Alejandra mit finsterer Miene, da er Cortez nicht dabei sieht. Als er fragt, wo denn der Commandante sei, da bittet Roman den König, das Wort ergreifen zu dürfen, wobei der König ihm das gestattet »Eure Majestät ich muss Euch eine tragische Mitteilung machen. Der Commandante Alvaro Cortez ist bei dem Ritt nach Alicante, als wir ein Bergmassiv durchqueren mussten, genau die Strecke sind wir langgeritten, die ihr uns auf der Karte vorgeschrieben hattet, da ist er bei einem Hinterhalt von zahlreichen Angreifern getötet worden. Wir anderen konnten uns nur mit viel Mühe verteidigen. Nur 10 von 50 Männern haben diesen hinterhältigen Angriff überlebt. Das solltet ihr wissen. Der Hinterhalt hat uns völlig überrascht, dazu kam noch, dass der Angriff an dieser Stelle mit Sicherheit eine Falle war. Irgendjemand muss von euren Plänen gewusst haben, sonst hätten die Schwarzen Angreifer uns nicht so überraschen können.«

Der König hat Ramon ausreden lassen und schaut ziemlich trübe daher.

»Was meint ihr damit, dass der Angriff eine Falle war. Es war ein Auftrag wie jeder andere, den ich Cortez gegeben habe in der Vergangenheit, ihr meint ‚es war ein Hinterhalt dieser Angriff.? Ich habe Cortez nicht umsonst gesagt, dass ihr wachsam sein müsst. Vor allem an dieser Stelle. Und ihr redet jetzt von einer Falle? Wollt ihr eure Unfähigkeit damit entschuldigen, dass ihr angegriffen worden seid? Seid ihr nicht des Königs Soldaten und müsstet mit solchen Angriffen fertig werden?«

»Majestät ich bitte euch«

Unterbricht Ramon den König und der ist so über dies Unterbrechung geschockt, dass er Ramon weitereden lässt:

»Wir sind zügig durch dieses Bergmassiv geritten, wie ihr es vorher zu Cortez gesagt hattet. Aber der Angriff von diesen schwarz gekleideten Männern konnten von uns nicht anders abgewehrt werden. Verzeiht mir meine Unterbrechung.«

Der König kennt Ramon auch schon viele Jahre, In denen Ramon unter dem Befehl von Cortez gekämpft hat und der König weiß daher, dass Ramon weiß. wovon er redet.

»Ramon, ich verzeihe euch eure Unflätigkeit, meine Worte einfach so zu unterbrechen, aber es ändert nichts daran, dass der Commandante Cortez, wie ihr es sagt, diesen Angriff nicht überlebt hat. Ihr müsst diese Mission aber fortsetzen, das hättet ihr sogleich machen müssen.«

»Das konnten wir nicht, weil wir so sehr dezimiert waren, da mussten wir wieder zurück, aber wir haben noch tagelang das ganze Gebiet mehrfach abgesucht, um Cortez vielleicht doch noch wieder zu finden. Aber entweder ist tot oder er wurde entführt. Aber wer sollte ihn entführen? Einen Alvaro Cortez entführt niemand. Wozu? Nein eure Majestät, so leid es mir tut, Cortez ist tot. Wir werden uns neuformieren müssen und die Mission nochmal neue angehen, damit wir sehen, was da im Osten los ist.«

Ramon ist erstaunt, dass der König ihn hat solange ausreden lassen. Aber dann sagt der König:

»Ramon, ich glaube, ihr seid vielleicht der richtige Nachfolger von Cortez. Ihr übernehmt ab sofort Cortez `Armee und führt die Mission neu an. Wir müssen schauen, was da am Strand von Alicante vor sich geht und ob die Gerüchte über eine Invasion wahr sind. Stellt eure Truppe in Cordoba neu zusammen. Aber ihr müsst wieder durch das Bergmassiv, weil sonst die Angreifer euch sehen würden. Ihr müsst eine Vorhut vorschicken, die das Massiv untersucht, und dann kann kein Überraschungsangriff wieder passieren, wenn ihr drauf vorbeireitet seid.«

Ramon nickt zufriedenstellend mit dem Kopf und ist überrascht, dass der König so gut mit ihm geredet hat. Dann wendet sich der König seinem Neffen und Alejandra zu, gibt ihr einen Kuss auf die rechte Hand und sagt:

»Meine Fürstin ihr seht wie immer bezaubernd aus.«

»Eure Majestät, ich danke euch. Es ist schön, Euch mal wieder zu sehen. Miguel wollte schon lange mal wieder zu euch reisen, aber es war am Hof viel zu tun.«

Dann wendet sich der König seinem Neffen, Fürst Miguel zu:

»Miguel, ich bedauere den Verlust deines Commandantes, ich weiß, er war auch dein Freund, aber wie konnte das geschehen?

Dein neuer Commandante Ramon ist ein sehr fähiger Mann. Ein guter Nachfolger für Cortez. Aber ich kann es nicht fassen, dass Alvaro tot sein soll. Er hat so viele Schlachten für seinen König geschlagen. Und nun soll er bei diesem Hinterhalt getötet sein. Ich kann es einfach nicht glauben. Ich hatte die Route ausgesucht, weil das Bergmassiv eine große Abkürzung ist, und die Stelle des Massivs, wo ihr rausgekommen wäret, diese Stelle ist schwer einsehbar vom Strand, so dass man von dort aus gute Sicht auf den Strand von Alicante hat. Aber wer sich am Strand befindet, sieht dann nicht, dass sie beobachtet werden«

Miguel macht einem Kniefall vor seinem Onkel und sagt:

»Eure Majestät, auch wenn es ein ungeheuerlicher Verdacht ist, den ich jetzt Äußere. Aber es muss unter euren Leuten einen Verräter geben, der die Reisestrecke an die Schwarzen Angreifer verraten hat. Und nur so konnten wir in diesen Hinterhalt geraten. Anders ist das nicht zu erklären. An dieser Stelle ist es so eng, dass eine kleine Truppe ungesehen einen so hinterhältigen Angriff machen kann und selbst einen Cortez damit überraschen kann. Macht Euch mit dem Gedanken vertraut, dass einer eurer Leute einen Verrat begangen hat.«

Der König hat Miguel ausreden lassen, aber sogleich fängt er an, sehr laut zu werden.

»Miguel bist du von allen guten Geistern verlassen worden? Bei mir soll ein Verräter sein. Ich kenn jeden meiner Vertrauten schon viele Jahre, wer soll bitte der Verräter sein und warum sollte jemand von meinen Leuten Cortez töten lassen wollen? Du bist nicht in der Position, solche Verdächtigungen auszusprechen. Ich würde mich an deine Stelle sehr ruhig verhalten, denn sonst bist du die längste Zeit Fürst von Cordoba gewesen. Bis jetzt war ich sehr freundlich, aber schon Ramon hat diesen Verdacht ausgesprochen.

Vielleicht ist es einer von Euch? Der Verräter kann auch einer von Euch sein. Vielleicht hat jemand von euch viel Geld bekommen, um Cortez in diese Falle zu locken. Und was redet ihr immerzu von Schwarzen Angreifern. Ich habe noch nichts von irgendwelchen Schwarzem Angreifern gehört.«

Miguel versucht sich, gegen den König zu wehren:

»Mein König, ihr tut mir Unrecht. Der Überfall war kein Zufall. Aber ob der Verräter bei euren Leuten oder sogar unter unseren Männern ist, das müsste untersucht werden. Aber das müsstet ihr gestatten. Denn ihr seid der König.«

»Ich gestatte es euch. Das sind gute Argumente, die ihr da angedacht habt. Mein Neffe, ich muss mich bei euch entschuldigen, und das fällt mir ehrlich gesagt nicht leicht. Denn wenn jemand meine Leute als Verräter bezeichnet, das kann ich nicht so einfach geschehen lassen. Aber ihr sagt ja selbst, es könnte auch ein Verräter unter euren Leuten sein. Deshalb gestatte ich euch, eine Untersuchung einzuleiten. Wie wäre es, wenn Alejandra diese Untersuchung übernimmt. Sie ist klug und findet bestimmt die richtigen Fragen, die gestellt werden müssen. Die Untersuchung beginnt morgen früh und findet in meinen Gemächern statt. An meinem königlichen Schreibtisch. Alejandra fühlt ihr euch dieser Aufgabe gewachsen?

Der König schaut die Fürstin an und die entgegnet:

»Majestät, ich bin ein wenig überrascht, dass ihr mir diese Aufgabe übertragt. Aber ich nehme diese Herausforderung gerne an. Wobei ich weniger glaube, dass unter unseren Leuten der Verräter sich befindet. Es wird sicher spannend sein, das herauszufinden.«

»Wer auch immer das ist, er hat mit dem schlimmsten aller Strafen zu rechnen. das geht nicht mit Kerkerstrafe aus oder Galgen. Oder Köpfen. Für diesen Verräter lasse ich mir eine neue Strafe einfallen. Egal aus welchen Reihen er kommt.«

Alejandra gibt dem König Recht:

»Eure Majestät ihr habt vollkommen Recht. Der Mord an Cortez ist ein schändliches Verbrechen. Das muss härter bestraft werden, als das jemand bisher bestraft wurde. Einen solchen wunderbaren

Menschen und Commandante zu ermorden, muss auf das härteste bestraft werden. Aber um den Verräter bestrafen zu können, müssen wir ihn erst mal finden. Die Männer, die den Überfall gemacht haben, waren ja nur das Handwerkszeug, es muss jemand sein, der aus dem ganz nahen Umfeld von Euch, Majestät, kommt oder von euch, Ramon. Jeder wird von mir einzeln befragt und ich brauche noch einen Mann, der mir hilft.«

Der König meint zu Alejandra:

»Sucht euch einen aus.«

Alejandra überlegt nicht lange.

»Pedro ihr unterstützt mich, weil ihr kennt Alvaro am längsten und ihr seid am allerwenigsten in der Lage, so einen Verrat zu begehen. Ich will damit nicht sagen, dass ein andere von Ramons Leuten ein Verräter ist, aber wir müssen alle befragen. Aber auch Pedro wird befragt.«

Der König sieht, dass die Fürstin sich in die Arbeit sofort reinkniet und ist beeindruckt. Das war er ja schon immer, weil sie mal früher seine Zofe war. Aber dann wollte er sie verführen, obwohl sie da schon an Miguel versprochen war. Da ließ er sie in Ruhe. Auch weil die ihm drohte, alles der Königin zu erzählen. Er hatte dann doch Angst, weil auch ein König nicht alles sich erleben darf.

Und nun leitet diese Alejandra eine Untersuchung, die nicht viel bringen wird. Denn was soll jetzt schon herauskommen. Miguel hatte da eine Idee, die eigentlich nur dafür da war, um den König herauszufordern. Und der hat sie angenommen. Der Fürst dachte, dass der König noch schlimmer drauf sein wird, aber es hielt sich in Grenzen. Wohl auch, weil Alejandra dabei ist. Und vor der hat ja der König großen Respekt. Am nächsten Morgen beginnt die Fürstin mit der Befragung der Männer und sie weiß eigentlich von Beginn an, dass das nichts bringt. Wer soll sich jetzt hier als Verräter outen. Selbst wenn der König der Verräter wäre, dann würde das ganze hier nichts bringen, weil er sicher Alejandra nicht sagen wird, dass er es war, der Cortez in den Hinterhalt lockte. Die Fürstin selbst weiß, dass Miguel mit diesem Vorschlag eigentlich bloß des Königs Ärger über seinen Neffen von sich ablenken wollte.

Die ganze Befragung führt letzten Endes ins Leere, keiner der Befragten, vor allem die des Königs, waren in irgendeiner Weise verdächtig oder benahmen sich so. Und so kommt es, dass der König die Untersuchung abbricht um zum Schluss noch mal mit Alejandra zu reden:

»Hör mir gut zu Alejandra. Ich möchte gerne wissen, woher diese schwarzen Angreifer kommen. Ich habe hier noch nie was von denen gehört. Ich bin ja der Meinung, es ist die Horde, die diese ganzen Angriffe durchführt. Und dazu kleiden sie sich schwarz und alle erzählen plötzlich von schwarzen Angreifern. Diese wilde Bande habe ich schon immer gehasst, weil sie keinen Respekt vor dem König haben. Noch nie hatten sie vor dem König Respekt. Sie forderten immer nur Sachen von mir, aber dann begannen sie mit ihren Überfällen auf meine Waffen und mein Gold und auf mein Mehl.«

Die Fürstin entgegnet aber dem König:

»Ihr wisst, dass das nur die halbe Wahrheit ist, denn warum hat die Horde euer Mehl gestohlen, weil ihre Kinder verhungern, weil sie alle kaum Brot zum Essen haben, weil ihr die Hilfen eingestellt habt. Wie könnt ihr nur deren Kinder verhungern lassen, das ist unmenschlich. Da müsst ihr euch nicht wundern, wenn die eure Transporte überfallen. Aber soviel ich weiß, haben die Männer von der Horde bei diesen Überfällen nie jemand von euren Soldaten getötet. Die wollten nur was zu essen für sich und ihre Kinder haben. Das solltet ihr mal bedenken. Aber ihr seid ja verblendet, wenn es um die Horde geht. Ihr würdet die am Liebsten alle in einem Krieg vernichten.«

»Mein liebes Kind. Alejandra, Jetzt übertreibt ihr aber, ich führe doch keinen Krieg gegen mein eigenes Volk. Auch wenn diese Wilde Horde etwas schwierig ist, sie sind Spanier und ich töte doch nicht mein eigenes spanisches Volk.«

»Majestät ihr redet viel wirres Zeug daher. Ihr wisst selbst, dass die Horde für euch kein spanisches Volk ist. Ihr würdet die doch am liebsten ausrotten. Aber so einfach werden die euch das nicht machen, das kann ich euch sagen. Die werden sich wehren und dann habt ihr einen Krieg. Und glaubt mir eines, diesen Krieg wollt ihr nicht haben. Diesen Krieg würdet ihr verlieren.«

Der König ist sehr verwundert auf einmal, denn woher weiß sie das alles:

»Wisst ihr von Sachen, von denen ich nichts weiß? Wie wollt ihr das wissen, was ich von der Horde denke?«

Alejandra ist sehr schlagfertig und sie ist auch die einzige, die so mit dem König reden darf:

»Nein, aber jeder weiß doch, wie ihr über die Horde denkt und das ist also kein Geheimnis. Aber da werdet ihr euch bitter überheben, das könnt ihr mir glauben. Die lassen sich von euch nicht mehr unterdrücken.«

Der König findet das jetzt nicht mehr schön und meint »Du kleines Luder. Denk nicht, dass du dir alles erlauben darfst. Übertreib es nicht mit deinen Verschmähungen gegen mich. Es sind bei mir schon andere schöne Köpfe gerollt. Du scheinst sehr klug zu sein. Aber ich würde dir auch raten, nicht dumm zu sein. Denn Dummheit ist dein größter Feind.«

Da schüttelt Alejandra mit dem Kopf und sagt:

»Carlotta wäre nicht begeistertet, wenn sie einige Sachen wüsste. Also droh mir nie wieder, sonst bekommt deine Frau einiges zu erfahren. Aber Moment mal«

Alejandra überlegt kurz und sagt dann:

»deine Königin weiß ja schon fast alles und das weißt du selbst, das muss ich die ja nicht sagen. Also wie ich dir schon gesagt habe, droh mir nie wieder, sonst rollt dein Kopf eventuell.«

Der König weiß, dass Alejandra es ernst meint. Sie ist eine schlagfertige Frau und er wollte sie ja mal verführen, als sie seine Zofe war. Aber sie blieb standhaft und er fand das auf eine Art auch gut, so hat er auch Respekt vor ihr bekommen, weil sie sich gegen ihn gewehrt hat.

Am nächsten Tag wollen die Leute um Ramon und Miguel wieder abreisen, weil sie die neue Mission nach Alicante vorbeireiten müssen. Es gibt vorher noch Kaffee und etwas zu essen und dann beginnt die Rückreise nach Cordoba. Es war ein angenehmerer Besuch, als Miguel befürchtet hatte. Aber dank Alejandra wurde es dann doch zum Aushalten. Der König sagt Alejandra zum Schluss zwar die Meinung, aber gegen diese schlagfertige und kluge Frau ist selbst er zum Scheitern verurteilt.

KAPITEL 5

Zwei weitere Wochen vergehen und Elena und Francisco probieren, dass er auf Krücken gehen kann. Und es geht ganz gut. Das freut sie sehr und sie gibt ihm ein bezauberndes Lächeln und einen Kuss dazu. und Francisco weiß, dass er es ohne sie niemals geschafft hätte. Jetzt braucht er den Rollstuhl nur noch für längere Strecken, ansonsten nimmt er nur noch die Krücken. Aber allein geht er nicht raus, Elena ist immer bei ihm und jeder im Dorf sieht, dass die beiden sich verliebt haben. Sie strahlt ihn mit ihren tollen Augen an und er genießt die Zeit mit ihr. Sie gehen bei Vasquez vorbei und Francisco bedankt sich nochmal für den Rollstuhl, und Vasquez sieht, wie gut Francisco schon mit den Krükken gehen kann. Jetzt ist es nur noch eine Frage der Zeit, wann Francisco allein und ohne Hilfe gehen kann.

Währenddessen hat Cortez immer noch er viel Kopfschmerzen, wogegen er von Abel Pillen bekommen hat. Aber die helfen nur bedingt, da muss noch was anderes gehen. Erinnern kann er sich weiterhin nicht an das, was am Wasserfall passiert ist.

Da hat Elena eine Idee, Francisco einen „Zaubertrank" zu kochen. Sie hofft, dadurch sein Gedächtnis wieder hin zu bekommen. Und natürlich sollen die Kopfschmerzen dadurch auch verschwinden. Sie macht das mit einem Rezept ihrer Großmutter, die war früher eine Art „Medizinfrau", da war Elena 12 Jahre alt. Dann wurde sie von Männern in schwarzen Gewändern entführt, ein Geheimnis, das später noch gelüftet wird. Irgendwann konnte sie fliehen und gelangte in dieses Dorf, wo die Leute sie aufnahmen und sich um sie kümmerten. Und das war das Glück von Francisco, dadurch konnte Elena ihm das Leben retten.

Elena kocht diesen Trank und sagt zu Francisco, dass er danach einen ganzen Tag schlafen wird und dann müssten eigentlich die Kopfschmerzen weggehen. Sie sagt ihm aber auch, sie kann es ihm aber nicht versprechen, dass er sich danach wieder erinnert.

Francisco meint zu Elena, dass er ihr blind vertraut und wenn er sich danach doch noch nicht erinnern kann, dann muss er eben noch weiter Geduld haben. Irgendwann erinnert er sich bestimmt wieder und Elena hilft ihm auch dabei. Aber solange das nicht passiert, weiß er auch nicht, dass die anderen, Ramon und die Männer, denken, dass er tot ist.

Er ahnt auch nicht, dass Fürstin Alejandra mit Ramon und Miguel bei der Horde waren und dort mit Clanführer Carlos Finjero geredet haben. Cortez kennt diesen Carlos sehr gut, aber alle denken seit diesem Überfall im Bergmassiv bei Alicante, dass Cortez tot ist. Diesen Umstand und dass Cortez immer noch keine Erinnerung hat, machen die ganze Situation so abstrus, und Elena gibt Cortez, der ja für Elena Francisco ist, Recht, da er noch nicht weiß, wer er ist, weiß er eigentlich auch nicht, ob er eine Frau hat, aber trotzdem finden sich die beiden magisch zueinander hingezogen. Elena gibt am nächsten Tag Francisco den Trank und daraufhin schläft er ein und kurze Zeit danach, als er tief und fest schläft, da beginnen auch Albträume, von einem Gefecht, von schwarzen Gestalten und von einem Sturz. Während dieser Albträume ist Elena die ganze Zeit an seinem Bett und wacht über ihn.

Am nächsten Morgen wacht Francisco auf und neben seinem Bett liegt Elena und ist eingeschlafen. Er versucht, aufzustehen, was auch gelingt und er geht langsam nach draußen und die anderen Dorfbewohner grüßen ihn und kommen zu ihm und fragen, wie es ihm geht. Die Menschen sind alle sehr freundlich und Cortez sagt zu ihnen

»Also Elena ist eine fantastische Frau, ich bewundere sie sehr, aber ich kann mich noch immer nicht erinnern. Ich hatte im Traum so seltsame Bilder. Von einem Gefecht mit schwarzen Gestalten, einem Wasserfall, aber ich kann damit nichts anfangen.«

Da meint Vasquez:

»Na das ist doch schon mal ein Anfang. Ihr seht im Traum Soldaten. Vielleicht seid ihr Soldat. Die schwarzen Gestalten, vielleicht habt ihr gegen die gekämpft.«

»Vasquez ihr habt sicher Recht. Jetzt muss ich mal positiv denken. Denn Elena denkt immer nur positiv.« »Ja dieses Mädel hat der Liebe Gott geschickt. Sie ist eine herzensgute, liebenswerte Frau und für euch als Mann wahnsinnig attraktiv« ,sagt Vasquez noch zu Francisco.

»Auch wenn sie viel durchgemacht hat, aber das wird sie euch sicher noch selbst erzählen, sie ist immer eine liebenswerte Frau, egal, ob jemand schlecht gelaunt ist. Mit ihrem Lächeln verschreckt sie dunkle Gesichter. Und das nun schon seit 5 Jahren«

»Du alter Charmeur. Du übertreibst wie immer«

Sagt Elena plötzlich, die aufgewacht ist und an ihre Haustür steht und Vasquez zugehört hat.

»Francisco, du bist allein aufgestanden, geh doch mal einige Schritte.«

Das macht Francisco auch und es geht sogar ganz gut. Er kann sogar jetzt sehr gut gehen, läuft dann auf Elena zu und nimmt sie in seine Arme und küsst sie.

»Das habe ich nur dir zu verdanken, meine liebe schwarzhaarige Schönheit. Du bist ein Engel, den Gott auf die Erde geschickt hat, um mich zu retten. Das ist der Zweck deines Lebens. Du solltest mir das Leben retten.«

Nach diesen herzlichen Worten lächelt sie Francisco wieder an mit ihren leuchtenden Augen.

»Das hast du sehr schön gesagt, solche Worte hör ich sehr gerne. Jetzt musst du dich nur noch erinnern und ich glaube ganz fest daran, dass das sicher nicht mehr lange dauert.«

Elena wirkt in dem Moment so glücklich wie noch nie. Sie hat in Francisco den Mann gefunden, mit dem sie ihr weiteres Leben bestreiten will. Und auch Francisco ist sehr glücklich, so eine Liebenswerte Frau gefunden zu haben.

Sicher waren Carlotta und Alejandra auch attraktive Frauen und er hat sie beide sehr geliebt, aber das hier mit Elena ist etwas ganz anderes. Denn die anderen beiden Frauen sind auch machtbesessen, sonst hätten beide die Beziehung zu Cortez nicht zugunsten eines Fürsten oder des Königs aufgegeben. Aber Elena ist eine natürliche Frau, die niemals einen Mann wegen eines Adelstitels heiraten würde und dafür einem Mann den Korb geben würde, so wie es die beiden anderen Frauen getan haben und trotzdem ist Cortez noch mit beiden Frauen gut befreundet und so etwas ist auch wichtig im Leben.

Die Kopfschmerzen scheinen nach dem Trank nachzulassen. Während Elena und Francisco in ihrem Bett liegen und sich zärtlich umarmen, streichelt sie ihm zärtlich über den Kopf und sagt

»Mein Schatz, was macht dein süßer Kopf? Tut er noch weh oder ist es besser?«

Francisco schaut Elena mit lächelndem Gesicht an:

»Der Kopf ist besser geworden, die Schmerzen sind besser, noch nicht ganz weg, aber da nehme ich noch Abels Pillen. Aber durch deinen Trank sind die schlimmen Kopfschmerzen weg. Dank dir du Zauberin.«

»Mein schöner fremder Francisco, das habe ich mit vollem Herzen und aus purer Liebe getan. Ich möchte dich glücklich sehen, auch wenn ich weiß, dass du erst richtig glücklich bist, wenn du dein Gedächtnis wiederhast.»

Dabei schaut sie ihn wieder mit ihren strahlenden Augen an und er sagt:

»Ehrlich gesagt ist es mir in diesem Moment egal, das einzige was zählt jetzt ist für mich, dass ich dich glücklich machen kann. Denn eine Frau wie dich hat es verdient, dass man sie mit jeder Faser lieben muss, die man hat. Und ich verspreche dir, dass ich dich unendlich lieben werde.«

Daraufhin bekommt er von Elena einen richtig dicken Kuss und der ist sehr leidenschaftlich. Beide werden nicht mehr ohne den anderen leben können und werden. Die beiden wissen, dass sie für immer zusammengehören. Daran wird sich nie wieder etwas ändern und Elena spürt das und legt sich ganz nah an Francisco ran. Und sie sagt leise zu ihm:

»Vielleicht liegt das Problem mit deiner Erinnerung auch daran, dass du das, was da passiert ist, verdrängst und was auch immer passiert ist, für dein Gehirn ein Schock war dadurch hat sich dein Körper innerlich geschützt und die Erinnerung ist blockiert. Vasquez hat früher als Heiler gearbeitet und er sagte mal, dass er Menschen gesehen hat, die sich nie wieder erinnert haben, obwohl sie ansonsten ganz gesund waren. Aber du wirst sicher wieder ganz der Alte, der du wirklich bist. Auch wenn es vielleicht nicht ganz angenehm werden sollte, wenn du dich wieder erinnerst.«

»Eins weiß ich jetzt schon, wenn ich mich wieder erinnern sollte. Du bist in meinem Herzen und wirst da drinbleiben. Deine Augen möchte ich für immer jeden Tag meines Lebens sehen können.«

Bei diesen Worten kullern bei Elena die Tränen und sie ist sprachlos vor Glück. Mittlerweile sind schon zwei Monate vergangen und Francisco hat noch immer keine Erinnerung an sein Leben vor Elena, aber er kann jetzt wieder richtig laufen, versucht schon, einen Hang hinaufzulaufen, was ihm auch gelingt und er geht mit Elena in den Wald, dabei hat sie plötzlich die Idee, mit dem Schwert ein wenig zu trainieren. Dazu hat sie im Wald an einem Baum ein Geheimversteck, wo sie vor einiger Zeit mal zwei Schwerter versteckt hat. Sie öffnet die Stelle und holt die Schwerter raus und Cortez fragt sie, was sie denn vorhat, und sie drückt ihm ein Schwert in die Hand und meint:

»Jetzt zeigst du mir mal, wie du mit einem Schwert umgehen kannst.«

»Wenn du mit einer Niederlage gegen mich leben kannst?«

Und grinst sie ganz frech an. Dann fangen sie mit leichtem Schwertraining an. Elena möchte Francisco erstmal ein bisschen warm bekommen. Und er meint in seinem inneren, dass sie eh gegen ihn keine Chance hat.

Sie fechten mit dem Schwert zunächst ganz langsam, Elena macht dabei zunächst eher defensive Bewegungen und er drängt sie etwas nach hinten. Aber die Schwertschläge sind noch sehr harmlos. Dann fängt Francisco an, etwas schneller zu schlagen und wundert sich, dass sie seine Schwertschläge so gut abwehrt. Sie bleibt aber weiterhin in defensiver Haltung, und er denkt sicher, dass er sie nun mit einem spontanen Angriff das Schwert aus der Hand schlagen kann.

Aber dann übernimmt sie plötzlich die Initiative und ihre Schläge mit dem Schwert werden gezielt und immer schneller.er weiß plötzlich nicht, wie er reagieren soll, sie hat ihn total überrumpelt. Sie schlägt mit einem Mal richtig hart und wird immer schneller und schneller, als wäre er ihr schlimmster Feind, drängt ihn dabei immer weiter zurück, er hat Mühe, ihre Schwertschläge noch abzuwehren und dann passiert es, dass er immer weiter nach hinten gedrängt wird und den Halt verliert. Er fällt auf den Rücken und sie hält ihm ihr Schwert auf die Brust. Diesen Kampf hat Francisco gegen Elena eindrucksvoll verloren, das weiß er in dem Moment.

Plötzlich schüttelt er sich den Kopf, als habe er wieder Kopfschmerzen, die Augen hat er geschlossen und schreit:

»Nein ich falle nicht nochmal, nein mich hat was am Kopf getroffen, oh nein, ich kann mich nicht halten, ich stürze ab.«

Da hält ihn Elena ganz fest:

»Mein Schatz ich bin da, du bist nicht allein. Du fällst nirgendwo runter. Ich halte dich ganz fest.«

Und Francisco öffnet wieder die Augen und sagt zu seiner Liebsten:

»Ich weiß wieder, was passiert ist, ich weiß wieder, wer ich bin. Dadurch, dass du mich nach hinten gedrängt hast mit deinem Schwert und so stark gegen mich gekämpft hast, bin ich nach hinten gefallen und das hat meine Erinnerung zurückgebracht.«

»Und wer bist du?«

Fragt sie ihn mit leiser Stimme und er schaut sie in ihre strahlenden Augen:

»Ich bin Alvaro Cortez und komme aus Cordoba. Ich bin Commandante einer Armee und wir sind in einen Hinterhalt Nahe Alicante geraten und dabei stürzte ich einen Wasserfall hinunter. Und dann musst du mich gefunden haben und hast mir dadurch das Leben gerettet. Ich weiß gar nicht, wie ich dir danken soll. Ohne dich wäre ich jetzt sicher tot.«

Elena stehen die Tränen in den Augen, sie ist so glücklich, dass ihr Francisco sich wieder erinnern kann. Und jetzt weiß sie, dass er Alvaro heißt. Und sie hat ja immer gesagt, dass sie nicht glaube, dass er ein entflohener Sträfling sein könnte und auf der Flucht schwer verletzt wurde. Sie glaubte immer, dass er ein guter Mensch ist.

»Wo hast du so das Schwert so führen gelernt? Ich habe noch nie eine Frau so kämpfen sehen. ?«

Sie hilft ihm zunächst auf und erwidert ihm:

»Te saludo alto Cortez« sagt Elena zu Alvaro, was so viel heißt wie

»Sei gegrüßt Senior Cortez.«

Und er erwidert es, indem er sie in seine Arme nimmt und sie leidenschaftlich küsst. Sie strahlt ihn wieder an und er sagt weiter

»Du hast mich schon das zweite Mal gerettet. Durch deinen energischen Angriff hast du mich nach hinten gedrängt und ich fiel zu Boden und das hat in mir etwas ausgelöst, plötzlich ist mein Gedächtnis wieder da und ich kann mich an alles wieder erinnern. Du bist meine Lebensretterin, du bist meine Heldin,«

Elena ist so sehr erleichtert und freut sich, dass der Mann, in den sie sich verliebt hat, dass der wieder weiß, wer er ist. Dann fragt er sie

»Du wolltest mir sagen, wo du so kämpfen gelernt hast. Das muss ein guter Lehrer gewesen sein.« Da schaut sie plötzlich ganz dunkel daher, wo sie gerade noch gelächelt hat. Und fragt sie, was denn los sei.

»Derjenige, der mir das beibrachte, hat meine Eltern und meinen kleinen Bruder getötet. Das Dorf, indem sich als Kind lebte, wurde von schwarz gekleideten Angreifern überfallen, als ich 12 Jahre alt war. Mich ließen sie am Leben, warum, weiß ich nicht mehr. Aber ich war todtraurig, dass meine Familie tot war. Der Mann, der meine Familie tötete, nahm mich als seine Sklavin mit und lehrte mir dann bald das Schwertkämpfen. Es gab viele Wettkämpfe und ich war gut und wurde immer besser. Das musste ich auch, denn in den Kämpfen ging es immer auf Leben und Tod.

Ich hasste diesen Mann wie den Tod, der mich zwar zu einer der besten Schwertkämpferinnen gemacht hatte, aber er hatte mir meine Familie genommen und ich wollte mich eines Tages an ihm rächen. Außerdem plante ich mit einigen anderen Mädchen und Jungen unsere Flucht.

Wir versuchten es einige Male, aber wir kamen nicht weit. Und jedes Mal wurde einer oder eine von uns getötet. Dann machten wir einen besseren Plan. Ich war schon 20 Jahre und ich wollte, bevor wir verschwinden, noch den Mörder meiner Familie bestrafen. Wir schlichen uns zu dritt in das Lager, dann in das Zelt, wo er schlief. Dann weckte ich ihn, hielt ihm mit einer Hand ein Tuch auf den Mund und mit der rechten Hand schnitt ich ihm dann die Kehle durch. Die anderen beiden schlugen ihm dann noch den Kopf ab.

Danach verließen wir schnell das Lager und liefen, liefen und liefen. Die ganze Nacht durch bis der Morgen kam. Wir waren zu acht, 5 Frauen und drei Männer, alle nicht älter wie 20. Wir trennten uns dann und nach einigen Tagen, ich war ausgehungert und hatte kaum noch Kraft, hatte ziemlichen Durst, da wurde ich bewusstlos, aber kurze Zeit später wurde ich von Leuten aus dem Dorf gefunden. Es waren Vasquez und Marjana, die mich schnell ins Dorf brachten und zu Trinken und zu Essen gaben. Ich war glücklich, dass ich die Flucht mit den anderen geschafft hatte. 8 Jahre war ich gefangen gewesen. Und jetzt habe ich dich gefunden und bin so froh darüber.«

Alvaro streichelt Elena zärtlich durchs Haar und sagt zu ihr, dass niemals wieder jemand ihr weh tun werde. Es ist jetzt seine Aufgabe, sie für immer zu beschützen und sie glücklich zu machen. Da sagt Elena zu ihm

»Nicht weit von hier ist eine Hütte, da können wir hingehen, uns ein wenig gemütlich machen.«

Und grinst ihn dabei schelmisch an. Er weiß genau, was sie damit meint und sie gehen zusammen zu der Hütte, besser gesagt, sie rennen dahin. Vielleicht 10 Minuten später sind sie bei der Hütte. Sehr versteckt zwischen den Bäumen. Und Elena nimmt Alvaro in ihre Arme und küsst ihn zunächst sehr leicht. Dann nimmt sie ihn an die Hand, sie gehen rein und fangen an, sich gegenseitig auszuziehen. Sie erleben dann eine Ektase an erotischem Genuss, Elena gibt sich Cortez hemmungslos hin, sie hat sich in Alvaro so sehr verliebt, in den Mann, den sie vor 2 Monaten halbtot am Ufer ihres Flusses gefunden hat und dann sein Leben rettete.

Alvaro überdeckt ihren nackten Körper mit Küssen, sie stöhnt erst leise, dann immer lauter Er massiert und küsst ihre schönen, vollen Brüste und sie stöhnt richtig laut unter seinen Liebkosungen. Er knetet die Brüste von Elena und sie windet sich hin und her, man merkt ihr an, wie sehr sie das erregt und sie genießt jeden Kuss und jede Knetmassage an ihrem Busen. Alvaro lässt sich an ihren vollen Busen auch so richtig aus und dann dreht er sie um und dringt von hinten in sie ein und stößt sie erst langsam, dann etwas schneller und wird dann immer heftiger, während sie so laut stöhnt und schreit, wie noch nie in ihrem Leben.

Dann setzt sich Elena auf Alvaro und fängt an, ihn zu reiten. Erst langsam, dabei stützt sie sich nach hinten ab und stöhnt weiter, er ist auch sehr in Ektase, sie machen sich gegenseitig richtig heiß. Sie wird immer schneller und lauter und er kann sich kaum noch zurückhalten und schließlich explodiert er in einer derartigen Ektase, wie er es noch nicht erlebt hat und beide sind danach ziemlich fertig, aber wahnsinnig glücklich und befriedigt.

Elena und Alvaro schlafen in dieser Nacht in der Hütte und als sie am nächsten Morgen aufwachen, schaut sie ihn wieder mit ihren leuchtenden Augen an und meint:

»Na hast du noch Lust auf ein weiteres Mal?«

Da lässt er sich nicht lange bitten und die beiden schlafen nochmal miteinander. Als sie sich wieder erholt haben, da sagt sie

»Ich glaube, wir müssen mal zurück zu den anderen, aber ich muss dich noch was fragen.«

Alvaro merkt, dass Elena etwas bedrückt und fragt, was sie denn fragen möchte »Was wirst du jetzt tun, wo du wieder weißt, wer du bist? Du wirst sicher zurück zu deinen Kameraden und Freunden. Die werden sehr schockiert und gleichzeitig erstaunt sein, dass du am Leben bist.«

Elena Stimme ist leise und unsicher, aber dann sagt Alvaro

»Sicher werde ich jetzt zurück gehen zu meinen Freunden, denn wir müssen eine große Gefahr bekämpfen. Aber ich möchte, dass du mit mir kommst. Du hast dich sehr lange versteckt, nach der Geschichte, die du mir erzählt hast. Jetzt aber musst du wieder raus in die Welt und ich brauche dich, denn ich liebe dich so sehr. Ich möchte dich an meiner Seite sehr glücklich machen und wenn die anderen sehen, wie du mit dem Schwert umgehst, sie werden Große Augen machen.«

Elena freut sich darüber, dass Cortez sie mitnehmen möchte, sie strahlt ihn wieder an:

»Mein Liebster, natürlich komme ich mit dir, ich möchte wieder die Welt da draußen sehen und gemeinsam mit dir, ich freue mich so sehr. Mir tut es nur ein wenig leid um die anderen im Dorf. Ich habe sie sehr liebgewonnen und nun verlasse ich sie. Aber Vasquez und auch Marjana werden es natürlich verstehen, dass ich mit dir mitgehe. Aber sie werden sich auch freuen, dass du deine Erinnerung wiederhast. Und wenn sie hören, wer du wirklich bist, dann werden sie vor dir knien. Es wurde schon mal von dir erzählt, aber niemand hatte dich vorher mal gesehen. Aber Cortez kennen sie hier im Dorf auch.«

»Da können sie auch alle stolz sein, dass sie mir alle das Leben gerettet haben. Spanien wird dieses Dorf eines Tages besonders danken. Jetzt lass uns zurückgehen ins Dorf, sie werden sicher schon sich fragen, wo wir denn so lange sind. Und sie werden sich freuen, dass ich wieder weiß, wer ich bin. Und glaube mir. Klar werden sie traurig sein, dass du weggehst. Aber gerade Vasquez wird dir alles Glück dieser Welt wünschen und sich für uns beide freuen.« Elena ist glücklich und freut sich sehr auf ihr neues Leben. Beide gehen sie nun ins Dorf zurück, wo sie schon fast erwartet werden von Vasquez und Marjana.

»Ihr habt euch wohl im Wald verlaufen?«

Meint Vasquez mit ironischem Unterton und Cortez sagt zu ihm

»Ich habe im Wald gestern mit Elena mit dem Schwert trainiert, dabei hat sie mich doch glatt geschlagen. Ich fiel nach hinten auf den Boden und plötzlich geschah etwa mit mir. Ich weiß wieder wer ich bin.«

Vasquez ist mehr als neugierig:

»Das ist ja fantastisch, dass du dein Gedächtnis wiederhast Und wer bist du und erinnerst du dich, was passiert ist und wie du so schwer verletzt wurdest?«

Der väterliche Freund von Elena platzt vor Neugier und auch Marjana freut sich für Francisco, wie Elena Alvaro ja zwischenzeitlich genannt hat.

»Ich bin Commandante Alvaro Cortez. Ich bin aus Cordoba, wo der Fürst Miguel Harandez regiert. Ich bin euch so dankbar, was ihr für mich getan habt, ganz Spanien muss euch dankbar sein.«

Da geht Marjana vor Alvaro auf die Knie und fängt an zu weinen

»Vor 10 Jahren hat eine Bande von schwarzen Angreifern mein damaliges Dorf abgebrannt. Dann kam ein Trupp Soldaten vorbei und hat die Menschen aus dem Dorf gerettet, auch mich habt ihr damals gerettet. Ich weiß noch genau, wie einer von den anderen Soldaten gerufen hat, Cortez hier ist noch ein Kind in dem brennenden Haus. Und dieser Soldat lief dann in das Haus und rettete meinen Sohn, der war da 5 Jahre alt. Ihr habt Miguel damals aus dem brennenden Haus geholt und mir meinem Sohn das Leben gerettet. Schaut ihn an, das hier ist mein Sohn, jetzt 15 Jahre alt.«

Cortez ist ganz gerührt, aber er bittet Marjana, sich nicht vor ihm zu Knien. Marjanas Sohn geht zu Cortez und bedankt sich bei ihm. Dann sagt Elena zu Vasquez :

»Mein Freund, du bist ein toller Mensch. Ich liebe dich wie einen Vater. Aber ich werde mit Alvaro das Dorf verlassen und mit ihm in ein neues Leben gehen. Ich bin euch alle dankbar, dass ich für mich da gewesen seid. Es fällt mir nicht leicht, von euch fortzugehen. Aber ich liebe Alvaro und möchte mit ihm mitgehen. Er muss jetzt, wo er seine Erinnerung wiederhat, zurück zu seinen Soldaten und Freunden und ich werde mich ihnen anschließen.«

Vasquez sagt zu Cortez:

»Pass mir bitte gut auf mein Mädchen auf. Sie ist zwar sehr kämpferisch, aber sie ist auch wie eine zarte Blume. Die regelmäßig gegossen werden muss. Marjana, was hältst du davon, wenn du etwas Schönes kochst und wir die beiden feierlich verabschieden. Und lade auch Abel mit ein.»Nach drei Stunden treffen sich alle bei Marjana und die hat Schwarzhirsch gebraten. Es schmeckt wunderbar und Alvaro möchte an alle etwas sagen.

»Ich möchte mich nochmal bei euch allen bedanken, für alles, was ihr die letzten zwei Monate für mich getan habt. Ich kam hier her, da war ich halbtot und wenn diese wunderschöne, liebenswerte Frau hier neben mir mich nicht zufällig gefunden hätte, dann gäbe es mich nicht mehr. Auch gilt mein Dank Abel. Ihr seid ein fantastischer Arzt und ihr solltet eigentlich wieder als Arzt und Chirurg arbeiten. Lass uns bitte darüber nochmal reden. Die Geschichte, die ihr vor 20 Jahren erlebt habt, da wurde euch Unrecht getan. Ich werde mich darum kümmern, wenn ich in Cordoba zurück bin, und die Geschehnisse von damals nochmal untersuchen lassen. Und wenn es sich tatsächlich als Unrecht herausstellt, wovon ich mal ausgehe, dann könntet ihr als Arzt des Fürsten arbeiten. Der Fürst ist mein persönlicher Freund und der wird dabei helfen, euren guten Ruf von damals wiederherzustellen.«

Abel schaut Alvaro an und sagt zu ihm:

»Ihr seid sehr freundlich zu mir, aber ich habe doch nur zwei Pfeilspitzen aus euch herausoperiert.«

Da wird Vasquez sauer und sagt ziemlich laut zu Abel:

»Jetzt hör auf, dein Licht unterm Scheffel zu stellen. Du warst vor 20 Jahren ein guter Arzt und bist wegen des falschen Verdachts geflohen. Und du hast auch hier einige Menschen durch deine Arbeit als Arzt sehr geholfen. Bei Alvaro hast du wiedergesehen, was du kannst, und das ist:

sehr viel. Vergrabe dich doch nicht weiter in deinem Selbstmitleid, geh wieder raus in die Welt und fang wieder an zu leben. Nimm die Hilfe von Alvaro an.«

Abel schaut Vasquez an und auch Alvaro, Elena und auch Marjana und sagt:

»Meint ihr das ernst, soll ich wieder in einer großen Stadt als Arzt arbeiten? Ich würde das schon gerne tun, wenn ich ehrlich darüber nachdenke. Auch wenn ich mich 20 Jahre versteckt habe, habe ich in dieser Zeit viele Menschen operiert. Alvaro ich möchte deine Hilfe annehmen. Sag mir, was ich tun soll.«

Alvaro sagt zu Abel:

»Ich reise morgen mit Elena ab Richtung Cordoba. Das wird einige Tage dauern. Dann werde ich mich bei meinen Freunden melden und bin gespannt, wie die reagieren, wenn die mich lebend wiedersehen. Und dann werde ich mit dem Fürsten über deinen Fall reden und ich bitte dich Vasquez, begleite Abel nach Cordoba, vielleicht nimmst du noch Marjana und ihren Sohn Miguel mit, dann muss Abel nicht allein reisen. Es klingt zwar verrückt, was ich jetzt sage, aber Abel wurde damals in Abwesenheit zum Tode verurteilt. Aber nach 20 Jahren erkennt ihn keiner mehr. Ihr könnt also unbehelligt in die Stadt reisen und meldet euch bei der Taverne „Zum Freien Vogel“. Die gehört meinen Ziehvater, dort lasse ich Zimmer für euch reservieren. Und dann werden wir diese Geschichte von damals aufklären und beweisen müssen, dass der andere Abels Frau ermordet hat.«

Abel kann es noch gar nicht glauben, dass es vielleicht doch noch ein gutes Ende nimmt, denn damals, als seine Frau getötet würde, konnte er sich nicht mal von seiner getöteten Frau verabschieden. Er musste schnell verschwinden und er hat ja noch eine Tochter, die lebte dann bei einem Freund, die ist jetzt im Alter wie Elena. Und ER konnte nach meiner Flucht keinen Kontakt zu ihr aufnehmen oder jemand um Hilfe bitten. ER traute niemand und wollte auch Seinen Freund nicht in Gefahr bringen.

»Aber er hat mir damals versprochen, dass er sich um Letitia, so heißt meine Tochter, kümmert. Er und seine Frau hatten ja ihr Kind verloren, das Kind war ertrunken im See und meine Letitia und ihr Kind spielten viel miteinander. Ich bin ihm sehr dankbar, dass er sich um das Kind gekümmert hat. Und jetzt sehe ich sie vielleicht bald wieder.«

Elena ist berührt von der Geschichte und findet es schrecklich, dass Abel seine Tochter bei seinem Freund zurücklassen musste. Aber da hat sie plötzlich einen schrecklichen Gedanken

»Kommt euch bei dieser Geschichte mit Abels Freund nicht auch etwas seltsam vor?«

Alvaro fragt Elena:

»Was meinst du meine Schöne?«

Abel hat erzählt, dass die Tochter seines Freundes genauso alt war, wie Abels Tochter und dass die Kinder oft zusammen am See waren und auch so sehr viel miteinander gespielt haben. Der Freund und seine Frau kannten also Abels Tochter.«

Elena wird immer geheimnisvoller beim Erzählen

»Abel, wie lange kanntest du diesen Freund?«

»Vielleicht 2 Jahre.«

Abel versteht die Frage nicht und Elena erzählt weiter:

»Also noch gar nicht all zu lange. Als der Freund und seine Frau ihre Tochter verloren, wie haben sie sich da gegenüber dir und deiner Frau verhalten, Abel. Waren sie fürsorglich, haben sie gesagt, deine Tochter kann weiter zu ihnen kommen, auch wenn ihre Tochter jetzt tot ist?«

»Ja das haben sie, aber ich versteh immer noch nicht, worauf du hinauswillst?«

Abel weiß nicht, warum Elena so fragt und auch Alvaro und die anderen können sich nicht erklären, was Elena da fragt.

»Jetzt stellt euch doch mal vor, nur so rein hypothetisch. Der Tod der Tochter war natürlich sehr tragisch und schlimm. Die beiden Mädchen spielten viel miteinander und Letitia kannte das befreundete Paar von Abel. Die Tochter von Abel kam weiter oft zu dem Ehepaar, die kein weiteres Kind hatten. Da schmiedeten sie einen perfiden Plan, um die Tochter von Abel bei sich für immer als ihre Tochter zu haben. Sie ermordeten Abels Frau und nutzten ein Indiz für sich, denn Abel hat sich Tage vor dem Mord sehr gestritten, weil Abels Frau nicht mehr wollte, dass ihre Tochter weiter zu dem befreundeten Ehepaar geht. Abels Frau sagte, die haben ihr Kind verloren und jetzt wollen sie uns Letitia wegnehmen. Das fand Abel gar nicht richtig und blödsinnig und ging an dem Abend in die Taverne und betrank sich. Als er wieder in der Nacht zu Hause war, war seine Frau tot und da Nachbarn den lauten Streit gehört hatten, wurde Abel des Mordes verdächtigt. Aber dieser Freund machte Abel den Vorschlag, zu flüchten, bevor er hingerichtet werden kann und Letitia werde bei dem Freund bleiben.«

Da sagt Vasquez zu Elena, Alvaro und Marjana:

»Also Abel, so verrückt wie Elena das hier darstellt, es könnte tatsächlich so oder ähnlich gewesen sein. In ihrem schweren Schmerz har dieses Paar ein furchtbares Verbrechen begangen und so Letitia zu ihrer Tochter gemacht. Das Kind konnte sich nicht mal von ihrem Vater verabschieden.«

Alvaro sagt dazu noch:

»Die große Frage, die bleibt, wer von dem Paar hat Abels Frau getötet.? Wie wurde sie damals umgebracht, Abel?«

»Sie wurde von hinten mit einer großen Eisenvase erschlagen.«

Alvaro fragt nochmal:

»Aber wie schwer war diese Eisen Vase? Zu schwer für eine Frau? Wie sah die Frau deines Freundes aus? war sie klein oder groß und kräftig?

Abel sagt zu Alvaro:

»Sie war klein und schlank, und so kräftig war sie nicht, dass weiß ich noch. Er dagegen war sehr kräftig. Meinst du, dass er meine Frau erschlagen hat vielleicht?

Alvaro antwortet Abel:

»Die Eisenvase war sehr schwer und die hätte eine Frau, die klein und schmächtig ist, nicht halten können, geschweige denn hochheben und sie jemand über den Kopf schlagen. Du Abel aber bist nicht schmächtig und du bist groß. da hat das Gericht dich durch Indizien schuldig gesprochen und du hattest einen lauten Streit mit deiner Frau. Sie wollte nicht mehr eure Tochter zu dem Paar lassen, weil die einen Tochter-Ersatz suchten und du hast gesagt, dass du nichts dagegen hast. Der Mann war schließlich dein Freund. Aber durch den Tod seiner Tochter wollte er deine Tochter zu sich holen. Er brachte diese Frau um, und du wurdest verdächtigt. Und Nachbarn haben den Streit gehört. Das sah das Gericht als Motiv und du wurdest in Abwesenheit zum Tode verurteilt. Wir müssen deinem ehemaligen Freund eine Falle stellen und ihn zu einem Geständnis bewegen, dann wärst du frei und könntest mit deiner Letitia ein neues Leben beginnen.«

»Wenn das so einfach wäre. Wie sollen wir den Kerl zu einem Geständnis bringen. Dafür ist ein guter Plan notwendig. Ich habe dafür kein Talent.»

Abel klingt nicht sehr optimistisch. Er hatte das 20 Jahre verdrängt, die Geschichte eigentlich abgehakt und jetzt soll er eine zweite Chance mit seiner Tochter bekommen? Er kann es noch gar nicht glauben, aber Elena hat ihm mit ihrer Geschichte über die theoretische Ermordung seiner Frau vor Augen geführt, wer seine Frau wirklich ermordet hat und wer ein Motiv hatte, Abels Frau zu töten. Was für ein Motiv soll Abel gehabt haben? Nur dass er sich mit seiner Frau laut gestritten hat? Das ist eigentlich kein Motiv, da müssten ja viele Leute verdächtig sein, weil sich viele Leute streiten.

Alvaro sieht Vasquez und Marjana an und hat plötzlich einen genialen Plan. »Ich reite morgen mit Elena erst mal in Richtung Cordoba. Wir reiten verdeckt, ich möchte noch nicht, dass wir erkannt werden. Wir reiten erstmal inkognito. Warum, werdet ihr fragen? Weil ich mir im Moment nicht sicher bin, dass es unter meinen Leuten nicht vielleicht doch einen Verräter gibt, und da will ich mich noch nicht überall offen zeigen. Denn wenn mich jemand erkennt, dann könnte der Albtraum nochmal passieren und das will keiner haben. Mir müssen deshalb sehr vorsichtig sei. Außerdem bin ich nicht nur für mich verantwortlich, sondern für diesen Goldschatz hier.«

Er schaut dabei seine Elena an und sie lächelt ihn wieder mit diesem Strahlen an. Und sagt dann mit Blick zu Vasquez:

»Marjana und ihr kommt in einer Woche nach Cordoba gereist. Meldet euch dann in dieser Taverne, die ich euch schon genannt habe und wartet, bis ich komme. Ich finde bis dahin heraus, ob das Paar noch da wohnt, wo sie früher wohnten und ihr gebt euch dann als Ehepaar aus und erzählt mit denen irgendwas und dass ihr hier fremd seid und ob sie euch hier in der Fremde ein wenig helfen könnten. Dann freundet ihr euch an und wenn der geeignete Zeitpunkt gekommen ist, dann liegen meine Männer und ich auf der Lauer und ihr fangt dann einen ganz heftigen Streit an. Er wird vielleicht wieder versuchen, Marjana mit etwas zu erschlagen, aber wir sind dabei und verhindern das natürlich, aber wir müssen ihn dabei ertappen, wie er versucht, einen Mord zu begehen. Aber vielleicht können wir ihn auch zu einem Geständnis bewegen. Die Falle muss gut ausgedacht sein, damit er auch reintappt. Nur dann bekommen wir die Freiheit für Abel.«

Vasquez sagt zu Marjana:

»Bist du bereit, dieses Risiko einzugehen? Du und auch dein Sohn Miguel seid dann auch in Gefahr. Wobei du mehr als Miguel. Wenn sie den Köder schlucken, dann werden sie Miguel als ihren Sohn haben wollen und einen von uns beiden umbringen wollen.«

Marjana nickt zustimmend mit dem Kopf:
»Wir wollen doch alle Abel helfen, da gehört auch ein wenig Risiko dazu. Aber Alvaro, ich möchte euch noch fragen, ihr habt doch eine Mission noch zu erfüllen, müsst ihr nicht erst euch darum kümmern?«
Alvaro schaut Marjana an und sagt:
»Abel hat mich operieret und damit das Leben gerettet. Keiner aus dem Dorf hätte diese Operation machen könne. Da gesagt ihr selbst gesagt. Und nun bin ich es Abel schuldig, dass wir ihm helfen, dass er jetzt sein Leben zurückbekommt und seine Tochter, die er vor 20 Jahren verlassen musste. Und meine Mission muss eben ein wenig warten. Wenn alles gut geht, dauert unser Vorhaben für Abel nur einige Tage. Danach kann ich mich um meine Mission kümmern. Erst mal müssen wir eine Familie wieder zusammen bringen«
Dabei drückt er fest die Hand von Abel und der kann seine Tränen nicht verdrücken. Er hätte nie daran gedacht, jemals seine Tochter wiedersehen zu können. Er hatte dieses Leben vor 20 Jahren abgehakt. Seine Frau ermordet und sein Kind beim angeblichen Freund gelassen, um sein Leben zu retten. Und jetzt hat er durch Cortez die Chance, dass alles wieder gut wird. Wie seine Tochter auf ihn nach 20 Jahren reagieren wird, weiß jetzt niemand. Aber Cortez hat auch für Letitia einen Plan.
»Abel ich werde meine Beziehungen spielen lassen, sobald ich wieder in Cordoba bin. Ich selbst war damals noch nicht in Cordoba. Aber es gibt Leute, die ich kenne und die werden Erkundungen für mich einholen und werden herausfinden, wo deine Tochter jetzt lebt, ob sie vielleicht noch bei diesem Paar lebt. Dann werde ich Kontakt zu ihr suchen gemeinsam mit Elena und wir werden ihr erzählen, was vor 20 Jahren passiert ist und dass ihr Vater noch lebt.«
Nun feiert die Gesellschaft noch weiter und Abel ist soeben ein neuer Mensch geworden. Die Runde ist sehr lustig, nachdem man

gerade beschlossen hat, einem lieben Menschen zu helfen. Alvaro, Vasquez und Abel stoßen zu dritt mit schönem Wein und die Frauen trinken auch etwas Alkoholisches. Es wird ein schöner Abend und Alvaro bedankt sich nochmal bei allen, und sagt noch

»ich habe nicht nur mein Leben hier wiedergewonnen, ich habe auch Freunde gewonnen.«

Darauf stoßen sie alle nochmal an und dann verabschieden sie sich und gehen alle schlafen.

KAPITEL 6

Ramon und Fürst Miguel wollten eigentlich schon wieder vom Königsbesuch abgereist sein, aber Alejandra hat ihren Gatten gebeten., noch ein wenig zu warten, weil die Fürstin sich noch heimlich mit Königin Carlotta treffen wollte. Und die Königin musste warten, damit der König das nicht mitbekommt. Carlotta hat unter den Vertrauten des Königs einen eigenen Vertrauten, mit dem sie auch ein heimliches Liebesverhältnis hat. Der heißt Roberto und der König hat zum Glück absolut keine Ahnung, dass sein Freund und seine Frau ein Verhältnis haben. Der König lässt seine Carlotta zwar heimlich beobachten, aber er hat seine Königin in all den Jahren schon immer sehr unterschätzt.

Denn sie hat schon frühzeitig mitbekommen, dass sie beschattet wird und hat dann ihrerseits den Spion des Königs beschatten lassen. Und dann hat sie für sich ein Double besorgt, eine Schauspielerin, die der Königin sehr ähnlichsieht und die führt den Spion des Königs seit einiger Zeit in die Irre. So kann sie ungestört ihrer heimlichen Liebe nachgehen und auch für den Vertrauten des Königs gibt es einen Doppelgänger. Und das hat nun dazu geführt, dass Alejandro und Charlotta sich heimlich treffen konnten.

Die beiden Damen mögen sich seit Jahren sehr und treffen sich schon längere Zeit heimlich, wovon nicht mal der Fürst etwas weiß. Und die Königin hat Alejandra einiges zu erzählen.

»Der König plant schon eine ganze Weile, die Horde zu überfallen, aber seine Generäle raten ihm bisher davon ab, denn sie wollen nicht gegen ihr eigenes Volk Krieg führen. Die Horde ist zwar ein verrücktes Volk, aber es sind auch Spanier. Der König ist voll des Hasses auf die Wilden, und auch Cortez hatte ihm da dringend von einem Krieg abgeraten. Aber jetzt, wo Alvaro tot ist, sind auch die Generäle nicht mehr davon überzeugt, dass es keinen Krieg gibt. Der König plant irgendwas, aber das weiß selbst Roberto nicht. Denn mein Gatte ist ja auch nicht dumm. Er traut hier keinem und lässt alle überwachen.«

Alejandra sagt dann:

»meinst du, der König hat etwas mit dem Überfall auf Cortez zu tun oder hat sogar jemand beauftragt, die Männer in diesem Bergmassiv zu überfallen?«

Carlotta überlegt und meint:

»Ich weiß nicht. Cortez und er sind keine Freunde gewesen, auch wegen mir. Aber der König wird doch nicht so besessen sein und seinen besten Commandante töten zu lassen. Andererseits muss man ihm auch alles zutrauen. Ich würde da nichts ausschließen, aber beweisen können wir ihm im Moment nichts. Könnten wir das, dann kann selbst der König in Arrest genommen werden wegen Hochverrats. Aber der Kerl ist so clever, das wird sehr schwer. Es ist eine verdammte Tragödie, dass Alvaro nicht mehr am Leben ist, der wüsste, was zu tun ist.« »Leider ist das so tragisch, er war immer so ein liebenswerter Mensch und nach dem er uns beide verloren hatte. Er hätte eine neue Liebe so sehr verdient.«

Alejandra kommen die Tränen, wenn sie daran dankt, dass Cortez nicht mehr am Leben ist. wie soll das jetzt nur alles weitergehen.

»Ramon ist auch ein sehr fähiger Mann und ein sehr guter Freund.«

»Alejandra ich weiß, was du sagen willst, aber Ramon ist eben nicht Cortez. Und das, macht das ganze so schwierig. So wie Cortez denken konnte, das konnte keiner von seinen Leuten. Und das wissen sie. Und deswegen fehlt er ihnen ja auch so stark. Versetzt dich mal in Pedros Lage. Die beiden waren wie Brüder, seit sie 10 Jahre alt sind und da waren sie immer zusammen gewesen. Pedro hat alle Schlachten gemeinsam mit Cortez geschlagen und nun ist Pedro nervlich am Boden. Das verkraftet er nicht.«

Die Königin ist, was Pedro angeht, nicht so wie Alejandra, die Pedro besser kennt. Aber rauch Carlotta weiß, dass Pedro in dem anstehenden Kampf gebraucht wird.

»Pedro wird das irgendwie schaffen. Er weiß, dass er gebraucht wird und so muss er sich irgendwie dazu aufraffen. Sag ihm das.«

Die Frauen verabschieden sich erstmal wieder voneinander, wann sie sich wiedersehen, das wissen sie jetzt nicht.

Carlotta sagt noch zum Abschied zu Alejandra:

»Ich weiß sehr viel vom König, wo er nicht weiß, dass ich es weiß und eines Tages werde ich ihn damit zu Fall bringen. Und glaube mir, ich werde schon auf mich aufpassen. Ich habe leider den besten Lehrer. Aber ohne, dass er es mitbekommen hat, habe ich sehr viel von ihm lernen können. Vor allem wie man spioniert. Und seine Spione sind einfach nur Dilettanten. Ich wünsche Dir und den anderen alles Gute und Liebe.«

Die beiden Frauen umarmen sich ein letztes Mal und geben sich einen Kuss auf die Wangen und dann geht Alejandra mit ihrer Begleitung wieder zurück zu den anderen. Noch am selben Tag reiten Ramon und die Freunde, Alejandra und der Fürst, wieder zurück Richtung Cordoba. Sie müssen jetzt eine neue Mission in Alicante vorbeireiten. Denn sie wissen alle durch die Königin, es ist nur eine Frage der Zeit, wann es Krieg zwischen dem König und der Horde gibt. Der Rückritt nach Cordoba wird vielleicht 4Tage dauern, sie haben jetzt keine Eile, sie werden dann in Ruhe das Abenteuer in Alicante vorbereiten und dann nochmal dahin reiten. Aber diesmal werden sie am Bergmassiv auf einen eventuellen Angriff vorbeireitet sein.

Ramon hat schon gesagt, es werden einige Soldaten den Hang hochgehen und von oben das Ganze überblicken, falls ein erneuter Feindkontakt käme. Aber die Wahrscheinlichkeit ist nicht hoch, weil jetzt niemand außer von Ramons Männern Bescheid weiß, außer dem Fürst und der Fürstin und würde jetzt doch wieder ein Überfall kommen, dann hätte sie einen Verräter in den eigenen Reihen.

Das glaubt aber Ramon nicht. Er kennt die meisten Soldaten seit vielen Jahren. Er wüsste nicht, wer da ein Verräter sein sollte. dann meint Domingo, Der neue 1. Offizier, Ramon sollte niemals nie sagen. Jetzt werden sie sich dann, wenn sie wieder in Cordoba sind, neu formieren müssen und einen neuen Plan machen. Und sie haben noch gar keine Zeit gehabt, eine Trauerfeier für ihren getöteten Anführer Alvaro Cortez abzuhalten. Vorher machen sie gar nichts. Es wird schon schwer genug, die künftigen Ereignisse ohne Cortez bestreiten zu müssen. Aber es hilft alles nichts. Das Leben muss auch ohne Cortez weitergehen.

Zurück zu Cortez und Elena, die einen Ritt von vielleicht 5 oder 6 Tagen vor sich haben, bevor sie wieder in Cordoba sind und Cortez weiß noch nicht, wie er es den anderen zeigen soll, dass er noch lebt. Es sind jetzt zweieinhalb Monate vergangen und keiner von den anderen weiß davon, dass Alvaro doch lebt. Alvaro fragt sich und Elena, wie seine Freunde sein plötzliches Wiederauftauchen sehen werden. Denken sie vielleicht, das war Absicht von Cortez, um heimlich allein die Mission fortzuführen. War das vielleicht ein Geheimbefehl des Königs oder gar des Fürsten? Aber die Freunde kennen ihren Anführer. Er würde so eine geheime Mission niemals ohne das Wissen seiner Männer durchführen. Es ist eher so und höchstwahrscheinlich, dass sie alle hocherfreut sein werden, dass Cortez noch lebt.

Denn das wird enorme Auswirkungen haben auf die künftigen Missionen, denn mit ihrem Besten Mann ist alles viel leichter., die Männer müssen doch in einer Schockstarre sein, nachdem sie Alvaro am Bergmassiv nicht mehr gefunden haben und ohne ihn wieder abreiten mussten. In einigen Tagen werden sie ihn wiedersehen und da werden viele Tränen fließen.

Aber sie werden auch erstaunt wegen Elena sein. Dass Cortez von ihr gerettet wurde und dass sie jetzt sozusagen seine „Frau“ ist. Heiraten werden sie sicher auch, aber jetzt ist dann erstmal die Mission in Alicante wichtig.

Cortez ist ziemlich aufgeregt, und Elena merkt das natürlich:

»Mein großer Commandante, du bist auch nur ein Mensch und es ist normal, dass du aufgeregt bist. Aber stell dir die Gesichter von deinen Männern vor, wenn du plötzlich lebend vor ihnen stehst. Die werden erstmal einen Schock kriegen, aber einen positiven und sie werden wahnsinnig glücklich sein. Denn ihr Commandante lebt, du bist am Leben. Der Kampf, der vor uns liegt, den können sie gemeinsam mit dir kämpfen. Jeder Feind muss jetzt erstarren vor Angst. Weil ihr wieder komplett seid. Stell dir vor, dir reißt jemand dein Herz raus, dann kannst du auch nichts mehr auf die Reihe kriegen. Aber mit dir sind sie wieder vollständig.« Cortez weiß, dass Elena Recht hat und lächelt sie an.

Diese Frau ist einfach unbezahlbar, das werden die Freunde auch bald merken und sehen. Und wenn sie Elena erstmal mit dem Schwert kämpfen sehen, dann fallen denen alle die Augen auf dem Kopf.

»Ich freue mich natürlich, dass ich Ramon, Pedro und die anderen wiedersehe. Aber das seltsame ist, wir waren die letzten Jahre fast jeden Tag zusammen. Und jetzt sind wir seit zweieinhalb Monaten getrennt gewesen und das war eine völlig dramatische Situation, vor allem für die anderen. Weil die sicherlich dachten, ich bin tot und in einigen Tagen stehen ich vor ihnen.

Aber eines weiß ich. Sie werden dich lieben, wenn sie dich sehen und kennen, dann hat sich der ganze hinterhältige Überfall sogar gelohnt. Und denke mal an Abel. Der wird bald seine Tochter wiedersehen. Unglaublich, wenn sie sich nach 20 Jahren wieder in die Arme nehmen können. Sie war damals 5, jetzt ist sie eine junge Frau. Sie wird erstmal geschockt sein, wenn sie von uns hört, wer ihre Mutter ermordet hat. Ich hoffe sehr für Abel, denn er ist ein ganz feiner Mensch und ein toller Arzt, der damals jämmerlich betrogen wurde.«

Elena gibt Cortez ganz Recht, sagt aber auch:

»Abel hatte im Dorf wenig Kontakte. Er mied die Leute fast alle, war wenig draußen. Vasquez hatte sich viel um ihn gekümmert, denn er hat schnell gemerkt, dass Abel ein guter Mensch ist. Wenn er jetzt seine Tochter wiedersehen kann, dann ist er der glücklichste Vater der Welt und seine Tochter hat ihren richtigen Vater wieder.«

Cortez und Elena reiten nicht sehr schnell. Sie wollen nicht auffallen, sollten sie beobachtet werden. Aber wenn sie überfallen werden sollten, werden sie die Schwertkampf-Künste von Elena zu spüren bekommen. Das hat auch schon Alvaro gemerkt, allerdings war es in seinem Fall gut, denn dadurch hat er seine Erinnerungen wiederbekommen. Sie schlafen die erste Nacht unter freiem Himmel. Es ist Sommer und Elena legt sich ganz nah an Alvaro und die beiden schlafen engumschlungen ein. Nächsten Morgen reiten die beiden weiter, aber keine engen Passagen oder unübersichtlichen Wege. Sie sind nur auf Hauptstraßen unterwegs, denn so können sie vielleicht ungeliebte Angreifer aus dem Weg gehen. Auch wenn sie beide zusammen sicher ein starkes Duo sind, aber gegen eine Übermacht von Angreifern, da hat Cortez noch genug davon. Er ist ein bisschen vorsichtig seit diesem hinterhältigen Angriff. Er weiß aber auch, dass er wieder kämpfen muss. Er darf kein Trauma bekommen.

Aber ein Gedanke geht ihm nicht aus dem Kopf und das hat er auch Elena gesagt.

Warum wurden sie gerade an dieser Stelle zu dieser Zeit da angegriffen.? Niemand außer dem König wusste von dieser Mission. Und er sagt sich dann und Elena sieht das genauso. Es muss einen Verräter geben. Und da es kaum einer von Cortez Leuten sein kann, muss es einer von dem König Leuten sein, der irgendwelche Männer bezahlt hat, die sich dann schwarz gekleidet haben und dann zu diesem Bergmassiv geritten sind und dort auf Cortez und seine Leute gewartet haben. Genauso muss es gewesen sein.

Elena sagt zu Cortez:

»Mein lieber Alvaro, lass uns heute Nacht in einem Wirtshaus schlafen. Ein Bett ist weicher als der Boden, auf dem wir letzte Nacht geschlafen haben. Mir tut mein Rücken weh und hätte ich nicht die ganze Nacht mit meinem Kopf auf deinem Bauch gelegen, hätte ich jetzt auch noch Kopfschmerzen.«

Alvaro beruhigt seine Liebste »da vorn brennen Lichter, da muss eine Taverne sein. Lass uns da hin reiten. Außerdem hast du doch sicher auch Hunger.« Sie nickt ihm zu und sie machen ihre Pferde vor der Taverne fest und gehen rein. Da drinnen ist ziemlich voll und Alvaro hat sich seit einigen Wochen einen Bart wachsen lassen.

Er ist jetzt eigentlich nicht mehr so zu erkennen, wie er vor dem Überfall war und das ist ihm erstmal sehr wichtig. Es ist zu früh. um sich überall zu erkennen zu geben.

Elena und er setzen sich an einem Tisch, der in einer Ecke steht und die Bedienung kommt an ihren Tisch.

»Haben sie etwas Gebratenes? Vielleicht Huhn? Und einen Krug Wein und zwei Näpfe zum Trinken.«

Die Bedienung nickt und geht wieder. Da kommt plötzlich der Wirt an Alvaros Tisch. Er spricht sie leise an:

»Senior, ich sehe, dass ihr hier fremd seid. Darf ich fragen, wo eure Reise hingeht?«

Da schaut Alvaro den Wirt mit sehr finsterer Miene an und der Wirt weiß sofort, dass er nicht weiter fragen soll. Dann aber fragt Alvaro:

»Darf ich euch was fragen?«

»Alles dürft ihr fragen, Senior, alles«

Antwortet der Wirt.

»Kamen hier oder in der Nähe von Alicante in den letzten Monaten feindliche Attacken vor?«

Der Wirt fragt, ob er sich setzen darf, und Cortez macht eine Handbewegung, was ein ja bedeutet.

»Hier bei uns nicht. Aber 10 Milas vor Alicante soll es vor einiger Zeit einen Überfall von schwarzvermumten Gestalten in der berüchtigten Barranco, einer sehr engen Bergschlucht, gegeben haben. Einige Tage danach kamen Reiter hier vorbei uns rein und tranken viel Wein. Und da habe ich mitgehört. Sie erzählten, dass sie bei einem Überfall viele Soldaten getötet haben und der Anführer, den hätten sie auch getötet. Der soll den Wasserfall am oberen Hang dann runtergestürtzt sein. Und dann sagte einer noch, wer da runterstürzt, der ist tot.«

Da wird Cortez hellhörig und fragt den Wirt:

»Senior, eine indiskrete Frage. Seid ihr eigentlich ein Anhänger des Königs?«

Der Wirt wundert sich über die Frage des Fremden

»Wieso glaubt ihr, dass ich einem Fremden eine solche Frage beantworte? Es sind im Moment unruhige Zeiten. Da überlegt man sich gut, wem man hier was erzählt. Es können überall Spione sitzen.«

Cortez sagt dann zum Wirt:

»Guter Mann, könntet ihr um Mitternacht in unser Zimmer kommen? Dann können wir kurz ungestört erzählen. Achso, wir brauchen ja noch ein Zimmer. Gebt ihr uns bitte eins.«

Der Wirt stimmt Alvaros Vorschlag zu und sagt,

»Ich komme dann auf euer Zimmer. Ihr könnt das Kleine mit der Nr. 10 haben. Alle anderen sind besetzt.«

Daraufhin bringt die Bedienung den Braten und den Wein und der Wirt geht wieder an seinen Tresen.

Um Mitternacht kommt der Wirt tatsächlich auf Elena und Alvaros Zimmer.

Der Wirt fängt gleich an, Cortez etwas Wichtiges zu erzählen

»Seit einiger Zeit, mein Senior, wird hier und in der ganzen Umgebung, erzählt, dass es an der Ostküste bei Alicante und Castellon de la Plana seltsame Aktivitäten von Schiffen gibt, die da landen und Soldaten ans Ufer mit Booten kommen. Der König macht heimliche Geschäfte mit Feinden. Es soll ein Krieg vorbeireitet werden, aber gegen wen, das weiß ich nicht. Das hat keiner erzählt.

Und es seien nur immer wenige Schiffe gewesen, so höchstens drei, wahrscheinlich, weil mehrere Schiffe auffallen würden.«

Alvaro ist nicht unbedingt überrascht, was der Wirt ihm erzählt hat, aber der Wirt erzählt weiter

»Bei dem Hinterhalt, wurde hier in meiner Taverne erzählt, wurde angeblich Alvaro Cortez getötet. Ich kenne diesen Cortez nicht persönlich, aber dass er in einem Hinterhalt getötet sein soll, das ist für Spanien nur schwer zu verkraften. Denn ich habe bisher nur Gutes von Alvaro Cortez gehört, ein Mann ein El Commandante. Der sein Land über alles liebt und dass dieser Mann tot sein soll. Das ist schlecht für Spanien.«

Alvaro sagt zu dem Wirt, der vorher verraten hat, dass er Esteban heißt »Senior Esteban ich bin stolz, dass wir in eurer Taverne übernachten dürfen. Wir müssen uns irgendwann Wiedersehen.«

Alvaro möchte nun Esteban für das Essen und die Übernachtung 2 Dineros geben, aber da sagt Esteban plötzlich zu Cortez:

»Ich möchte euch und eure schöne Frau dieses Essen und diese Nacht schenken, El Commandante Alvaro Cortez.«

Cortez ist fassungslos und geht vor Esteban auf die Knie und küsst dem Wirt die Hand. Dann fragt er den Wirt »Woran habt ihr mich erkannt, wenn ihr mich noch nie gesehen habt?«

Der Wirt meint daraufhin:

»Einen Cortez gibt es nur einmal, und auch wenn ich euch noch nie gesehen habe vorher, die Reaktion beim Essen vorhin hat es mir gezeigt, dass dieser Fremde Alvaro Cortez sein muss. Denn die schwarzen Männer kamen auch in meine Taverne und haben geprahlt, sie hätten den großen Cortez getötet, aber einer sagte, er sei den Wasserfall heruntergestürzt. Und als ihr mich nach feindlichen Aktivitäten gefragt habt, da ahnte ich, wer ihr wirklich seid. Und daher ist es für mich eine Ehre, dass ihr in meiner bescheidenen Unterkunft nächtigt.«

Alvaro möchte aber dem Wirt doch Geld geben, da sagt Esteban aber:

»Senior El Cortez, nein. Bitte habt Respekt und nehmt meine Einladung an.«

Alvaro schüttelt daraufhin Esteban die Hand. Nachdem der Wirt das Zimmer verlassen hat, da sagt Elena zu Cortez:

»Aha, deine Frau, hört sich gut an«

Und sie küsst ihren Alvaro und sie legen sich ins Bett und lieben sich. Am nächsten Morgen essen sie noch etwas und dann reiten sie weiter. Sie übernachten dann noch einmal im Freien, obwohl Elena das nicht nochmal wollte, weil ihr Rücken danach wehtat. Aber sie schlafen diesmal auf einem weichen Moosboden. Nach dieser Nacht haben sie es nicht mehr weit. Die nächste Nacht werden sie wieder in einem Bett schlafen, bei Louis, Alvaros Ziehvater, in seiner Taverne.

Noch wenige Stunden, dann sind sie in Cordoba und dann werden die Freunde glauben, dass sie träumen, denn das ist wie eine Auferstehung von den Toten. Und Alvaro war ja auch fast tot. Nur durch die Hilfe von Elena und Abel hatte Cortez überhaupt eine Chance, zu überleben. Und das ist für Spanien sehr gut, denn die nächste Zeit wird sehr herausfordernd werden, denn Alvaro und seine Freunde und Soldaten müssen jetzt herausfinden, was sich am Ufer von Alicante und Castella de la Plana abspielt und was das für Männer sind, die da mit Schiffen ankommen.

Cortez meint zu Elena:

»Was ist, wenn das eine Invasion ist? Wozu sonst sollen das Soldaten ankommen? Könnte das der Anfang eine Armee sein, die dann gegen die Horde in den Krieg zieht?

Elena schaut Alvaro an und sagt.

»Das scheint durchaus möglich. Nachdem, was Esteban in der Taverne erzählt hat, müssten da schon einige hundert Soldaten sein. Da plant jemand einen Krieg.

Und Cortez setzt Elenas Satz fort.

»Und wir müssen herausfinden, wer das plant.«

Nun sind die beiden mittlerweile in Cordoba angelangt und es ist schon dunkel, und das ist gut, denn Alvaro möchte nicht am helllichten Tag bei Louis Taverne sein. Noch will er unerkannt bleiben. Sie gehen die letzten Schritte zum Wirtshaus zu Fuß und stehen dann vor der Taverne.

Dabei erinnert sich Cortez daran, wie Louis ihn als Kind nach dem Tod seines Vaters großgezogen hat, nachdem seine Mutter ihn zunächst bei einer anderen Frau, einer Freundin, versteckt hatte und die hat ihn dann nach einigen Jahren zu Louis gebracht, der ihn dann wie sein eigener Sohn erzogen hat. Louis hatte selbst keine Kinder, aber er war gut mit der Amme bekannt, die ihn dann bei Louis vorbeibrachte. Später kam dann noch Pedro dazu, der ja bekanntlich von Cortez aus dem Sumpf gerettet wurde.

Alvaro klopft mit der Faust gegen die Tür, fünf Mal und dann noch dreimal. Und Elena und Cortez hören drinnen eine Männerstimme laut rufen:

»Wer klopft denn um diese Zeit so laut an die Tür. Jetzt gibt's was auf die Nuss.«

»Ja das hört sich ganz nach Louis an«

Sagt Alvaro mit leiser Stimme zu Elena. Dann geht die Tür auf, Alvaro setzt sich seine Kapuze noch schnell auf, er will Louis überraschen. Der macht langsam seine Tür auf

»Sagt mal Leute, wisst ihr eigentlich, wie spät es ist? Aber ich bin kein Unmensch, kommt rein,«

Alvaro und Elena treten ein in das Wirtshaus ein und Louis sagt

»Wie kommt ihr dazu, so spät nachts bei mir noch zu klopfen. Ich möchte auch mal schlafen. Ein Zimmer könnt ihr haben. Wollt ihr auch noch was essen, dann mach ich schnell noch was.«

Alvaro nimmt in dem Moment seine Kapuze ab und sagt zu Louis

»Nein das musst du nicht, ich wollte dir nur zeigen, dass es mich noch gibt.«

Da schreckt Louis auf einmal auf und schreit fast in den Raum »Alvaro du lebst? Mein Junge du lebst? Ich kann es nicht glauben. Mein Junge lebt« Louis ist völlig aus dem Häuschen und springt Alvaro vor Freude an und umarmt ihn und küsst ihm das Gesicht ab und fragt immer wieder:

»Wie ist das möglich, wie ist das möglich. Ramon und die anderen haben gesagt, dass du den Wasserfall, herabgestürzt bist und das nicht überlebt haben kannst. Und jetzt bist du nach über zweieinhalb Monaten wieder hier. Was ist passiert mein Junge? Und wer ist diese Schönheit?«

»Mein lieber, lieber Louis, du bist der erste, der jetzt weiß, dass ich noch lebe. Die Schönheit hier ist Elena. Der haben wir es alle zu verdanken, dass ich noch lebe. Und da du gerade gefragt hast, könntest du uns noch was zu Essen machen?«

Louis ist außer sich vor Freude:

»Für dich und diese Schönheit würde ich jetzt sogar noch ein Huhn braten. Aber würden es einige Rühreier auch machen?«

Alvaro ist superglücklich, dass die Überraschung mit Louis geklungen ist.

« Louis, Rühreier sind perfekt. Und einige Scheiben Brot. Das ist wie ein Festessen um diese Zeit.«

Louis meint nun zu Alvaro:

»Jetzt stell mir mal diese schöne Frau vor. Elena heißt sie, ist das richtig? Sie hat dir das Leben gerettet? Du warst über zwei Monate für uns alle tot. Warst du schwer verletzt, was ist da im Bergmassiv passiert?«

Alvaro muss gähnen, er und Elena sind sehr müde. Er sagt zu Louis:

»Ich erzähle dir alles morgen früh zu einem schönen Frühstück mit Speck und Eier und frischem Kaffee. Aber lass uns jetzt erst mal schlafen gehen. Wir haben dich ja aus dem Schlaf rausgetrommelt.»

Als Alvaro am nächsten Morgen aufwacht, schaut er in das schlafende Gesicht seiner geliebten Elena. Er weiß, dass er mit dieser Frau jetzt sein Liebesglück gefunden hat. Und sie lächelt sogar im Schlaf. Er küsst sie auf den Mund, daraufhin wacht sie auf und gibt ihm einen dicken Kuss zurück. Sie weiß auch, dass sie mit Cortez einen Mann gefunden hat, mit dem sie sehr glücklich ist und mit dem sie auf ewig zusammen blieben wird. Sie ist zwar jetzt in einer für sie noch fremden Welt, sie kennt außer ihm niemand, aber die Freunde werden sie sehr mögen, und wenn sie Elena erstmal mit dem Schwert kämpfen sehen werden, dann fallen denen vor Staunen die Augen raus.

Jetzt klopft es an der Tür und Louis bringt ihnen ihr Frühstück ins Zimmer.

»Erzählst du mir jetzt, wo du die letzten Monate gewesen bist?«

Louis sagt das mit einem schelmischen Grinsen, er vermutet, es hat was mit der schönen Frau zu tun, die Alvaro da mitgebracht hat.

»Wir sind im Bergmassiv vor Alicante in einen Hinterhalt geraten. Bei einem Kampf bin ich dann schwer verletzt worden und den Wasserfall heruntergestürzt. Normalerweise überlebt kein Mensch einen Sturz von da oben, aber ich hatte wohl einen Schutzengel, vielleicht sitzt dieser Schutzengel auch gerade neben mir. Dann hat mich Elena an einem Ufer beim Wäsche waschen gefunden, in ihr Dorf gebracht und da wurde ich von dem Dorfarzt operiert. Ich lag dann mehrere Tage bewusstlos da und als ich aufwachte, sah ich als erstes Elena.«

Da meint Louis:

»Und dann ging es dir bei diesem Anblick doch gleich besser.«

»Das sollte man meinen. Aber ich hatte mein Gedächtnis verloren und das dauerte zwei Monate, bis das wiederkam, bei einem Schwertkampf mit Elena. Aber erzähl den anderen noch nichts davon. Ich will sie damit überraschen.«

»Du kennst mich doch. Meine Lippen können schweigen wie ein Grab.«

Sagt Louis zu Alvaro:

»Eben, weil ich dich kenne, manchmal kennen deine Lippen leider keine Grenzen, wenn du zu tief ins Glas geschaut hast.«

»Das ist aber unfair, das vor einer schönen Frau jetzt zusagen. Ich bin doch keine Labertasche. Ihr habt mir schon viele Details verraten von euren Missionen und ich habe nie was woanders erzählt.«

Alvaro lacht Louis an:

»Ich weiß doch, mein Freund. Ich würde dir mein Leben anvertrauen. Du musst jetzt Ramon Bescheid sagen, er soll herkommen. Du hättest wichtige Informationen für ihn. Dann erzähle ich den Rest, was mir passiert ist und weshalb ich solange verschwunden war. Ich habe schon viel im Krieg erlebt, aber an einen ähnlichen und feigen Angriff noch nicht. Und ich bin mir sicher, dass wir verraten worden sind. Es wusste nur der König und wir davon. Er hat mir noch gesagt, dass die Befehle geheim sind. Also der König mal sein, wie er will. Aber wenn er mir das so sagt, dann glaube ich ihm das. Also bleibt die Frage, wer hat uns da verraten und unseren Weg durch das Bergmassiv an die schwarzen Angreifer verraten?«

Louis überlegt kurz und meint dann:

»Du musst vielleicht mal darüber nachdenken, dass auch unter deinen Leuten jemand ist, der für Geld alles macht. Es gibt überall und immer jemand, wo du denkst, den kennst du doch. Und werde jetzt mir gegenüber nicht sauer, wenn ich das so sage.«

Alvaro schaut Louis mit ernster Miene an

»Du hast ja Recht. Aber wer soll das sein? Ich würde meine Hand für jeden ins Feuer legen. Die kenn ich alle seit vielen Jahren. Ich werde mit Ramon und Domingo reden. Tomas ist mir da zu impulsiv. Der hat sich manchmal nicht unter Kontrolle. Er ist zwar mein bester Bogenschütze, hat aber sein Temperament oft nicht im Griff. Ich werde erst mit Ramon reden und dann mit Domingo.«

Louis ist immer noch sehr verwirrt, aber erfreut, dass sein Junge wieder unter den Lebenden weilt.

»Wissen die anderen schon, dass es dich doch noch gibt?«

»Nein und du musst Ramon schnell eine Nachricht zukommen lassen, dass er und die anderen schnellstens mal in deinem Wirtshause kommen sollen. Du hättest wichtige Nachrichten für sie. Weißt du, ob es neue Befehle vom König gibt?«

Louis nickt zustimmend.

»Nach deinem vermeintlichen Tod war einiges. So ist die Fürstin zu Carlos Finjero gereist, was du ja selbst noch vorgeschlagen hast. Und Ramon und Miguel sind dann hinterher und haben dann Alejandra begleitet. Sie hatten Bedenken, dass die schwarzen Angreifer auch sie angreifen könnten. Aber es geschah in dieser Hinsicht nichts. Also gut, ich lasse deinen Freunden eine Nachricht zukommen, kann einige Stunden dauern, bis die hier sind.

Die Augen möchte ich sehen, wenn du vor ihnen stehst.«

Dann wendet sich Louis Elena zu:

»jetzt muss ich doch auch mal einige Worte mit euch reden. Also ihr habt meinen Jungen gerettet. Dafür stehe ich bei euch ein Leben lang in der Schuld. Denn Alvaro ist etwas Besonderes, auch für seine Soldaten. Nie würde er einen seiner Soldaten und Freunde im Stich lassen. Das habt ihr sicher schon mitbekommen.«

Elena erwidert:

»Da habt ihr vollkommen Recht. Es gibt in meinem Dorf einen Arzt, der Alvaro operiert und somit das Leben gerettet hat. Und er hat eine Vorschichte. Vor 20 Jahren wurde seine Frau ermordet von einem vermeintlichen Freund und dessen Frau, wegen Abels Tochter. So heißt der Arzt. Dann haben wir beraten im Dorf, und ich habe gesagt, dass Abel reingelegt wurde, fliehen musste und der Freund und seine Frau zogen das Mädchen als ihre Tochter auf. Ihre eigene Tochter war mit Abels Tochter befreundet und ertrank im See.

Da haben sie einen teuflischen Plan geschmiedet. Abels Frau ermordet und Abel den Mord untergeschoben. Die Tochter muss jetzt sein wie ich und sie denkt, dass ihr richtiger Vater tot ist.«

Louis ist geschockt:

»Das muss für den Mann ja schrecklich gewesen sein. Wie kann ich euch helfen?«

Da sagt Alvaro zu Louis:

»Lass deine Spione von der Leine, du hast ja einige. Sie sollen im Umkreis von 100 Kilometros herausfinden, ob irgendwo ein

Ehepaar lebt, er arbeitet als Schmied, sie war Kellnerin. Sie müssen eine Tochter haben. die jetzt 25 Jahre alt ist. Und da sie damals unbedingt dieses Kind als ihres haben wollten und sogar einen Mord begangen, können wir davon ausgehen, dass die Tochter noch immer bei ihnen lebt. Vielleicht haben sie die junge Frau sogar eingesperrt. Dass sie nicht weglaufen kann.«

Louis schaut Alvaro und Elena an:

»Und was habt ihr dann vor?«

Alvaro meint:

»Wir stellen denen eine Falle. Sie sollen für den Mord an Abels Frau büßen. Wir übergeben die dann dem Obersten Gericht und die urteilen dann über sie. Aber bei Mord droht ihnen dann der Galgen. Ich habe Abel gesagt, wir werden seine Tochter finden und die beiden wieder zusammenführen. Wenn wir das geschafft haben, dann reiten Ramon, Elena und die anderen nach Alicante. Aber erst müssen wir Abel und seine Tochter glücklich machen. Die haben beide genug durchgemacht. Ich bin mir auch sicher, dass das Paar Letitia nicht unter ihrem richtigen Namen bei sich haben, sondern unter dem Namen ihrer ertrunkenen Tochter. Und die hieß Carla. Also Louis, deine Spione, müssen nach einem Paar suchen, deren Tochter Carla genannt wird. Und kümmere dich auch sofort um Ramon.«

Louis grinst daraufhin Alvaro an:

»Zwei Auftrage. Das kostet dir aber richtig was.«

»Ja, ja du kommst schon nicht zu kurz, mein Lieber. Jetzt beweg dich und lass Ramon herkommen. Und vergiss nicht, kein Wort von mir. Das mache ich selbst.«

Louis verzieht nochmal die Miene und geht dann.

KAPITEL 7

Nachdem ihm Alvaro zwei Aufträge erteilt hat, ist Louis unterwegs, um seine Spione in Gange zu setzen. Vorher geht er zu Ramon und den anderen, die sich außerhalb der Stadt in einem großen Feldlager aufhalten. Ramon sieht ihn schon kommen und lästert etwas:

»Kommen die Gäste sonst nicht zu dir? Willst du uns als Gäste ins dein Wirtshaus holen, oder willst du uns einen ausgeben. Louis reagiert etwas ungehalten.

»Weder das eine noch das andere. Ich habe nichts zu verschenken. Jetzt mal im Ernst, Ramon. Könnt ihr mal sofort in mein Wirtshaus kommen, ich habe ein Problem mit meiner Schenke. Kannst du dir das mal anschauen. Und nimm die anderen auch mit, ich hätte ein wenig Arbeit für euch alle.«

Pedro ist alles andere als begeistert.

»Sind wir jetzt deine Hausmeister? Was zahlst du denn? Glaub mir mal eines, Pedro, wenn du die Arbeit erledigt hast, dann möchtest du kein Geld von mir. Ein Bier reicht dir dann.«

Da lästert Domingo ab:

»Pedro und nur ein Bier? Da lach ich aber. Bei Pedro geht es erst nach dem dritten Krug richtig los.

»Ha, Ha, da kann ich ja nur lachen. Aber seit Cortez tot ist, gibt es nichts mehr zu lachen.«

Pedro ist nicht begeistert, dass er als Saufbold hingestellt wird. Er trinkt sicher gerne viel Bier, aber er ist ja auch ein starker Kämpfer, und da hat er dann viel Durst.

»Jetzt sag doch mal Louis, was so wichtig ist, dass ich jetzt aufstehen soll.«

Louis wiederholt sich.

»Ihr habt mir doch schon öfter geholfen, wenn was zu reparieren war. Und das ist jetzt wieder so. Sonst kann ich kein Bier ausschenken.«

»Warum sagst du denn das nicht gleich, mein Freund. Das Bierzapfgerät ist kaputt. Los Ramon, Louis braucht uns. Alle hoch.«

Pedro ist plötzlich voll in Fahrt und Domingo lacht plötzlich wie verrückt.

»Da hört der Kerl Bier und springt hoch, denn nun ist er plötzlich der Commandante. Also gut, Commandante Pedro, wir folgen unseren neuen Anführer zur Schlacht ins Wirtshaus.«

Jetzt müssen sie alle lachen, steigen auf ihre Pferde und reiten los. Währenddessen bereitet sich Alvaro auf seine Wiederauferstehung von den Toten vor und sagt zu Elena:

»Ich kenne die Jungs schon viele Jahre. Trotzdem bin ich gerade etwas aufgeregt, denn so eine Situation hatte ich noch nicht gehabt. Wir waren noch nie getrennt, vor allem nicht durch sowas, was da passiert ist. Ich stelle mir gerade vor, wie die Männer verzweifelt nach mir gesucht haben. Das muss schrecklich gewesen sein, als sie mich nicht gefunden haben.«

»Aber wenn sie dich jetzt wiedersehen und du lebst, sie werden sehr glücklich sein.«

Elena beruhigt ihren Alvaro und der sagt:

»Pedro wird ausflippen, wenn der mich sieht, wir haben ein besonderes Verhältnis, seit ich ihn damals als Kind aus dem Sumpf gezogen habe.«

Ramon, Pedro und die anderen sind in Richtung Wirtshaus in Cordoba losgeritten und sind noch ungefähr 30 Minute entfernt. Louis wird dann seine Spione beauftragen, nach Informationen zu suchen, die sie brauchen, um Abels Tochter zu finden. Dafür hat Louis ein Spionagenetzt erschaffen. Er hat seinen Chefspion und der schickt dann seine Tauben zu den Außenspionen. Wenn alle schnell geht, dann bekommt Louis in 5 Tagen von seinem obersten Spion eine Meldung, dann wissen sie, wo sich das Mörderpaar befindet und wo Letitia ist. Dann macht sich Alvaro mit den Freunden auf den Weg und kümmern sich um Abels Tochter.

Alvaro muss vorher natürlich mit Fürst Miguel reden, denn der Fall muss, auch wenn 20 Jahre vergangen sind, neu aufgerollt werden. Es gab ein Fehlurteil, es wurde nicht richtig ermittelt. Nur, weil Nachbarn einen lauten Streit zwischen Abel und seiner Frau mitbekamen, war das eigentlich kein Beweis, dass Abel seine Frau umgebracht hat. Das tat sein Freund, wenn man das eigentlich als Freund bezeichnen kann. Und der Freund half dann Abel zur Flucht und erzählte dem Ermittlungsrichter, er hätte den Mord beobachtet.

Nun müssen Cortez und die anderen den tatsächlichen Mord beweisen und das Mörderpaar überführen. Dann kann Abel sein neues Leben mit seiner Tochter genießen. Aber so weit ist es noch nicht.

Jetzt sind Ramon. Louis, Pedro und die anderen vor dem Wirtshaus ihres alten Freundes angelangt. Pedro ist ganz ungeduldig und hat nur sein Bier im Kopf.

»Louis ich hoffe, du hält, was du versprochen hast. Bier, Bier und nochmal Bier.«

Da kann sich Domingo nicht mehr zurückhalten.

»Mensch Pedro, wenn du mal tot bist, dann müssen die Leute ein Fass Bier mit in dein Grab stellen. Sonst verdurstest du da unten.«

Da lachen alle, nur Pedro findet das nicht komisch.

»Ihr seid doch bloß neidisch. Dass ihr nicht so einen gesunden Durst wie ich habe.«

»Träum mal weiter, großer, fetter Mann.«

Antwortet Domingo.

»Ich bin zwar groß, aber fett bin ich bestimmt nicht.«

Louis schließt die Tür des Wirtshauses. da heute Ruhetag ist,

»Jetzt könnt ihr in Ruhe arbeiten, gibt einiges zu tun.«

Pedro aber will erstmal was trinken.

»Louis bring das Bier. Du hast es versprochen.»

In dem Moment geht eine Tür im Wirtshaus auf. Ein Mann mit Kapuze kommt rein und sagt:

»Aber Pedro, hast du denn nicht von Louis gelernt, bitte zu sagen?«

Pedro und die Freunde schauen zu dem Mann mit der Kapuze hin, der nimmt die Kapuze ab und Pedro sieht…Alvaro.

Alle schauen sie wie versteinert. Ihr totgeglaubter Freund und Commandante Alvaro Cortez ist nicht tot. Er lebt und steht gerade vor ihnen. Fürst Miguel und Alejandra können den Anblick ihres Freundes und Commandante fast nicht glauben. Sie gibt ihm, nachdem sie ihn umarmt hat, einen Kuss auf die Wange und muss weinen vor Freude.

Sie sagt, während sie weint:

»Ich glaube es nicht, Miguel, unser Alvaro lebt. Und dieser Bart steht Dir gut. Tut so gut, dich lebend wieder zu sehen. Wir waren ja alle wie im Delirium. Aber was musst du erst durchgemacht haben? Ist das hier deine neue Frau?« Alvaro nickt zustimmend und Pedro sagt zu Alvaro »Jetzt laust mich der Affe. Glaube ich oder träume ich. Kann mich mal ein Kneifen oder steht da tatsächlich Alvaro Cortez.«

Pedro muss den Anblick seines Bruders und Freundes erstmal verdauen und auch die anderen sind sprachlos. Ramon geht zu Alvaro und umarmt ihn und kann sich Tränen nicht verkneifen.

»Wie ist das möglich? Wir haben alles abgesucht. Du warst tot. Jedenfalls sah alles danach aus. Wir haben tagelang alles bestimmt 100-mal abgesucht. Nur dich haben wir nicht gefunden. Und nun stehst du hier vor uns. Unglaublich, wir haben dich wieder.«

»Ihr hattet bestimmt eine harte Zeit. Ich war totgeglaubt und konnte mich nicht erinnern, wer ich bin. Und wenn diese schöne Frau nicht gewesen wäre, dann stände ich jetzt auch nicht hier.«

Alvaro geht nach diesen Worten zu Pedro und der kann es immer noch nicht fassen und drückt seinen Bruder. Aber er drückt ihn so fest, dass Alvaro sagen muss:

»Pedro, wenn du mich weiter so fest drückst, dann hat mich Elena umsonst gerettet.«

Pedro lässt Alvaro wieder los und gibt ihm noch mehrere Küsse. Dann schaut er zu Elena.

»Ihr seid also die Lebensretterin meines Bruders und unseres Commandantes. Wie kann ich euch nur danken.? Mein Herz hat geblutet und die der anderen auch. Ich wollte nicht mehr weiterleben. Aber Spanien braucht uns alle und so mussten wir uns alle zusammenreißen und das Leben musste weitergehen. Uns jetzt steht ihr mit Cortez hier und das müssen wir jetzt feiern, aber so richtig.«

Alle umarmen sie Cortez und die Tränen fließen. Alle sind überglücklich, dass ihr Commandante doch lebt. Es ist wie ein Wunder, was da geschehen ist. Und alle umarmen auch Elena, denn sie hat ihnen ihren Anführer und Freund wieder zurück gebracht ins Leben gebracht. Das ist eine Tatsache, die bei den Jungs schwer wiegt. Und da sie ihren Commandante gerettet hat, ist sie jetzt deren Königin. Aber in erster Linie ist sie die Königin von Alvaro. Und der nimmt sie in seine Arme und küsst sie sehr intensiv.

Alvaro ist froh, dass er wieder bei seinen Freunden ist und er hat ihnen sehr viel zu erzählen. Und es gibt viel zu tun. In Alicante müssen sie schauen, was da für Soldaten an Land gehen. Aber zuerst müssen die Männer und Elena Abels Unschuld beweisen.

Aber bevor sie darüber erzählen und Alvaro seinen Plan erläutert, muss Ramon noch mit Louis ein Hühnchen rupfen.

»Wo ist denn der kaputte Zapfhahn? Oder gab es nie einen? Ja gut, ich versteh, wir sollten mitkommen und du hast ja auch einen, Entschuldigung, zwei Gründe gehabt, uns zu holen. Also dein Frauengeschmack war schon immer gut, wenn ich an Alejandra denke. Aber diese Schönheit hier übertrifft alles. Elena heißt du.? Richtig«

Elena nickt zustimmend.

»Du hast ja schon fantastisch auf unseren Commandante aufgepasst und ihm das Leben gerettet. Da stecken wir tief in deiner Schuld. Du gehörst ab sofort zu uns.«

Ramon nimmt Elena in seine Arme und küsst sie auf die Wange.

»Ich danke dir, Ramon, ich danke euch alle. Und euer Commandante ist jetzt auch meiner. Ich bleibe gerne bei euch.«

Alvaro sagt dann, alle sollen sich hinsetzen, er muss ihnen den Plan erläutern, wie sie Abels Unschuld beweisen können.

»Wie ihr ja schon mitbekommen habt, geht es um den Arzt, der mich nach dem Überfall operiert hat. Wir haben zwar in Alicante eine dringende Mission, aber zuerst müssen wir eine andere, auch wichtige Mission erfüllen. Wir müssen zwei Menschen, eine Familie, Abel und seine Tochter, wieder zusammenführen. Ich habe es Abel versprochen, dass wir seine Unschuld beweisen und seine Tochter wieder zu ihm zurückbringen.«

»Du hast schon mal Louis Spione erwähnt. wie lange soll das ganze dauern. Weil wir ja eigentlich nach Alicante müssen. Ich weiß aber, dass dir das wichtig ist mit diesem Abel. Und schließlich hat Abel dir das Leben gerettet.«

Ramon ist etwas verwundert, dass sie jetzt Ermittlungen anstellen sollen, aber hier geht es um einen Freund, der seine Tochter vielleicht nie wiedersehen würde, wenn Alvaro und die anderen nicht helfen würden. Alvaro sagt dann zu Miguel:

»Miguel du musst mit dem Obersten Gericht von Cordoba reden, den Fall von vor 20 Jahren muss nochmal untersucht werden. Da sind schlimme Fehler passiert. Vielleicht sogar jemand bestochen worden, um Abel den Mord in die Schuhe zu schieben. Das kann nur jemand vom Gericht gewesen sein. Und das wäre dann Behinderung der Justiz und derjenige wird sehr lange ins Gefängnis. Hier wurde alles falsch gemacht, ein Mann musste fliehen, sein Leben war kaputt, seine kleine Tochter hatte zwar dieses Paar, die sich um das Kind kümmerten, aber dass sie dieses Kind nur für sich benutzen, das ahnte damals keiner.

Da ging es nur um den Mord. Aber die Hintergründe des Mordes wurden niemals untersucht und so konnte das Paar in Ruhe mit dem Kind „Neu anfangen".

Louis Spione müssen jetzt schnell herzufinden, wo dieses Paar und die jetzige junge Frau sind.«

Miguel überlegt kurz und sagt dann zu Alvaro:

»Also Alvaro, Alejandra hat eine Freundin, die ist mit einem

Mann verheiratet, der beim Obersten Gericht arbeitet. Meine Gattin wird mit dieser Freundin schnellstens reden, so dass wir beide uns mit dem Mann treffen können. Wir werden ihm die Fakten nennen und dann müsste das Gericht das auch schnellstens überprüfen, denn Abels Tochter muss sehr schnell von diesem Paar befreit werden.«

Cortez sagt dann:

»Sobald die Familie gefunden wurde, reiten wir alle dahin wenn wir wieder mit der Tochter zurück sind das Gericht die Sache nochmal verhandelt hat, dann machen wir uns sofort auf den Weg nach Alicante.

Aber ich habe es Abel versprochen, dass wir ihm seine Tochter zurückbringen und die Mörder seiner Frau ihrer Strafe zuführen werden. Das bin ich ihm schuldig.«

Alvaro wendet sich dann an Louis:

»Wie lang kann es dauern, bis deine Spione das Mörderpaar gefunden haben?«

»Das kann ich dir nicht genau sagen, aber die Männer haben ein Netzwerk aufgebaut und viele Leute sind daran beteiligt. Wenn es schnell geht, 4 bis 5 Tage. Das schwierige ist hier, dass alles vor 20 Jahren passiert ist. Das ist eine sehr lange Zeit. Aber die schaffen das. Diese Mörder bekommen ihre gerechte Strafe.« Alvaro ist glücklich und erleichtert. Dann sagt er noch, dass in einigen Tagen 3 Leute aus dem Dorf kommen, die dem Paar eine Falle stellen sollen. »Das ist Elena väterlicher Freund, eine Bekannte und deren Sohn. Die sollen sich vor dem Mörderpaar als Ehepaar ausgeben und dann einen lauten Streit inszenieren, so dass das Paar denselben mörderischen Plan wie bei Abel umsetzten will. Wenn wir das schaffen, ist die Unschuld von Abel bewiesen. Dann kann er mit seiner Tochter nochmal von vorne anfangen.«

Ramon hat es die Sprache verschlagen.

»Das ist unglaublich, diese Geschichte. Dass das Paar ihre Tochter verloren hat, ist sehr tragisch. Aber dann ermorden die Abels

Frau und bringen Abel dazu, dass er flieht, und machen dessen Tochter zu ihrer Tochter. Du kannst auch davon ausgehen, dass sie da sind über all die Jahre diese junge Frau mit dem Namen der ertrunkenen Tochter angeredet haben. Wir müssen die Tochter schnell da rausholen.«

Die Männer und Elena sind sehr aufgebracht wegen dieser Geschichte und Pedro sagt :

»Dies junge Frau wartet wahrscheinlich schon seit Jahren, dass jemand ihr hilft. Aber jetzt sind wir da und müssen schnell handeln, sobald Louis Spione herausgefunden haben, wo das Paar und Abels Tochter jetzt leben.«

Alvaro sagt auch noch, dass Abel mit Vasquez mitkommen wird, aber dann bei Louis im Wirtshaus bleiben wird. Denn bei dem Versuch, das Mörderpaar zu überführen, darf Abel nicht dabei sein. Er könnte auch nach 20 Jahren noch von dem damaligen Freund erkannt werden.

Miguel ist inzwischen gemeinsam mit Alejandra, um zu ihrer Freundin zu gehen. Dann müssen sie mit deren Gatten reden, um das Gericht dazu zu bringen, den Fall wieder auf zu rollen. Das spannende wird sein, ob die Akten von damals noch alle da sind. Denn es ist durchaus möglich, dass damals Akten vernichtet wurden.

Nach 3 Tagen erreichen Vasquez, Marjana und ihr Sohn Miguel und Abel Cordoba und werden von Elena und Alvaro liebevoll begrüßt. Vasquez fragt Cortez, ob sie schon rausgefunden, wo sich das Mörderpaar aufhält. Alvaro sagt:

»Wir stehen kurz davor, einer von Louis Spionen hat eine heiße Spur und muss noch weitere Leute fragen, aber es dauert nicht mehr lange. Der Spion hat Louis mitgeteilt, wenn er sich sicher ist, dass es das richtige Paar ist, dann schickt er einen schnellen Reiter. Dann machen wir uns auf den Weg. Es werden zwei Tagesritte, wenn sich der Verdacht des Spiones bestätigt.«

Einen Tag später kommt ein Reiter zu Louis und der informiert schnell Cortez.

»Das Mörderpaar ist gefunden. Es bestehen keine Zweifel, sie sind es. Mein Spion hat mehrere Leute unabhängig voneinander gefragt und das Paar ist in einem Dorf ,zwei Tagesritte von hier.«

Alvaro fragt Louis:

»Was hat dein Spion alles herausgefunden?«

»Sehr viel. Das Gute ist bei diesem Paar, dass sie, wenn sie getrunken haben, sehr redselig sind. Vor allem er. Mehre Leute haben gesagt, dass sie eine Tochter haben, die behindert sein soll, deshalb ist sie nie oder selten draußen. Sie verstecken sie regelrecht.«

Alvaro sagt zu Ramon »Ich habe mir schon einen Plan ausgedacht. Aber das bereden wir, wenn Vasquez angekommen ist. Ramon, Pedro, Domino und Tomas werden sich mit mir auf die Lauer legen und Alejandra muss den Mann vom Gericht überzeugen, mit uns mitzukommen. Denn es wäre viel einfacher, wenn der als Zeuge alles mithören kann, was das Mörderpaar sagt. Umso schneller ist Abel ein freier Mann. Und wenn wir dann da sind bei deren Haus, dann gehe ich erstmal allein mit Elena rein und rede mit der Tochter. Erkläre ihr alles und frage sie einiges. Sie wird erst gar nicht wissen, was überhaupt los ist. aber das werden Elena und ich ihr alles erklären.

Domingo, du bist dann der persönliche Leibwächter von Abels Tochter. Letitia heißt sie: Das wird ein ziemlich heißer Tanz werden, bis das Paar festgenommen ist. Aber das Gute an der Geschichte ist, dass ein Vater und seine Tochter wieder vereint werden.

Und dann können wir uns der anderen Sache widmen. Diese seltsame Geschichte mit den Schiffen und den Soldaten in Alicante. Das wird eine sehr schwere Mission, denn wir müssen herausfinden, was die da treiben und ob das mit den Schwarzen Gestalten zu tun hat, die immer wieder erwähnt werden und ob die uns auch überfallen haben. Wir müssen herausfinden, ob die vielleicht einen Überfall auf die Horde planen. Und, Und, Und.«

Man merkt Cortez an, dass er genervt ist. Aber es ändert nichts. Er und seine Leute sind jetzt gefordert und müssen jetzt erstmal Abel zu einem freien Mann machen. Aber sie müssen warten, bis Miguel Nachricht bringt von Alejandras Bekanntschaft. Da erreicht Cortez die Nachricht von Alejandra, dass sie am Abend mit dem Mann zu Louis in das Wirtshaus kommt. Und der Mann sagt zu Cortez:

»Ich erinnere mich genau an diesen Fall, denn mir wurde damals von meinem Vorgesetzten angeregt, diesen Fall zu den Akten zu legen und den Mord nicht zu untersuchen. Als ich doch was tat, wurde ich am Abend in einer Gasse überfallen und ich wurde bedroht, ich solle jetzt aufhören, sonst wird meine Familie was zustoßen. Da machte ich das und der Fall wurde nicht weiterverfolgt.«

Cortez ist etwas verwundert:

»Verstehe ich das jetzt richtig, es wurde gar nicht weiter ermittelt. Es gab nie eine Anklage und Abel wurde auch in Abwesenheit nicht verurteilt?«

»Das ist nicht ganz richtig. Es gibt eine interne Anweisung, die gilt heute noch nach 20 Jahren. Sollte dieser Abel irgendwann wieder hier auftauchen, dann ist er sofort festzunehmen und hinzurichten. Unglaublich. Alejandra hat mir schon gesagt, dass der frühere Freund eures Freundes zu Abel sagte, er müsse fliehen, bevor er verurteilt und hingerichtet wird. Dabei gab es ja keine Anklage. Das hat der Freund mit einem Insider aus der Welt geschaffen und ich weiß auch, wer dieser Insider ist. Der Mann, der mich vor 20 Jahren aufgefordert hat, die Akten zu vernichten, was ich auch tat. Denn ich wurde bedroht und hatte Angst um meine Familie. Mein Sohn war gerade geboren. Und auch meine Frau sagte, ich muss die Akten vernichten, sonst sterben wir.«

»Was stand denn da Wichtiges drin«, Fragt Cortez den Mann vom Gericht

»Da stand, dass Abel und seine Frau sich zwar gestritten haben, aber nichts von Abels Schuld. Ein anderer hat die Frau getötet, wurde beobachtet, aber der Zeuge wurde nicht genannt in der Akte. Wäre die Akte noch da, wäre das der Beweis, dass euer Abel nicht der Mörder seiner Frau ist. Wer weiß, was mit dem Zeugen passiert ist. Wahrscheinlich auch ermordet und die Leiche verschwunden.«

Cortez ist geschockt, jetzt müssen sie mit dem Mann in den Ort, wo sich das Paar jetzt aufhält. Und Vasquez bekommt seinen Auftritt. Die Freunde reiten dann alle los und auch der Mann vom Gericht kommt mit, denn er muss das Geständnis des Paares hören, dann können Sie angeklagt werden.

Was Cortez immer noch aufregt, dass der Mord an Abels Frau niemals zur Anklage kam und Sergio, der Mann vom Gericht, sagte ja zu Alvaro, dass damit ein Gerichtsverfahren verhindert werden sollte wegen des Kindes von Abel. Sonst wäre die Tochter in eine Pflegefamile gekommen und nicht zu Abels Freund, das hatte das Paar wohl befürchtet.

Kein Gerichtsverfahren und keine Pflegefamilie, dachte sich das Paar und somit hatten sie Ersatz für ihre ertrunkene Tochter. Und dafür musste Abels Frau sterben.

Nach 2 Tagesritten haben die Freunde um Cortez eine kleine Stadt erreicht und nun muss Vasquez in Aktion treten. Auf dem Ritt unterwegs hat Cortez ihm seinen Plan erzählt und was er und Marjana machen sollen, gemeinsam mit Miguel, Marjanas Sohn. Vasquez sagt zu Cortez »Dass ich mal spionieren muss, hätte ich nicht gedacht, aber für Abel mache ich das. Diese Geschichte ist ja so unglaublich, dass ich froh bin, wenn dieses Mörderpaar seine gerechte Strafe bekommen hat und Abel wieder mit seiner Tochter zusammen ist,«

»Ich bewundere auch deinen Mut, das hier so durchzuziehen, aber es wird nicht einfach, du musst dir bei dem Paar ein wenig Vertrauen erschleichen, schließlich sollen die denken, dass Marjanas Sohn von euch weg will. Dann musst du sie irgendwie dazu bringen, dass sie von ihrer Tochter erzählen, du erzählst von Marjanas Sohn und das weckt hoffentlich deren Interesse.»

Alvaro muss jetzt zuerst die Tochter aufsuchen und ihr alles erzählen und Elena begleitet ihn. In dieser Zeit muss Vasquez mit dem Paar Kontakt aufnehmen. Von Louis Spion weiß Cortez, dass die Tochter immer eingesperrt im Keller ist und das Paar in der Stadt zum Arbeiten. Er ist Pferdeschmied und sie Kellnerin. Sie kommen immer erst abends zurück, lassen der Tochter Essen im Keller. Bei dem Gedanken wird Alvaro schlecht und auch Elena meint »Das ist eine so unglaubliche Geschichte. Ich hoffe, das funktioniert alles, was du hier geplant hast, denn Abel war 20 Jahre unglücklich und jetzt muss das ein Ende haben.«

»Das wird es, meine Liebste, das wird es. Jetzt befreien wir erstmal Abels Tochter aus dem Keller. Und dann überführen wir die Mörder.«

Alvaro und Elena trennen sich nun von den anderen, die weiter in die Stadt hineinreiten und Vasquez sucht den Pferdeschmied. Die anderen halte sich in einem Wirtshaus auf und beobachten alles.

Nun stehen Alvaro und Elena vor dem Haus des Paares und reiten um das Haus herum. Sie schauen, wo ein Hintereingang zum Keller ist und finden ihn auch. Vorsichtig schauen sie sich um, dass keiner sie beobachtet, dann sieht Alvaro, dass die Tür verriegelt ist und versucht sie, aufzubrechen, was ihm auch gelingt. Elena und er gehen vorsichtig in den Keller und sprechen leise den Namen der Tochter:

»Letitia, Lezitia, Carla, Carla, wo bist du?«

»Hier bin ich, aber Letitia habe ich schon einige Jahre nicht mehr gehört. Wer seid ihr? Was wollt ihr von mir.?«

Vor Cortez und Elena steht eine junge Frau, sehr hübsch, aber ein weinig schmutzig im Gesicht. Und sie sieht sehr ängstlich aus.

»Was machst du hier unten im Keller, du hast da eine Schlafmatraze. Wer wohnt hier noch?«

Fragt Elena, aber sie müssen sich erst mal an Letitia herantasten, denn sie wollen sie nicht gleich mit der Wahrheit überfallen.

»Meine Eltern wohnen hier, aber die sind den ganzen Tag arbeiten, aber ich darf nicht raus, sie haben mich schon lange hier eingesperrt.«

Letitia klingt sehr traurig und müde. Da sagt Cortez zu ihr:

»Möchtest du hier raus und weg von den Leuten?« »Das geht doch nicht, das sind doch meine Eltern. Wo soll ich denn hin? Ich habe doch nur meine Eltern. Und ich habe noch was Kleines bei mir, da schläft es, meine Tochter. Sie geben mir immer essen runter, dass die Kleine nicht schreit.«

Elena und Cortez sind fassungslos und fragen Letitia, ob sie die Wahrheit vertragen kann, was ihre Eltern betrifft. und die junge Frau meint, sie kann es im Leben nur noch besser haben. Sie habe schon mal versucht, zu fliehen, aber die Türen sind alle versperrt. Sie fühle sich schon lange nicht mehr wohl hier, aber sie hat doch niemanden sonst.

»Deine Eltern sind nicht deine richtigen Eltern. Sie haben deine richtige Mutter vor 20 Jahren getötet. Erinnerst du dich noch an deine Freundin Carla? Mit der hast du als Kind oft gespielt. Dann geschah ein Unfall, Carla war ertrunken. Und der Freund deines Vaters brachte deinen Vater damals dazu, zu fliehen, weil er ihm einredete, dass er bald festgenommen wird und wegen Mordes angeklagt werden wird. So ist dein Vater geflohen und konnte sich nicht mal von dir verabschieden. Der Freund hat dann zu dir gesagt, als 4-jähriges Kind verstehst du das gar nicht, dass dein Vater auf der Flucht getötet wurde, so musstest du glauben, dein Vater sei tot Der Freund deines Vaters hatte den Plan so geschmiedet, dass dein Vater denken soll, dass er zum Tode verurteilt wird. Und wenn er jetzt nochmal zu dir gehen würde, dann würde die Polizei ihn sofort verhaften. Aber das verrückte war, dass die Polizei nie gegen deinen Vater ermittelte. Das Paar nahm dich als ihre Tochter an, und sie zogen weg. Deine Mutter hatten sie vorher im

Wald verscharrt und dein Vater war geflohen. Die Leute dachten damals, die Familie sei plötzlich weggegangen aus der Stadt. Die Wahrheit erfuhr niemals jemand. Es gab offiziell gar keinen Mord, weil die Leiche deiner Mutter vom Freund deines Vaters vergraben wurde. Das alles hat dieses Paar, deine angeblichen Eltern nur arrangiert, um dich als ihre Tochter zu bekommen. Vor allem der Vater deiner damaligen Freundin Carla hatte den Tod der Tochter nie verwunden und dachte sich diesen teuflischen Plan aus. Wir müssen diesem Paar, deinen falschen Eltern, jetzt eine Falle stellen. Dann können wir die Stelle hoffentlich finden, wo deine Mutter vergraben wurde. Und ihr eine Würdige Beerdigung zu geben.

Aber weißt du, was an dieser ganzen dramatischen Geschichte noch schön ist? Das Ende für dich. Dein richtiger Vater lebt nämlich. Er ist damals zwar geflohen, wurde aber gar nicht verfolgt. Weil es nie eine Anklage gab. Da die beiden gegenüber deinem Vater alles so gestellt hatten, dass er fliehen musste. Er ist damals tagelang umhergeirrt, bis er in einem Dorf landete, wo auch Elena später hinkam. Und jetzt wartet er auf dich in Cordoba und ist überglücklich, wenn er dich bald wiedersieht.«

Letitia kann es kaum fassen, ihr richtiger Papa lebt und wartet auf sie. Sie muss vor Freude weinen und bedankt sich bei Elena und Alvaro, dass die Beiden sie und ihr Töchterchen jetzt sozusagen nach Hause bringen. Sie erzählt noch kurz von ihrer damaligen Freundin.

»Sie ist damals vor meinen Augen ertrunken und ich konnte nicht helfen, ich war ja selbst klein. Dann war Mama plötzlich weg und auch Papa. Die Freunde von Mama und Papa nahmen mich bei sich auf und waren plötzlich nicht mehr so nett zu mir. ich möchte aus diesem Keller raus und mit euch mitkommen.«

Elena fragt Letitia, ob sie ihr Kind nehmen darf und Letitia sagt ja. Die Drei gehen vorsichtig aus dem Keller raus und laufen erstmal ein Stück zu Fuß. Dann gehen sie durch eine Hintertür ins Wirtshaus.

In der Zwischenzeit ist Vasquez zu dem Pferdeschmied gegangen und versucht, ein Gespräch mit ihm anzufangen:

»Mein Pferd lahmt, könnt ihr es euch mal ansehen?«

»Kommt her mit dem Gaul«, antworte der Schmied.

»Könnt ihr mir vielleicht sagen, wo man hier eine Arbeit bekommt?«

Vasquez hält sich zunächst mit Worten zurück, weil er merkt, dass er Schmied noch nicht sehr redselig ist.

»Was könnt ihr denn arbeiten? Im Wald suchen sie gerade Männer zum Holzhacken. Ihr seht kräftig aus. Vielleicht fragt ihr da mal.«

Der Schmied ist noch sehr unfreundlich, aber Vasquez legt nach

»Holz habe ich schon mal in einem anderen Dorf gehackt, da kann man gut verdienen, so heißt es. Verdient man als Schmied gut?«

Der Schmied scheint langsam aufzutauen:

»Es geht so, aber nur, wenn viele Fremde durchs Dorf kommen. Zurzeit kommen nicht viele Soldaten vorbei, dann rollt der Pesos, aber im Moment ist es eher Mau.«

Da gibt Vasquez mal ein wenig Gas:

»Sagt mal, wo kann ich hier im Dorf für einige Tage meinen Sohn bei jemanden lassen, ich möchte mit meiner Frau Freunde besuchen, aber die haben Kaninchen im Haus und da hat mein Sohn eine Allergie.«

Der Schmied überlegt kurz:

»Ihr könntet ihn bei uns lassen. Meine Frau und ich haben schon eine Tochter, wie alt ist euer Sohn?«

»15 ist er und eine ziemliche Nervensäge und frech. Meine Frau ist ziemlich genervt. Ein paar Tage ohne ihn ist mal gut.«

»Da seid ihr bei mir genau richtig. Da kommt mal wieder Leben in die Bude. Kommt doch heute Abend bei und vorbei. Wir wohnen am Dorfende südlich. Letztes Haus rechte Seite. So gegen 9. Achtet auf die Kirchenuhr.«

Vasquez ist sehr gut drauf:

»Ihr habt gesagt, ihr habt eine Tochter, lebt die bei euch.?«

»Ja Carla lebt bei uns, und wir haben auch eine Enkeltochter. Der Mann meiner Tochter ist leider vor kurzem beim Baumfällen ums Leben gekommen, deshalb suchen die jetzt auch Ersatz. Aber es hat sich noch niemand gemeldet. Die haben alle Angst, dass wieder jemand erschlagen wird.«

Der Schmied ist plötzlich sehr redselig:

»Ich habe das auch schon gemacht, aber die haben keine gescheiten Werkzeuge und stumpfe Äxte. Da regen sich alle auf, aber ändern tut sich nichts. Aber Arbeit haben die genug. Last euch von mir die Arbeit nicht madig machen. Und passt immer auf, wo die Bäume hinfallen.«

»Danke für den Rat. Also wir kommen dann 9 Uhr zu euch wegen meines Sohnes.«

Vasquez verabschiedet sich vom Schmied und reitet Richtung Süden. Hält dann aber im Wirtshaus und geht rein, wo die anderen beim Biertrinken sind. Ramon fragt Vasquez, wie es beim Schmied gelaufen ist.

»Es war ganz in Ordnung fürs erste Mal. Am Anfang war er nicht sehr freundlich, aber nach einigen Minuten wurde es besser. Um 9 soll ich mit Marjana und Miguel zu seinem Haus kommen. Hat sich Cortez schon gemeldet?«

Ramon sagt daraufhin:

»Elena war kurz hier. Sie hat ein Zimmer genommen und dann ist Cortez zum Hintereingang rein und mit dem Mädchen und der Tochter in ein Zimmer. Keiner weiß, dass sie da oben sind.«

Vasquez schaut etwas verwundert :

Wie, Tochter, hat Abels Tochter ein Kind? Dann wäre Abel ja Großvater. Der Schmied hat noch gesagt, dass Letitias Mann von einem Baum beim Baumfällen im Wald erschlagen wurde.«

Ramon sagt daraufhin zu Vasquez:

»Uns hat jemand hier erzählt, dass der Wirt hier heimlich regiert und auch schon Bäume gefällt hat. Und er soll dabei gewesen sein, als ein junger Mann vom Baum erschlagen wurde. Und es hat jemand, der nicht genannt werden will, beobachtet, wie der Schmied den jungen Mann, als den Raum fiel, in die Richtung gestoßen hat, wo der Baum hinfiel. Also schon wieder ein Mord. Der Kerl muss gestoppt werden.«

Da hat Ramon noch eine Idee. Während Vasquez in das Zimmer geht, wo Cortez, Elena, Marjana und die Tochter mit dem Baby ist, will Ramon ein bisschen Fragen stellen, vielleicht kann man die Kellnerin nervös machen. Er steht auf und fragt am Nachbartisch, ob er sich mal setzen darf und etwas fragen darf.

Da sitzen drei Männer, Ramon holt 10 Pesos raus und fragt die Männer

»Wollt ihr was verdienen, ohne arbeiten zu müssen?«

Die Männer nicken zustimmend. Da fängt Ramon an zu fragen

»Kennt ihr den Schmied gut?«

Einer der Männer sagt:

»Der Schmied ist im Dorf nicht unbedingt beliebt. Es wird gemunkelt, der sperrt seine Tochter im Keller ein, weil die geistig behindert sein soll und nicht allein im Haus bleiben kann.«

Dann sagt der zweite Mann:

»Die Kellnerin hier ist seine Frau. Die ist immer so garstig zu den Gästen. Es wird schon seit Jahren erzählt, dass sie jemand ermordet haben sollen. Aber wo und wann, das weiß niemand.«

Da fragt Ramon nochmal nach wegen dem Mord

»Könnt ihr mir vielleicht doch etwas mehr sagen von dem Mord, für 2 weitere Pesos.«

Die Männer überlegen:

»Ich weiß nur wenig, aber angeblich war es in Cordoba, die Frau eines Arztes. Das haben Spione eines Netzwerkes erzählt. Es soll ein Ehepaar sein. Aber ob das der Schmied ist, das kann ich euch nicht sagen.«

Ramon sagt zu den Männern:

»würdet ihr das Ganze auch vor einem Gericht aussagen? Dann

sorge ich dafür, dass ihr eine gute Arbeit bekommt, egal wo ihr wohnt. Hier geht es nämlich darum, der Arzt, den ihr erwähnt habt, ist ein Freund von uns und wir wollen seine Unschuld beweisen.«

Da sagt der eine zu den anderen beiden Männern:

»Also ich sage ja, was macht ihr? ich möchte nicht mehr rumreisen von einem zum anderen Ort. Ich brauch mal was Festes und ein Weib zum Heiraten. Der Wirt macht viele faule Geschäfte, auch in anderen Städten. Es wird Zeit, dass das ein Ende hat. Also ich sage aus.«

Da sagen die beiden anderen, dass sie auch eine Aussage machen. Ramon sagt daraufhin:

»Glaubt mir, das ist eine gute Entscheidung, die Wahrheit sagen ist immer richtig. Vor allem, wenn man Mörder damit ins Gefängnis schafft oder zur Hinrichtung.«

Die Männer schauen daraufhin zufrieden, denn Ramon gibt ihnen noch 5 Pesos, weil sie mit ihrer Aussage den Mörder von Abels Frau überführen können.

Ramon ist zufrieden und am Nachbartisch hat Sergio, der Mann vom Gericht, alles mitgehört. Das Gespräch mit den 3 Männern war sehr hilfreich. Und wenn die das vor Gericht nochmal aussagen, dann droht dem Schmied und seiner Frau, der Kellnerin, die Todesstrafe.

Nun wollen die Freunde aber noch das Geständnis haben. Weil das vor Gericht noch wichtiger wäre. Die Aussage der drei Männer im Wirtshaus ist schon schwerwiegend. Aber ein Geständnis würde noch mehr Gewicht haben, dann hat auch die Verteidigung keine Argumente mehr, die Todesstrafe abzuwenden.

Nun ist also Vasquez gefordert und auch Marjana. Die beiden müssen jetzt ihr ´schauspieleirisches Talent unter Beweis stellen. Denn nur so können sie dem Paar entlocken, was sie mit dem Kind vorhaben. Cortez und Elena reden nochmal mit Vasquez.

»Das Paar wird keine gute Lane haben, weil ihre Tochter verschwunden ist. Pedro, Domingo und Tomas sollen sehr gut auf sie aufpassen. Und Du, Vasquez musst irgendwie es schaffen, dass sie sich am besten anfangen zu streiten, aber du und Marjana müsst euch zuerst streiten, dass sie nicht damit einverstanden ist, dass euer Sohn einige Tage bei den Leuten bleiben soll. Soweit wird es ja nicht kommen, aber wenn doch, muss Miguel nur einige Tage bei denen bleiben. Ihm werden sie ja nichts tun. Schlimmstenfalls muss er in den Keller und das wird er überleben. Marjana braucht keine Angst zu haben.«

Vasquez weiß, dass das alles gut gehen wird. Elena ist längst mit Letitia auf dem Weg nach Cordoba, damit dieser Schmied der jungen Frau nichts mehr anhaben kann. Sie reisen in der Kutsche, die sie mitgebracht haben und zum Schutz begleiten 10 Soldaten von Cortez die Kutsche.

Nun ist es bald 9 Uhr am Abend und Vasquez und Miguel machen sich mit Marjana auf dem Weg zum Mörderpaar, um deren Treiben endlich ein Ende zu setzen. Dass dieses Paar ihr eigenes Kind durch einen tragischen Unfall verlor, ist schlimm. Aber es hat aus den beiden ein Mörderpaar ohne Rücksicht gemacht.

Die drei sind vor dem letzten Haus auf der linken Seite angekommen und draußen werden sie schon erwartet. Der Wirt ist sehr freundlich, als er Miguel sieht, kein Wort darüber, dass ihre Tochter verschwunden ist. und da fragt Vasquez provokant.

»Ist eure Tochter auch da oder schläft sie schon?«

»Nein, sie ist zu einer Freundin im Nachbarort gereist und wird dort einige Tage bleiben.«

Der Schmied klingt etwas gereizt und sagt zu seiner Frau:

»Musste Carla schon wieder dahinfahren?«

»Sie hat ja nicht allzu viele Freunde.«

Nun wundert sich Vasquez etwas. Das Paar streitet sich wegen Letitia, sie ist nicht mehr da und sie sagen zu Vasquez, dass sie zu einer Freundin gefahren ist. Aber die Wahrheit ist, Abels Tochter ist schon auf dem Weg zu ihrem Vater. Elena warte aber mit der Familienzusammenführung, bis zur Rückkehr von Cortez und seinen Freunden. Denn Alvaro möchte Abel persönlich seine Tochter zeigen oder übergeben.

»Guten Abend hier ist meine Frau und mein Sohn. Er ist schon begeistert, dass er hier bei euch bleiben darf, es sei denn, ihr habt es euch anders überlegt.«

»Nein er kann bei uns bleiben, meine Frau hatte nur heute Stress mit einigen Gästen, die nicht zahlen wollten. Aber dann musste sie die Gäste rauswerfen lassen. Nun hat sie etwas schlechte Laune. Aber kommt erstmal rein und dann bereden wir alles. Währenddessen legen sich draußen Alvaro, Domingo und die anderen auf die Lauer und auch Sergio vom Gericht ist dabei. Jetzt ist die letzte Schlacht im Kampf um Abels Freiheit eingeleitet.

Alle setzen sich hin und fangen an, sich zu unterhalten. Der Schmied hat wohl hier die Hosen an, denn die Frau sagt wenig. Vasquez versucht ein wenig, den Wirt zu locken.

»Wieviel Tage kann denn mein Sohn bei euch bleiben?

»Das ist egal, wann ihr wiederkommt. Er kann mit mir Tagsüber mit in die Schmiede kommen und mir bei leichten Sachen helfen. Aber habt keine Angst, er soll nichts schweres Machen. Und in den Wald gehen wir gar nicht. Da ist es in letzter Zeit auch zu gefährlich. Da haben Leute Unfälle gehabt, die da schon länger gearbeitet haben.«

Marjana verzieht ein weinig die Miene:

»Da bin ich jetzt ehrlich gesagt, nicht erfreut, Vasquez ich habe dir von Anfang an gesagt, ich möchte das eigentlich nicht. Aber du machst hier einfach, was du willst, ohne zu fragen, was ich denn davon halte. Du kannst doch nicht unseren Sohn einfach bei fremden Leuten lassen.

Vasquez legt noch einen drauf und schnauzt seine Frau an.

»Schau mal, meine liebe Frau. Du siehst doch, dass ich das kann. Der Bengel braucht das mal, einige Tage bei fremden Leuten. Ihr könnt unseren Sohn ruhig mal hart rannehmen. Das tut dem nicht weh.«

Marjana schaut Vasquez ganz böse an und sagt:

»Bitte lass das. Tu unserem Sohn nicht so weh. Er ist noch ein Kind.«

»ich habe dir schon oft gesagt, dass er ein Mann werden muss und kein Baby.«

Vasquez wird jetzt richtig sauer und fragt den Schmied:

»Wie würdet ihr das machen? Genau wie ich oder lieber auf die weiche Tour?«

»Vielleicht nicht ganz so hart wie ihr. Das Kind muss hören, aber sie brauchen auch Liebe.«

Vasquez will jetzt noch mehr Gas geben und den Schmied richtig provozieren:

»Und ihr meint, dass ihr alles richtigmacht? Oder seid ihr nur scharf auf meinen Sohn, dass er bei euch ist. Ihr hattet doch mal eine leibliche Tochter, die ertrunken ist, oder?«

Der Wirt sagt noch nichts, aber er fängt an, Vasquez böse anzuschauen.

»Verratet mir mal, was das jetzt soll.? Ihr habt bei uns nachgefragt, ob wir auf euren Sohn aufpassen würden. Und wir haben gesagt, dass wir das machen können. Und jetzt fangt ihr an uns zu beschimpfen. Warum macht ihr das?«

Vasquez legt jetzt noch weiter nach, er fühlt, dass er den Schmied jetzt locken kann:

»Kennt ihr eigentlich noch Abel?«

»Wer soll das sein?«

»Jetzt tut nicht so. ihr kennt den Namen doch genau. Ist zwar 20 Jahre her, aber ihr kennt den Namen noch sehr genau. Schließlich habt ihr ihm doch seine Tochter weggenommen. Letitia hieß Abels Tochter. Eure Tochter war Carla.«

Und Vasquez ist jetzt einmal richtig in Fahrt:

»Ihr seid plötzlich so sprachlos. Aber das ist so, wenn man die Wahrheit ins Gesicht geknallt kriegt. Ihr habt jetzt zwei Möglichkeiten. Zu gestehen, dass ihr Abels Frau ermordet habt, dann bekommt ihr lebenslänglich Gefängnis. Oder aber kein Geständnis, dann bekommt ihr die Todesstrafe durch den Galgen. Aber dann sorge ich dafür, dass ihr den langsamen Galgen bekommt. Der schnelle Galgen, der ist besser. Das Genick bricht sofort und ihr seid gleich tot. Aber der langsame Galgen geht wirklich langsam. Ihr werdet mit dem Strick um den Hals langsam hochgezogen. Das Genick bricht überhaupt nicht. Denn beim langsamen Galgen erstickt ihr. Und das ist qualvoll.

Also überlegt es euch gut. Ihr seid sowieso schon erledigt. Im Wirtshaus haben euch Männer erkannt, dass ihr vor 20 Jahren den Mord an Abels Frau begangen habt. Aber wenn ihr jetzt ein Geständnis ablegt, dann habt ihr die Chance, euer eh schon beschissenes Leben im Knast weiter zu leben. Wenn auch ohne eure Frau, die geht ins Frauengefängnis, auch lebenslänglich.

Es ist eure Entscheidung.«

Da platzt es aus der Frau des Schmiedes heraus:

»Mein Herr, ich wollte das nicht. Aber mein Mann hat gesagt, wir bringen Abels Frau um.«

Da wird der Schmied gegen seine Frau laut:

»Weib halt deine Schnauze, sonst poliere ich sie dir, halt nur deine Schnauze.«

Aber die Frau hält nicht die Schnauze.

»Es tut mir so leid, ich wollte nicht, dass die Frau stirbt, aber mein Mann sagte mir, wir müssen sie umbringen, dann schicken wir Abel weg, in dem Glauben, er wird zum Tode verurteilt. Und wir nehmen seine Tochter als unsere Tochter.«

»Halt doch endlich die Schnauze«

Da will der Wirt seine Frau an den Kragen, aber in dem Moment geht die Tür auf und Pedro schnappt sich den Schmied und fesselt ihn.

»Ich war von Anfang an dagegen, die Frau war immer so nett, aber mein Mann hat sie dann mit einer Eisenvase erschlagen und die Frau haben wir im Wald verscharrt. Ich kenne noch genau die

Stelle, wo sie liegt. Aber mein Mann ist nach dem Tod unserer Tochter durchgedreht. Er ging zu Abels Frau und wollte mit ihr reden, aber die Frau wollte nicht reden, sondern schickte ihn wieder weg. Bevor er aber wegging, nahm er diese Vase und hat sie damit mit erschlagen. Ich habe das jetzt seit 20 Jahren mit mir rumgetragen. Aber der Tod dieser Frau hat mein Leben schon damals zerstört. Mir ist egal, was mit mir wird. Setzt ein schriftliches Geständnis auf, ich unterschreibe es.

Darf ich noch eine Frage stellen.«

Vasquez nickt zustimmend.

»Wo ist Letitia jetzt?«

«Auf dem Weg zu Abel, zu ihrem Vater.«

Sagt Marjana zu der Frau des Schmiedes:

Da nickt die Frau, als ob sie zufrieden ist und froh, dass ihr Mann jetzt keinem mehr weh tun und terrorisieren kann. Jetzt kommen die anderen herein, Cortez, Sergio und der setzt gleich ein Schreiben mit dem Geständnis auf. Die Frau unterschreibt das Geständnis und der Schmied schreit seine Frau nochmal an:

»Glaub nicht, dass du mit diesem Verrat einfach so davonkommst. Ich habe Leute da draußen, die werden dich finden und sie werden dich töten.«

Zu mehr kommt der Schmied nicht, denn Pedro hat ihm eine reingehauen und er ist jetzt bewusstlos.

»Jetzt hältst du mal die Schnauze. Am besten für immer. Der Galgen wird dir dein Maul stopfen.«

Pedro ist voll in Fahrt. Sowas kann er nicht ertragen, der Kerl hat zwei Morde begangen, vielleicht sogar noch mehr, aber hat immer noch die große Fresse. Aber damit ist jetzt Schluss.

Sergio wird jetzt mit den beiden zum Dorfpolizisten gehen und den Schmied lässt er in einer Scheune in Ketten legen, die Frau kommt ins Dorf Gefängnis. Da der Schmied da rumtoben würde, schläft der jetzt, bis er nach Cordoba ins Gefängnis kommt. Und zwei Männer bewachen ihn. Aber da im Dorf jetzt keine zuverlässigen Leute sind, lässt Cortez Domingo und Tomas als Wachen da. Die müssen dann solange dableiben, bis Sergio eine Gefängniskutsche mit schwerer Bewachung kommen lässt.

Da sagt noch Pedro zu Domingo und Tomas:

»Aber trinkt nicht so viel Bier, sonst schlaft ihr noch ein, dann kann der Gefangene noch fliehen.«

Da wirft Domingo Pedro eine leere Flasche Bier entgegen.

»Du redest davon, wir sollen kein Bier trinken, aber du säufst das meiste von allen«, und lacht sich dabei eins.

Cortez, Pedro, Sergio und Ramon reiten nun los und treffen sich vor Cordoba mit Elena, Marjana und Letitia, die mit der Gefängniskutsche vorgefahren sind. Ein Hilfspolizist ist mitgefahren und bringt dann die Kutsche und schwere Begleitung wieder zurück ins da Dorf.

Die Freunde reiten mit großem Tempo hinterher und wollen nach einem Tag schon am Rande von Cordoba sein, während die Frauen in einer kleinen Taverne warten. Denn Cortez möchte selbst die Tochter von Abel an ihren Vater übergeben, denn das hat er ihm versprochen. Und Alvaro ist sehr glücklich, dass er sein Versprechen halten konnte. Schließlich hat der Arzt sein Leben gerettet, und Cortez hat dafür sogar seine wichtige Mission im Osten des Landes verschoben, obwohl am Strand von Alicante und auch weiter nördlich in Osten Soldaten mit Schiffen landen sollen.

Das zeigt wieder, was Cortez für ein Mensch ist. Es droht eine Invasion oder was diese Soldaten im Osten da auch immer bedeuten, aber Alvaro nahm sich Zeit, um die Tochter von Abel zu finden und sie ihrem Vater wieder zurück zu bringen. Wenn die beiden sich nach 20 Jahren wiedersehen, wovon keiner von beiden jemals daran gedacht hatte, dass das wieder möglich ist. Wobei Abel immer an seine Tochter dachte in all den 20 Jahren. Letitia dagegen dachte, das hat ihr der Schmied erzählt, dass ihr Vater auf der Flucht getötet wurde. Das wird dann ein ziemlich tränenreiches Wiedersehen. Und Abel wird auch noch Großvater. Die beiden, oder die drei haben ein sehr schönes Leben vor sich. Nach etwas mehr als einem Tag kommen Cortez und die anderen am Rande von Cordoba an, bei der kleinen Taverne warte schon Elena auf ihren Alvaro. Die beiden umarmen und küssen sich, dann reiten alle weiter zu Louis Wirtshaus. Alvaro will als erster reingehen und Abel die freudige Nachricht mitteilen.

Bei dem Wirtshaus angekommen, steig Cortez ab und hegt zunächst allein rein. Da sitzen Louis und Abel am Tisch und Abel steht sofort auf und fragt Cortez:

»Habt ihr sie gefunden?«

»Ja das haben wir. Und ich habe noch eine Überraschung für euch, Abel. Da werdet ihr gleich sehen.«

Abel schaut Cortez verwundert an und geht zur Tür und winkt Letitia rein. Was dann Abel sieht, lässt bei ihm mit einem Schlag sämtliche Tränen fließen. Er sieht seine Tochter als wunderschöne junge Frau vor sich und ein Baby in ihrer Hand. Letitia muss auch wie verrückt weinen. Abel nimmt das Kind auf seinen einen Arm und drückt seine Tochter mit der anderen Hand. Es ist ein unglaublicher Anblick nach 20 verlorenen Jahren.

»Papa, Papa, ich kann es nicht glauben.«

Dann drückt sie und küsst Alvaro und schreit immerzu:

»Ich glaub das nicht, danke, danke, danke, danke. Commandante Cortez, vielen, vielen, vielen Dank. Ihr habt mir meinen Papa zurückgebracht.«

Cortez und Elena sind sehr glücklich, vor allem Elena, die Abel seit 5 Jahren kennt und hat ihn als sehr stillen Menschen kennengelernt. Jetzt aber lässt er seinen Gefühlen freien Lauf. Nach so vielen Jahren seine Tochter wieder zu sehen und dann noch eine Enkelin, was gibt es jetzt noch schöneres?

Alvaro setzt sich an den Tisch in der Ecke und sagt zu Louis:

»Ich habe den nächsten Auftrag für dich, du musst wieder jemanden suchen. Aber die Person kennst du. Es ist meine Amme aus meiner Kindheit. Du musst sofort deine Spione losschicken«

»Du meinst Consuela. Was brauchst du für Informationen von der? Vor 25 Jahren kam sie mit Pedro und dir hier her und bat mich, auf euch aufzupassen, sie hatte damals schreckliche Angst, weil sie fliehen musste, sagte sie damals. Aber natürlich lasse ich meine Spione von der Leine. Weiß aber nicht, wie lange das dauert.«

»Wenn du das sagst, dann dauert es nicht lange. Aber wir müssen uns jetzt beeilen, um schnell auch in den Osten zu kommen, dass wir sehen, was da los ist.«

Währenddessen sitzen die anderen zusammen und Abel kuschelt die ganze Zeit mit seiner Enkelin und Letitia redet viel mit Elena. Die beide dasselbe Alter haben. Es hat sich ja auch herausgestellt, dass der Schmied Letitias Mann, den sie in einem Nachbardorf kennengelernt hatte, beim Baumfällen vor einen umstürzenden Baum gestoßen hat und er so getötet wurde. Aber darüber denkt Letitia jetzt nicht mehr nach. Sie wird irgendwann wieder einen Mann finden, aber jetzt zählt nur ihr Vater und dass ihre kleine Tochter einen liebevollen Großvater ist.

Die Frau vom Schmied hatte auch gesagt, dass sie den Männern die Stelle zeigen will, wo Abels ermordete Frau vergraben wurde. Dann will Abel die Überreste ausgraben und in ein richtiges Grab beerdigen. Und auch er möchte wieder eine Frau haben, aber erstmal hat er mit seiner neuen Familie viel zu tun.

Elena schaut Cortez an und meint:

»Darauf kannst du stolz sein. Wir haben im Osten viel zu tun, müssen nach den Schiffen schauen, den Soldaten, die da landen. Aber du hast dir erst mal Zeit genommen, um Abel glücklich zu machen.«

Und gibt Alvaro einen Kuss. Dann sagt er zu ihr:

»Es ist schön, dass du sagst, wir haben im Osten viel zu tun. Du weißt, wie sehr ich dich brauche wie sehr ich dich liebe und ich bin stolz darauf, dich bei mir zu haben. Da kann uns allen überhaupt nichts mehr passieren.«

Der Abend geht noch sehr lange und Louis hat in einem Zimmer ein Kinderbett reingestellt, wo Letitia ihre Tochter schlafen legen kann. Es ist so eine wunderbare Geschichte. Was wäre gewesen, wenn Cortez nicht aufgetaucht wäre, Abel und Cortez hätte sich nie getroffen und dieser schöne Abend mit der Familienzusammenführung von Abel mit seiner Tochter hätte es nie gegeben.

Diese Gedanken gehen Alvaro durch den Kopf und Elena fragt ihn, was ist?

»Hätten wir diesen Überfall nicht gehabt, dann hätten wir uns nie getroffen und Abel hätte seine Tochter nicht wiederbekommen. Schau die beiden an, sie sind so glücklich, nach all den Jahren. Abel ist zwar sonst so ein ruhiger Mensch, aber sieh, wie er sich freut.«

Elenas zieht Alvaros Kopf zu sich und sag:t

»Da müssen wir ja froh sein über den Überfall. Manchmal passieren solche Sachen, das ist Schicksal.«

»Aber ein sehr schönes Schicksal. Deine Augen möchte ich im Leben niemals wieder vermissen.«

Alvaro gibt nach diesen Worten seiner Elenas einen dicken Kuss und sie setzen sich wieder zu den anderen. Pedro meint zu Ramon »Schau, ich sauf dich wieder untern Tisch.»Du brauchst wirklich ein Fass Bier für dich alleine. Das Gute ist bei dir, du kannst kämpfen, wie du säufst.«

Das fasst jetzt Pedro als Kompliment auf und sagt zu Ramon:

»Ich kämpfe immer noch besser, nachdem ich ein Fass Bier getrunken habe, als mancher, wenn er nüchtern ist, ich will niemanden anschauen.«

Dabei schaut er Ramon aber ganz tief in seine Augen, steht kurz auf und gibt Ramon einen dicken Kuss. Der erschreckt sich so, dass er Pedro einen Schluck Bier ins Gesicht spuckt. Alvaro macht dem Treiben aber ein Ende.

»Mensch, Pedro saufe nicht schon wieder so viel und Ramon, ich wusste gar nicht, dass du Pedro liebst.«

Die Stimmung ist sehr lustig, wenn auch es Pedro manchmal übertreibt. Aber er und Ramon sind sonst gute Freunde. Dieser Spaß gerade, das machen die beiden manchmal, weil es Ramon immer aufregt, weil Pedro immer so viel Bier säuft. Und trotz des Bieres ist Pedro ein toller Kämpfer und macht immer mehrere Feinde gleichzeitig platt. Und Pedro freut sich schon auf den Ritt nach Alicante, weil er hofft, dass er wieder viel Feinde plattmachen kann und er sich für den hinterhältigen Überfall rächen kann, bei dem sein Bruder rund großer Freund Alvaro fast getötet wurde. Und nur durch den glücklichen Zufall, dass Elena Cortez gefunden hatte, konnte er gerettet werden.

Die Feier geht noch bis tief in die Nacht und Abel und seine Tochter werden mit Sicherheit sehr glücklich werden. Sie können noch viele Jahre als Vater, Tochter und Enkelin zusammenleben. Letitia hat schon gesagt, sie wollen sich zusammen ein kleines Haus kaufen oder bauen. Die verlorenen Jahre bekommen sie zwar nicht zurück, aber die Zukunft gehört ihnen und die werden sie sehr glücklich gestalten.

KAPITEL 8

Am nächsten Morgen werden Abel und Letitia von Cortez und den anderen verabschiedet. Louis hat für sie vorläufig eine Wohnung besorgt bei einem Bekannten von Louis. Da können sie erstmal eine Weile leben. Aber Abel hat die Möglichkeit, Geld zu bekommen aus dem Vermögen des Schmiedes und seiner Frau, die auch viele Geschäfte nebenbei hatten. Und da der Schmied Abels Frau getötet hatte, hat Abel Anspruch auf das Geld, das der Schmied gespart hatte. Von dem Geld kann Abel sich mit seiner Tochter dann ein Haus kaufen oder bauen. Auf alle Fälle wollen sie in Cordoba bleiben. Der Fürst Miguel hat auch schon in zwei Krankenhäusern gefragt, ob ein guter Chirurg gebraucht wird. Und beide Krankenhäuser würden Abel nehmen, aber der will erstmal Zeit für seine Tochter und Enkelin haben. In einem Monat ist er dann soweit, seine neue Arbeit aufzunehmen.

Als Abel sich verabschiedet, sagt Letitia zu Cortez:

»Ich kann nicht einfach nur Danke sagen, ihr habt mir meinen Vater wiedergeschenkt. Gott wird immer über euch wachen, wie er es auch schon nach dem Überfall getan hat. Dass mein Vater euch operiert hat, war auch ein Geschenk Gottes, denn da hat er gemerkt, dass er das immer noch kann und möchte. Vielen, Vielen Dank, Commandante Cortez.«

Daraufhin verbeugt sich Alvaro vor Abels Tochter und küsst ihre Hand.

»Ihr habt so viel durchgemacht, man mag gar nicht dran denken, was passiert wäre, wenn wir euch da nicht rausgeholt hätten. Aber vielleicht hätte die Frau des Schmiedes das Ganze nicht mehr lange mitgemacht. Das Geständnis kam ja auch von ihr selbst. Sie hatte keine Lust mehr auf ihren brutalen Mann.«

Letitia sagt daraufhin zu Alvaro:

»Sie hat mir erst vor einigen Tagen gesagt, dass sie es nicht mehr aushält mit ihrem Mann. Er wurde immer gewalttätiger, hat sie oft geschlagen. Ich habe sie oft weinen hören. Und dieser Mann soll mit Vater befreundet gewesen sein?«

»Der Tod seiner Tochter hat ihn in einen anderen Menschen verändert, einen gewalttätigen Menschen. Aber nun muss er für seine Verbrechen bezahlen. Da gibt es kein zurück. Aber seine Frau, was mit der wird, ob sie auch ins Gefängnis geht, das könnte Sergio nicht sagen. Wichtiger ist, dass es euch jetzt gut geht, dass es eure Tochter gut geht. Eurem Vater geht es sicher sehr gut. Ich werde auch zu Gott beten, dass er euch weiterhin beschützt.«

Dann fahren Abel und die Tochter und die Enkelin mit der Kutsche zu den Bekannten von Louis. Für Cortez gibt es nochmal ein wenig Zeit zu warten, bis Louis` Spione Consuela gefunden haben. Die Männer setzen sich derweil an einen Tisch und Cortez fängt an, von dem Wirt in einer kleinen Taverne zu erzählen »Dieser Wirt hat mich gleich erkannt, trotz meines Bartes, aber er sagte, wie ich auf seine Geschichte von dem Hinterhältigen Überfall reagierte, das sagte ihm, dass ich Cortez sein muss. Ein Fremder hätte anders reagiert. Und als er mir erzählte, dass im Osten am Strand von Alicante schwarze Gestalten von Schiffen gehen, da war mir klar, hier wird ein Kampf vorbeireitet, vielleicht sogar ein Krieg. Aber gegen wen? Fragte ich ihn. Darauf konnte er keine Antwort geben, aber wir müssen schnellstens zurück nach Alicante und rausfinden, was da los ist. Aber der König erfährt davon noch nichts. Auch nicht, dass ich noch lebe. Denn irgendwie glaube ich, dass der König in die ganze Geschichte mit dem Überfall verwickelt ist, oder einer seiner Vertrauten.«

Da meint Ramon:

»Als wir beim König waren und ihm von deinem Verschwinden berichtet haben, da hatte er Alejandra gebeten, eine Untersuchung durchzuführen, um die Leute wegen des Überfalls zu befragen. Aber es kam dabei nichts heraus. Aber verdächtigst du jetzt wirklich den König?«

Alvaro meint dazu:

»Schließlich hat er uns in diese Bergschlucht befohlen, angeblich, weil wir da am Ende dieses Gebietes den Strand von Alicante sehr gut einsehen können und uns aber selbst gut verstecken können. Aber andererseits wäre das zu offensichtlich. So dumm ist nicht mal der König. Aber dann gäbe es einen Verräter, der den Angreifern diese Schlucht verraten hat und vor allem, wann wir kommen. Und dieser Verräter könnte auch aus unseren Reihen kommen.«

Ramon schreckt auf:

»Ein Verräter unter unseren Leuten? Das halte ich allerdings für abwegig. Wer sollte das sein?«

Cortez schüttelt mit dem Kopf

»Ehrlich gesagt, glaube ich das auch nicht, aber wir müssen alles Denkbare in Betracht ziehen. Und wenn der Schuldige gefunden ist, egal wer es ist, für den wird es sehr ungemütlich. Dem droht eine harte Strafe.«

Ramon fragt Cortez:

»An was denkst du? Willst du denjenigen den Wasserfall herunterfallen lassen?«

»Die Verurteilung ist Sache des Gerichtes, aber es wird sicher keine Gefängnisstrafe geben. Aber jetzt müssen wir schauen, dass wir herausbekommen, wer diese schwarzgekleideten Männer sind. Wir kämpfen doch schon einige Jahre miteinander, mein Freund Ramon, aber wir haben doch noch nie etwas von schwarzen Angreifern gesehen, noch haben wir etwas davon gehört. Oder die Leute trauen sich nicht, darüber zu reden, weil sie sonst Angst haben, getötet zu werden.«

Pedro hat sich inzwischen zu seinen Freunden gesetzt, und hat auch schon den nächsten Krug mit Bier dabei.

»Also Pedro«

Sagt Alvaro zu seinem Bruder und Freund:

»Wie kannst du den ganzen Tag nur Bier saufen, du musst auch mal etwas essen. Du säufst nur, aber wirst trotzdem immer fetter.«

»Du weißt ja, dass du der einzige bist, der sagen darf, dass ich fett bin, aber so fett bin ich gar nicht.«

Pedro ist etwas gekränkt von Cortez Worte, aber er hat seinem Freund nie vergessen, dass er ihm als 10-jährigen Jungen aus dem Sumpf gerettet hat.

»wäre ich damals nicht so schlank gewesen, du hättest mich nicht da rausziehen können.«

Meint Pedro.

»Du warst noch nie schlank, aber du warst damals noch nicht so dick wie jetzt. Aber mach dir nichts draus, Wir sind alle froh, dass wir dich haben, denn keiner nimmt es mit so vielen Feinden bei einem Kampf auf wie du.«

Und diesen Satz meint Cortez genauso, wie er ihn sagte. Pedro mag gerne viel Bier trinken, aber im Kampf merkt man ihm das überhaupt nicht an. Als ob das Bier ihn dann noch aggressiver gegenüber dem Feind macht. Und das wissen die Freunde auch. Unzählige Male hat Pedro mit seinem unbändigen Willen mehrere Feinde mit einmal zu Boden gestreckt. Er ist ja auch über 2 Meter groß. Als Kind war er schon zwei Köpfe grösser als Cortez, trotzdem hatte es Alvaro damals geschafft, Pedro aus dem Sumpf zu ziehen.

Ramon sagt zu Cortez:

»Diese schwarzen Angreifer scheinen ein Phänomen zu sein. Anscheinend agieren die vor allem im Untergrund, dass wir bisher nichts von denen gehört haben, ist aber schon sehr merkwürdig, denn die gibt es ja nicht erst seit gestern.«

»Wenn du eine absolute geheime Untergrundarmee

aufbauen willst, die keiner bemerken darf dann agierst du am meisten im Verborgenen und im Dunkel. Und du hinterlässt keine Überlebenden. Dann kann auch niemand davon erzählen.«

Cortez erstaunt Ramon und der meint dazu:

»Genau so muss es sein. Wenn du immer alle tötest, kann natürlich niemand davon erzählen. Aber die Kämpfe, die wir in den letzten Jahren hatten, da waren nie schwarze Angreifer.«

Cortez kann sich denken, wieso es erst in letzter Zeit zu diesen Angriffen der Schwarzen Männer gekommen ist.

»Womöglich hat das damit zu tun, dass sie jetzt aus ihrer Versenkung hervorkommen, weil sie etwas vorbereiten, einen Krieg möglicherweise. Entweder gegen den König oder gegen die Horde. Wenn wir den Strand von Alicante uns angeschaut haben, dann muss ich zu Carlos Finjero reiten und ihm zeigen, dass sein Freund noch lebt. Das wird die Moral der Horde heben, wenn die sehen, dass Alvaro Cortez noch lebt.«

Dann erzählt Alvaro von Elenas Geschichte:

»Diese schwarzen Angreifer, so hat mir Elena erzählt, waren schon vor 15 Jahren da, als sie ihr Dorf überfallen haben und vor ihren Augen die ganze Familie töteten. Aber davon haben wir nichts gehört. Und die Mörder haben nur die Mädchen mitgenommen, aus anderen Dörfern nur die Jungen. Worin besteht da der Sinn?«

«Eine Familie vor den Augen seiner Tochter zu töten, darin besteht kein Sinn, das ist barbarisch.«

Cortez fragt seine Leute dann nochmal:

»Sagt mir, wer hätte ein Interesse daran, uns und mich zu töten? Und wo könnte man uns so überfallen, wo wir uns schlecht wehren können? Und uns tötet man nicht so einfach, es sei denn in diesem Bergmassiv. Entweder lockt man uns bewusst dahin, und überfällt uns dann. Oder man befiehlt uns, da langzureiten, weil es tatsächlich einen verborgenen Ausgang gibt, wo man den Strand von Alicante gut überblicken kann. Und wenn dann jemand unseren Weg verraten hat, dann kommen diese schwarzen Gestalten und machen uns die Hölle heiß. Weil es hinterhältig manchmal besser ist, seinen Feind zu töten, als in einem offenen Kampf.«

Ramon weiß, was Cortez meint und so ist es doch am wahrscheinlichsten, dass nicht der König selbst der Verräter ist, sondern möglicherweise einer von des Königs Leuten. Vielleicht dann sogar auch einer von seinen Generälen. Das würde dann einen

Putsch gegen den König bedeuten. Und sowas könnte Cortez auch nicht zulassen, egal, wie er zum König steht, oder was der König von Cortez hält. Einen Verrat gegen seinen König würde Cortez niederschlagen.

Zurück zu Consuela Bergaros, so der Name der Amme von Alvaro. Louis hat seine Spione wieder in Bewegung gesetzt und Alvaro und die andern müssen jetzt warten. Wie bei Abels Tochter kann das einige Tage dauern, aber noch haben Louis` Leute immer die Personen gefunden, die gesucht wurden. Wann denn Louis damit angefangen hat, Leute suchen zu lassen, das weiß nicht mal Cortez. In den vielen Schlachten, die er geführt hat, und davor, als auch danach, wurden immer wieder Leute gesucht, die verschwunden waren, oder sich verstecken mussten.

Und das alles hat irgendwie mit diesen schwarzen Angreifern zu tun. Nur ist das immer noch wie ein großes Rätsel und selbst Cortez vermag das im Moment nicht zu lösen. Aber um seine Consuela zu finden, da kann sein väterlicher Freund Louis ihm helfen. Louis sagt noch zu Cortez:

»Das kostet diesmal aber extra, meine Leute müssen wegen dir Überstunden machen und Bestechungsgelder zahlen. Und wenn jemand nicht gefunden werden will, dann wird es richtig teuer.»

»Wurdest du nicht immer fürstlich bezahlt? Von deinen Spionen muss sich keiner beklagen. Außerdem wenn die ihr Geld bekommen haben, dann gehen die in irgendein Wirtshaus, und versaufen fast alles wieder.«

Cortez schmunzelt Louis an und sagt dann darauf :

»Mein Freund ich weiß doch, was deine Spione können. Es sind die besten im ganzen Land und dafür bezahle ich dich auch so gut, obwohl das Geld zahle nicht ich, sondern der Fürst Miguel. Aber diese Frau zu finden, ist es wert. Sie hat sich 5 Jahre um mich gekümmert, das weißt du doch noch, danach warst du mein Vater. Und nebenbei gesagt, warst du immer ein guter Vater. Du hast mir schon als kleiner Junge von einem Spion erzählt und ich war da sogar mal dabei. Du hast mir vieles beigebracht, auch, dass du im Hauptberuf Wirt bist und im Nebenberuf Spion.«

Louis antwortet mit einem schmunzeln:

»Du warst ja auch schon immer neugierig, hättest ja auch ein Spion werden können. Aber du wolltest immer nur Commandante werden. Und du bist ja dann auch einer geworden. Und dann sogar der beste von des Königs Commandantes. Du hast mir immer erzählt, wie dich Consuela genannt hat. Mein kleiner Held. Pass bitte besser auf dich auf, als beim letzten Mal. Und finde heraus, was da los ist. Und wenn du mal wieder eine Person suchst, du weißt ja wo du mich findest. Ich hoffe, dass meine Leute Consuela schnell finden, ich weiß, was sie dir bedeutet. Sie war mehr als nur deine Amme, sie war wie eine Mutter. Leider hast du nichts von deiner richtigen Mutter gehabt, auch wenn Consuela sehr liebevoll zu dir war. Aber dann musste auch sie verschwinden und stand vor meiner Tür mit einem kleinen 5-jährigen wissbegierigen Jungen, den ich heute immer noch liebe, wie meinen eigenen Sohn.«

Daraufhin nimmt Cortez die Hände von Louis mit seinen Händen und sagt zu ihm:

»Ich hatte eine glückliche Kindheit. Kann mich nicht beklagen. Du und Elisa habt euch so sehr um mich gekümmert und später auch um Pedro. Als Elisa dann gestorben ist, hat mir das auch sehr weh getan, sie war nach Consuela auch wie eine richtige Mutter für mich.«

Louis schaut sehr glücklich daher, auch wenn er seit Elisas Tod keine neue Frau wieder hatte. Er hat mal gesagt

»Ich brauche keine neue Frau, um glücklich zu sein, ich bin glücklich, wenn es meine Gäste sind.«

Da schaut Cortez seinen Ziehvater an:

»Erzähl mir doch nicht du brauchst keine Frau. Die blonde Waschfrau, die deine Wäsche holt, die hat es dir doch angetan und die ist Witwe. Eine wunderschöne Frau, und die bezirzt dich auch immer. Soll ich mal nachhelfen und die zum Essen einladen?«

Louis schreckt auf und sagt:

»Bist du verrückt, Alvaro, ich kann doch nicht?«

Alvaro unterbricht ihn und entgegnet:

»Du bist verrückt, wenn du diese Frau nicht zum Essen einladest, wenn sie morgen wieder da ist und deine Wäsche holt, dann lade ich sie zum Essen ein. Die lächelt genauso schön wie Elena, Louis, da musst du zugreifen, diese Frau will dich sicher genauso, wie du sie willst. Du hast zu lange keine Frau gehabt. Und diese Frau ist Gold wert. Die darfst du nicht ignorieren.«

Louis kommt ins grübeln.

»Vielleicht hast du ja Recht, das ist eine tolle Frau. Wunderschöne Augen, eine tolle Figur. Und der Busen.«

»So gefällst du mir. Schau dich doch mal an. Du bist doch ein gestandener Mann, auf so einen steht die doch. Wie heißt die nochmal? Ich glaube, Fraya, das heißt die leuchtende Fackel. Ein Prachtweib, die bringt dich zum Explodieren.«

»Ja, Ja du hast ja Recht, Alvaro, ich gebe es nicht gerne zu, ich war bisher zu feige. So ein tolles Weib und ich Brummelsack. Ich dachte bisher, so einen wie mich will so eine nicht haben.«

»Aber schau dir mal an, wie sie hier immer reinkommt, mit einem strahlenden Lächeln, die mag dich, sehr sogar. Aber sie wird nicht den ersten Schritt machen. Das manche ich morgen. Wir müssen eh noch auf deine Spione warten und auf Domingo und Tomas. Die müssten bald mit dem Schmied hier ankommen. Und wenn dann deine Spione Consuela gefunden haben, dann geht's ab nach Alicante. Aber wenn die Fraya morgen kommt, dann lade ich sie am Abend zum Essen ein. Ich sage ihr zunächst nichts von dir. Ich sage zu ihr, dass Elena da ist. Und dann bist du eben einfach auch da und setzt dich neben ihr.«

Louis ist irgendwie erleichtert und Cortez merkt das. Sein Freund und Ziehvater ist schon lange in diese Wäscherin verliebt, aber hat sich bisher nicht getraut, sie zu fragen, ob sie mal bei ihm zum Essen kommen möchte. Cortez sagt dann noch:

»Wir treffen eine Abmachung. Wenn sie nicht zum Essen kommen möchte, werde ich dich nie wieder mit diesem Thema nerven. Und wenn ich Recht behalte, dann heiratest du nächstes Jahr diese tolle Frau.«

Louis nickt einverstanden und in dem Moment geht die Tür auf und die Wäscherin kommt plötzlich rein. Einen Tag früher wie sonst. Und sie ist gut gelaunt wie immer.

»Hallo Louis, hast du wieder was für mich.?«

Louis ist aufgeregt. Gerade hat er mit Alvaro über sie geredet, und dann kommt sie plötzlich früher als erwartet.

»Du bist früher dran wie sonst, ich muss erst mal alle Wäsche zusammentun. Das dauert einen Moment. Alvaro kümmert sich solange um dich. Bin gleich wieder da.«

Fraya wundert sich und fragt Alvaro:

»Was ist los mit ihm? Der ist so nervös. Liegt das an mir?«

Da schaut Cortez der schönen Waschfrau direkt in die Augen und meint

»Würdet ihr heute Abend zum Essen zu mir und Elena kommen? das wäre sehr schön?«

»Ja ich komme sehr gerne. Aber bitte sorgt dafür, dass er auch da ist. Ich meine Louis. Ich mag ihn nämlich sehr. Und ich glaube, er weiß das auch.«

Cortez denkt sich in dem Moment, dass er vollkommen richtig lag. Diese Frau mag Louis auch, aber sie hat auch nicht den Mut gehabt, Louis zu fragen, ob er mal zum Essen kommt. So hat Alvaro das jetzt gemacht und freut sich, dass diese Fraya heute Abend zu Louis ins Wirtshaus kommt. Da sind sie dann ganz unter sich, denn Louis wird dann das Wirtshaus abschließen. Da hängt Cortez dann draußen ein Schild an die Tür :

»Heute nur Geschlossene Gesellschaft«

Louis kommt nach einer Weile mit einem Sack zurück und Fraya sagt:

»Alvaro hat mich heute Abend zum Essen mit Elena eingeladen. Würdet ihr auch da sein? Das wäre sehr nett.«

»Wenn euch das gefällt, bin ich gerne dabei.«

Louis schaut bei diesen Worten Cortez etwas Böse an.

»Ja das würde mir sehr gefallen. Zu viert erzählt es sich besser als zu dritt.«

»OK, ich freue mich auf euch heute Abend. Ich werde etwas Herzhaftes kochen.«

Fraya verabschiedet sich und Louis muss mit Cortez ein Hühnchen rupfen.

»Du gibst ja mächtig Gas. Spinnst du, sie einfach so einzuladen, ich bin gar nicht vorbereitet«

Da entgegnet Alvaro seinem Freund.

»Meinst du, es gefällt ihr, wenn du vorbereitet bist? So eine Frau liebt es eher, wenn du nervös bist. Das ist viel besser als ein Macho. Glaub mir, sie wird dich richtig lieben lernen, wenn du sie richtig kennst. Dann kannst du richtig lustvoll an ihrem Busen kuscheln.«

»Glaubst du etwa, ich weiß nicht mehr, wie man an einem Busen kuschelt.?«

»Das habe ich nicht gesagt, ich glaub es aber sehr wohl, dass du schon lange auf diesen Busen scharf bist. Und wenn ich mich nicht irre, dann ist sie sehr wohl auch scharf auf dich. Mein Freund, ich sage dir was. Das Leben kann so schön sein, und mit dieser Frau wird dein Leben noch viel schöner. Es gibt auch noch was anderes als Spione. Auch wenn deine Spione sehr wichtig für mich sind.«

Da meint Louis:

»Du hast ja Recht, was diese Fraya abgeht. Sie ist ein tolles Weib mit einem tollen Busen. Genau wie deine Elena. Ich hoffe jetzt mal, dass sich meine Spione bald melden.«

Alvaro geht Daraufhin wieder an den Tisch mit Elena und den Männern. Elena schaut ihren Alvaro an und küsst ihn

»Na was war denn mit Louis los? Der war so durch den Wind, als die blonde Frau reinkam.«

Da sagt Cortez zu Elena, dass das Louis heimliche Liebe ist und sie heute Abend zum Essen ins Wirtshaus kommt. Und dass Fraya auch dabei ist. Elena freut sich, diese Wäscherin kennenzulernen. Und sie meint auch:

»Louis macht so viel für andere, vor allem mit seinen Spionen, jetzt soll er auch mal mit einer Frau wieder Glück haben so wie du es hast., Und die Wäscherin sieht ja nun wirklich richtig gut aus.«

Alvaro schaut freudig auf das abendliche Essen, während die Tür aufgeht und ein Mann mit einem großen Umschlag ins Wirtshaus kommt und Louis übergibt. Der Wirt gibt dem Überbringer einen kleinen Beutel und er geht wieder. Louis macht den Umschlag auf und darin befinden sich wichtige Nachrichten vom Aufenthaltsort von Consuela. Er sagt Cortez Bescheid und die zwei, Ramon und Elena gehen in einen separaten, versteckten Raum im Wirtshaus, wo Louis geheime Besprechungen führen kann. Da gehen die Drei rein und Louis sagt ihnen, was indem Umschlag ist

»Die Papiere sind von meinen Leuten, sie haben Consuela gefunden, einer hat auch mit ihr gesprochen, Alvaro sie freut sich, dich wiederzusehen. Auch wenn sie nach den vielen Jahren auch Angst hat, dass du es nicht verstehst, dass sie fliehen musste und sie dich bei mir lassen musste. Mein Mann hat ihr aber gesagt, dass du ihr sicherlich nicht böse bist.«

Cortez fragt dazwischen :

»Und wo steckt sie?«

»Langsam junger Mann. Dazu komme ich jetzt. Hier steht, dass sie in einem kleinen Dorf bei Almeria ist, im Südosten des Landes. Drei Tagesritte von hier. Sie hat noch zu meinem Mann gesagt, er hat das aufgeschrieben, sie freut sich auf ihren »Mi Peqeno heroe«. Das heißt …

Cortez unterbricht Louis und sagt selber:

»Mein kleiner Held, das hast sie oft zu mir gesagt, weil ich keine richtige Mutter hatte und keinen Vater und von ihr und ihrem Mann die ersten 5 Jahre erzogen wurde. Ok. Louis erzähl weiter.«

Louis sagt dann zu Cortez:

»Mein Spion sagte auch zu ihr, und sie hatte davon gehört, dass du, Alvaro, bei einem Überfall schwer verletzt wurdest. Und dann fragte sie persönliche Sachen von mir, damit wusste sie dann, dass der Spion wirklich von mir war. Wir haben da mal verschiedene Codes eingeführt, die nur unsere Leute wissen. Da wusste sie, dass nicht jemand anderes sie sucht, sondern ich oder eben ihr kleiner Held.«

Da ist Cortez sehr froh, dass seine Consuela noch lebt und er erinnert sich kurz an seine Kindheit, die 5 Jahre, die sie sich um den kleinen Alvaro gekümmert hat.

Jetzt muss Cortez noch auf Domingo und Tomas warten, aber gerade, wo er daran denkt, da klopft es an der Tür des Geheimraumes und einer von Louis Leuten sagt zum Wirt, dass zwei Männer von Cortez eingetroffen sind. Domingo und Tomas haben erstmal Durst und Hunger und sagen zu Cortez, dass der Schmied jetzt im Stadtgefängnis von Cordoba ist und Sergio sich um alles Weitere kümmert. Da sagt Alvaro zu seinen Leuten, dass sie morgen in aller frühen Richtung Südosten reiten werden. Die Männer sollen sehr früh schlafen gehen und zu Pedro sagt Cortez »

Mein Bruder, mein Freund, du säufst heute kein Bier mehr. Du trinkst heute Wasser. Sonst kannst du morgen früh, wenn der Hahn kräht, nicht aufstehen. Wir müssen früh losreiten.«

Pedro ist entsetzt:

»Sag mal Cortez, ich soll Wasser trinken? Willst du mich eigentlich vergiften?«

Cortez und die anderen müssen laut lachen.

»Ach weißt du Pedro, trink doch was du willst. Wichtig ist, dass du morgen früh aufstehen kannst. Und wenn du nicht freiwillig aufstehst, dann helfen wir mit einem Eimer Wasser nach.«

Da sagt Pedro etwas erzürnt.

»Ist gut Alvaro, das eine Mal werde ich heute nur Wasser trinken, aber das vergesse ich dir nicht. Dass du mir mal sowas antust. Und ich dachte, wir wären Freunde und Brüder.«

Da müssen die anderen schon wieder lachen. Und Ramon sagt zu Domingo:

»Gib dem Großen seinen Krug Bier, sonst stirbt der uns heute Nacht an Wasservergiftung.«

Und schon wieder müssen alle lachen, jetzt lacht auch Pedro. Und sogleich gibt ihm Louis seinen größten Krug und Pedro trinkt das Bier mit viel Genuss. Als der Abend gekommen ist, schickt Cortez seine Männer ins Bett und gleichzeitig kommt Elena vorbei. Louis hat einen Braten gemacht, das Essen schnuppert sehr lecker. Natürlich bekommen auch Cortez'Leute ein tolles Essen, aber auf ihren Zimmern. Denn das Wirtshaus gehört heute nur Louis und der schönen Fraya, und als Gäste Alvaro und Elena. Die vier sind sehr hungrig. Louis sitzt direkt neben Fraya und sie schauen sich immer wieder an. Dann meint sie

»Also Louis, warum hast du mich nicht schon früher mal zum Essen eingeladen, dann hätte ich schon länger gewusst. wie toll du kochst.«

»Naja weinig Zeit viel Gäste. Aber ich verspreche dir, wenn du magst, dann koche ich jetzt öfter, und dann nur für dich«

Luis taut immer mehr auf und Fraya antwortet.

»Das würde mich sehr freuen.«

Daraufhin schaut sie ihn an und küsst ihn, und Elena und Cortez müssen schmunzeln und freuen sich.

»Fraya ihr seid eine interessante Frau. Wie konnte Louis euch solange vor mir verstecken.?«

Alvaro fragt das, um Fraya ein wenig zu locken, er möchte ihre Reaktion herausfinden, was sie für seinen Freund wirklich empfindet

»Ich weiß ja schon von Louis, dass ihr sozusagen sein Sohn seid. Wir haben uns schon oft unterhalten und ich sage euch, dass ich für euren Vater mehr empfinde als nur Freundschaft. Euer Vater ist sein sehr liebevoller Mann mit einer tollen Arbeit und damit meine ich jetzt nicht das Wirtshaus. Louis hat euch noch nicht alles von mir erzählt.«

Da schaut Alvaro seinen Ziehvater sehr erstaunt an und der sagt:

»Fraya und ich kennen uns schon einige Jahre, aber wir mussten das bisher geheim halten, auch vor dir. Sie ist nämlich eine meiner Spioninnen. Und nebenbei gesagt, einer meiner besten. Alvaro du darfst natürlich niemand davon was sagen, auch nicht deinen Leuten. Auch nicht Ramon. Das weiß jetzt nur Elena. Aber Elena ist auch etwas Besonderes. Und was Fraya angeht, wir lieben uns schon eine Weile heimlich.«

Und Fraya gibt Louis einen dicken Kuss. Und Cortez und Elena sind etwas verwundert, und gleichzeitig erfreut, dass Louis ihnen sein größtes Geheimnis verraten hat. Dann fragt Cortez seinen Freund.

»Sag mal Louis, hast du nicht zufällig von diesen schwarzen Angreifern schon gehört. Ich wundere mich schon sehr, und ich habe mit Ramon darüber geredet, dass in all den Letzten 10 bis 15 Jahren, und wir hatten da einige Kämpfe gehabt, dass wir da bisher nie was von diesen schwarzen Angreifern gehört oder gesehen haben. Erst in den letzten 3 Monaten haben wir sie gesehen und dann der Überfall in der Bergschlucht.«

Da sagt Louis:

»Meine Spione wissen sehr viel, aber diese schwarzen Angreifer sind selbst uns, mir und Fraya, ein Rätsel. Wir haben auch erst von diesen Gestalten erfahren, als du überfallens wurdest. Die arbeiten anscheinend sehr tief im Verborgenen und sind selbst von und nicht wahrgenommen worden. Wie ist sowas nur möglich?«

Da sagt Fraya:

»Schau Louis, dass wir schon eine Weile zusammen sind, haben wir auch geschickt verborgen gehalten. Und diese schwarzen Männer, oder vielleicht sind ja auch Frauen dabei, die halten sich wohl auch nur im Verborgenen auf oder agieren viel nachts.«

Dann sagt Cortez noch zu Louis:

»Also morgen brechen wir früh auf, wir müssen dann schnell zu Consuela in das Dorf, wo dein Spion sie gefunden hat. Ich kann sicher von ihr noch einige wichtige Sachen erfahren. Es wird eine Zeitlang dauern, bis wir wieder zurück sind. Und Fraya, Zu dir habe ich noch eine große bitte. Pass mir bitte gut auf diesem Mann hier auf. Denn den brauche ich noch eine Weile, eine große Weile.«

Fraya schaut Louis an und sagt zu Cortez:

»ich passe ja schon länger heimlich auf ihn auf. Und ich werde es natürlich weiter tun. Euer Vater ist bei mir in den besten Händen. Und nebenbei gesagt, lieber Alvaro, kümmert er sich auch schon länger um meinen Busen.«

Da schaut jetzt Cortez aber sehr erstaunt, denn das hatte er doch allein mit Louis besprochen. Er fragt Fraya, woher sie das denn weiß. Da sagt sie:

»Ich war heute Vormittag schon mal hier. Und als Louis` Beste Spionin kann ich mich auch verkleiden, das machen alle seine Spione so. Aber ich verrate euch jetzt nicht, wer ich war. Das ist Spionen Geheimnis. Das verraten die Spione nicht einmal Louis selbst, auch wenn der unser Boss ist.«

Alvaro und Elena schauen sehr erstaunt. Aber sie versprechen auch, alles für sich zu behalten. Auch, dass Louis und Fraya in Wirklichkeit schon länger heimlich ein Paar sind. Und sie sagen Cortez auch, dass das auch noch so bleiben soll.

Nun gehen die Vier auch schlafen und am nächsten Morgen geht es früh raus. Louis sagt noch zu Cortez, sie sollen früh noch einen Kaffee trinken und eine Kleinigkeit essen und er mache noch ein Paket mit Marschverpflegung. Dann sagen sich die vier gute Nacht.

Kapitel 9

Am nächsten Morgen stehen die Freunde alle früh auf, während Louis noch Essen gemacht hat für den Ritt nach Alicante und er hat noch frischen Kaffee gekocht. Vor allem Pedro trinkt Kaffee wie sonst Bier, so dass Louis noch mehr Kaffee kochen muss.

Dann schwingen sich Cortez und die anderen auf ihre Pferde und reiten los, sie werden 3 Tage brauchen, bis sie bei Consuela sind. Sie weiß schon Bescheid, dass Cortez zu ihr kommen will und er selbst ist gespannt auf seine ehemalige Amme.

Am Morgen des dritten Tages haben sie das Dorf erreicht und bei der Kirche sieht Alvaro von weitem schon eine Frau stehen, ungefähr 55 Jahre, beim Heranreiten schaut sie schon lächelnd daher und er steigt ab und sie sagt zu ihm:

»Hallo mein kleiner Held. Wie geht es dir nach deinem schrecklichen Überfall? Aber wenn ich dich so anschaue, scheint es dir sehr gut zu gehen.«

Cortez nimmt sie in seine Arme und küsst sie auf ihre beiden Wangen. Eigentlich kann er sich überhaupt nicht an sie erinnern, denn er war erst 5 Jahre alt, als sie ihn zu Louis brachte und dann verschwinden musste. Auch die anderen schauen zufrieden, dass Alvaro diese Frau wiedergefunden hat.

Auch Pedro.

»Hallo Mamasita. Geht es dir gut?«

»Hallo mein Großer, du hast ein bisschen Bauch zugelegt.«

Da sagt Ramon zu Consuela:

»Der Pedro sollte mal eine Frau haben, er ist mit seinen Bierkrügen verheiratet. Die haben ihn dick gemacht. Aber das macht nichts, denn Pedro ist ein guter Kerl. Jeder hier würde ihm sein Leben anvertrauen.«

Consuela sagt zu Alvaro, was er denn mit ihr bereden möchte, der Spion von Louis hat nur gesagt, dass du mich unbedingt sprechen musst. Aber ich denke mal, es geht um die Geschichte von damals. Als erst deine Mutter fliehen musste und dann auch ich, als du 5 Jahre warst. Aber glaub mir, das ist eine ganz schwierige Geschichte.«

Cortez meint zu Consuela, er muss alles wissen, vielleicht erklärt sich dann auch sein Überfall. Consuela sagt, dass sie davon gehört habe, aber keiner wusste, wer überfallen wurde, nur dass Feindliche Angreifer in schwarzen Sachen engen Trupp Soldaten angegriffen hat und dass fast alle getötet wurden.

Da sagt Cortez:

»Der Überfall war kein Zufall, das muss geplant gewesen sein, ein Hinterhalt wurde uns gestellt und dann waren da überall die schwarzen Kämpfer. Und ich stelle mir immer wieder die Frage, warum wurden wir in diese Falle gelockt? Das müssen wir herausfinden.«

Consuela ist ein wenig nachdenklich, aber sie gehen dann in ihr kleines Haus. Er sagt zu den anderen, sie sollen draußen warten, nur Elena und Ramon sollen mit reinkommen. Pedro fragt Consuela, ob sie was zu trinken hat, da antwortet sie:

»Geht ins kleine Wirtshaus und sagt der Wirtin, dass euch Manuela schickt, denn hier im Dorf heiße ich nicht Consuela, Das war mir zu gefährlich. Dann bekommst du so viel Bier, wie du magst, Und sie gibt euch auch was zu essen. Bezahlen könnt ihr dann später.«

Währenddessen gehen Consuela, die jetzt also Manuela heißt, Elena, Ramon und Cortez ins Haus und Consuela schaut dann Alvaro an und sagt:

»Ich erzähle dir jetzt eine Geschichte, die ist so unglaublich, dass du Probleme haben wirst, sie zu glauben. Aber glaube mir, sie ist so wahr, wie ich hier sitze. Deine Mutter musste damals fliehen, weil der König oder ein enger Vertrauter sie bedroht hat. Deine Mutter hat dich bei mir gelassen, weil sie Angst um ihr Leben und vor allem um dein Leben hatte. Ich wohnte in einem abgelegenen Dorf, hatte sehr wenig Kontakt nach außen. Wir kannten uns, weil wir beide Zofen des Königs und der Königin waren, aber ich bin dann irgendwann nicht mehr als Zofe arbeiten gegangen, weil ich dies ständige Anbaggere dieser widerlichen Kerle nicht mehr ausgehalten habe. Ich sagte deiner Mutter, sie solle mitkommen, aber sie konnte nicht, sie liebte einen von des Königs Soldaten.

Dieser Soldat war dein Vater. Sie hatten ein heimliches Verhältnis und wollten auch irgendwann verschwinden, aber sie wollte den Mann nicht verlassen, deshalb musste ich allein weg. Ich bekam in der Nähe von Cordoba eine Arbeit als Amme, passte auf kleine Kinder von reichen Leuten auf. Habe auch gut verdient. Der Mann, der mir diese Arbeit besorget, war dein Ziehvater Louis, er änderte damals auch meine Ausweispapiere, denn Consuela war nicht mein richtiger Name. Ich hies Carolina. Das ist eigentlich mein richtiger Name.

Der König fand dann heraus, da er überall im Schloss seine Spione hatte und auch außerhalb, dass deine Mutter diesen einen Soldaten liebte und sie wollten, als deine Mutter schwanger wurde, vom König weggehen und aus Spanien fliehen nach Portugal. Da wären sie sicher vor dem König gewesen, weil der niemals einen Krieg mit Portugal anfangen würde. Aber dann ging gewaltig etwas schief. Der König wollte den Soldaten eigentlich für eine geheime Armee haben, so eine Art Leibgarde. Aber dein Vater durfte dann keine Familie haben und dieses Opfer wollte er für den König nicht bringen. Dein Vater war ein sehr guter Soldat und hervorragender Kämpfer, aus diesem Grund wollte der König ihn unbedingt haben.

Aber da plante der Soldat, dein Vater, die Flucht. Er sagte deiner Mutter, sie sollen sich an einen bestimmten Ort, den deine Mutter auch kannte, treffen. Das Kind war inzwischen geboren und dein Vater sagte deiner Mutter, ob sie jemand kennt, dem sie das Kind anvertrauen könnte. Sie würden es irgendwann wiederholen, wenn sich das ganze Drama wieder gelegt hatte. Sie brachte dich dann zu mir, denn des Königs Spione wussten dank Louis nicht, wo ich war und sie sagte, ich soll auf dich aufpassen, sie müsse fliehen vor dem König. Als dein Vater aber nicht beim vereinbarten Treffpunkt ankam, sie wartete mehrere Stunden, da wusste sie, dass dein Vater getötet wurde.

Der König hatte von dem Fluchtplan erfahren und seine Soldaten hinterhergeschickt und obwohl dein Vater ein sehr guter Kämpfer war, es waren zu viele Verfolger, sie überwältigten ihn und der Anführer der Verfolger sagte noch zu dem Soldaten bevor er ihm den Kopf abschlug

»Wer nicht für den König arbeiten will, ist ein Verräter und als solcher verlierst du deinen Kopf. Hast du noch irgendwas zu sagen, bevor du stirbst?«

Da sagte dein Vater.

»Lieber als Verräter, wie ihr mich nennt, aufrecht sterben, als für einen König Schlachten schlagen, der ein Mörder ist.«

»Das waren die letzten Worte deines Vaters, bevor ihm der Kopf abgeschlagen wurde. Und warum weiß ich das alles so genau. Nach diesem Mord kamen Soldaten des Königs in Louis Wirtshaus und nach einigen Krügen Bier wurde deren Zunge locker. Und die prahlten, dass ein Soldat, der den König verraten wollte, dass dem der Kopf abgeschlagen wurde auf der Flucht. Louis wusste damals sofort, dass dein Vater gemeint war. Deine Mutter floh also vor den Mördern und ich habe seit damals nie wieder was von ihr gehört. Sie hatte wahrscheinlich so eine Angst, dass sie keinen Kontakt wieder zu mir aufnahm.«

Alvaro ist geschockt, was Consuela da erzählt. Der König soll seinen Vater ermordet haben, weil er nicht in einer geheimen Leibgarde mitmachen wollte, stattdessen mit Alvaros Mutter lieber glücklich werden.

»Bist du dir mit dem König da auch sicher, ich kann das nicht glauben. Er soll meinen Vater ermordet oder seine Ermordung angeordnet haben? Ich habe auch meine Probleme mit ihm schon gehabt, aber er weiß, dass ich bisher immer loyal war und ich hatte bisher keinen Grund, solche Vorwürfe gegen den König zu richten. Es kann aber auch sein, dass das alle so von einem Verräter in des Königs Reihen arrangiert wurde, um ihn als Mörder hinzustellen.«

Consuela überlegt eine Weile:

»Es wäre möglich, aber ich habe den König als Zofe auch erlebt. Aber ich war schwach, anders wie deine Mutter. Ich wurde des Königs Geliebte und ich wusste auch, dass ich eine von vielen war. Aber der König gab sich damit nicht zufrieden. Er wollte immer mehr. Und die nicht mitspielten, die wurden schlecht behandelt. Oder wie deine Mutter, die sich immer widersetzte. Er hatte sie schon mehrfach in seinem Bett gehabt, aber sie wehrte sich immer heftig dagegen. Bis ihm schließlich die Lust verging. Aber du hast Recht, es könnte die Ermordung deines Vaters auch ein Verräter gewesen sein. Ich hatte nur noch nie diesen Gedanken im Kopf gehabt.«

Alvaro überlegt einen kleinen Moment und sagt dann zu Consuela:

»Der König hatte auch schon mal eine heftige Auseinandersetzung mit Carlotta, der Königin. Sie drohte ihm damit, wenn er mich nicht in Ruhe lässt, dass sie zum Obersten Gericht geht und da ein Verfahren gegen den König einleitet. Das kann das Oberste Gericht machen. Wenn schwerwiegende Anschuldigungen da wären. Da fällt mir ein, ich muss Louis Bescheid geben, er muss einen Spion zu Carlotta schicken und muss mich mit ihr treffen.

Aber nochmal zum König. Consuela, auch wenn es schwierig für dich ist, das nicht zu glauben, aber versuche mal daran zu denken, es wäre nicht der König gewesen. Du bist doch als Zofe im Schloss ein und ausgegangen. Hattest du da Kontakt zu seinen Generälen? Denen vertraut der König blind, vor allem einem, General Manuel Hispolito. Das ist ein Machthungriger Mistkerl, aber der König vertraut ihm am meisten. Darin könnte auch eine Gefahr liegen. Und Hispolito ist schon lange General beim König.

Der könnte sich heimlich selbst eine Leibgarde aufbauen, wenn er wollte. Mich hat er früher zwar gefördert, aber ich kam persönlich nie gut klar mit ihm. Ich wäre unter ihm nie so schnell Commandante geworden, da hat der König mir zugesprochen, und das gefiel Hispolito gar nicht, da fühlte er seine Autorität untergraben. Und deshalb wäre es möglich, dass er auch die Angreifer zur Bergschlucht geschickt hat, um mich und die anderen zu töten. Ich kenne ja auch die anderen Commandantes. Und die meisten sind keine Freunde dieses Generals. Aber er und der König sind Freunde von klein an und der König würde mich für verrückt erklären, wenn ich diesen Verdacht äußere. Aber meine liebe Consuela. Erzähle bitte weiter. Was du noch weißt. Meine Mutter sagst du, kam nie wieder zurück. Aber vom Tod hast du aber auch nichts gehört.«

Consuela schaut Alvaro ungläubig an.

»Was willst du damit sagen? Willst du Louis beauftragen, deine Mutter zu suchen?«

»Daran hatte ich bisher nicht gedacht. Aber nach deiner Erzählung überlege ich ernsthaft, ob ich ihn fragen soll. Aber jetzt müssen wir erstmal rausfinden, was in Alicante los ist. Wir müssen da hin, und ich muss dich fragen ob du uns begleiten kannst. Wir müssen uns einen Plan ausdenken, wie wir uns ganz nah an den Strand anschleichen können, ohne dass wir entdeckt werden, sonst wären die Männer, die da landen sollen, gewarnt. Und du kennst dich mit Verstecken doch gut aus.

Aber ich muss dich vorher noch was anders fragen. Du kanntest den König schon länger. War er immer so jähzornig, oder kanntest du ihn auch mal anders?«

»Der König war schon als junger Mann so. Ich bin als junges Mädchen zu ihm gekommen und er war immer so jähzornig. Der alte König lebte da auch noch und den hast du den ganzen Tag nur fluchen gehört. Die Zofen waren alle Mädchen zwischen 18 und 20 Jahren. Keine war älter. Und wenn er Lust auf eine hatte, dann gab sie sich ihm auch hin. Dann war er sogar sehr freundlich zu ihr. Ich erlag leider auch der Versuchung und wurde später seine Leib Zofe. Als er dann die Königin kennenlernte. kannte ich auch schon Louis und der versteckte mich dann.

Diese Familie des Königs, sein Vater und auch sein Großvater, so wurde immer wieder erzählt, waren im Volk nicht´ sehr beliebt. Die wollten nur die jungen Mädchen im Bett haben, um ihre Nachkommen zu zeugen. Da fällt mir ein, vielleicht wollte der König gar nicht, dass du getötet wirst. Sondern dass du deiner Mutter weggenommen wirst, um als sein Sohn bei ihm und der Königin aufzuwachsen. Der König hatte als junger Mann ja schon eine andere Königin, die er aber meist nicht beachtete. Sie schliefen selten miteinander und sie war auch eine sehr labile Frau. Carlotta dagegen, die er viele Jahre später dann kennenlernte und dann auch heiratete, die war von anderem Holz geschnitzt.«

Cortez ist ein wenig verwirrt, was er da von seiner früheren Amme alles hört. Als Commandarte des Königs hat er sich um solche Sachen nicht gekümmert. Da führst du die Kriege und alles andere ist nicht Aufgabe der Soldaten. Dann sagt Cortez zu Consuela:

»Ich hatte vom Fürsten Miguel von Cordoba den Auftrag, zur Wilden Horde zu reiten, um mit Carlos Finjero zu reden, aber dann kam schon nach einer Woche ein Reiter des Königs mit neuen Befehlen. Und ich musste von der Horde wieder abreisen, ohne dass ich da mit meiner Aufgabe fertig war. Ich versteh auch nach einigen Jahren nicht, warum der König so schlecht über die Horde denkt, denn das ist auch sein Volk, das sind auch Spanier, wenn auch etwas anders. Aber dieser Carlos Finjero ist kein typischer Hordenanführer. Der ist da nicht geboren, der wurde als Kind da hingebracht und ist dann da genlieben. Er war, so glaube ich, ein Findelkind. Mit dem habe ich schon viele Male geredet. Aber sein Einfluss auf die anderen Clanführer ist nicht mehr so einflussreich. Da gibt es einige Anführer, die wollen lieber Krieg mit dem König als Frieden.«

Consuela geht einen Moment in ein anderes Zimmer und Ramon sagt zu Cortez »ich bezweifle, dass sie uns helfen kann. Und auch will. Sie lebt schon so lange hier und will gar nicht weg hier, so glaube ich. Wir brauchen sie ja auch eigentlich nicht. Jetzt müssten wir nach Alicante und dort schauen, was da los ist. Meinst du nicht auch, dass wir genug Zeit gelassen haben mit reden.«

Cortez schaut Ramon an und meint:

»Manchmal bist du wenig diplomatisch. Sie ist eine gebrochene Frau, aber sie kann uns helfen, sie musste damals alles aufgeben, sie hatte Todesangst ähnlich muss es bei meiner Mutter gewesen sein. Und zwischen mir als Kind und dem König muss es auch irgendeinen Zusammenhang geben. So wie Consuela gesagt hat.«

Ramon meint:

»Wo soll da ein Zusammenhang sein? Deine Mutter hat einen von des Königs Soldaten geliebt und bekam dann ein Kind von dem. Dann wollten sie kurz nach der Geburt fliehen. Da deine Mutter aber nie mit dem König was hatte, auch wenn er sie oft bedrängt hat, kannst du auch nicht der Sohn vom König seien. Oder deine Mutter hat Consuela nicht alles erzählt und du bist doch der Sohn des Königs. Das wäre ja verrückt.«

Cortez geht indes zu Consuela und fragt sie, wie es ihr geht?

»Ich musste kurz nachdenken und ich habe mich entschieden. Ich begleite euch. Ich muss hier raus, ich darf mich nicht länger verstecken. Also lass uns einen Plan überlegen, wie wir in Alicante vorgehen.«

Cortez ist erleichtert, sie kommt mit ihm versteckt sich nicht länger. Der König darf nicht länger Macht über sie haben. Und bei den Soldaten und Freunden von Cortez ist sie auch sicher. Und diesmal kann so ein hinterhältiger Überfall im Bergmassiv nicht passieren, Niemand weiß, dass sie in dieser Mission jetzt unterwegs sind. Der König hatte zwar Ramon als neuen Commandante akzeptiert, nachdem die anderen Ramon schon dazu ausgesucht hatten. Und die Truppe sollte eh nochmal nach Alicante. Aber jetzt weiß der König nicht, wann sie unterwegs sind. Und ein zweites Mal lassen sich die Männer um Cortez nicht so überrumpeln.

Nachdem jetzt klar ist, dass Consuela mitkommt, muss ein Plan erarbeitet werden. Denn eines ist auch klar, sie können da nicht hinreiten, so wie sie jetzt sind. Sie müssen sich geschickt anstellen, dass die Soldaten am Strand nicht gewarnt sind. Also bedeutet das, man müsste sich verkleiden.

Da hat Consuela eine interessante Idee:

»Wir müssen uns verkleiden. Am besten als Gaukler. Und dann am Strand eine Show abziehen.«

Cortez lächelt daraufhin und sagt:

»Warum kommt diese Idee nicht von mir? Genial. 3 Mann schleichen sich an den Strand und mit einem Fernglas beobachten sie, was da ist und wer die Befehle gibt und die anderen geben am Strand eine Vorstellung und lenken so von den Dreien ab. Die Drei werden Ramon, Domingo und ich sein. Consuela habt ihr einige Sachen da, die wie anziehen können. Ganz bunt und dreimal schwarz. Und schwarze Farbe.«

Consuela muss lachen:

»Sollen wir uns wie Clowns anziehen?«

»Ich denke doch, dass Gaukler auch Clowns sind.«

Cortez ist sich nicht sicher, aber Domingo lacht.

»Da brauch sich Pedro ja gar nicht zu verkleiden.«

Pedro schaut da gar nicht so lustig daher.

»Pass auf, dass du hier nicht der Clown bist. Ich trete auf als Riese«

»Als riesiger, biersaufender Clown.«

Da springt Cortez seinem Bruder zur Seite und meint zu Domingo:

»Du kannst auch gerne den Clown machen, oder du bist besser, wenn du mit mir kommst. Denn Pedro ist schwerfällig als Spion und lass ihn den Clown machen. Und der Clown darf auch einen Krug Bier trinken. Also lass mal unseren besten Clown in Ruhe.«

»Entschuldige Pedro war doch nur Spaß.«

»Schon gut kleiner Bruder, du siehst ich mache den Clown besser als du.«

Nach einer Stunde sind alle Sachen gepackt. Die Freunde nehmen noch eine alte Kutsche aus dem Dorf mit, denn Gaukler reisen immer mit Kutsche, meint Consuela. Nachdem das alles gemacht ist, reiten Cortez und die anderen los. Consuela reitet zunächst neben Alvaro und sagt zu ihm:

»Ich bin sehr froh, dass du gekommen bist, ich war viel zu lange versteckt, ich muss mal wieder in die Welt hinaus. Was ich dir gestern über den König und deine Mutter erzählt habe, das muss für dich alles sehr verwirrend klingen. Du bist doch des Königs bester Commandante und immer loyal zu ihm gewesen. Aber wie du auch gesagt hast, es könnte auch dieser General Hispolito gewesen sein.«

Alvaro meint daraufhin:

»Hispolito war schon immer sehr ausgiebig übertrieben ehrgeizig und die jungen Kadetten hatten unter ihm sehr zu leiden. Er sagte dann, in der Schlacht macht der Feind auch keine Zugeständnisse, also betrachtet mich ruhig als euren Feind. Ihr werdet mir eines Tages danken. Da hatte er sogar mal Recht gehabt. Aber er mochte es nicht verstehen, dass der König ein wenig seine schützende Hand über mich hatte.«

»Ich kann mich noch ein wenig an diesen Kerl erinnern. Ich war ja ein junges Mädchen und der König erlaubte es ihm, sich gelegentlich mal eine Zofe zum Vergnügen zu holen von ihm. Und ich war leider auch dabei. Er war aber in diesen Momenten sehr freundlich zu mir und er nahm mich auch nicht nur einmal. Heute schäme ich mich dafür, obwohl ich damals eigentlich keine Wahl hatte. Wenn sich ein Mädchen weigerte, wie deine Mutter, dann hatte sie im Schloss keinen guten Stand.«

Consuela wirkt beim Erzählen sehr angespannt und Alvaro merkt, dass es ihr nicht leichtfällt:

»Es muss damals schwer gewesen sein für alle Zofen. Der König war da auch noch sehr jung, aber er nahm sich, was er wollte. Zum Glück konntest du dann ja Dank Louis verschwinden.«

»Ja Louis hat vielen Menschen geholfen. Und aus dich hat er auch etwas Gutes gemacht. Deine Elena ist ja auch eine tolle Frau. Sie tut dir sicher sehr gut.«

Consuela wirkt erleichtert, dass sie mit jemand reden kann. Da fragt Cortez:

»Hast du im Dorf darüber auch mal mit jemand geredet? Oder hast du in all den Jahren kein Wort darüber gesprochen?

Consuela schaut Cortez an und wieder zurück:

»Dieser König ist kein guter König. Auch wenn du loyal zu ihm bist bisher. Aber was machst du, wenn sich der König als der Verräter herausstellt, den du suchst.? Willst du einen Krieg gegen den König führen.? Mal davon abgesehen, dass viele Menschen froh wären, wenn dieser König weg wäre, aber kannst du das einfach so?«

Cortez schaut einen Moment nach unten und dann zu Consuela uns meint:

»Ich kann es dir nicht sagen jetzt. Wir müssen erstmal in Alicante schauen, was da los ist und stellt es sich tatsächlich heraus, dass doch der König der Verräter ist und nicht Hispolito, dann muss ich sowieso erst mit Fürst Miguel reden und die anderen Commandantes davon in Kenntnis setzen. Ich kann ja schlecht allein Krieg gegen den König führen.«

Consuela nickt einverständlich und sagt noch zu Alvaro:

»Ich danke dir, dass du mich gesucht hast und dass ich hier sein darf. Ich muss wieder leben und das ist die beste Gelegenheit, wieder am Leben teilzunehmen. Und dann auch noch an so einem Abenteuer.«

Alvaro schaut Consuela an, lächelt und sagt zu ihr:

»Das wird ein großes Abenteuer für dich. Vielleicht hättest du aber besser im Dorf bleiben sollen. Denn das wird richtig gefährlich. Bist du dir immer noch sicher, dass du das wirklich willst?«»Ich habe dir doch schon gesagt, die letzten 35 Jahre habe ich mich nur versteckt. Damit ist jetzt Schluss. Da ist dieses gefährliche Abenteuer genau das richtige. Und wenn ich sehe, dass du jetzt sehr glücklich mit dieser Elena bist, dann bin ich auch glücklich.«

Nach 2 Tagen haben Cortez und die anderen schließlich das vorläufige Ziel erreicht. Alvaro hält an und schaut mit leicht finsterer Miene auf das sich vor ihm auftuende, leicht gespenstisch wirkende Bergmassiv. Beim letzten Mal hat er das so gar nicht wahrgenommen, da sind sie einfach reingeritten und dann in den Hinterhalt geraten. Aber nun steht er davor und schaut sich das Ganze vor sich erstmal an und da kommt Elena zu ihm:

»Mein Geliebter, was hast du?«

Cortez reagiert zunächst nicht, um dann doch zu antworten »Entschuldige bitte, aber ich musste erstmal kurz für mich allein sein. Es wirkt einmal sehr beruhigend auf einen, dann aber wieder sehr bedrohlich. Ich bin auch nur ein Mensch und meine letzte Begegnung war nicht so, wie es geplant war.«

»Ich weiß mein Liebster. Aber diesmal bin ich dabei, um dich zu beschützen mit meinem Schwert. Kein Angreifer hätte diesmal gegen uns eine Chance.«

Alvaro überlegt kurz und meint dann zu Elena:

»sagst du bitte zu den anderen, dass wir heute Nacht vor dem Bergmassiv rasten. Ich schaue mich mal kurz um, ich bin gleich wieder da.«

Elena geht zu den anderen und sagt, was Cortez befohlen hat, während Alvaro einen Moment allein einige Meter in das Massiv reingeht. Nachdem Elena Ramon gesagt hat, dass sie heute Nacht hier rasten, geht Elena hinter Cortez her und nimmt ihn ganz fest in ihre Arme.

»Ich spüre, dass dich Angst umgibt. Ich kann dich aber verstehen. Dein Erlebnis war sehr heftig und dass du jetzt etwas Angst hast ist normal. Aber ich helfe dir, dich dieser Angst zu stellen.«

Alvaro schaut Elena an und gibt ihr einen Kuss.

»Was würde ich ohne dich machen. ich habe Angst, aber das schaffe ich mit deiner Hilfe und auch wenn ich sonst ein starker Mann bin, ohne eine starke Frau ist kein Mann auch nur ein bisschen stark. Ich liebe dich so sehr, dass du da bist. Und mir zu Hilfe kommst. Ich verstehe jetzt Consuela. Die hatte Todesangst, und musste fliehen. Als ich da oben am Wasserfall um mein Leben kämpfte, hatte ich auch Angst. Ich war da oben allein und die schwarzen Angreifer konnte ich nicht abwehren. Es war kein angenehmes Gefühl. Das hatte ich noch nie gekannt, obwohl ich schon viele Schlachten geschlagen hatte vorher. Aber der Moment, als ich ganz allein war und die anderen konnten mir nicht zu Hilfe eilen, der kam gerade wieder hoch, als wir vor diesem Bergmassiv ankamen. Aber jetzt geht es wieder und das habe ich dir zu verdanken. In deiner Nähe fühle ich mich sicher. Lass uns jetzt zu den anderen gehen und alles für morgen bereden.«

Ramon und die anderen haben das Nachtlager schon angefangen vorzubereiten, Pedro kümmert sich um das Lagerfeuer und Consuela macht für alle was zu essen. Cortez kommt mit Elena zurück und Ramon fragt, ob alle sin Ordnung sei:

»Wie geht es dir Alvaro, irgendein Problem?«

« Es ist alles in Ordnung, mein Freund. Ich hatte ein kleines Problem, aber ich habe Elena. Sag mal Ramon, wolltest du nicht mal sehen, wie gut Elena mit dem Schwert umgehen kann? Jetzt wäre die Gelegenheit, das mal zu testen.«

Ramon schaut Elena an und die nickt zustimmend. Beide nehmen sich ein Schwert und Ramon meint zu Elena:

»Also machen wir mal ein kleines Schwerttraining.«

»Schwerttraining meinst du. Dann lass mal sehen, was du mir beibringen kannst.«

Beide stellen sich in Position. Elena hebt ihr Schwert über den Kopf und Ramon denkt sich nichts dabei, schaut nur ein bisschen verwundert. Dann fangen sie an. Elena greift Ramon leicht an und der schlägt auch erstmal nur leicht zurück. Das geht so einige Male hin und her. Dann macht Ramon etwas schneller, und Elena wehrt die Schwertschläge erstmal etwas unbeholfen ab. Wohlwissend, wie sie im Wald bei ihrem Dorf zuerst gegen Cortez begonnen hat. Cortez hat die Arme verschränkt und denkt sich wohl, was Ramon gleich erleben wird. Denn der ist total ahnungslos. Er kennt Elena Schwertkünste noch nicht, aber er meint, dass er ein Mann ist, dass diese Frau keine Chance gegen ihn hat. Er ist ja schließlich auch Cortez 1. Offizier, und so jemand verliert nicht gegen eine Frau. Nun fängt Elena an, die Schlagzahl leicht zu erhöhen, was Ramon noch nicht allzu sehr beeindruckt. Er schlägt zurück, aber Elena wehrt gekonnt ab und alle anderen schauen sehr verwundert, wie gekonnt Elena mit dem Schwert umgeht. Dann denkt sie sich, dass es mal Zeit wird, Ramon zu zeigen, was auch Cortez schon zu spüren bekam. Sie greift Ramon energisch an, schlägt stark auf ihn ein, rückt dann kurz zurück, um gleich wieder anzugreifen, womit Ramon nicht gerechnet hat. Und jetzt läuft Elena richtig heiß und attackiert Ramon so heftig, dass er nur noch abwehren kann, die Schläge von Elena werden immer stärker und schließlich drängt sie ihn immer mehr zurück und zu guter Letzt kann er sich nicht mehr auf den Füssen halten und fällt nach hinten zurück, nachdem ihm Elena das Schwert aus der Hand geschlagen hat.

Ramon schaut sehr verwundert und rümpft seine Nase und schüttelt mit dem Kopf. Das hat gerade gesessen, so ist er noch nie von einer Frau mit dem Schwert angegriffen worden. Elena geht zu ihm, gibt ihm ihre Hand und er nimmt sie an und lässt sich von ihr hochziehen. Jetzt schüttelt er ihr die Hand und meint

»Ich glaube, ich muss mal ein ernstes Wort mit Alvaro reden. Er hat mir kein Wort davon gesagt, dass du so eine tolle Kämpferin bist. Wo hast du das gelernt?«

Elena schaut Cortez an und sagt dann:

»In Gefangenschaft. Ich wurde als 10-jähriges Kind von schwarzen Angreifern entführt, meine Eltern und mein kleiner Bruder getötet. Und in dieser Gefangenschaft habe ich das Schwertkämpfen gelernt. Ausgerechnet bei dem Mann, der meine Familie getötet hatte.«

Ramon ist immer noch überrascht, aber gratuliert Elena für ihr überaus große Kampfes Kunst. Und Alvaro sagt zu ihm:

»Mach dir nichts draus. Ich habe meine Lektion bei ihr auch gelernt. Sie ist einfach eine knallharte Kämpferin mit dem Schwert.«

Inzwischen hat Consuela das Essen und Tee fertig und alle sitzen sie am Feuer, da es auch inzwischen dunkel wird und sie haben allen großen Hunger. Nachdem alle gespeist haben, sagt Cortez

»Morgen werden wir, wenn das Bergmassiv durchquert ist, erstmal beobachten, was sich denn wirklich am Strand abspielt. Wenn es dunkel ist, werden wir drei dann uns anschleichen.«

»Wer macht denn was bei den Gauklern?«

Fragt Tomas und Cortez antwortet ihm:

»Du bist ein Zauberschütze, der auf ein Rad zielt, das sich dreht. Consuela ist die Anführerin der Gaukler. Pedro ist der große Clown und die anderen machen Spiele mit Kegeln, und Elena ist eine Tänzerin. Alles andere können wir erst morgen planen, wenn wir sehen, was am Strand abgeht. Jetzt gehen wir früh schlafen, wir müssen auch früh wieder raus und dann müssen wir dieses Bergmassiv durchqueren. Da wir beim ersten Mal nur ein Stück reingeritten sind, ist es diesmal interessant, wie der weitere Durchritt aussieht, was uns da drin noch erwartet. Aber wir können annehmen, dass es ein ruhiger Durchritt wird. Außerdem werden wir langsam reiten, denn wir wissen nicht, welche Geräusche das Reiten da drin verursacht. Würden wir zu schnell durchreiten, ist das vielleicht von draußen am Strand zu hören. Das wissen wir ja nicht. Deshalb reiten wir langsam durch. Auch wenn es länger dauert. Und eins noch. Am andern Ausgang des Bergmassivs müssen wir absteigen und zu Fuß gehen, bis wir den Strand genau einsehen können. Dazu lassen wir die Pferde zunächst zurück.

Denn wenn die Pferde plötzlich schnauben oder aufgescheucht werden, dann werden wir vielleicht entdeckt. Und das soll ja nicht passieren. Also sind wir auch, wenn wir den Ausgang erreicht haben, sehr leise.«

Domingo kann sich eine Bemerkung gegen Pedro nicht verkneifen.

»Alvaro, du sagst, wir müssen alle erstmal leise sein, wenn wir den Strand beobachten. Dann müssen wir Pedro im Wald lassen. Denn der kann ja nicht leise sein.«

Pedro reagiert darauf mit Lachen.

»Ich werde vorher so viel Bier saufen, dass ich am Strand von Alicante so müde bin, dass ich das einschlafe. Bist du jetzt zufrieden?

Alvaro schaut Pedro an und meint zu ihm:

»Wenn ihr als Gaukler am Strand seid, darfst du so viel Bier trinken, wie du willst. Wir haben ein kleines Fass dabei, nur für dich. Denn als Clown musst du lustig sein und wenn du betrunken bist, bist du das am besten.« »Bruder du rettest mich. Ich danke dir. Aber jetzt mal im Ernst. Wieso sagt du das wirklich?«

»Weil es so ist. Du hast bei unseren Schlachten immer vorher Bier getrunken und als Clown ist es von Vorteil, wenn du echt wirkst. Aber eins darfst du nicht machen. Wenn die Soldaten zu euch kommen und wissen wollen, wer ihr seid, darfst du ihnen natürlich nichts sagen, wer wir tatsächlich sind.«

Pedro schaut Cortez an.

»Also Alvaro, wie lange kennen wir uns. 25 Jahre. Habe ich dich schon jemals in Stich gelassen, obwohl ich immer viel Bier trinke?«

Cortez muss nicht lange überlegen.

»Das ist ja das erstaunliche bei dir. Du kannst noch so sehr betrunken sein. Andere reden zuviel, wenn sie viel getrunken haben. Aber du noch nie. Dann will ich mal hoffen, dass du morgen nicht damit anfängst.«

»Du kannst dich wie immer voll und ganz auf mich verlassen.«

Pedro klopft Alvaro auf die Schulter und legt sich dann auf seinen Schlafplatz. Consuela geht derweil zu Elena und möchte mit ihr reden und fragt sie, ob sie ein Stück gehen können.

»Also das war vorhin sehr beeindruckend, wie ihr gegen Ramon gekämpft habt. Ich wünsche euch, dass ihr mit Alvaro sehr glücklich werdet. Aber das seid ihr ja schon. Ich habe mich leider zulange versteckt und mein Leben weggeworfen wegen der Angst, die ich hatte vor dem König und diesem General. Macht niemals denselben Fehler wegen irgendwas einfach wegzulaufen. Ihr würdet anderen Menschen nur weh tun. Obwohl ich weiß, dass Alvaro bei Louis gut aufgeheben war. Und es ist ja etwas sehr Gutes aus ihm geworden.«

Elena schaut Consuela an und erwidert:

»Ich habe mich auch 5 Jahre in meinem Dorf versteckt, durch die Begegnung mit Alvaro kann ich das Leben jetzt wieder genießen, obwohl die Leute in meinem Dorf alle sehr freundlich waren .Und er ist ein fantastischer Mensch und Mann. Die Männer lieben ihn als ihren Freund und Anführer und ich liebe ihn als meinen Mann.«

Consuela lächelt Elena an und die beiden Frauen umarmen sich, während die Amme noch zu Elena sagt:

»Er kann sich sehr glücklich schätzen, euch zu haben. Ihr seid eine tolle Frau und könnt toll mit dem Schwert umgehen. Eure Kinder werden auch mal großartige Kämpfer werden. Egal ob Junge oder Mädchen. Aber lasst uns jetzt auch schlafen, morgen wird ein wichtiger Tag und ihr müsst tanzen.«

Die beiden Frauen gehen wieder zu den Männern und sie legen sich alle hin. Elena legt sich ganz dicht an Alvaro ran und er hält sie fest. So schlafen sie recht kuschelig ein.

Am nächsten Morgen wacht Pedro als erster auf und schnuppert, dass es nach Kaffee riecht. Consuela hat für alle ein Frühstück gemacht und auch wenn Pedro ansonsten viel Bier trinkt, am Morgen liebt er eine große Tasse frischen Kaffee.

»wo habt ihr das Wasser her für den Kaffee?«

Fragt er Consuela und sie sagt:

»Ganz hier in der Nähe ist ein kleiner Bach. Da habe ich Wasser geholt. Nehmt hier den großen Pott. Ich weiß ja, dass ihr alles ein wenig größer liebt.«

»Ihr seid sehr freundlich. Und der Kaffee riecht wunderbar«

Nach und nach werden die anderen auch wach und jeder nimmt sich einen Becher mit Kaffee und isst was. Es ist ein schöner Morgen und Elena lächelt ihren Alvaro wie immer strahlend an.

»Wie habe ich das nur verdient, mit solch strahlenden Augen am frühen Morgen aufzuwachen?

Sagt Cortez ganz leise zu seiner Liebsten und die sagt

»Jeder kriegt das, was er verdient hat. Ich habe dich bekommen und du mich.«

Daraufhin küsst sie ihn wieder und Pedro meint zu Elena

»So eine Frau wie ihr es seid brauche ich auch.«

Elena lacht daraufhin:

»Da würdet ihr mich aber zerdrücken.«

Da sagt Pedro:

»Es gibt keine so großen Frauen, wie ich groß bin. Frauen sind immer alle so klein. Ich werde wohl nie eine Frau bekommen.« Da sagt Elena, nachdem sie zu Pedro hingegangen ist und ihn umarmt:

»Ihr seid ein sehr guter Mensch und auch guter Freund. Wenn dieser Kampf hier zu Ende ist, dann helfe ich Euch, eine Frau zu finden. Kein Mensch sollte allein sein. Und ihr werdet auch nicht allein sein.«

Pedro ist gerührt von Elena Worten und sagt zu seinem Bruder

»ich gönne dir diese Frau von Herzen, mein Freund, aber nach dieser Geschichte bekomme ich auch eine ab, du hast gehört, Elena«

»Hilft mir.«

Cortez erwidert:

»Da müssen wir vielleicht mal eine backen lassen. So große Frauen wie dich gibt es ja nicht. Aber weißt du, wo eine Frau für dich wäre? Bei der Horde gibt es einige Frauen, die könnten zu dir passen.«

Pedro denkt in dem Moment, Alvaro möchte ihn verkohlen. Aber das glaubt er dann doch nicht, das würde Cortez nie tun. Nun hat er noch einen Pott Kaffee getrunken. Da sagt Domingo zu Pedro:

»Ich habe noch nie jemand gesehen, der so viel Bier säuft wie du. Aber dass du jetzt auch so viel Kaffee wie Bier trinkst, ist mir was Neues.«

Pedro schaut Domingo an und meint:

»ich werde frühmorgen nie wieder Bier trinken. Es gibt nichts Schöneres als frischen Kaffee. Consuela du kochst einen famosen Kaffee. Das muss ich Louis sagen, wenn wir wieder zurück sind.«

Cortez ist etwas verwundert über Pedro, aber sieht das positiv. Consuela scheint guten Einfluss zu haben auf Pedro, vor allem mit ihrem Kaffee. Aber vielleicht sieht er auch in ihr eine Mutterfigur. Er hatte nie eine richtige Mutter. Er war in einigen Heimen, dann fand Cortez ihn als Kind und ab da kümmerte sich Louis um ihn. Der hatte zwar auch eine Frau, aber die starb, als Pedro und Cortez 15 Jahre alt waren an Lungenentzündung. Sie war in den 5 Jahren, die sie sich um die beiden Jungen kümmerte, wie eine Mutter zu ihm. Nach deren Tod war wieder keine Mutter für ihn da, obwohl Louis die Jungen sehr gut behandelte, er war schließlich als Mann mit den beiden Jungen allein.

Und jetzt ist Consuela da und Pedro fühlt sich ein wenig zu ihr hingezogen, wie ein Sohn zu einer Mutter. Und das nicht nur wegen dem Kaffee. Die Frage ist nur, ob Consuela diese Gefühle erwidern kann, ob sie dazu bereit ist nach so vielen Jahren. Das wird sich in der nächsten Zeit zeigen.

Nachdem die Truppe alle Sachen zusammengepackt hat, stiegen sie alle auf die Pferde und reiten langsam los. Domingo fährt die Kutsche und schon die ersten Meter zeigen, dass dieser Weg für eine Kutsche eigentlich nicht gedacht ist. Zum Glück ist diese Kutsche sehr schmal und deshalb reicht der Platz aus. Cortez reitet vorne weg und Elena direkt dahinter. Sie reiten langsam und Alvaro schaut ständig nach links und rechts und nach oben. Aber alle anderen machen das genauso. Man hört die Vögel zwitschern, ansonsten ist totale Ruhe. Die Männer sind alle angespannt, alle denken wohl an den Hinterhalt vor einigen Monaten.

Dann kommen sie genau an die Stelle vorbei, wo der Überfall war und Cortez hält an und steigt ab. Auch Elena steigt ab und sagt seinen Männern, dass sie einen Moment an die Soldaten denken wollen, die hier getötet wurden bei dem Überfall. Er selbst geht mit Elena den Hang hoch, was einen Moment dauert. Beim letzten Mal rannte er hier hoch, weil er vor den Schwarzen Angreifern flüchtete. Dann ist er mit Elena oben angelangt und sieht den Wasserfall. Da erschreckt Elena und hält sich an Alvaro fest und sagt

»Und hier bist du runtergestürzt. Ein Wunder, dass du diesen Sturz überlebt hast. Dieser Wasserfall ist der Wahnsinn. Sie versucht runterzuschauen, Alvaro hält sie dabei ganz fest und sie sagt nochmal »Da hast du ein Riesenglück gehabt mein Liebster und ich bin so dankbar, dass es das Schicksal wollte, dass du diesen Sturz überlebt hast.« Inzwischen sind die anderen auch hinterhergekommen und sind auch erschrocken, über den Anblick dieses Wasserfalls. Ramon sagt zu Cortez:

»So etwas habe ich noch nie gesehen, und ich habe schon andere Wasserfälle gesehen. Alvaro, da hast du wirklich großes Glück gehabt. Und die heilenden Hände von Elena und Abel.«

Ramon schaut auch herunter, Cortez hält ihn dabei fest und Ramon ist fassungslos über diesen Wasserfall.

»Das ist monströs, so was gibt es eigentlich nur in der Hölle. Alvaro du musst göttlichen Beistand bei diesem Sturz gehabt haben. Ein Glück, dass du noch lebst.«

Mit diesen Worten nimmt er seinen Freund in seine Arme und drückt ihn und ist sehr froh, dass er wieder da ist. Nach einem kurzen Moment gehen sie alle wieder runter und stellen sich zusammen und beten für die getöteten Soldaten vom hinterhältigen Überfall. Nach einer kurzen Weile steigen sie dann wieder alle auf ihre Pferde und reiten langsam weiter. Nach insgesamt einer Stunde kommen sie am Ausgang des Bergmassivs an.

Wie vorher von Cortez angekündigt, lassen sie jetzt die Pferde zurück, binden sie an Bäume und gehen zu Fuß das letzte Stück. Alvaro hat ein Fernglas dabei. Sie brauchen bis zum Ausgang des Bergmassivs noch einmal 15 Minuten. Dann sehen sie den Stand. Und was sie da genau sehen, verschlägt allen die Sprache.

Sie sehen den Strand von Alicante und der ist ziemlich groß. Und so groß wie der Strand ist, so viele Soldaten sehen sie auch und viele große Zelte. Ramon sagt zu Cortez

»Alvaro das ist eine Invasion, was ist hier los? Wer sind die?«

»Der Wirt in der kleinen Taverne hatte Recht, Esteban hat Recht gehabt. Er hatte gehört, dass hier am Strand Soldaten mit Schiffen landen. Aber seine Informationen waren noch untertrieben. Das hier ist doch der Wahnsinn. Ramon du sagst es, das ist eine Invasion. Jetzt müssen wir sehen, wie wir vorgehen. Das ist ja absolut unglaublich.

Die Frage ist, geht es hier gegen die Horde oder gegen den König. Aber das ist eigentlich egal. Hier landen fremde Soldaten, eine fremde Armee, die aufgehalten müssen, egal gegen wen sie kämpfen wollen oder sollen. Wir müssen unbedingt herausfinden, wer hier die Befehle gibt, oder woher die Befehle kommen. Von Hispolito, vom König oder von wem auch immer. Es ist aber auch egal, von wem hier die Befehle für dieses Schauspiel herkommen. Es ist eine feindliche Invasion und wer auch immer das hier angeordnet hat, ist der schlimmste Verräter in der Geschichte Spaniens.«

Ramon meint zu Cortez:

»Alvaro wir haben schon viele Schlachten geschlagen. Aber die kommen hier übers Meer, von einem anderen Land, das sind Söldner, die nur für Geld kämpfen, nicht für eine Ehre. Diese Söldner habe ich schon immer gehasst. Man kann über die Horde denken wie man will. Aber die kämpfen für ihre Ehre. Die interessiert kein Geld, außer zum Essen. Und für Waffen. Aber nicht, um gegen einen Feind zu kämpfen, wie diese hier.«

Alvaro und die Männer gehen so weit nach vorne, wie die Dünen ihnen Schutz geben. Dann nimmt Cortez sein Fernglas und schaut auf die Soldaten.

»Die haben schwarze Uniformen an und viele tragen schwarze Masken. Die Zelte sind ziemlich groß und ziemlich dicht beieinander. Da draußen im Meer sind zwei Schiffe, und im Wasser sind zahlreiche Boote mit Männern drin, alle schwarz gekleidet. Sie kommen an Land. Wir müssen rausfinden, woher sie kommen und wann die nächsten Schiffe hier eintreffen. Dann werden wir diese Schiffe ausschalten, dass keine Soldaten mehr an Land kommen können.«

Ramon sagt zu Cortez:

»Wie wollen wir das jetzt mit der Kutsche anstellen? Der ganze Strand ist voll. Schau nach rechts. Überall Soldaten.«

»Dann müssen wir mit der Kutsche so weit nach rechts, wie es geht. Nach links können wir da nicht, da ist der ganze Strand voll mit Zelten. Aber wenn ich hier nach rechts schaue, da hinten ist noch Platz, Wir können mit der Kutsche diesen schmalen Weg langfahren. Und dann bauen wir da hinten das Gauklerlager auf. Wenn Elena dann tanzt und den Soldaten schöne Augen macht, dann werden diese Soldner hoffentlich friedlich sein und vor allem abgelenkt. Es ist nicht ideal, denn der Strand ist so extrem voll mit diesen Soldaten. Aber wir brauchen diese Ablenkung. Gut, dass wir außer Elena noch andere schöne Frauen mitgenommen haben.«

Die Männer und die mitgekommenen Frauen aus dem Dorf sind alle sehr angespannt. Mit einigen Soldaten mussten sie ja rechnen, aber nicht, dass fast der ganze Strand voll ist. Ramon meint zu Cortez:

»Hier geht das doch schon seit Monaten. Die Schiffe waren sehr klein, das heißt, dass sie nicht so viele Soldaten mit einer Fahrt herbringen können. Das müssen mindestens 1000 Mann sein. Und es werden wieder mehr, wenn die Schiffe wieder zurück sind mit neuen Soldaten.«

Cortez sagt daraufhin zu Ramon:

»Und deshalb müssen wir rausfinden, wann die Schiffe mit den nächsten Soldaten wieder hier sind. Um sie dann aufzuhalten. Am besten müssten wir die Schiffe versenken. Wir müssen hier weiter auf der Lauer liegen und schauen, ob jemand ankommt, der die Befehle gibt. Heute Abend, wenn es dunkel ist, werden die Frauen und Tomas und Pedro mit der Kutsche an den Strand fahren, das Gauklerlager aufbauen und mit der Show für die Ablenkung beginnen. Das Ganze muss funktionieren, damit wir drei mit Domingo uns an den Strand schleichen können. Ramon das wird sehr gefährlich, wir müssen höllisch aufpassen, dass wir nicht entdeckt werden, sonst wäre alles umsonst. Aber wir haben schon anderes geschafft, wir schaffen auch das.«

Cortez weiß, dass sie sich jetzt beeilen müssen, aber die Kutsche können sie erst am Abend, wenn es dunkel wird, zum Strand fahren. Er schleicht sich indes schon mal mit Ramon soweit in den Dünen voran, wie es geht, um schon zu versuchen, etwas zu erfahren. Dazu müssen die zwei auf dem Boden krauchen, denn die Dünen sind nicht so hoch, dass sie die beiden Männer verstecken. Sie schaffen es auch ziemlich bis an den Strand, was sie vorher nicht gedacht hätten. Um ganz an den Strand zu kommen und sich zwischen den Zelten zu verstecken, da muss es richtig dunkel sein.

Sie sind jetzt soweit, dass sie die Soldaten hören können. Sie erzählen was von zwei Schiffen, die aber nur 30 Mann aufnehmen können. Größere Schiffe haben sie nicht genommen, weil die auffallen würden. Das hat ihnen der oberste Befehlshaber so befohlen. Alvaro und Ramon befinden sich in dem Moment nur wenige Meter von den Soldaten entfernt. Beide liegen sie ruhig da und die Sprache ist keine spanische, sondern klingt Französisch. Also sind es tatsächlich ausländische Söldner, die der Verräter, dessen Identität die beiden Männer herausfinden müssen, angeheuert hat.

Die Frage nach dem Warum geht beiden auch jetzt nicht aus dem Kopf. Leider versteht Cortez sie nicht weiter, was die Soldaten bereden, da sie eben französisch sich unterhalten. Aber Ramon kann etwas die Sprache. Cortez und Ramon verständigen sich gerade mit Zeichensprache. Und Ramon sagt Cortez dabei, dass der eine Soldat gesagt hat, dass heute Abend der Oberste Befehlshaber an den Strand kommt. Er will die Größe der Armee besichtigen und neue Befehle geben. Aber gegen wen gekämpft wird, das sagt der Soldat nicht.

Ein anderer Soldat sagt, dass der General hier am Strand gesagt hat zu einem 1. Offizier, dass das Geld, mit dem die Soldner bezahlt werden sollen, mit einem der nächsten Schiffe kommen soll. Und dass der General damit eigentlich nicht einverstanden ist, weil er die Männer mit spanischem Geld bezahlen wolle und nicht mit französischem. Angeblich wollen viele der Soldaten nach dem Krieg nach Portugal und dort bleiben. Da sich aber Portugal derzeit mit Frankreich in einem Wirtschaftsstreit befindet, können sie das Französische Geld nicht in Portugal umtauschen. Aber der General hatte zu seinem 1. Offizier gesagt, ohne spanisches Geld gibt es keinen Krieg.

Ramon und Cortez krauchen wieder zurück und Ramon sagt dann, als sie weit genug vom Strand weg sind:

»Das ist eine seltsame Geschichte mit dem Geld. Der befehlende General hier vor Ort sagt zu seinen Soldaten, dass der Befehlshaber, für den die Soldner hier Krieg führen sollen, heute Abend herkommen soll. Das wäre ja gut für uns. Aber was ich nicht verstehe, dass die Söldner mit französischem Geld bezahlt werden sollen, das Geld kommt mit den nächsten Schiffen. Da holt einer Soldner aus Frankreich, die aber dann nach Portugal wollen, wenn sie fertig sind mit kämpfen, die aber wollen kein französisches Geld, weil es da derzeit einen Streit gibt. Das könnte aber für uns gut sein. Denn Soldner, die kein Geld bekommen oder nicht das, was sie brauchen, die sind unzufrieden. Und es gibt nichts Schlimmeres für jemand, der sich Söldner zum Kriegführen holt, und die nicht richtig bezahlt. Denn dann kämpfen die nicht.«

Nachdem Ramon und Cortez sich wieder von den Dünen zurückgezogen haben, gehen sie wieder zurück zu den anderen und teilen ihnen mit, dass sie schon was erfahren haben, dass sie schon mal zwischen den Dünen gelegen haben und Ramon französisch verstanden hat. Aber Elena findet das sehr gefährlich, nicht bis zum Dunkeln zu warten.

»Alvaro und Ramon, ihr wolltest doch warten, bis es dunkel wird und Domingo mitnehmen. Begebt euch doch am helllichten Tag nicht in so eine Gefahr.«

Ramon sagt:

»Das war nicht gefährlich, aber so haben wir erfahren, dass heute Abend gegen Mitternacht derjenige an den Strand kommt, der der Verräter sein muss. Die haben vom Oberbefehlshaber geredet. Das kann ja dann nur Hispolito oder der König selbst sein.«

Cortez meint dazu:

»Du kannst aber auch einen Mittelsmann nicht ausschließen. Das ist das wahrscheinlichste. Wenn ich der Verräter wäre, dann würde ich nicht selbst hier aufkreuzen, sondern jemand schikken. Das ging mir vorhin schon durch den Kopf. Oder er ist so arrogant, dass er glaubt, es findet eh niemand raus, dass hier eine fremde Söldnerarmee ins Land einmarschiert. Wir müssen vor allem rausbekommen, ob es gegen den König oder gegen die Horde geht.«

Ramon hat da eine ganz neue Ansicht.

»Warum sollte jemand gegen die Horde mit 1000 Soldaten oder

einige mehr Krieg führen sollen? Die Herde würde ihre Clans vereinigen, dann haben die 6000 oder mehr, wieviel die genau haben, weiß niemand. Die Horde würde diese Armee hier plattmachen.«

»Aber sie würde auch viel von sich selbst verlieren. Vielleicht geht es auch darum, die Armee der Horde zu dezimieren. Um sie dann in einen neuen Krieg auszulöschen.« Cortez kann selbst nicht glauben, was er da sagt, denn das wäre Ausrottung eines ganzen Volkes. Die Horde hat sich immer als Spanier gesehen, sind sie ja auch, auch wenn sie ein recht eigenwilliges Volk sind. Da haben sie ja sogar einiges mit dem König gemeinsam. Aber er wird niemals zulassen, dass dieses, wenn auch etwas verrücktes Volk, einfach sinnlos angegriffen und vernichtet werden soll. Und auch wenn sie zahlenmäßig der Armee hier überlegen wären, so einfach plattmachen ist dann doch nicht. Denn die Horde sind nicht organisiert. Da gibt es keinen, der die Angriffe koordinieren würde, außer vielleicht Carlos Finger, aber auf den hören längst nicht mehr alle.

KAPITEL 10

Nun müssen sich die Gaukler fertigmachen, und mit der Kutsche dann in Bewegung setzen. Wenn sie am Strand sind, machen sie einige Pfähle in die Erde, und zünden die an, so dass sie Licht haben. Dann bauen sie ein Podest, wo sie dann ihre Künste zeigen. Und dann kommt noch ein Rad auf das Podest, wo dann Tomas seine Pfeilkünste zeigen soll. Sobald das Feuer der Pfähle entzündet ist, werden sich die drei „Spione“ auf dem Weg machen und ins Lager schleichen. Sie werden alle drei zusammenbleiben. Cortez hat noch gesagt, Feindberührung sei verboten. Sonst wäre die Mission in Gefahr. Also absolute Vorsicht.

Elena nimmt sich Alvaro nochmal zur Seite und sagt:

»Mein lieber Alvaro, ich weiß, dass wir das schaffen, aber passt ihr drei bitte höllisch auf. Ihr geht schließlich am Strand direkt in das feindliche Lager rein. Auch wenn ihr schwarze Sachen anhabt und euer Gesicht schwarz angemalt ist. Ich könnte es nicht ertragen, wenn etwas schiefgeht. Die würden euch töten auf der Stelle oder foltern. Kommt bitte alle drei wieder zurück.«

Cortez beruhigt seine geliebte Elena:

»Wir haben soweit schon gemacht, wir sind schon in feindliche Lager eingebrochen. Wir passen sehr auf, das verspreche ich dir. Außerdem müssen wir auch für Spanien aufpassen, denn das Land braucht uns jetzt mehr als jemals zuvor. Ich habe in all den Jahren, wo ich jetzt Commandante bin, noch niemals so etwas erlebt, dass jemand Krieg in Spanien mit französischen Söldnern führt. Das ist Vaterlandsverrat.«

»Du sollst für Spanien aufpassen. Das ist richtig, aber bitte pass auch für mich auf.«

Daraufhin gibt Elena ihrem Alvaro nochmal einen dicken Kuss und dann gehen sie beide zu ihrer Aufgabe. Es ist mittlerweile dunkel geworden und während die Gaukler mit ihrer Kutsche losfahren zum Strand, machen sich die drei Spione daran, sich ihre

Sachen anzuziehen und ihre Gesichter schwarz anzumalen. Jeder hat für den Notfall ein Messer dabei, aber Cortez hat nochmal extra gesagt, Feindberührung ist unbedingt zu vermeiden.

Die Gauklertruppe fährt langsam mit ihrer Kutsche vorwärts und alle haben sich kunterbunt angezogen. Pedro sieht wahrlich aus wie ein Riesenclown, ist voll mit bunter Farbe im Gesi8cht. Keiner würde hier ahnen, dass der Riese ein großer Kämpfer ist. Elena hat ein indisches Tanzkleid angezogen mit freiem Bauch. Sie sieht so fantastisch aus, dass die Söldner Augen machen müssten, wenn sie die Frau sehen. Consuela ist als Gauklerboss eher dezent angezogen und die anderen 4 Mädchen, die mitgekommen sind, sehen alle auch sehr toll aus und machen auf Jonglierinnen und Tänzerinnen. Und dann ist noch Tomas. Der ein blaues Oberteil ohne Ärmel anhat und eine weiße Hose. Er kann auch jonglieren und macht das zunächst. Und er wird auch als Messerwerfer zu sehen sein. Sie fahren mit der Kutsche nun runter zum Strand, an die Stelle, wo Cortez gesagt hat, dass da keine Soldaten sind. Da haben sie Platz für ihre Show, und können hoffentlich viele Soldaten anlocken. Das gute ist bei Gauklern, dass sie kaum überfallen werden, sie sind eine Gruppe von Menschen, vor denen selbst Söldner Halt machen und ihnen eher zuschauen als sie anzugreifen. Und genau das ist der Kernpunkt von Alvaro Cortez`Plan.

Die Gauklertruppe wird genutzt, um den dreien, die ins Lager am Strand schleichen sollen, den Rücken frei zu halten. Die Kutsche, die von Tomas gelenkt wird, fährt jetzt ein in die gefährliche Zone. Jetzt sind sie am Strand und können ihre Sachen aufbauen. Die Kutsche wird auseinandergenommen, daraus bauen sie schnell das Podest. Als nächstes müssen sie die Pfähle aufstellen, und dann werden sie entzündet. Mit dem Feuer sollen die Söldner angelockt werden. Nachdem das geschehen ist und Cortez mit seinen zwei Freunden das Feuer sehen, kommt auch am Strand Bewegung auf. Denn da bekommt man schnell mit, dass nicht weit weg von ihnen am anderen Ende des Strandes Feuer entzündet wurde und laut Musik gemacht wird.

Von den Söldnern machen sich alsbald einige auf dem Weg zu schauen, was denn da für Feuer brennt und was da für Musik gemacht wird. Es dauert einige Minuten, dann sind die ersten Soldaten bei der Gauklertruppe. Da Tomas etwas Französisch kann, versteht er auch, was ihm einer der Söldner sagt:

»Quest ce que tu fais ici ? Qui etes vous?«

Das heißt soviel wie:

»Was macht ihr hier? Wer seid ihr?«

Tomas muss kurz überlegen, was er antworte und sagt dann:

»Nous sommes des jongleurs. Nous voudrions repeter ici pour un spectacle.«

Und das heißt:

»Wir sind Gaukler. Wir wollen hier Proben für eine Show.«

Der Soldner überlegt kurz und meint dann:

»Nous sommers des soldats. Voulez vous egalementes fairw un se spectacle pour nous?«

Das heißt ungefähr so viel wie:

»Wir sind Soldaten. Würdet ihr auch für uns eine Show machen?«

Tomas antwortet dem Soldaten:

»Si vous le sou haitez nous alions le faire avec.«

Das heißt übersetzt:

»Wenn ihr das wünscht, dann machen wir das gerne«

Der Soldat nickt zufrieden, dann sagt Tomas noch zu ihm:

»vous pouvez egalement nous payer un peu.«

Damit meint Tomas, ob die Soldaten den Gauklern ein wenig bezahlen können. Darauf antwortet der Soldat mit einem Lächeln. Aber sagen tut er nichts. Er fragt aber noch:

»Quant pouvez vous montrer une idee.«

Damit fragt er, wann sie eine Vorstellung zeigen können. Da sagt Tomas:

»en une heure nous sommers prets.«

Damit hat Tomas gesagt, dass sie in einer Stunde fertig sind und der Soldat nickt nochmal zufrieden. Da schaut Pedro erstaunt zu Tomas:

»Seit wann sprichst du denn Französisch, ich bin beeindruckt. Das hast du richtig gut gemacht. Da hat Cortez genug Zeit.«

Tomas meint dann zu Pedro:

»Tja Pedro, ich kann viel, wovon ihr alle nichts wisst.«

Pedro geht zu Tomas und reicht ihm dankend die Hand.

»Damit hast du uns einen großen Vorteil verschafft. Das hast du gut gemacht. Dann können Cortez und die andren beiden in Ruhe ihre Aufgabe erfüllen.«

»Danke Pedro jetzt kannst du dein Talent als Clown zeigen. Du schaffst das.«

Pedro ist immer noch beeindruckt und auch Elena staunt über Tomas 'Sprachkünste:

»sag mal Tomas, wo hast du das gelernt?«

Tomas, der gerade an seinem Bogen arbeitet und ihn neu spannt

»Das habe ich mal von einer französischen Wäscherin gelernt. Die war richtig zauberhaft. Leider musste ich damals wieder raus aus Frankreich und sie wollte nicht mitkommen. Schade dachte ich damals.«

Elena sagt noch zu Tomas und Pedro:

»Dann geht die Vorstellung gleich los. Macht euer bestes, denn die scheinen sich echt zu freuen, sonst hätten sie nicht gefragt, ob wir für sie eine Vorstellung machen können. Dann wollen wir denen mal was Schönes zeigen.«

Pedro sagt zu Elena:

»ich glaube, die werden nicht wieder weggehen wollen, wenn sie dich erstmal gesehen haben. Du siehst aber auch toll aus. Alvaro hat wirklich Glück Aber der hat es auch verdient.«

»ich verspreche dir, dass es Alvaro bei mir immer gut gehen wird.«

Da schaut Pedro Elena an und sagt:

»Das glaube ich dir aufs Wort. Du kümmerst dich sicher gut um meinen Bruder.«

»Lass uns nun die Pfähle anzünden. Dann kann das Spiel beginnen. Und wünscht alle Alvaro viel Glück.«

Elena weiß, dass Alvaro jetzt an der Reihe ist und sie betet kurz für ihn.

Währenddessen machen sich Alvaro, Ramon und Domingo für ihren gefährlichen Einsatz fertig. Sie haben mitbekommen, dass eine Menge Soldaten Richtung Gauklertruppe unterwegs sind. Das ist für sie das Zeichen, dass sie sich ans Lager anschleichen, sie schleichen hintereinander, Cortez vorne weg, dann Ramon und dahinter Domingo. Die Zelte stehen dicht beieinander. Dazwischen ist nicht mehr als einen halben Meter Platz. Die drei verstecken sich zunächst noch zwischen den Dünen.

Dann kommt der Moment, auf den Cortez gewartet hat. Ein Trupp Reiter kommt zum Strand. Sie sind schwarz gekleidet. Der Anführer trägt einen schwarzen Helm. Der Trupp reitet bis zu einem schwarzen Zelt, dass sich fast in der Mitte des Strandes befindet. Der Anführer steigt vom Pferd, welches auch einen schwarzen Umhang trägt.

Da kommt ihm ein Mann entgegen, der auch eine Schwarze Montur trägt. Der schwarze Anführer ist sehr groß, da denkt sich Cortez, das kann nicht der König sein, der Kerl da ist einen Kopf grösser, auch General Hispolito ist nicht so groß. Cortez ist verwundert. Aber nun ist der Moment gekommen, wo sie sich zwischen den Zelten anschleichen, so dicht wie möglich an die beiden Männer heran, dass sie auch alles genau verstehen. Sie halten kurz an, weil von der Seite Soldaten gelaufen bekommen, aber Cortez hört die beiden Männer schon reden und er hört, dass der Anführer vom Strand dem großen Anführer etwas sagt, ihn begrüßt in Spanisch, mit französischem Akzent. Dann antwortet der große Anführer: »Seid gerußt General Feron. Wie ergeht es euch hier an diesem schönen Strand?«

Cortez erkennt diese Stimme, aber er weiß nicht mehr, zu wem die Stimme gehört. Er kann den General nur von hinten sehen.

»Bonsoir General Sanchez. Schön euch zu sehen. Aber der Strand ist für uns hier mehr ein Gefängnis. Wir sitzen hier fest seit 4 Monaten und können nichts machen. Wann geht es endlich los?«

»Das wird noch etwas dauern. Meine Vorbereitungen stocken etwas, ich habe ein wenig Mühe, dem König von unserer Mission zu überzeugen.«

Sagt General Sanchez.

Die einzige Unterhaltung ist, seit wir hier festsitzen ist eine Gauklertruppe, die heute hier ankam. Und jetzt gerade die Soldaten ein wenig unterhält.

»Was für eine Gauklertruppe?«

»Gönnt ihr meinen Männern keine Ablenkung?«

»Aber natürlich, ihr sollt euch ja hier nicht langweilen. Lass uns in eurem Zelt gehen und alles weitere Bereden.«

Cortez ist geschockt, total geschockt. General Alfredo Sanchez ist der Verräter. Jetzt muss Cortez mit seinen Männern weiter ran an das Zelt. Und zwar ganz ran. Sie ducken sich und schleichen von Zelt zu Zelt und sind dann am richtigen Zelt und hören drinnen die Stimmen der beiden Männer. Cortez kann jetzt seinen beiden Männern nicht sagen, was er gerade herausgefunden hat.

Ramon und Domingo kennen General Alfredo Sanchez nicht, wohl aber Alvaro. Er hat mal eine kurze Zeit unter Sanchez gedient, als er gerade von der Kadettenschule kam. Erst später, als er selbst Commandante wurde, hat er seine Freunde, die auch auf die Kadettenschule gegangen sind, in seine Einheit geholt und seitdem kämpfen sie zusammen. Der einzige, der nicht auf die Kadettenschule ging, ist Pedro, aber der hat mit seiner Kraft schon allein Schlachten gewonnen.

Im Zelt geht die Unterhaltung zwischen dem französischen General und General Sanchez richtig los. Der Franzose sagt zu Sanchez:

»Ich weiß von euch bisher nicht, worum es geht, vor 3 Monaten sind wir hier gelandet oder besser gestrandet und es geht nicht s voran. Das einzige was klappt, ist die Versorgung mit Essen und Wein. Aber wir haben immer noch keinen Plan, wo wir überhaupt hinsollen. Würdet ihr mich mal aufklären, was jetzt passiert und wofür wir denn eigentlich hier sind?«

»General Feron, ich verstehe euren Unmut. Aber ihr müsst leider noch Geduld haben. Ich konnte den König noch nicht davon überzeugen, die Horde anzugreifen, aber einen Alleingang kann ich nicht machen. Das würde mir den Kopf kosten. Aber ich hänge an meinem Kopf.«

Den französischen General stellt das natürlich nicht zufrieden.

»dann hättet ihr uns später holen sollen. Meine Männer müssen aber jetzt schon bezahlt werden. Wo bleibt unsere Bezahlung?«

Sanchez entgegnet:

»Wann kommen die nächsten beiden Schiffe? Da kommt auch das Geld mit.«

»General Sanchez, ich sagte euch schon mal, wir nehmen nur spanisches Geld, nicht französisches. ich glaube, dass euch das bisher nicht bewusst ist. Wann sind die Schiffe wieder hier.?«

»Mein französischer Freund, ihr werdet von mir das bekommen, was ihr haben wollt. Aber ich habe euch schon mal gesagt, ich kann kein spanisches Geld aus Frankreich holen. Das werden wir dann hier irgendwie umtauschen. Und wann wir gegen die Horde losreiten weiß ich noch nicht, denn der König will im Moment keinen Krieg anfangen.«

»Aber General Sanchez, warum sind wir dann hier, wenn ihr es nicht wisst.«

»Weil ich dachte, ich kann den König früher davon überzeugen, dass die Horde weg muss, aber das Eisen ist ihm noch zu heiß. Aber wenn er in 4 Wochen immer noch dagegen ist, dann machen wir es ohne ihn. Eure Soldaten und meine Einheit zusammen, das sind in etwa 4000 Mann, das ist eigentlich zu wenig, aber dann greifen wir zuerst den Clan von Finjero an. Der steht im Moment fast alleine da, weil er zuviel mit Alvaro Cortez geredet hat und die anderen Clanfüher ihm vorwerfen, er paktiere mit dem König. Diesen Zwist machen wir uns zu eigen und greifen Finjero an, töten alle Frauen und auch Kinder und dann reagieren die anderen Clanführer und greifen Madrid an.

Dann haben wir den König auf unserer Seite. Und wenn das erledigt ist, dann ist der König selbst dran.«

»General Sanchez, ihr wollt euch wohl verheben. Erst Finjero, dann den Rest der Horde mit Hilfe des Königs, dann Cortez und zum Schluss sogar den König. Wollt ihr selbst König werden.?«

»Nein, aber ich möchte Spanien von einigen Pestbeulen befreien, die nicht in der Lage sind, das Land zu regieren. Oder zu verteidigen. Gut, dass ich wenigstens herausbekommen habe, dass der König Alvaro Cortez hierherschicken wollte. Das konnte ich ja gerade noch verhindern, dass er das hier alles nicht sehen konnte. Seid ihr sicher, dass eure Leute Cortez auch wirklich getötet haben?«

»General Sanchez, meine Leute sind zuverlässig, auch wenn sie von euch noch nicht einmal bezahlt wurden. Im Übrigen mussten wir mal einen Geldtransport des Königs überfallen, wenn ihr uns nicht bezahlt, dann mussten wir uns das Geld woanders herholen. Und unterwegs haben meine Leute dann gesehen, wie andere Schwarz gekleidete Männer mehrere Dörfer in Brand gesteckt hatten. Wir haben uns versteckt, damit wollten wir nichts zu tun haben. Wisst ihr, wer wehrlose Dörfer überfällt und Kinder tötet?

»General Feron, was treibt ihr euch auch in Spanien herum ohne meine Erlaubnis, da bringt ihr noch die ganze Mission in Gefahr. Das waren meine Männer, die diese Dörfer überfallen haben. Die Menschen müssen wieder Angst und Respekt vor dem Schwarzen Orden bekommen.«

»Wer bitte ist der Schwarze Orden?«

Der französische General ist irritiert, von einem Schwarzen Orden hat er noch nie was gehört.

General Alfredo Sanchez schau seinen französischen Freund an und sagt:

»Der Schwarze Orden bringt dem Land die Sicherheit und Ordnung zurück. Dafür muss aber erstmal im Land aufgeräumt werden und die Feinde des Systems beseitigt.

Und dazu gehört es, Dörfer zu überfallen, Frauen und Kinder zu ermorden und Cortez und den König zu töten.«

General Feron ist schon wieder irritiert.

»Ich bin Soldat und werde fürs Töten bezahlt. Aber für das Töten von feindlichen Soldaten, nicht von Frauen und Kindern. Ich bin doch kein Barbar.«

»Dann bin ich also ihrer Meinung nach ein Barbar. Ach mein französischer Freund, da kann ich mit leben. Aber der Schwarze Orden macht keinen Unterschied zwischen Soldaten und Kindern.«

General Feron ist fassungslos. »Das müssen sie mit ihrem Gewissen vereinbaren, aber verlangen sie das nicht von mir und meinen Männern, da machen wir nicht mit.«

Nach diesen Worten dreht sich General Feron von Sanchez weg, aber der zieht sein Messer und schneidet Feron von hinten die Kehle durch. Feron röchelt kurz und fällt dann sterbend zu Boden.«

Währenddessen haben das die drei draußen alles mitbekommen. Sie können aber nicht reden, sie hören sich das alles draußen weiter an. Sanchez geht aus dem Zelt und fragt die Soldaten, wer der 1. Offizier nach Feron sei. Da tritt ein bärtiger Mann vor und sagt zu Sanchez.

»ich bin der zweite Mann nach General Feron. Ich heiße Pierre Maurice. Was wollt ihr ?«

Sanchez sagt mit abgebrühter Stimme:

»General Feron ist mit sofortiger Wirkung zurückgetreten. Sie sind jetzt der neue Commandante dieser Soldaten hier. Der schwarze Orden hat sie soeben befördert. Die beiden Schiffe kommen in zwei Wochen wieder zurück und dann reiten wir in Richtung Asturia. Kommen sie bitte mit ins Zelt.«

Der neue Anführer betritt das Zelt von Feron und erschreckt, als er seinen General tot am Boden liegen sieht in einer Blutlache und Sanchez sagt trocken.

»Ich rate ihnen dringend, die Befehle des Schwarzen Ordens nicht in Frage zu stellen, sonst liegen sie da auch am Boden. Feron wollte mich einfach nicht verstehen. Jetzt hat er keine Probleme mit dem Verstehen mehr. Aber ich denke mal, dass wir beide uns besser verstehen werden, oder?«

Pierre Maurice nickt zustimmend und sagt:

»Sie General Sanchez geben mir ihre Befehle und ich und meine Leute führen sie aus. Was der Schwarze Orden befiehlt, machen wir.«

Dem Franzosen schlottern mächtig die Knie, aber er scheint keine Lust zu bekommen, auch mit durchgeschnit- tener Kehle am Boden da zu liegen, also sagt er JA und Amen und Sanchez ist erstmal zufrieden.«

»Jetzt gehen sie auch mal zu den Gauklern, Feron sagte, es ist ihnen ansonsten hier sehr langweilig. Das wird sich aber bald ändern. Wir ziehen bald in den Krieg. Entweder mit König oder ohne ihn. Das entscheidet er selbst. Ist er dagegen, dann hat Spanien bald einen König ohne Kopf.

»Also Monsieur Maurice. In 2 Wochen, spätestens drei sind die beiden Schiffe wieder da und auch das Geld kommt dann mit den Schiffen mit.«

Pierre hat aber noch eine Frage:

»Ich bekam mit von draußen, dass sie zu Feron den Schwarzen Orden erwähnten. Und das Geld, so hatte Feron zu uns gesagt, soll spanisches Geld sein, weil die meistens von den Soldaten wollen nach dem Krieg nach Portugal und da kann man spanisches Geld tauschen, aber nicht französisches.«

Sanchez schaut den Franzosen an uns erwidert:

»Der Schwarze Orden hat sie nicht weiter zu interessieren, aber das Geld kommt nur als französisches, da es in Frankreich kein spanisches Geld gibt in diesen Zeiten. Ihr müsst da sehen, wie ihr das selbst regelt.«

Damit ist Pierre aber nicht einverstanden.

»General Sanchez, wenn wir für euch in den Krieg ziehen sollen, dann müsst ihr uns auch mit dem Geld entgegenkommen. Wir können nicht mehr nach Frankreich zurück, wenn dieser Krieg hier bekannt wird. Deshalb wollen fast alle nach Portugal. Und da können wir nun mal nicht mit französischem Geld bezahlen.«

Da schaut Sanchez Pierre mit ernster Miene an.

»OK. Pierre. Ich schlage euch einen Kompromiss vor. Ich besorge euch spanisches Geld. Aber dann müssen die beiden Schiffe, die in zwei Wochen wieder zurück sind und die nächsten Soldaten bringen, das französische Geld wieder mitnehmen und erst, wenn die wieder mit den nächsten Soldaten ankommen, dann habt ihr euer spanisches Geld. Aber im Gegenzug müsst ihr dann meine Befehle, wie ich sie auch schon Feron erklärt habe, uneingeschränkt befolgen. Könnt ihr damit leben? Außerdem muss ich jetzt wegen euch meine ganzen Angriffspläne zwei Wochen verschieben. Aber ich möchte doch, dass ihr zufrieden seid.«

Pierre schaut Sanchez an und erwidert:

»General Sanchez, ich bin nicht Feron. Der war mir oft zu eigensinnig und stur und ich bin eher anders. Wenn ihr mir das zusagt mit dem spanischen Geld, dann sage ich euch zu, dass wir alle eure Befehle uneingeschränkt befolgen werden.«

Da sagt Sanchez und Pierre reißt die Augen ganz weit auf:

»Alle Befehle sagt ihr? Das habe ich auch schon zu Feron gesagt. Bei dem Krieg, der da kommt, müsst ihr die Horde angreifen. Und alle, ich betone alle töten. Nicht nur Soldaten und Frauen. Ihr versteht mich hoffentlich, sonst muss ich noch einen anderen Befehlshaber für eure Armee bestimmen. Oder habt ihr damit ein Problem?«

»General Sanchez, ihr erfüllt euren Teil, besorgt spanisches Geld, dann erfüllen wir hier unseren Teil. Mehr gibt es da nichts zu zusagen.«

»Also ich sehe wir verstehen uns. Schade, dass Feron und ich uns nicht so schnell einig waren. Er könnte noch Befehlshaber sein.«

Sanchez schaut zufrieden und Pierre weiß jetzt, dass das Geld wohl erst in 4 Wochen da sein wird. Aber jetzt ist gesichert, dass die Söldner das bekommen, was sie wollen. Sanchez macht sich wieder auf dem Weg und Cortez und die beiden anderen können sich vorsichtig wieder davonschleichen.

Währenddessen haben die Gaukler eine ihre Vorstellung vorbereiitet. Als die Soldaten nach einer Stunde zur Vorstellung kommen, da macht Consuela die Eröffnungsrede, auch wenn die Soldaten das alles kaum verstehen werden, aber Tomas hilft ihr und übersetzt einiges für die Soldaten

»Hochverehrtes Publikum, wir werden ihnen einige Kunststükke bieten, die sie so noch nie gesehen haben. Ich habe für euch Maximilian, den riesigen Clown, Roswita, die wunderschöne, jonglierende Tänzerin. Dann Hugo, den Meisterschützen mit Pfeil und Bogen, der sogar schießen wird, wenn ich davorstehe. Und unsere vier schönen Jongleurinnen, die auch mit Feuerfackeln umgehen können. Ich wünsche euch viel Spaß und gute Unterhaltung.« Consuela wäre mit ihrer Stimme eine gute Zirkusleiterin. Zuerst tritt Tomas auf, als Zauberschütze mit seinem Bogen und seinen Pfeilen.

Die Truppe hat das große Holzrad auf das Podest gestellt und Tomas die Augen verbunden. Und der schießt auf das Rad einige Male und trifft bei jedem Schuss. Die Soldaten klatschen und bejubeln jeden Schuss. Wenn die wüssten, dass sie den besten Bogenschützen von Alvaro Cortez bejubeln, sie würden nicht mehr so fröhlich daher schauen. Und zum Höhepunkt von Tomas 'Auftritt wird Consuela ans Holz Rad gebunden und der Zauberschütze schießt nochmal mit verbundenen Augen auf sie. Mehrere

Male. Die Soldaten klatschen wieder und sie schreien irgendwas auf Französisch. Tomas versteht es.

»Wunderbarer Zauberschütze, supertoller Zauberschütze«

Als Pedro mit seinem Clownskostüm auf die Bühne kommt, da klatschen die Franzosen wie kleine Kinder. Er tanzt, er lacht er singt und die Franzosen lachen auch. So einen riesigen Clown haben sie wirklich solch nie gesehen. Die Vorstellung ist ein voller Erfolg. Als dann Elena auf die Bühne kommt und mit den Kegeln jongliert und danach mit ihrem bauchfreien Kleid tanzt zu indischer Musik, da sind die Franzosen aus dem Häuschen. So eine Schönheit haben sie lange nicht gesehen, Sie sieht aber auch richtig toll aus und tanzt so herrlich und wackelt dabei noch so verführerisch mit ihrem Hintern, so dass die Soldaten an nichts anderes mehr denken in diesem Moment. Vergessen sind die langen Tage, die sie hier schon am Strand warten müssen. Jetzt sind sie einen kleinen Moment glücklich. Aber eines ist sicher, diese Tänzerin werden sie ihr ganzes Leben nicht mehr vergessen.

Nach einer Stunde ist das Spektakel vorbei. Die Soldaten klatschen unentwegt Beifall und selbst Consuela ist erstaunt, wie gut das ganze hier angekommen ist. sie hätten vielleicht damit gerechnet, dass die Soldaten sie vertreiben, aber dieser Riesenclown, der Meisterschütze mit Pfeil und Bogen und dann der absolute Höhepunkt mit der wunderschönen Tänzerin, das ist voll eingeschlagen, die Soldaten sind begeistert und sie geben Consuela einen Beutel mit etwas, was klappert. Es ist Geld, es ist französisches Geld. Nicht viel, aber sie haben das hier ja nicht wegen Geld gemacht, sondern wegen der Ablenkung. Und das war ein großer Erfolg.

Wenn sie jetzt noch hören, was Cortez ihnen zu sagen hat, dann wird es den Freunden, der Gauklertruppe, die Sprache verschlagen.

Cortez und die beiden anderen haben sich inzwischen aus dem Lager weggeschlichen und Cortez muss erstmal tief Luft holen, nachdem was er alles aus dem Zelt gehört hat. Das ist unglaublich, was er da hörte von diesem General Sanchez, den Cortez aus Zeiten kennt, wo er von der Kadettenschule kam. Er sagt zu Domingo und Ramon

»Ich kenne diesen General, dass ist Commandante Alfredo Sanchez. Ich hätte gewettet, dass es Hispolito ist. Aber Sanchez ist noch viel brutaler. Dagegen ist der Hispolito noch harmlos. Aber ich bin fassungslos. Dieser Verräter, der hat den Hinterhalt gelegt und die schwarzen Angreifer waren die französischen Söldner. Also hat der König doch nichts damit zu tun, wie ich zunächst dachte, der hat dem Sanchez sogar verboten, die Horde anzugreifen. Auch ich kann mich mal irren. Aber jetzt wissen wir, was los ist, was diese Soldaten am Strand zu bedeuten haben und der Wirt Esteban hat richtig gehört. Die Gerüchte haben gestimmt. Jetzt müssen wir einen Angriff auf diese Söldner vorbereiten und wir haben 2 Wochen Zeit, dann sind die beiden Schiffe wieder da, die ich im Fernglas beobachtet habe. Die müssen wir mit einem Schiff versenken lassen. Dazu brauchen wir einen Capitano mit einem Schiff. Und wir müssen unsere Armee aus Cordoba herholen. Hier gibt es zwar auch einen Commendante, aber ich traue jetzt niemanden, nur meinen Männern. Außerdem ist diese Armee, die sonst in Alicante stationiert ist, soweit ich weiß, jetzt in Barcelona, um die dortigen Unruhen zu unterdrücken. Wir können davon ausgehen, dass diese Unruhen vom Schwarzem Orden ausgehen. Jetzt müssen wir uns schnell mit den anderen beraten und planen, wie wir weitermachen, um diese Söldner zu vernichten.«

Ramon und Domingo sind ebenfalls geschockt. Auch wenn sie jetzt wissen, wer für den Hinterhalt im Bergmassiv verantwortlich ist. Sie haben das gerade wie Cortez alles mit angehört und dieser Sanchez ist ein abgebrühtes, brutales Schwein. Diesen Kerl zu besiegen, wird sehr schwer. Aber bei dieser anstehenden Schlacht wird Sanchez nicht dabei sein. Er wird gar nichts wissen davon, er wird erst davon erfahren, wenn seine Söldner schön längst vernichtet sind, weil er ja nicht wissen kann, dass Cortez ihn ausspioniert hat. Dieser brutale Barbar wir hier eine Niederlage hinnehmen müssen, aber er wird sich auch dafür brutal rächen wollen. Sonst wäre er nicht Sanchez. Darauf müssen sich Cortez und seine Soldaten und Freunde einstellen. Aber zunächst begeben sich Cortez, Domingo und Tomas zurück zu den anderen, um denen zu erzählen, was sie jetzt wissen.

Nachdem die Gaukler einen Riesenerfolg bei den Soldaten mit ihrer Show hatten, sind sie gespannt, was Cortez ihnen zu erzählen hat. Sie haben das Podest wieder auseinander gebaut, aber nicht wieder als Kutsche. Die einzelnen Teile verstecken sie im Wald. Dann reiten sie zu dem verabredeten Treffpunkt im Bergmassiv, wo die anderen Drei schon warten. Dann legen sich alle erstmal schlafen. Am nächsten Morgen hat Consuela wieder Kaffee gekocht und es gibt auch Brot zu essen. Pedro ist ganz neugierig und fragt

Alvaro, was er denn erfahren hat.

»Wir haben alles erfahren, was wir wissen wollten. Das ist die gute Nachricht. Eure Vorstellung war bis zu uns zu hören. Eine gute Nachricht ist auch, wir haben erfahren, wer uns verraten hat und wer die schwarzen Angreifer waren. Aber erst kann ich sagen, der König ist nicht der Verräter. Der König wird von einem seiner Generäle gedrängt, Krieg gegen die Horde anzufangen. Und dieser General ist Alfredo Sanchez. Ihr kennt ihn nicht, aber ich. Er war mein erster Commandante nach der Kadettenschule. Ein sadistisches Dreckschwein. Der hat seine eigenen Leute foltern lassen, wenn sie sich geweigert haben, Befehle auszuführen, die man einfach nicht ausführen kann.

Der hat im Zelt mit einem französischen General geredet, der die Soldaten am Strand kommandiert. Dann hat er ihn einfach aus dem Nichts, weil der sich weigerte, Frauen und Kinder zu töten, die Kehle durchgeschnitten. Dann hat er einen anderen Soldaten, der sozusagen der 1 Offizier war, zum neuen Anführer der französischen Söldner gemacht.

Und dann der Hammer. Der Sanchez hat gesagt, er hat den Befehl für den Überfall auf uns im Bergmassiv gegeben, weil er verhindern wollte, dass wir die Soldaten am Strand entdecken. Und wir dachten, der König hätte uns in diese Falle gelockt. Sanchez hat davon erfahren, er hat wohl auch seine Spione und der König hatte nur uns gesagt, wo wir hinbreiten sollen und einer von Sanchez Vertrauten hat das dann ihm gesagt und der hat dann die Söldner beauftragt, uns aufzulauern. Aber Im Moment weiß niemand, auch der König nicht, dass ich noch lebe und so soll es erstmal bleiben.

Dann der nächste Hammer. Sanchez hat den Franzosen den Befehl gegeben, die Horde anzugreifen, zuerst unseren Freund Carlos Finjero. Und sie sollen alles Töten, auch die Frauen und Kinder. Dann hofft er, dass die anderen Clans Rache üben und die Franzosen sollen dann zusammen mit Sanchez`Armee die Horde endgültig vernichten. Und zur Krönung soll dann Madrid angegriffen werden, der König soll getötet werden. Das ist Sanchez verrückter Plan.«

Ramon ist fassungslos, ein General des Königs will den König töten.

»Hast du schon einen Plan, wie wir das verhindern wollen?«

»Ramon du bist gut, wir haben das gerade erst erfahren, aber tatsächlich, ich habe schon etwas im Kopf, dass wie ein Plan aussehen könnte. Wir müssen unsere Armee hierherholen, mit allem was wir haben auch, Kanonen. Wir haben höchstens 4 Wochen Zeit, dann kommen die letzten Schiffe und dann will Sanchez gen Norden marschieren zu Finjero. Aber so weit wird es erst gar nicht kommen. Denn wir werden die Armee hier am Strand schon ausschalten und vernichten. Das sind knapp über 1000 Leute und wie haben 3000 Mann, aber die hierherholen, dauert mindestens 7 bis 10 Tage inklusive Kanonen.

Wir müssen uns aufteilen, Ramon und Domingo, ihr reitet nach Cordoba, holt unsere Armee hierher und sagt noch Miguel Bescheid. Klärt ihn über das auf, was hier los ist und wer den Hinterhalt gelegt hat. Ihr nehmt Consuela mit und bringt sie unterwegs dahin, wo sie bleiben möchte. Und die 4 Jungen Frauen bringt ihr sicher ins Dorf zurück. Alle anderen bleiben hier. Wir müssen nach Alicante reiten und Äxte holen und Werkzeug, und Leute, die uns helfen. Ich möchte, dass wir die nächsten Schiffe, die hier ankommen, vernichten und versenken. Dafür benötigen wir selber ein Schiff.«

Ramon sagt :

»Wir müssen einen Capitano in Alicante finden, der uns sein Schiff gibt oder der uns mit seinem Schiff hilft, die beiden Schiffe mit den nächsten Söldnern zu versenken. Das wäre ein schwerer Schlag für Sanchez.«

Cortez ist in Gedanken und sagt dann zu Ramon und den anderen:

»Dann hat der Sanchez ja noch vom Schwarzen Orden geredet. Was soll das sein? Ein Geheimbund? Das habe ich noch nie gehört aber es klingt nicht gut. Was meinst du Ramon?

»Das ist sehr seltsam, aber ich habe auch noch nie davon gehört. Aber die schwarze Kleidung hatten ja auch die Angreifer im Bergmassiv. Und die kamen auf Sanchez` Befehl. Der denkt also immer noch, du bist tot.«

»Das weiß doch bis jetzt keiner außer dir und die anderen hier. Und Louis und Miguel. Nicht mal der König weiß, wir hatten ja keine Zeit, ihm das mitzuteilen.

Aber in dem haben wir uns anscheinend getäuscht. Sanchez wollte ihn überzeugen, gegen die Horde in den Krieg zu ziehen, aber der König lehnt das bisher ab. Also gehen die ganzen Überfälle, auch der wo wir das Dorf helfen konnten, alle auf Sanchez Kappe. Dieser dreckige Hund, ich habe ihn früher als Commandante schon gehasst, alle haben ihn gehasst. Und er ließ die eigenen Soldaten enthaupten, wenn sie einen Befehl nicht richtig ausführten.«

Ramon meint noch:

»Dieser Kerl ist ja noch schlimmer als General Hispolito. Du hast doch schon mal gesagt, dass selbst Hispolito schon mal gegen Sanchez gehetzt hat, weil der schon oft so sadistisch war. Und jetzt erfahren wir, dass der hier eine Revolution anzetteln will. Alvaro ich reite morgen ganz früh los, nehme die Frauen mit und dann informiere ich Miguel. Soll der einen Boten zum König schicken, dass der auch Bescheid weiß und reagieren kann.?« »Sag Miguel, was los ist, dass er Sanchez hier verrückt spielt. Alles andere soll der Fürst entscheiden. Sag ihm, dass wir hier handeln müssen, dass wir schnell unsere Armee herholen müssen und die französischen Söldner hier vernichten müssen, sonst bekommen wir in Spanien einen Flächenbrand.«

Indes ist Consuela zu Alvaro gegangen und will mit ihm reden

»Alvaro lass mich hierbleiben und auch die Mädchen. Die wollen nicht ins Dorf zurück. Wir möchten hier helfen. Auch wenn du sagen wirst, dass es für uns zu gefährlich ist. Aber wir können über unser Leben allein entscheiden.«

Cortez ist beeindruckt über so viel Frauenpower und erwidert Consuelas Einwand.« »Was soll ich da noch dagegen sagen. Ich schicke euch nicht weg. Schön, dass ihr helfen wollt, ich brauche jede Hilfe. Kennst du zufällig Leute in Alicante?«

Consuela schaut ihren kleinen Helden lächelnd an.

»Zufällig kenne ich Leute in Alicante. Und rein zufällig kenne ich sogar jemand, der einen Capitano kennt, der ein Schiff hat, ich weiß nur nicht, ob der gerade mit seinem Schiff in Alicante im Hafen auf Anker liegt. Das müssen wir dann herausfinden.«

Cortez ist schon wieder beeindruckt und auch Elena sagt zu Cortez:

»Tja mein Liebster, du brauchst unsere Frauenpower. Ohne uns bist du aufgeschmissen. Aber mal im Ernst. Du kannst auf starke Frauen zählen und die Mädchen haben schon als Gaukler gezeigt, was sie draufhaben. Die können auch zur Not mit einer Axt umgehen. Sei glücklich, dass du so viel starke Frauen hier hast.«

Cortez schaut Elena an und sie lächelt ihn schon wieder so bezaubernd an »Meine liebe Elena du hast vollkommen Recht. Frauen werden oft unterschätzt und ich bin froh, dass ich euch alles habe. Und Pedro ist auch noch da.«

Cortez schaut dann zu Ramon und sagt ihm:

»Du nimmst noch Tomas mit, falls ihr doch irgendwo auf Feind trifft, dann seid ihr zu dritt. Und reitet wie der Teufel. Ihr kommt unterwegs an einer kleinen Taverne vorbei, da ist der Wirt Esteban. Sagt ihm, ihr kommt von Cortez und dann kümmert der sich um euch. Ihr müsst ja auch mal Pause machen.«

Consuela kocht für alle mal einen großen Topf Suppe mit Reis Die nächsten Tage werden sehr stressig werden, denn Cortez und seine Leute müssen einige Bäume fällen und einen Verteidigungturm bauen. Wenn sie dann die Franzosen angreifen, können sie von dem Turm aus schießen. Pedro bekommt von Cortez extra einen großen Krug Bier.

»Hier mein Großer, für den besten und größten Clown, den die Welt je gesehen hat. Da hast du dir auch einen großen Krug Bier verdient.«

Pedro ist gerührt und auch Elena hat noch nie so einen Clown gesehen.

»Pedro du bist der größte, im wahrsten Sinne des Wortes. Das war eine Supershow, aber auch die anderen waren einsame Spitze. Tomas` mit seiner Pfeilshow, das hat die Soldaten auch gefreut.«

Und Tomas erwidert dann:

»Dann war da auch noch so eine superschöne Tänzerin mit einem bauchfreien Aussehen, das die Franzosen richtig verrückt gemacht hat. Alvaro das hättest du sehen sollen. Einfach der Wahnsinn deine Elena«

Cortez schaut seine Elena an »Ich weiß, dass sie der Wahnsinn ist. Deshalb liebe ich auch diese Frau und werde sie auch nie wieder hergeben.«

Ramon sagt dann dazu:

»Das rate ich dir auch, mein Freund, sonst nehme ich sie dir weg.«

Da muss Cortez laut lachen.

»Gut, dass das nie passieren wird, weil Elena einen richtigen Mann braucht.«

Da lacht diesmal Ramon und sagt zu seinem Freund.

»Diese Beleidigung kann ich so nicht stehen lassen. Ich fordere dich sofort zum Duell heraus. Dann wirst du dich auf Knien bei mir entschuldigen. Ich werde dir eine Lektion erteilen«

Jetzt muss Cortez lachen.

»Wenn es dir danach besser geht. Ein bisschen Schwerttraining hat noch niemand geschadet.«

Da erwidert Ramon:

»Von wegen Training. Ich werde dir mal eine Lehrstunde erteilen.«

Cortez und Ramon nehmen sich jeder ein Schwert, Elena flüstert Alvaro noch kurz was zu und Ramon spricht kurz mit Domingo, und dann geht es los. Cortez lässt Ramon erstmal kommen und der schlägt gleich hart zu gegen Cortez und drängt seinen Commandante zurück, aber Cortez bleibt einfach stehen und die beiden Schwerter treffen sich über ihren Köpfen und dann schiebt Alvaro seinen Freund mit dem rechten Fuß von sich weg und attackiert ihn mit seinem Schwert genauso, wie es Elena getan hat, er schlägt sehr hart zu und macht mächtig Druck auf Ramon, der diesen Angriff nicht mehr entgegentreten kann und fällt nach hinten und Cortez hält ihm noch das Schwert auf die Brust, während Ramon am Boden liegt.

»Na wolltest du mir nicht eine Lektion erteilen, wer hat jetzt hier wen was erteilt?«

»ja ja, ist schon gut. Gegen dich darf man schon mal verlieren. War ja auch nur ein Scherz, den ich gemacht habe.«

Cortez gibt seinem Freund die Hand und zieht ihn hoch. Ramon lächelt Cortez an und sagt:

»Diese Frau hat dich irgendwie stärker gemacht. Deine Technik ist anders als früher. Da konnte ich dich auch mal im Training besiegen. Das musst du mir nochmal zeigen.«

Cortez meint daraufhin zu Ramon:

»Frag Elena, ob sie dir mal ihre Technik zeigt. Es ist keine Schande, von einer Frau trainiert zu werden. Aber morgen reitest du erst mal mit Domingo und Tomas Richtung Cordoba und unterwegs macht ihr bei Esteban Rast. Wir werden morgen nach Alicante reiten und dort mit einigen Leuten reden und Werkzeug und Äxte besorgen. Wir haben zwei Wochen Zeit und die gehen schnell vorbei. Wir werden m Eingang des Bergmassivs mit dem Fällen der Bäume beginnen und diesen Turm da auch zusammenbauen. Hier können wir das nicht tun, da uns sonst die Franzosen entdecken würden.«

Dann sind alle müde, auch Pedro, der den großen Krug Bier, den Cortez ihm gegeben hatte, ausgetrunken hat. Das Clownspiel hat ihm nicht nur Spaß gemacht, es war für ihn auch anstrengend. Und nun ist seine Große Kraft wieder gefragt, wenn die Männer und die Frauen die Bäume fällen. Da wird eine sehr schwere Arbeit, aber sie haben ja auch ihre Pferde. Außerdem hofft Alvaro, dass er aus Alicante einige Männer anheuern kann, die ihnen helfen können beim Bau des Turmes. Aber zunächst schlafen alle erstmal ein.

Am nächsten Morgen hat Consuela wie schon vorigen Morgen Kaffee gekocht und Pedro ist der erste, der einen großen Pott voll trinkt. Nach und nach wachen alle auf und trinken auch einen Becher mit Kaffee und essen Brot. Pedro lobt Consuela

»Dein Kaffee ist der Hammer. Ich habe noch nie so viel Kaffee getrunken. Bei Louis trank ich selten Kaffee, meistens auch am Morgen Bier. Aber ich trinke nie wieder am Morgen Bier.

Domingo sagt daraufhin zu Pedro

»Trink bitte wieder Bier, der alte Pedro hat mir besser gefallen.«

Und lacht dabei

»Es ist ungewöhnlich, Pedro mit einem Pott Kaffee zu sehen und nicht einem Krug Bier. Consuela, du hast unseren Pedro verändert.«

Pedro schaut Consuela an und sagt:

»Wer so einen tollen Kaffee kochen kann, von dem oder der lasse ich mich auch gerne verändern.«

Cortez schaut Pedro an und lästert ein wenig.

»Mein großer Freund und Bruder, du kannst von mir aus trinken, was du möchtest. Ob Bier am Morgen oder Kaffee. Hauptsache ist, du bist weiter so stark, denn wir brauchen deine Riesenkräfte. Gerade jetzt, wo wir diesen Turm bauen wollen.«

Consuela sagt noch zu Alvaro:

»Wenn wir nach Alicante reiten, müssen wir auch Vorräte zum Essen und Trinken mitnehmen und ganz viel Kaffee. Seit Pedro meinen Kaffee trinkt, wird der immer weniger. Und wir brauchen ein größeres Wasserfass. Vielleicht brauchen wir stattdessen weniger Bier. Da musst du mal Pedro fragen.« »das glaube ich nicht. Beim Arbeiten an dem Turm in beim Baumfällen wird er wieder viel Bier brauchen. Darauf kannst du dich verlassen.«

Ramon will, bevor er mit den beiden anderen losreitet, nochmal mit Cortez reden.

»Mir geht das mit dem schwarzen Orden nicht aus dem Kopf. Was soll das ein? Vielleicht sowas wie ein Geheimbund, der den König stürzen will? Warum haben wir noch nie was davon gehört.?«

Cortez muss einen Moment überlegen und sagt dann zu Ramon

»Ein guter Geheimbund bleibt auch geheim. Wenn die gewollt hätten, wüssten wir auch davon. Wir müssen diese Rätsel lösen. Gut Ramon, dass du davon nochmal angefangen hast. Du musst Louis etwas Wichtiges sagen. Er soll seine Spione loslassen und nach einer Frau suchen lassen. Diese Frau ist meine Mutter. Er kann sie finden, auch wenn das vielleicht nicht zu schaffen ist. Aber wenn es einer schaffen kann, dann nur er und seine Spione.

Er soll alles Mögliche tun, was nötig ist. Er bekommt alles von uns bezahlt. Aber wir können das Rätsel dieses Schwarzen Ordens vielleicht nur lösen, wenn Louis Spione meine Mutter finden können.«

Cortez schreibt das alles, was er zu Ramon gesagt hat, auf ein Papier und gibt Ramon dieses Papier mit. Dann machen sich Ramon, Domingo und Tomas auf den weg.

»Bleibt immer auf den Hauptwegen, dann kommt ihr direkt an Estebans Taverne vorbei und erzählt dann, dass ihr zu Cortez gehört.« Mit diesen Worten verabschiedet sich Alvaro von seinen Freunden. In ungefähr 3 Tagen werden die drei bei Louis sein und dann noch zu Miguel. Cortez und die anderen machen sich indes auf den Weg nach Alicante. Es wird eine Stunde dauern, bis sie die Hafenstadt erreicht haben. Aber das wichtigste ist, dass Cortez jetzt weiß, wer der Verräter ist. Sie sind jetzt auch losgeritten und Elena reitet neben ihrem Alvaro und möchte ihm noch einiges Fragen.

»Frag nur meine Geliebte, ich werde dir alles sagen, was du wissen möchtest.«

Elena fängt an zu erzählen:

»Könnte es sein, dass ich vor 15 Jahren auch von diesem schwarzen Orden entführt wurde, dass es dieser Schwarze Orden war, der meine Familie getötet hat?«

»Das ist sehr wahrscheinlich, und es ist auch möglich, sogar sehr möglich, dass der Anführer von damals auch Sanchez war. Er muss der Anführer dieses schwarzen Ordens sein. Er hat ja im Zelt zu diesem Franzosen gesagt, er habe den Hinterhalt befohlen und die Franzosen haben uns dann überfallen und meine Leute, 40 Mann, getötet. Dafür sollen diese Franzosen bezahlen. Weißt du Elena, im Krieg gibt es immer Tote. Aber das hier ist kein gewöhnlicher Krieg.

Hier ist ein Mann, der sich zu GOTT erhoben hat und ganz Spanien unterjochen will, sogar Kinder töten lässt, wie deinen kleinen Bruder. Und dann lässt er einfach, weil es ihm nicht in den Kram passt und sie ihn stören, meine Leute einfach abschlachten und mich hätte er auch fast getötet. Aber für diesen Verrat wird Sanchez mit seinem Leben bezahlen. Ich werde auch deine Familie rächen. Oder besser gesagt, du erhältst bald Gelegenheit, deine Familie selbst zu rächen.«

»Wichtiger ist erstmal, dass wir in Alicante Leute anheuern können, was wir sicher schaffen. Du musst nur sagen, dass du Alvaro Cortez bist.«

Elena schaut dabei ihren Geliebten mit ihren schönen Augen an

»Meine liebe Elena, das ist nicht so einfach. Ich möchte noch nicht allen verraten, dass ich lebe. Wir stellen uns erstmal als Leute vor, die fremde Soldaten verjagen wollen und dass wir ein Schiff benötigen. Vielleicht haben wir ja Glück und Consuelas Bekannter kann uns helfen. Der kennt ja einen Capitano. Wir müssen aber auch aufpassen, denn es wäre möglich, dass dieser Schwarze Orden auch Spione hier hat. Genau wie Louis überall seine Leute hat, so kann das auch dieser Orden machen. Deshalb müssen wir eben aufpassen. Und nicht sofort verraten, wer ich bin.«

»Alvaro du hast vollkommen Recht. Wir dürfen noch nicht sagen, wer du bist. Aber wenn wir den Capitano gefunden haben, was willst du ihm sagen? Dass er für dich zwei Schiffe versenken soll? das wird sicher nicht einfach, ein Schiff gegen zwei.«

»Elena die beiden Schiffe, die Soldaten an den Strand bringen, sind nicht sehr groß. Wahrscheinlich hat Sanchez sie deshalb ausgesucht, weil sie so nicht auffallen. Ich habe sie durch das Fernglas gesehen. Die Schiffe haben nur wenige Kanonen. Mit gezielten Schüssen können die schnell versenkt werden. Dann sind wir die Schiffe los und die Franzosen bekommen kein Geld. Außerdem brauchen die eh kein Geld mehr, wenn wir mit denen fertig sind.«

»Was wäre eigentlich gewesen, wenn du nicht so viel Glück gehabt hättest? Hätte ich dich nicht gefunden, wärst du jetzt tot. Dann wäre es für die anderen viel schwieriger oder fast unmöglich, diesen Sanchez zu besiegen.«

Elena schaut ihren Alvaro dabei sehr vertrauensvoll an und er erwidert:

»Ich bin doch auch nur ein Soldat. So wichtig bin ich auch wieder nicht.«

Da wir Elena ein wenig energisch:

»Aber du bist Alvaro Cortez. Alle deine Männer und auch die Frauen schauen auf dich auf. Ohne dich wäre das jetzt hier alles nicht möglich. Und ohne dich würde ich immer noch in meinem Dorf sitzen und nichts Wichtiges tun. Schau nur, was du mit Abel und seiner Tochter gemacht hast. Du hast beiden ihr Leben wieder gegeben. Und da sagst du, dass du nicht wichtig. Im Gegenteil. Du bist hier die wichtigste Person. Auf dich schauen sie alle auf. Auch ich. Auch Ramon und alle anderen.«

Das weiß auch Cortez und deshalb wird er diesen anstehenden schweren Kampf mit all seiner Kraft bestreiten. Und er weiß auch, dass dieser Sanchez nicht irgendein General ist.

»Elena, dieser Sanchez ist nicht unbedingt des Königs bester General. Wohl aber sein gefährlichster, weil er absolut rücksichtslos ist. Er tötet auch mal seine eigenen Leute, wenn sie ihm zu feige sind, er sagte mal, wer bei mir vor dem Feind davonläuft, den töte ich. In meiner Armee dulde ich keine Feiglinge. Als in dem Zelt des französischen Generals dieser General sich weigerte, Kinder von der Horde zu töten, da machte Sanchez mit ihm kurzen Prozess. Und dann drohte er auch dessen Nachfolger. Pierre hies er. Der hat sich wohl vor Angst in die Hose geschissen, als Sanchez ihm mit demselben Schicksal drohte wie vorher mit dem General Feron. Deshalb sagte ich grad zu dir, liebe Elena. Sanchez ist saugefährlich. Den dürfen wir nicht unterschätzen.«

Während der Unterhaltung von Elena und Alvaro kam Pedro zu ihnen an die Seite geritten und sagt zu ihnen:

»Schade Elena, dass du keine Schwester hast, die hätte ich jetzt gerne genommen. Aber Alvaro, was verrückt klingt. Du hast mal zu mir gesagt, bei der Horde gibt es Frauen, da wäre vielleicht eine für mich dabei. Aber wir kommen jetzt erstmal nicht zur Horde in nächster Zeit.«

»Da hast du Recht Pedro, wir kommen jetzt hier so schnell nicht weg. Das dauert hier eine Weile. Und ich weiß auch nicht, wie es weitergeht, wenn wir es schaffen, die Franzosen zu besiegen.«

»Hast du etwa Zweifel, mein Bruder, dass wir die Franzosen nicht besiegen. Wir sind eine Armee, die mit Herz und für ihr Land kämpft. Das dagegen sind nur Söldner, die für Geld kämpfen. Wer denen am meisten bietet, für den ziehen sie in den Krieg. Aber diese Armee muss auch erstmal besiegt werden.«

»Pedro da hast du sowas von Recht, aber keine Angst, mit dir als unseren Größten und schwersten Krieger können wir diesen Krieg nicht verlieren. Das meine ich ernst. Du hast uns schon viele Schlachten den Rücken freigehalten, wo wir scheinbar verloren haben, aber durch deine Kraft und Wucht haben wir es immer wieder geschafft. Da grenzt es ja an ein Wunder, dass ich es als Kind geschafft habe, dich aus dem Sumpf zu ziehen. Wenn du da als Kind schon so schwer gewesen wärst, hätte ich dich da nicht rausziehen können.«

Pedro schaut Cortez an und meint:

»Ach Alvaro, wärst du damals einige Minuten später da gewesen, dann gebe es mich jetzt nicht mehr. Ich wäre versunken, war ja schon bis zum Hals, dann kamst du. Und ich habe dir damals schon geschworen, dass uns das auf ewig verbinden wird. Ich sagte auch damals, ich stehe in deiner Schuld.«

»Und diese Schuld hat du schon tausendfach beglichen. Wenn man sdas überhaupt als Schuld bezeichnen kann. Ich war eben zufällig in der Nähe und konnte dich retten.«

»Alvaro das war kein Zufall, das war Bestimmung.«

Die beiden Freunde und Brüder geben sich die Hand und Elena gibt Pedro auch die Hand und meint:

»Pedro ich würde dir auch jederzeit mein Leben anvertrauen. Das ist ganz ehrlich gemeint. Und mal nebenbei noch gesagt, als

Clown warst du auch unschlagbar, ich habe mich selbst über deinen Auftritt sehr amüsiert.«

Währenddessen sich die drei unterhalten haben, haben sie Alicante erreicht. Elena kennt die Stadt noch nicht, die Männer waren schon hier gewesen, aber das ist viele Jahre her. Nun müssen sie schauen, wo es Geschäfte gibt. Sie werden auch einen kleinen Kutschwagen kaufen müssen, wo sie die ganzen Materialen und Werkzeige draufladen können. Consuela sagt Alvaro, dass sie mit Elena und den Mädchen nach Lebensmitteln und viel Kaffee schaut. Und sie müssen zuverlässige Leute finden, die ihnen beim Bau des Holzturmes helfen. Aber wo bekommen sie die Leute her? Auf der Straße fragt Alvaro einen Mann, wo man Arbeitskräfte herbekommt.

Der Mann sagt zu Cortez und Pedro, dass sie zum Rathaus gehen sollen. Da treffen sich oft Männer, die Arbeit suchen, auch Tagelöhner, die auch Tageweise Arbeit annehmen. Cortez fragt noch nach einem Schreiner in Alicante. Der Mann beschreibt den Weg dahin und die beiden Männer gehen zu dem Schreiner. Da fragt Alvaro den Schreiner, wie man einen Holzturm baut, der vielleicht 5 Meter hoch sein soll. Der Schreiner fragt, wofür sie sowas brauchen, ihm ist niemand in Alicante bekannt, der so einen hohen Turm braucht?

Da sagt Cortez, es ist nicht in Alicante, sondern außerhalb. Dann fragt der Mann, ob sie vielleicht Soldaten seien und gegen die Söldner am Strand in der Nähe von Alicante kämpfen wollen.

»Also ich muss sagen, ihr habt eine blühende Fantasie. Wie kommt ihr darauf, dass wir Soldaten sind? Und dass wir gegen Sö ldner in der Nähe von Alicante kämpfen wollen.«

Der Schreiner sagt weiter zu Cortez:

»Jeder hier in der Stadt weiß von diesen Söldnern, aber sie sind noch nie hier gewesen. Sie bekommen ihren Lebensmittelvorrat wohl woanders her. Aber was machen diese vielen Soldaten da am Strand? Das fragen sich hier alle, aber keiner wagt es sich, dahin zu gehen.«

»Das würde ich euch auch nicht empfehlen, da nach zu schauen. Das könnte tödlich für euch enden. Aber kann es vielleicht sein, dass es hier in Alicante so etwas wie einen Widerstand gegen diese Söldner gibt?«

Der Schreiner schaut Alvaro an und sagt zu ihm:

»Ihr kommt mir irgendwie bekannt vor. Ich habe mich schon immer für die Commandantes des Königs interessiert. Da gibt es einen, den Jüngsten aller Commandantes, ein sehr kreativer Kopf soll das sein und auch ein begnadeter Kämpfer. Nur der würde es wagen, sich allein mit einer Handvoll Soldaten mit diesen Söldnern anzulegen. Ihr seid nicht zufällig Der Commandante Alvaro Cortez«

Alvaro schaut den Schreiner sehr erstaunt an.

»Und wenn das so wäre?«

»dann würde ich euch 10 Leute, die ich kenne, für den Turmbau mitgeben und ich selbst würde auch mitkommen.«

Alvaro drückt dem Mann seine Hand entgegen und der erwidert den Handgruss.

»Senior Cortez, es ist mir eine Ehre, wie kann ich euch noch helfen?«

»Die Ehre ist ganz meinerseits. ich könnte gut eure Hilfe brauchen.«

»Als Commandante braucht ihr euch sonst um sowas nicht zu kümmern. Aber die Situation hier ist wohl eine etwas andere?«

Alvaro fragt dann den Schreiner »Habt ihr schon mal was vom Schwarzen Orden gehört?«

»Hör ich das erste Mal, was soll das sein? Ein Geheimbund? Nein habe ich noch nichts davon gehört.«

»Ich kämpfe schon seit vielen Jahren für den König, aber auch ich habe noch nie was vom Schwarzen Orden gehört. Wir müssen herausfinden, was sich dahinter verbirgt. Liege ich richtig, ihr habt hier sowas ähnliches wie einen Untergrund? Wie heißt ihr eigentlich?«

Der Tischler schaut Cortez an, lächelt kurz und sagt:

»Ich bin Roberto, der Tischler. Im Untergrund bin ich Vito. Und ich stehe euch zur Verfügung. Die Söldner müssen verjagt werden von dem Strand und der Schwarze Orden muss bekämpft werden. Ich sehe an eurer Seite. Ich baue für euch diesen Turm und ihr vernichtet dafür diese Söldner.«

Alvaro schaut zufrieden daher. Da fällt ihm das Schiff ein, dass er braucht. »Roberto, wir brauchen ein Schiff, um die beiden Schiffe, mit denen die Söldner an den Strand gebracht werden, zu versenken. Kennt ihr einen Capitano in Alicante?«

»Ihr wollt mit einem Schiff zwei andere versenken? Wie wollt ihr das schaffen?«

»Die beiden Schiffe gehören, so wie es aussieht, dem Schwarzen Orden und damit wurden die Söldner an den Strand Nahe Alicante gebracht. Ein Großer Strand, aber da er in einer Bucht liegt, kann man da gut eine Menge Soldaten verstecken.

Dennoch wurden die Söldner entdeckt und der Schwarze Orden weiß das aber nicht. Vor 4 Monaten wurden meine Soldaten vom König auf eine Mission nahe Alicante geschickt, da gibt es ein Bergmassiv, da wollten wir durchreiten, wurden aber in einen Hinterhalt gelockt, 40 von 50 Soldaten wurden getötet, ich wurde schwer verletzt, und nun haben wir rausgefunden, was hinter den Söldnern steckt und wer der Verräter ist, der den Befehl für den Hinterhalt gegeben hat. Wenn ihr der Untergrund seid, sagt euch der Name General Alfredo Sanchez etwas?«

»Wir wären ein schlechter Untergrund, wenn wir diesen Mistkerl nicht kennen würden. Das ist ein ganz gemeiner Hund, der sogar seine eigenen Soldaten massakriert. Und der ist der Anführer dieses Schwarzen Ordens?«

Alvaro schüttelt mit dem Kopf.

»Ob er der große Anführer dieses Ordens ist, ist aber fraglich. Er wird auch nur ein Werkzeug sein, denn der Anführer wird sich kaum an einem Strand zeigen. Also ist es vielleicht auch fraglich, ob er tatsächlich den Angriff auf meine Soldaten und mich befohlen hat. Oder aber er macht einen Alleingang. Das würde aber dem eigentlichen Anführer dieses Ordens sicher nicht gefallen.«

Roberto sagt dann zu Alvaro:

»Wir sollten einen Plan für euren Turm machen. Ihr zeichnet auf, wie er ungefähr aussehen soll und ich mache dann einen Bauplan.«

Alvaro sagt daraufhin zu Roberto:

»Ich muss erstmal zu den Frauen zurück und denen Bescheid sagen, dass wir euch gefunden haben. Dann kommen wir wieder und machen den Plan.«

Der Tischler Roberto nickt einverstanden und Alvaro und Pedro gehen erstmal zu den Frauen zurück und berichten ihnen, was sie erreicht haben.

An der nächsten Straße treffen sie auf die Frauen, die Cortez gerade suchen wollten. Consuela berichtet Alvaro und Pedro, dass sie Vorräte erworben haben, aber das liegt jetzt im Lager, sie brauchen noch eine Kutsche zum Transport. Alvaro erzählt den Frauen von dem Tischler Roberto und dass er ihnen beim Bau des Turms helfen wird. Consuela sagt dann zu Alvaro

»ich habe auch meinen Bekannten getroffen und der hat für uns einen Capitano mit Schiff. Der läuft heute im Laufe des Tages in den Hafen hier ein und dann bekommen wir Bescheid. Dann kannst du mit dem Capitano reden.«

Alvaro ist zufrieden, er sagt zu Consuela:

»Und ich habe einen Tischler gefunden, der uns beim Bau des Turmes hilft, und der kennt auch einen Capitano mit Schiff. Außerdem weiß er auch, wer ich bin und er kennt auch General Sanchez. Und noch dazu kommt, dass er der Anführer des Untergrundes in Alicante ist. Für uns ist der Mann ein Volltreffer.«

Consuela lächelt und sagt

»Dann brauchen wir noch eine kleine Kutsche. Kann uns die der Tischler auch noch besorgen.«

»ich kann mir das schon denken, er hat hier sehr viele Beziehungen als Führer des Untergrundes und das kann uns sehr helfen. Er kann sicher auch viel Bier und viel Kaffee für Pedro besorgen.«

Alvaro ist sehr zufrieden und jetzt gehen alle zurück zu Roberto, dem Tischler, um den Bau des Turms zu planen

KAPITEL 11

Ramon, Domingo und Tomas sind nach 2 Tagen an der kleinen Taverne von Esteban angelangt und geben sich dem Wirt als Freunde von Alvaro Cortez zu erkennen und sie erzählen ihm, was sie am Strand in der Nähe von Alicante erfahren haben. Auch Esteban ist geschockt, aber auch er hat noch nie was vom Schwarzen Orden gehört.

»Ich bekomme als Wirt ja viel mit, aber das ist mir nicht bekannt. Das ist vielleicht eine geheime Organisation, die gegen den König arbeitet. Wäre auch kein Wunder, denn der König ist ja in seiner Politik kein Freund seines Volkes. Seit ewigen Zeiten hetzt er gegen die Wilde Horde, dabei sind das auch Spanier. Das ist auch sein Volk, auch wenn die ein wenig anders ticken. Aber man muss denen das im Norden vielleicht auch mal entgegenkommen und nicht nur hetzen. Sie sind sicher extravagant und schwer zu kontrollieren. Aber wenn der König einfach so ihre Steuern erhöht und sie das nicht zahlen können, weil ihre Kinder dann nichts mehr zu Essen haben, dann kann ich die verstehen, dass sie sich das nicht gefallen lassen wollen.«

Ramon meint dann zu Esteban:

»Als ihr euch mit Alvaro kürzlich unterhalten hattet, da wusste er noch nichts vom Schwarzen Orden. Und jetzt ist das wohl die größte Bedrohung, die auf Spanien zukommt. Aber es ist zu bezweifeln, dass dieser Sanchez der Anführer dieses Ordens ist, da muss jemand ganz anderes dahinterstecken, so einer wie der König. Oder vielleicht eine ausländische Macht. Jemand, der hier den König stürzen will. Das wäre ja noch viel schlimmer, als wenn der König selbst der Anführer des Schwarzen Ordens wäre.«

Esteban nickt zustimmend und sagt :

»Und Alvaro baut jetzt einen Turm. Eine gute Idee, Schade nur, dass nach dieser Schlacht dieser Turm am Strand stehen bleibt.«

Da sagt Ramon:

»Das Ding kann man ja auch anders nutzen, wenn die Schlacht vorbei ist.«

Domingo lacht da einfach los:

»Als was denn, etwa als Blumentopf? Wäre der größte Blumentopf der Welt.«

»Kann ich noch irgendwas für euch tun?«

»Ja einen netten Schlafplatz und einen Krug Bier.«

Ramon mag jetzt den Pedro machen und Domingo lästert.

»Aber Pedro ist doch gar nicht da. Wer soll das Bier trinken. Du etwa Ramon?«

»Das ist für uns Drei. Wir können auch mal Bier trinken, nicht nur der Große.«

Esteban sagt dann noch zu den Dreien:

»Also war das, was ich eurem Commandante vom Strand bei Alicante erzählt habe, tatsächlich wahr. Es gab da eine Zeitlang zwar Gerüchte, aber niemand wusste, ob die stimmen. Und es war wohl auch niemand da und hat nachgeschaut. Bis Cortez mit euch das überprüfen wollte und wie das ausgegangen ist, wissen wir ja, Gott sei Dank hat Alvaro das überlebt, und jetzt wird das Problem am Strand bald aus der Welt geschafft.«

Ramon sagt daraufhin zu Esteban:

»Glaubt aber nicht, dass das Problem dann vorbei ist. Lediglich die Soldaten werden dann nicht mehr da sein. Aber das mit dem Schwarzen Orden wird das eigentliche Problem werden. Was will dieser Orden? Was genau wollen die? Wieviel Mann gehören dazu? Und noch mehr Fragen.«

Esteban erwidert Ramons Bemerkung:

»Da kommt sehr viel Arbeit auf euch zu und viel Krieg wird es geben. Das werden unruhige Zeiten. da wird die Schlacht am Strand bei Alicante nur der Anfang sein. Wenn der Schwarze Orden davon erfährt, dann erklärt er euch und vor allem Cortez den Krieg. Aber Cortez macht das Richtige. Diese Soldaten müssen vernichtet werden. Die Horde darf nicht ihrem Schicksal überlassen werden. Egal, wie verrückt die oft sind. Die sind eben ein stolzes Volk.«

Da entgegnet Domingo:

»Stures Volk trifft es aber eher. Die haben sogar gegen Alvaro gehetzt, dabei macht der wirklich alles, um die zu helfen. Und nun geht es bei dieser Schlacht bei Alicante darum, die Horde vor einem Abschlachten zu bewahren. Ich hoffe nur, dass die das wert sind. Weil leider nur einige von denen vernünftig sind, wie Carlos Finjero. Die meisten hören nicht mehr auf den, weil der zu viel mit Cortez geredet hat, wie die meinen. Dabei hat sich Alvaro immer für die eingesetzt und sich dabei auch mit dem König angelegt. Aber die danken es Cortez nicht. Wir müssten eigentlich mal wieder mit denen reden und die mal kräftig in den Arsch treten. Aber selbst das würde diese Sturköpfe wahrscheinlich nicht überzeugen.«

Jetzt müssen die drei aber erstmal schlafen gehen, Morgen werden sie früh losreiten und zum Fürsten Miguel Bericht erstatten, was da in Alicante los ist. Der wird schockiert sein und sich auch fragen, was es mit dem Schwarzen Orden auf sich hat. Aber das weiß im Moment niemand und wird sicher auch ein Schock sein, wenn die Wahrheit ans Licht kommt. Bis dahin heißt es aber jetzt, sich auf die Schlacht in Alicante zu konzentrieren. Das wird schon schwer genug. Pedro sagte zwar vor kurzem, dass die Söldner nur für Geld kämpfen, aber nicht mit Herz. Aber auch wenn sie nur für Geld kämpfen, wird es verdammt schwer, diese Armee zu besiegen, von alleine geht das nicht. Auch wenn es Söldner sind, kämpfen können die auch, und nicht schlecht, dass weiß jeder Commandante. Cortez hat schon oft gegen Söldner kämpfen müssen.

Am nächsten Morgen macht Esteban den drei Männern noch ein einen frischen Kaffee und ein Brot zum Essen und dann verabschieden sie sich von dem Wirt.

»Sagt Cortez, dass ich euch alles gute Wünsche und ich würde mich sehr freuen, wenn ihr mich mal wieder besuchen würdet. Ich hoffe für euch, dass Gott mit euch seid.«

Dann reiten die 3 Männer los und sind am späten Abend in Cordoba, wo sie bei Louis anklopfen, denn es ist schon Mitternacht, aber Louis ist es jetzt gewohnt, dass jemand im Dunkeln bei ihm an der Tür ist. Louis öffnet ihnen und fragt gleich:

»Wo ist euer Commandante?«

»Der hat uns losgeschickt, um dir was zu geben, Du musst wieder jemand suchen lassen. Aber diesmal wird es sehr schwer. Lies selber, was er dir geschrieben hat.«

Ramon gibt Louis den Brief und er liest, was Cortez ihm aufträgt. Dann ist Louis einen Moment ganz ruhig, dann sagt er zu den Freunden

»Cortez hat immer mal wieder einen Scherz auf Lager. Ich habe zwar viele gute Spione und wir haben auch Consuela gefunden. Aber Ramon, mal ganz ehrlich, bin ich ein Zauberer? Ich würde Alvaro wirklich gerne helfen. Aber seine Mutter zu suchen, das ist eigentlich aussichtslos. Alvaro weiß, ich kann viele Leute finden lassen, aber seine Mutter ist vor 35 Jahren spurlos verschwunden. Consuela haben wir zwar auch gefunden, aber die hatte sich nicht allzu schwer versteckt. Das war relativ leicht für unsere Spione. Aber Alvaros Mutter ist ein anderes Kaliber, das ist eigentlich aussichtslos. Aber ich lasse meinen Jungen natürlich nicht im Stich. Ich werde meine Spione auf seine Mutter ansetzen. Ich werde alles von damals erstmal aufschreiben und dann werden wir sehen, ob wir sie finden können. Ha Cortez gesagt, warum er jetzt gerade seine Mutter finden möchte?«

»Wir haben in Alicante tatsächlich eine Armee entdeckt. Dann schlichen wir uns zu dritt ins Lager und belauschten ein Gespräch eines französischen Generals und dem Commandante Alfredo Sanchez, wo Sanchez einen Schwarzen Orden erwähnte und Alvaro vermutet, dass seine Mutter ihm da was drüber sagen könnte. Consuela weiß über den Schwarzen Orden nichts, hast du schon mal was davon gehört?«

Ramon fragt das und Louis erwidert:

»Nein, das höre ich das erste Mal und ich habe schon viele Sachen aus dem Untergrund gehört. Der Schwarze Orden gehört nicht dazu. Aber Alfredo Sanchez habe ich schon gehört. Jeder weiß, dass er ein sadistisches Dreckschwein ist, aber der König hält immer die schützende Hand über ihn. Aber der hat nicht das Zeug dazu, ein Anführer eines Geheimbundes zu sein. Da muss es noch jemand über ihm gegen. Und das muss eine ganz wichtige Person sein, die sich im Verborgenen hält und den sonst niemand damit in Verbindung bringen würde. Diese Person ist zu gerissen, den würde niemand verdächtigen. Deshalb gebe ich da auch Alvaro Recht, dass es kaum der König ist. Es ist eher jemand, der den König vielleicht stürzen will.«

Dann erzählt Ramon Louis alles, was sie am Strand belauscht haben und was sie jetzt vorhaben. Louis ist ein bisschen schokkiert, dass es jetzt eine Schlacht geben wird, aber er weiß, dass Alvaro keine andere Wahl hat, als diese Söldner anzugreifen und diese Armee vernichten muss, sonst gäbe es in Spanien einen Flächenbrand. Da sagt Louis noch zu Ramon:

»Diese Schlacht wird aber etwas auslösen. Dieser Schwarze Orden wird eine Antwort darauf geben und die wird eine nächste Schlacht auslösen, dessen bin ich mir sicher. Aber das lässt sich jetzt alles nicht verhindern. Diese Söldner, die mit Sicherheit für den Schwarzen Orden kämpfen, müssen vernichtet werden. Und die beiden Schiffe will Cortez versenken lassen. Hat er dafür schon ein Schiff gefunden?«

Ramon erzählt ihm, dass sie in Alicante am Hafen einen Capitano mit einem Schiff anheuern wollen und der soll dann die beiden kleinen Schiffe versenken. Das wird sicher auch nicht einfach, aber Cortez habe die beiden Schiffe im Fernglas gesehen, die die Söldner am Strand bei Alicante ausladen, und da sind nur vier Kanonen auf jedem Schiff. Und ein größeres Schiff hat bis zu 20 Kanonen. Und so ein Schiff kann es dann auch mit zwei kleinen Schiffen aufnehmen. Louis fragt Ramon noch, warum denn der schwarze Orden überhaupt so kleine Schiffe nimmt?

Ramon meint:

»Cortez hat gesagt, möglichweise deshalb, weil die nicht so auffällig sind. Aber das könnte ihnen jetzt zum Verhängnis werden. Weil sie nicht genug Verteidigung haben und da kann der Capitano beide Schiffe versenken, auch wenn er dabei durchaus aufpassen muss. Denn wenn es denen gelingt, einen Schuss unterhalb des Wassers abzufeuern, würde es gefährlich werden. Dazu darf es aber nicht kommen. Die kleinen Schiffe sind zwar beide wendiger und das größere Schiff braucht für ein Wendemanöver mehr Zeit. Aber dafür hat es mehr Kanonen und mit Sicherheit bessere Seeleute.«

Da ist Louis beruhigt. Aber er fragt noch, ob Cortez und die anderen mit auf dem Schiff sein werden, da weiß Ramon keine Antwort. »Das kann ich dir jetzt nicht sagen, wie Alvaros Plan da aussieht. Darüber haben wir nicht gesprochen. Er hat mich zu dir geschickt und dann sollen wir noch Miguel Bericht erstatten. Kannst du ihm eine Nachricht zukommen lassen, dass er morgen zur Bella Horizonte kommt, denn ich muss unsere Armee abmarschbereit machen. Wir müssen Kanonen mitnehmen und dann in spätestens 7 Tagen wieder in Alicante sein. Diese Söldner dürfen den Strand nicht verlassen, sonst ist die Horde, und vor allem Carlos Finjero und die Familien seines Clans in aller größter Gefahr.«

Nach der Unterhaltung gehen die Männer schlafen. Am nächsten Morgen kocht Louis Kaffee für die Drei Männer und gibt ihnen Brot zu essen und Ramon sagt ihm noch, er solle sich bitte noch um Vorräte kümmern. Wein, Brot und reichlich Schinken für Cortez`Armee. Nach dem Frühstück reiten die Drei zu der Bella Horizonte, wo die Soldaten von Cortez gleich erfahren werden, dass sie sich in einem Tag in Bewegung setzen werden in Richtung Alicante. Viel wichtiger wird aber sein, dass sie erfahren werden, dass ihr geliebter Commandante Alvaro Cortez noch lebt und sie braucht. Und sie werden ihn bejubeln, wenn sie ihn in Alicante wiedersehen.

Nach einer Stunde Haben die Drei Männer die Bella Horizonte erreicht und die Soldaten freuen sich, Ramon und die anderen wiederzusehen. Umberto, der in Abwesenheit der nnderen die Befehlsgewalt hatte, grüßt den 1. Offizier.

»Seid gegrüßt Ramon, wenn ihr selber vorbeikommt, dann gibt es doch sicher wieder was zu tun für uns. Wo werden wir gebraucht.« »In der Nähe von Alicante. Da müssen wir etwas mehr als 1000 Söldner zum Teufel jagen. Aber ich habe noch eine ganz wichtige Nachricht. Ich hatte euch vor einiger Zeit mitgeteilt, dass wir auf einer königlichen Mission in einen Hinterhalt geraten sind und 40 unserer Männer getötet wurden. Und Commandante Cortez war verschwunden oder tot. Ich kann euch jetzt die gute Nachricht übermitteln, Commandante Cortez lebt.«

In dem Moment gibt es einen lauten Aufschrei und freudigen Jubel der Soldaten, es ist höllisch laut und die Soldaten freuen sich ohne Ende. Ramon hat Mühe, die Soldaten wieder zu beruhigen und dann setzt er seine Rede fort:

»Ihr habt allen Grund, euch zu freuen und zu jubeln. Als ich Cortez das erste Mal lebend wiedersah, als er so vor mir stand, da war ich auch froh und glücklich. Er hatte viel Glück gehabt, war schwer verletzt und eine Frau hat ihn gefunden, als er schon fast tot war und ein Arzt in einem Dorf hat ihn operiert und so das Leben gerettet. Cortez wartet auf euch in Alicante und freut sich auch schon darauf, vor euch zu treten und euch zu Begrüßen. Packt alles für den Ritt nach Alicante zusammen. Morgen in aller Früh, wenn ihr noch was gegessen habt, reiten wir los. Macht die Kanonen fertig. Packt die Kugeln und alles an Munition in die Wagen und dann machen wir uns auf den Weg.«

Ramon sagt noch zu Umberto, dass er und die beiden anderen zurück reiten zu Louis und morgen früh wieder da sind. Sie bringen dann auch Vorräte mit und reichlich Wein. Da meint Umberto »Senior Ramon, die beste Nachricht habt ihr uns schon überbracht. Denn dass Commandante Cortez noch lebt, ist die schönste Nachricht des Jahres. Wir werden den Commandante gebührend feiern, wenn wir in Alicante sind. Werdet ihr uns auf dem Weg dahin begleiten?«

»Ja Umberto und auch Domingo und Tomas. Wir reiten zusammen.«

Ramon reitet wieder zurück zu Louis und spricht nochmal mit ihm:

»Auch wenn es sehr schwer wird, Alvaros Mutter aufzuspüren, sie könnte uns vielleicht sehr hilfreich sein. Ich weiß, dass du dein Bestes tust und auch deine Leute.«

Louis runzelt seine Stirn und meint:

»Also mein lieber Ramon. Ich habe dir gestern Abend schon mal gesagt, dass sich kein Zauberer bin. Diesmal stoßen meine Leute vielleicht auch mal an ihre Grenzen. Aber natürlich werden wir alles tun, alles, was möglich ist, um diese Frau zu finden. Aber diesmal muss ich vielleicht etwas tun, was wir noch nie gemacht haben. Wir werden die Suche nach Portugal ausweiten. Ich hatte vorhin so eine Idee und wir werden dieser Idee nachgehen. Aber sage Cortez, dass es diesmal wirklich dauern kann, wenn wir überhaupt Erfolg haben. Aber ihr kennt mich und meine Leute. Wir werden alles versuchen.«

Ramon drückt Louis ganz fest und dankt ihm:

»mein Freund, ich weiß, dass du alles versuchst. Ich bin überzeugt davon, dass du es auch diesmal wieder schaffst. Wie geht es eigentlich Fraya?« »Wunderbar, dank meiner Fürsorge. Ich werde sie auf diesen Fall ansetzen, hier brauche ich meine beste Spionin. Sag das Alvaro.«

Ramon schaut Louis tief in die Augen:

»Das weiß Alvaro, er verlässt sich auf dich. Bitte mach ihn glücklich. Für ihn und auch für Spanien.«

»Ramon, weißt du, als ich diese Arbeit anfing, Leute zu suchen und zu finden, da machte ich es für Geld. Heute mache ich es, um Leute glücklich zu sehen. Auch wenn es diesmal umso schwieriger wird, aber ich muss meinen Jungen glücklich machen. Also finden wir sie. Fraya wird diese Frau finden.«

Mit diesen Worten verabschiedet sich Ramin von Louis, aber Louis sagt noch :

»Und passt mir gut auf Cortez auf. Und Gott sei mit euch. Und passt auf, dass ihr nicht versenkt werdet.«

Ramon nimmt Louis nochmal in seine Arme rund küsst ihn auf die Stirn. Und dann sagt er noch:

»Louis wir danken dir. Wir werden schon aufpassen. Außerdem wird beim Versenken der Schiffe der Capitano des Schiffes selbst die Kommandos geben, denn Cortez wird zwar mit an Bord sein, aber er ist nicht der Capitano.«

Louis ist beruhigt lässt die Männer ziehen. Gleichwohl wird er sofort mit Fraya reden und die Suche von Alvaros Mutter vorbeiten.

Zur selben Zeit in Alicante. Alvaro hat in der Stadt drei Äxte gekauft und zwei lange Sägen und dann setzt er sich zusammen mit dem Tischler Roberto. Alvaro macht eine grobe Zeitung, wie er sich den Turm vorstellt. Unterhalb ein Gerüst darauf zwei Etagen, in beiden Platz für 3 oder 4 Männer. Unter anderem Tomas mit seinem Pfeil und Bogen. Und unten schieben dann einige Männer den Turm vorwärts. Aber mit diesem Turm haben sie bei der Schlacht auch ein wenig Schutz. Außerdem will Cortez einige Brandflaschen anfertigen, als Wurfbomben nutzen. Es wird eine schwere Schlacht, auch wenn Alvaros Armee viel größer ist wie die Söldnerarmee. Aber das heißt nicht, dass sie automatisch diese Schlacht ohne Probleme gewinnen.

Roberto macht einen Bauplan, nachdem Alvaro ihm seinen groben Plan gezeichnet hat. Der Turm sieht auf Robertos Zeichnung ziemlich beeindruckend aus. Cortez ist jetzt schon gespannt, wenn der Turm fertig ist. Jetzt müssen die Männer zum Bergmassiv reiten, Consuela und Elena fahren die kleine Kutsche mit den Werkzeugen und den Vorräten. Nach etwas mehr als einer Stunde sind sie am Bergmassiv angelangt und Roberto hat noch Männer zum Arbeiten gefunden. Jetzt müssen Bäume gefällt oder abgesägt werden.

Die Männer beginnen mit dem Fällen. Pedro und Alvaro fangen gemeinsam an einem Baum an, ihn anzuhacken. Die anderen Männer machen sich mit den Sägen an anderen Bäumen zu schaffen. Es dauert eine Weile, bis der erste Baum gefällt ist, dann der zweite. Es werden einige Bäume gebraucht. Dann sägen die Männer den ersten, etwas dickeren Baum Da sägen die Männer 20 cm dicke Scheiben ab, die als Räder gebraucht werden. Jetzt wird mit dem Gerüst begonnen. Roberto gibt die Anleitungen, die anderen bauen zunächst am Boden die Stämme zusammen. Im Rechteck und dann Diagonal und zum Schluss überkreuz. Dann bauen sie die Räder an das Bodenteil.

Dann befestigen die Männer den ersten Stamm, die stehend auf das Bodenrechteck draufkommen. Seitlich bauen sie dann einen Stamm zum Halten des stehenden Stammes. Dann kommen die nächsten Stämme auf das Bodenteil. Nach einer Weile steht das Gerüst, jetzt kommen oben die Stämme drauf. Das ist ein bisschen schwierig, aber dank Pedros Kraft schaffen die Männer, die Stämme oben draufzubauen.

Als das Gerüst fertig ist, müssen die Männer die erste Etage bauen, dabei kommen die Männer ziemlich ins Schwitzen. Dann sagt Consuela:

»Jetzt müssen wir erstmals eine Pause machen. Ich habe Essen gekocht. Ihr braucht alle was im Bauch, sonst könnt ihr nicht richtig arbeiten. Und bei dem schweren Holz kommt ihr sehr schnell ins Schwitzen.«

Consuela und Elena haben Fleisch gebraten und die Männer haben großen Hunger, vor allem Pedro. Dann gibt ihm Elena einen großen Krug Bier.

»Hier mein Großer, den hast du dir jetzt verdient.«

Da schaut Alvaro seine Geliebte an und meint:

»Aha der große hat es verdient und was ist mit mir?«

Elena dreht sich kurz um und kommt dann mit einem weiteren Krug Bier zu Alvaro, aber der ist kleiner wie Pedros, aber Cortez sagt nichts.

»Hier Commandante Cortez, euer Bier.« Pedro muss lachen, denn das hat Elena noch nie zu Alvaro gesagt:

»Aha Commandante Cortez.«

Dann kommt Elena zu Alvaro und gibt ihm vor Pedros Augen einen dicken Kuss. Pedro sagt daraufhin nichts mehr und Alvaro grinst.

»Jeder so, wie er es verdient. Aber mein Großer, für dich finden wir auch noch eine Frau. Aber jetzt müssen wir erstmal eine Schlacht durchziehen. Dann haben wir Zeit, dir eine Frau zu suchen.«

Pedro grinst Alvaro an und sagt:

»Bruder, ich nehme dich beim Wort. Aber sie muss aussehen wie die Elena und auch so eine schöne Figur haben.«

Elena schaut Pedro an und meint:

»Bei der Horde gibt es viele schöne Frauen. da finden wir eine für dich.«

Nach diesem Gewitzel machen die Männer weiter. Sie bauen jetzt das Gerüst fertig. Damit das richtig stabil ist. Nachdem sie das Gerüst fertig haben, sagt Roberto zu Cortez:

»Das Ding sieht jetzt schon toll aus. Sieht dann fast aus wie ein trojanisches Pferd.«

Cortez sagt dann zu Roberto:

»Es wir bald dunkel, wir hören für heute auf. Morgen nach dem Kaffee machen wir weiter. Wir haben schon gut geschafft.« Alvaro geht zu Consuela und flüstert ihr was ins Ohr. Dann geht er zu Elena und nimmt sie an die Hand und geht mit ihr in das Bergmassiv rein, bis sie ganz ungestört sind. Er nimmt sie in seine Arme und die beiden küssen sich. Dann legen sie auf dem Waldboden und lieben sich leidenschaftlich. Sie werden die ganze Nacht hier auf dem Boden verbringen, er ist schön weich und Cortez macht schnell ein Kissen aus Moos. Elena kuschelt sich dann ganz dicht an Alvaro heran, sie haben noch eine Decke dabei, dann schlafen beide müde ein.

Am nächsten Morgen kommen die beiden wieder zu den anderen zurück und Pedro ist schon wach und trinkt schon Consuelas Kaffee.

»Na wie war eure Nacht?«

»Diese Frage, mein lieber Pedro, kann ich dir nicht beantworten. Denn ich genieße und schweige. Aber ich sehe, der Kaffee schmeckt dir schon wieder. Du wirst dir doch nicht noch das Biertrinken abgewöhnen?«

»Keine Angst, Alvaro, Bier werde ich natürlich weiterhin trinken. Aber dieser Kaffee von Consuela ist einfach spitze, so einen Kaffee habe ich vorher noch nie getrunken.«

Alvaro muss lachen.

»Das ist nicht ganz richtig, du hast noch nie Kaffee getrunken, sondern auch schon zum Frühstück nur Bier.«

»Aber jetzt werde ich mehr Kaffee als Bier trinken. Denn der Kaffee von Consuela ist unschlagbar.«

Alvaro meint zu Pedro:

»Aber Consuela wird nicht immer bei dir sein. Wenn der ganze Krieg, der jetzt kommt, zu Ende geht, weißt du nicht, wo sie leben will. Dann musst du dir deinen Kaffee allein kochen.«

Pedro schaut Cortez an und grinst.

»ich kann auch allein Kaffee kochen«

Da lacht Cortez Pedro an und sagt:

»Du kannst dich doch nicht mal allein anziehen, geschwiege Kaffee kochen.«

»Alvaro du kannst manchmal ein richtiger Idiot sein. Ist doch schön, wenn ihm mein Kaffee gut schmeckt. Vielleicht bleibe ich ja auch bei euch, wenn der ganze Krieg vorbei ist. Dann kann ich auch weiterhin für Pedro Kaffee kochen.«

Consuela hat Cortez ausnahmsweise mal contra gegeben.

Da schaut Pedro ganz glücklich und gibt Consuela einen dicken Kuss auf die Stirn.

»Consuela, du bist die größte, mal abgesehen, dass du den besten Kaffee trinkst. Wäre wirklich schön, wenn du bei uns bleibst.«

»Das überlegen ich mir noch. Aber in das Dorf, wo ich so lange war, da geh ich nicht wieder hin und die Mädchen wollen auch nicht mehr ins Dorf zurück. Die wollen jetzt was erleben und nicht mehr so eintönig leben. Ich habe mich dort versteckt lange. Aber ihr habt mich dann gefunden und ich bin froh darüber, denn ich habe mich da schon lange nicht mehr wohl gefühlt.«

Consuela klingt in dem Moment erleichtert, denn sie ist froh, nicht mehr in dem Dorf zu sein. Das war viele Jahre nötig und auch richtig, weil sie Angst um ihr Leben hatte. Aber wenn diese Bedrohung von damals auch schon der Schwarze Orden war, dann ist das heute immer noch eine Bedrohung.

Elena meint dann zu Consuela:

»Jeder hier würde sich freuen, wenn du bei uns bleibst. Wir haben dich jetzt kennengelernt und du bist eine gute Frau, die fantastischen Kaffee kocht und auch Alvaro wäre auch glücklich, würdest du bleiben. Und auch die Mädchen können hierbleiben, dann sind wir eine große Familie.«

Da sagt Consuela:

»Die Mädchen kenne ich schon seit einigen Jahren und sie sind mir auch ans Herz gewachsen. Und da ist es mir wichtig, dass es den Mädchen auch gut geht. Da könnten wir zusammen auch in einem Haus wohnen. Vielleicht gibt es in Cordoba irgendwo ein kleines Haus zu kaufen, wenn das Problem mit dem Schwarzen Orden mal vorbei ist.«

Da sagt Cortez:

»Das Problem geht aber gerade erst los. Erst müssen wir die Söldner vernichten. Dann wird dieser Schwarze Orden darauf reagieren, aber wir wissen natürlich nicht wie. Sie werden herausfinden, dass ich es war, der seine Söldner ausgeschaltet hat. Sie werden sich fragen, wieso ich noch lebe, denn sie hatten mich ja schon ausgeschaltet im Bergmassiv. Damit ist Cortez der erste Feind des Ordens. Sie werden irgendwas unternehmen, um ihren neuen ersten Feind zu vernichten. Das wird ein langer Kampf werden. Wir müssen herausfinden, wer die Nummer eins dieses Schwarzen Ordens ist.«

Elena schaut ganz ernst zu ihrem Geliebten und sagt:

»Ich bekomme Angst bei dem Gedanken. Es war dieser Schwarze Orden, der meine Familie ermordet hat und die Menschen aus meinem Dorf. Jetzt wollen sie die Horde angreifen und Carlos Finjero ausschalten, aber auch die ganzen Frauen und Kinder. Was sind das für Barbaren, die auch Kinder töten? Wie meinen kleinen Bruder. Der war 2 Jahre jünger als ich. Ich sehe heute noch sein Gesicht, bevor sie ihm den Kopf abschlugen. Einem 8-jährigem Kind. Damals habe ich mir Rache geschworen und das ist heute noch so. Wir müssen diesen Schwarzen Orden vernichten.«

Alvaro nimmt seine Liebste ganz zärtlich in den Arm.

»Wir müssen einen Schritt nach dem anderen machen. Die Vernichtung dieses Ordens ist unser großes Ziel, du bekommst deine Rache. Das verspreche ich dir. Aber erstmal müssen wir diese Söldner wieder nach Hause schicken.«

Pedro meint daraufhin:

»Oder besser noch zum Teufel.«

»Du hast sowas von Recht. Von mir aus auch dahin. Auf alle Fälle müssen sie vernichtet werden.«

Alvaro schaut zu Roberto und fragt:

»Roberto, wann kommt der Capitano nach Alicante?«

»Mein Mitarbeiter schickt jemanden her, der uns Bescheid gibt. Mein Informant sagte, dass der Capitano in 3 Tagen wieder da ist. Er hatte eine Fracht nach Barcelona zu bringen und wollte danach wieder nach Alicante zurück. Weil seine Geliebte auf ihn wartet.«

»So So Geliebte. Ist ja auch wichtig. Und eine geliebte lässt man nicht warten. Vor allem, wenn es die Frau von Alicantes Bürgermeister ist.« Roberto sagt das mit einem verschmitzten Lächeln. Und Alvaro versteht sofort, wie da gemeint ist. Aber er fragt dann Roberto :

»Wie zuverlässig ist dieser Capitano? Können wir ihm trauen? Hier geht es schließlich nicht um eine Kaffeekränzchen. Er soll zwei Schiffe versenken.«

Roberto beruhigt den etwas verunsicherten Alvaro:

»Keine Sorge, Alvaro, der Mann ist sehr zuverlässig, wenn er mit seiner Geliebten fertig ist. Und die kommt zu dem Schäferstündchen immer erst nachts auf sein Schiff. Da schläft der Bürgermeister tief und fest. Du musst wissen, der Mann ist 65 und seine junge Frau ist 30. Der alte Mann braucht viel Schlaf und nimmt auch Schlafmittel. Und da hat sie dann die ganze Nacht Zeit für den Capitano. Also sobald der Capitano fertig ist mit der jungen Lady, dann kommt mein Informant und wir reiten zum Schiff.«

Da fragt Alvaro noch Consuela, denn die hatte einen Bekannten erwähnt, der auch einen Capitano kennt. Aber der ist momentan mit seinem Schiff nicht in Reichweite. Roberto sagte noch von seinem Capitano:

»Wenn du dem vom Schwarzen Orden erzählst, dann hilft der dir sogar umsonst. Denn seine Schwester wurde vor 10 Jahren auch in einem Dorf von schwarzen Gestalten ermordet, genau wie Elenas Familie. Der Capitano war zu der Zeit nicht zu Hause, war als Schiffsjunge auf See. Glaube mir, wenn du dem erzählst, wozu du ihn brauchst, dann hast du einen neuen Freund.«

»Sehr gut, denn neue Freunde können wir jetzt gut gebrauchen. Und zuverlässige Spione im ganzen Land. Denn so wie das aussieht, wird diese Schlacht gegen die Söldner am Strand erst der Anfang sein. Aber wir werden drauf vorbereitet sein. Das schwierigste wird sein, andere Commandantes davon zu überzeugen, mit uns zu kämpfen. Eigentlich hätte ich den König erst informieren müssen, aber dafür bleibt jetzt keine Zeit. Und das wird dem König nicht gefallen. Außerdem weiß er immer noch nicht, dass ich noch lebe.«

Elena springt Cortez zur Seite.

»Er muss doch froh sein, dass du das hier für ihn erledigst. Er hat ja dem Sanchez verboten, diese Schlacht gegen die Horde anzufangen. Der König will diesen Krieg nicht. Also muss du ihn verhindern. Da muss dir der König noch danken.«

Alvaro schaut seine Geliebte an uns sagt ihr:

»Dieser König muss gar nichts. Der fordert nur, aber danke sagt der nicht. Vor allem nicht zu mir. Obwohl Königin Carlotta mal zu ihm gesagt hat, er solle sich bei seinem besten Commandante bedanken. Aber das macht der nicht. Was ich gerade nicht verstehe. Der Sanchez sagte im Zelt zu dem Franzosen, dass der König jetzt nicht die Horde angreifen lassen will. Aber Sanchez will den König übergehen, das ohne ihn machen. Seine Armee reicht aber nicht aus, um die Horde anzugreifen. Also holt er sich aus Frankreich einen Haufen Söldner. Er will das dann wohl so aussehen lassen, dass die Söldner allein die Horde angegriffen haben und dass Sanchez dann mit seinen Soldaten der Horde geholfen hat, aber der König sieht das dann als Affront gegen sich und das will der Sanchez erreichen. Dass der König sich gegen ihn stellt. Und dann kann der Schwarze Orden offen gegen den König vorgehen. Und dich denke mal, dann wird der König uns um Hilfe rufen, um ihn gegen Sanchez zu schützen. Und da er weiß, dass ich loyal gegenüber ihn bin, trotz aller Differenzen zwischen uns, hofft er dann, Sanchez vernichten zu können.«

Roberto schaut Alvaro an und sagt:

»Das wäre ja ein perfider Plan. Und du mittendrin und das Werkzeug des Königs. Willst du dich benutzen lassen?«

»Natürlich nicht, aber das wäre Meuterei gegen den König. Allerdings wissen wir nicht, noch nicht, inwieweit der König mit dem Schwarzen Orden zu tun hat. Der Sanchez jedenfalls ist nicht der Kopf, der ist nur ein Werkzeug. Da sind noch andere über ihn, die das Große Sagen haben. Aber deswegen habe ich Louis gesagt, dass er meine Mutter finden soll. Vielleicht kann die mir

Antworten geben, die erklären, ob der König mit dem Schwarzen Orden zu tun hat.

Aber Louis hat schon gesagt, sie zu finden wird das schwerste, was seine Spione jemals machen mussten. Und seine beste Spionin, die Fraya heißt, soll das übernehmen. Und wenn die das macht, dann wird sie meine Mutter finden. Aber das kann diesmal dauern. Consuela haben Louis' Leute sehr schnell gefunden, aber Louis sagte auch mal, wenn jemand gefunden werden will, dann geht das schnell. Aber bei meiner Mutter kann die Suche sehr lange dauern, weil Louis diesmal auch im Ausland suchen lässt, möglicherweise hat sie sich nach Portugal versteckt. Und da ist es ungleich schwieriger, jemanden aufzustöbern. Und wenn der oder die nicht gefunden werden will, dann kann sich das als schwierig gestalten. Aber Louis und Fraya, vor allem sie als beste Spionin, können vielleicht die schwierigste Aufgabe lösen, die sie jemals hatten.«

Nun müssen sie alle wieder weiterarbeiten, denn der Turm muss spätestens morgen fertig werden. Dann wollen sie nach Alicante und sich mit dem Capitano treffen. Pedro nimmt den nächsten Baumstamm und stellt ihn an das Gestell und dann schiebt er ihn nach oben, soweit er kann. Die Männer haben dann eine Rutsche gebaut, wo die Stämme leichter nach oben gezogen werden können. Und Pedro holt weitere Stämme und dann ziehen die anderen sie nach oben. Dann wird die erste Etage fertig und die Stämme müssen noch weiter höher. Das dauert nochmal einen Tag. Am Abend des zweiten Tages ist die Truppe dann fertig mit dem Turm. Es sieht gigantisch aus. Im inneren sind zwei Treppen eingebaut, um nach oben zu gehen. Außen haben die Männer Querstämme eingebaut, damit von außen dann der Turm von den Soldaten geschoben werden kann.

Alvaro und Roberto schauen sich den Turm zufrieden an. Beide sind stolz auf das und Roberto sagt dann:

»Mein Junge, mit diesem Turm kannst du diese Schlacht nicht

verlieren. Wenn die Söldner das sehen, dann bekommen sie es mit der Angst zu tun. Ich habe sowas noch nie gesehen. Was willst du damit machen, wenn die Schlacht geschlagen ist?«

Alvaro schaut Roberto an und dann den Turm und meint:

»Also ich glaube nicht, dass er in eine Wohnstube passt.«

Roberto muss laut lachen und auch die anderen lachen mit.

»Aber vielleicht kann das in Alicante irgendwo hingestellt werden.«

Sagt Pedro und Roberto entgegnet:

»Das ist eine großartige Idee. Das erinnert dann alle Menschen, dass Alvaro diese Schlacht hier geschlagen hat. Und das wird sicher niemand jemals vergessen. Und diese Söldner machen hier alle Angst. Nur gut, dass diese Söldner noch nie in Alicante waren. Die müssen anderwertig mit Vorräten versorgt werden.«

Pedro tätschelt den Tischler auf die Schulter und meint:

»Ihr habt das Ding gut geplant. Ohne euch hätten wir das nicht so gut bauen können. Ihr seid ein toller Tischler und guter Freund.«

Roberto ist gerührt:

»Ich habe aber auch gute Leute hier gehabt, die den Turm erst aufgebaut haben. Ich habe zwar die Zeichnung gemacht nach Alvaros Vorstellungen, aber gebaut habt ihr den Turm. Das eine geht aber ohne das andere nicht.«

Alvaro nimmt seine Elena zur Seite und sagt:

»Jetzt müssen wir mit dem Capitano reden und die Versenkung der beiden Schiffe muss angegangen werden. Dann werden wir die Schlacht schlagen und wenn wir die bezwungen haben, und der Schwarze Orden erfährt das, dann werden ungemütliche Zeiten auf uns zukommen. Ich muss dann mit anderen Commandantes reden, denn dann brauchen wir Hilfe. Allein kann meine Armee diesen Krieg nicht kämpfen.«

Elena schaut ihren Geliebten an:

»Egal, was jetzt kommt, ich werde dich unterstützen und an deiner Seite kämpfen. Und jetzt werden wir erstmal diese Söldner bekämpfen und dann sehen wir weiter. Ich bin jetzt immer für dich da.«

Elena lächelt Alvaro wieder mit ihrem unwiderstehlichen Blick an. Das hat er vorher bei keiner Frau erlebt. Nicht bei Carlotta und nicht bei Alejandra. Obwohl sie beide attraktive Frauen sind. Aber beiden Frauen war die Macht wichtiger als die Liebe zu Cortez. Trotzdem ist Alvaro mit beiden immer noch befreundet, weil die Gründe für die Frauen für Alvaro verständlich waren. Während Carlotta vom König umgarnt wurde und er sie zur Königin machte, da war es bei Alejandra der Freund Miguel, der Alvaro sogar fragte, ob der Miguel den Segen geben würde. Und das hatte Alvaro beeindruckt. Der König nahm sich einfach, was er wollte und Carlotta konnte auch nicht ablehnen. Aber Miguel fragte Cortez, holte sich von seinem Freund den Segen.

Nun hat Cortez seine Elena und die Frau ist etwas völlig anderes. Die wird er nicht verlieren, die ist jetzt schon verrückt nach ihn und er nach ihr. Die beiden wird nie wieder etwas trennen. Und sie ist eine fantastische Schwertkämpferin, das hat auch schon Ramon zu spüren bekommen. Und der war sehr beeindruckt. Schon deshalb passt Elena sehr gut zu Alvaro, weil sie denkt wie er. Als Kämpferin. Miguel dagegen ist ein Herrscher, kein Kämpfer und da passt auch eine Frau wie Alejandra besser zu ihm., weil sie eine Frau ist, die Macht braucht.

Als Commandante hat Cortez zwar auch Macht, aber eine andere Art von Macht. Und da passt eine Frau wie Elena eben sehr gut zu Alvaro, weil sie, auch bedingt durch ihre Vorgeschichte durch ihre Entführung, weiß, wie ein Kämpfer wie Cortez tickt.

Während sich die beiden gerade ihre Gefühle zeigen, kommt ein Reiter angeritten. Er hat eine Nachricht vom Capitano, der gerade in Alicante eingelaufen ist und der Cortez jetzt sprechen kann. Da machen sich Roberto, Alvaro, Elena und Pedro sofort auf den Weg nach Alicante, denn die Zeit, bis die Schiffe zurückkommen, sind nur noch 4 oder 5 Tage und das muss jetzt schnell beredet werden, wie sie die Schiffe angreifen. Das letzte Wort dabei hat aber der Capitano. Cortez ist kein Schiffskapitän. Er wird dem Capitano sagen, was der Capitano machen soll, wozu er ihn braucht. Wie der Capitano dann die Schiffe angreift, ist seine Sache. Da mischt sich Cortez nicht ein.

Die Männer und Elena brauchen eine Stunde bis Alicante. Dann stehen sie am Hafen vor dem Schiff und der Capitano steht schon da. Ein stattlicher Mann, ungefähr 50 Jahre alt mit Vollbart und rotschwarzer Montur. Er schaut etwas finster daher, aber die ersten Worte klingen eigentlich normal:

»Ihr seid sicher Alvaro Cortez. Ich habe schon viel von euch gehört. Ich habe gehört, ihr braucht mein Schiff. Ich bin Capitano Lopez. Kommt auf mein Schiff und erzählt mir, was ihr genau wollt von mir.«

Der Capitano wirkt sehr freundlich und nimmt Elena sofort zur Kenntnis.

»Oh, die Lady hat natürlich Vorrang.«

Und wie ein Gentleman gibt er Elena einen Handkuss und geleitet sie als erste auf sein Schiff. Es ist ein sehr schönes Schiff mit 20 Kanonen. Der Capitano geht mit Elena voran und die anderen hinterher. Pedro muss aufpassen, denn das Schiff ist für seine Größe nicht geschaffen. Da sagt auch der Capitano. »Euer Großer muss aber seinen Kopf mächtig einziehen. Ihr könnt eigentlich nur oben Platz nehmen, aber kommt ruhig mit rein.«

Der Capitano steckt sich eine große Zigarre an und fragt Alvaro

»Robertos Mann hat mir schon gesagt, dass ich für euch zwei Schiffe versenken soll. Er hat mir auch gesagt, um was für Schiffe es sich handelt. Und auch wenn die beiden Schiffe sehr klein sind, heißt das nicht, ich kann sie einfach so mit meinem größeren Schiff ohne Probleme versenken.«

Cortez gefällt dieser Mann. Er sagt zwar knallhart, dass er die beiden Schiffe nicht so ohne Probleme versenken kann, aber er wirkt dabei keinesfalls arrogant.

»Es wäre respektlos von mir zu glauben, ihr könntet das ohne Probleme erledigen. Aber wir müssen diese beiden Schiffe irgendwie versenken, sie bringen sonst noch mehr Feinde ins Land.«

»Mein Mann hat mir gesagt, dass es sich um Söldner des Schwarzen Ordens handeln könnte?«

Der Capitano schaut Cortez an und der erwidert:

»Die Wahrscheinlichkeit ist sehr hoch. Ich belauschte kürzlich ein Gespräch eines französischen Generals, der Anführer der Söldner mit einem spanischen Verräter, der den Schwarzen Orden erwähnte. Ich selbst hab von diesem Orden noch nie was vorher gehört, aber diese Schwarze Kleidung hatte ich bei einem Überfall vor 4 Monaten schon mal gesehen.«

»Ich verlor vor einigen Jahren meine Frau und drei Kinder durch solche Schwarzen Teufel. Seitdem jage ich sie. Aber das Problem ist, wenn man nicht weiß, was man jagen soll. Keiner weiß, wer diese Bande ist, den Namen habe ich auch jetzt das erste Mal gehört. Aber das ist jetzt auch egal. Wir werden diese Schiffe zum Teufel jagen, aber wie ich schon sagte, wird das nicht einfach. Wir müssen uns eine Taktik überlegen. Wir haben auch eine Bordkanone, die werden wir auch einsetzen. Aber es wäre für uns von Vorteil, wenn die beiden Schiffe nebeneinander fahren, dann können wie sie beidseitig beschießen.«

Cortez fragt den Capitano:

»Habt ihr so eine Aktion schon mal gemacht? Mit eurem Schiff zwei kleinere angegriffen und versenkt.? Ich habe die beiden Schiffe kurz gesehen, als sie sich wieder entfernten und die Söldner an Land kamen. Und sie sahen sehr klein aus. Euer Schiff dagegen ist riesig,«

»Lasst euch da nicht täuschen. Solche kleinen Schiffe sind sehr wendig. Ich dagegen brauche mehr Zeit für eine Wendung. Und Ja, das haben wir schon gemacht. So ähnlich, wie die Situation jetzt ist. Das gute ist, sie haben nur wenig Kanonen an Bord, diese kleinen Schiffe. Wir müssen mit den ersten Schüssen deren Kanonen versuchen, auszuschalten, um sie dann mit weiteren Schüssen unterhalb der Wasserlinie schnell volllaufen zu lassen. Wir brauchen sie ja gar nicht vollständig zu zerschießen. Wichtig ist auch, den Hauptmast zu zerstören, aber die werden nur einen haben, wenn sie so klein sind, wie ihr sagt.«

Alvaro überlegt kurz und meint dann:

»Ich habe sie nur von hinten gesehen, aber sie wirkten eigentlich sehr klein.«

Da schaut Capitano Lopez ein wenig finster daher.

»Das ist die Wahrnehmung eines Soldaten, der nur an Land kämpft. Wenn ein Seemann ein Schiff vom Ufer aus nachschaut, erkennt er genau, ob es klein ist oder nicht. Aber das soll kein Vorwurf sein. Wir müssen uns also darauf einstellen, dass die Schiffe vielleicht doch nicht so klein sind. Aber das sehen wir erst, wenn wir auf See auf sie treffen.«

Alvaro schaut den Capitano an.

»Ich vertraue euch da voll und ganz. Roberto hat mir gesagt, ihr habt verrückte Manöver drauf und das könnte bei dieser Aktion sehr helfen.«

»ich werde mein bestes versuchen, irgendwie werden wir es schaffen, aber wir müssen alles an Tricks anwenden, die wir kennen. Wann soll denn das ganze genau passieren, wann kommen die Schiffe genau wieder zurück?«

Capitano Lopez muss genau wissen, wann die Schiffe wieder zurückkommen, denn sonst verpassen sie die Söldner und der Plan, auch wegen des Geldes, würde schiefgehen. Da meint Cortez.

»Das ist nicht genau sicher, vor 10 Tagen ungefähr sind sie weg. Das kann nicht mehr lang dauern, bis sie wieder zurück sind.«

Da hat López eine Idee.

»Ich würde jetzt vorschlagen, wir stechen morgen früh in See. Ihr reitet nochmal in euer Lager. Da sagt ihr Bescheid, dass der Capitano morgen früh bereit ist und ihr seid dann heute Abend wieder hier. Dann segeln wir raus, und schauen, wo die beiden Schiffe auftauchen.«

Cortez nickt einverstanden und die Truppe reitet wieder zurück zu den anderen. Roberto hat schon zu Cortez gesagt, dass er auf See mitkommt, er möchte das Spektakel mit ansehen, wenn die Schiffe versenkt werden. Im Lager angekommen, sagt Cortez zu Consuela, den Mädchen und den anderen Männern, dass sie heute Abend wieder zurückreiten nach Alicante und morgen früh dann mit dem Capitano in See stechen. Die anderen bleiben im Lager und wenn das mit den Schiffen erledigt ist, dann werden die Mädchen, Robertos Männer und Consuela nach Alicante reiten, während Cortez sich dann mit seiner Armee, die dann auch bald eintreffen wird in einigen Tagen, auf der anstehende Schlacht gegen die Söldner vorbereitet.

Cortez und Elena essen noch was, Pedro trinkt nochmal einen großen Kaffee, den Consuela extra für ihn gemacht hat und Pedro isst noch ein gebratenes Huhn. Dann verabschieden sich die Vier wieder und Consuela gibt Alvaro und Pedro noch einen Kuss auf den Mund und dann reiten sie los. Nach etwas mehr als einer Stunde, es ist schon ziemlich dunkel, kommen sie am Schiff an. Capitano Lopez steht an der Reling und raucht eine Zigarre und empfängt seine Gäste. »Jetzt trinken wir noch einen schönen Tropfen miteinander. Einen französischen Wein, den ich schon einige Jahre mit an Bord habe. Jetzt wäre eine gute Gelegenheit, den guten Tropfen zu trinken. Morgen brauchen wir einen klaren Kopf. Heute Abend darf normal gesündigt werden. Das mache ich vor einer Schlacht immer so.«

»Das ist eine sehr gute Idee. Sonst trinke ich nur Bier. Aber Wein, guter Wein, das ist mal was anderes, danke Capitano.« Pedro scheint diesen Mann zu mögen. Da gibt der Pedro eine Zigarre von sich und meint:

»Habt ihr so eine schon mal geraucht?«

Und auch Cortez gibt er eine, nicht aber Elena.

»Das ist nichts für kleine, hübsche Ladys. Aber ich habe schon mitbekommen, ihr könnt gut mit dem Schwert umgehen. Also gut, dann nehmt auch eine und Roberto ihr auch,«

Da sitzen sie jetzt da und rauchen alle eine Zigarre, auch Lopez`Erster Offizier raucht noch eine Zigarre mit. Dazu trinken sie alle von dem Wein des Capitanos und Pedro scheint der besonders gut zu schmecken. Da der sonst nur Bier trinkt und selten Wein. Alvaro und Elena genießen auch den guten Tropfen des Capitanos und Alvaro hebt dann das Glas und sagt zu den anderen

»Ich möchte auf Capitano Lopez trinken, der einen hoffentlich guten Plan hat, um die beiden Schiffe des Schwarzen Ordens zu versenken. Ich wünsche ihm dabei nicht nur viel Glück, sondern viel Gerissenheit.«

Capitano Lopez ist gerührt von Alvaros Worten und bedankt sich »Also Senior Cortez, ich danke euch für eure Worte. Ich werde mein Bestes geben. Wir werden diesen Bastarden richtig einheizen und die Kanonenkugeln um die Ohren schießen, dass es nur so kracht. Und dann hoffen wir mal, dass diese Schiffe nicht so wendig sind. Mein Schiff ist groß und hat 20 Kanonen, aber ihr Fetter Arsch ist ein wenig Träge.«

»Aber dieser Fette Arsch wird diese beiden Verräter Schiffe zum Teufel jagen.«

Pedro ist gerade gut gelaunt, und Lopez sagt zu ihm »Bei eurer Größe könnt ihr ja meine Kanonenkugeln mit einem Kraftstoss auf die Schiffe werfen. Die fliegen dann genauso schnell, wenn sie aus der Kanone geschossen kommen.«

»Capitano Lopez, jetzt übertreibt ihr aber.«

Pedro wirkt fast ein bisschen gekränkt, wegen der Bemerkung des Capitanos, und er sagt noch:

»Wenn man so groß ist wie ich, das hat auch Vorteile. Wie beim Bau unseres Turms. Das hätten wir nicht so hinbekommen, wenn ich viel kleiner wäre.«

»Ach Pedro ich wollte euch doch nicht kränken, ich wollte nur sagen, ihr seid mit eurer Größe sehr hilfreich im Kampf. Auf meinem Schiff müsstet ihr aber immer oben schlafen, da unten würdet ihr keinen Platz haben.«

Elena wird langsam müde und nimmt Alvaro an die Hand und sagt zu ihm:

»Frag den Capitano, wo wir schlafen können, es ist schön draußen, schläfst du auch mit draußen?«

Cortez schaut seine Elena an und erwidert:

»Wenn du draußen schlafen möchtest, dann schlafe ich natürlich auch unter freiem Himmel. Dein Wunsch ist mir ein Befehl, meine Liebste.« Elena gibt Alvaro einen ganz zärtlichen Kuss. Da sagt der Capitano:

»ich glaube, ich muss mir auch wieder eine Frau suchen. Senior Cortez, eure Frau ist sehr fantastische . Ich wünsche euch mit ihr sehr viel Glück.«

»Ihr habt Recht, sie ist fantastisch. Und geht mit dem Schwert genauso gut um, wie mancher Mann.«

Der Capitano schaut Elena erstaunt an und meint »Das müssen wir mal testen, aber morgen suchen wir erst mal die beiden Schiffe. Danach möchte ich mal sehen, wie die Lady kämpfen kann.«

Cortez nickt und auch Elena hat nichts dagegen.

»Ich habe Alvaro schon zu Boden gekämpft und auch Ramon habe ich gezeigt, wie raffiniert Frauen mit dem Schwert umgehen können. Euch werde ich es auch zeigen. Aber lass uns erstmal die Schiffe versenken und die Söldner vernichten. Wenn das geschafft ist, dann zeige ich euch, wie eine Frau mit dem Schwert kämpfen kann.«

»Das Angebot nehme ich natürlich an. Ihr werdet mich aber nicht so leicht bezwingen wie die beiden anderen Männer. Ich kämpfe mit Sicherheit etwas härter.«

Elena sagt dazu nur noch:

»Lasst es uns dann einfach machen, wir werden sehen, wie gut ihr seid.«

Capitano Lopez sagt noch zu Elena:

»Wenn ihr an Deck schlafen wollt, dann sucht euch einfach einen Platz, mein erster Offizier besorgt euch zwei Decken. Ich wünsche euch eine gute Nacht und träumt von den Sternen. Ich habe auch schon oft an Deck geschlafen. Eine herrliche Sache. Man kann hier wunderbar schlafen. Also nochmal Gute Nacht meine Schöne.«

Und Elena erwidert:

»Ihr seid sehr charmant Capitano. Ich wünsche euch ebenfalls eine Gute Nacht.«

Dann gehen alle schlafen, Pedro hat sich am anderen Ende des Schiffes einen Schlafplatz gesucht, weil er sonst Alvaro und Elena mit seinem Geschnarche stören würde.

KAPITEL 12

Am nächsten Morgen werden sie von Pedro geweckt, der sagt »Aufstehen, ihr Schlafmützen, der Koch hat das Frühstück fertig. Frischer Kaffee gekocht, der riecht schon wieder wunderbar. Ich habe schon eine große Tasse getrunken. Fantastischer Kaffee. Verratet das bitte nicht Consuela, sonst kocht die mir nie wieder ihren Kaffee.«

Elena ist schon wach, aber Alvaro mag noch nicht aufwachen. Da legt sie sich neben ihn und gibt ihm einen leichten Kuss. Da wird selbst der müdeste Krieger wach.

»Alvaro trink von diesem Kaffee, der ist fast so gut wie Consuelas. Hat dir eigentlich Elena schon mal Kaffee gekocht?«

Da bekommt Pedro von der Seite eine Schelle von Elena.

»Wie kommst du eigentlich darauf, ich hätte meinem Commandante noch keinen Kaffee gekocht?«

»Entschuldige bitte, liebste Elena, das war Spaß. Bitte verzeih mir.«

Dann gehen sie alle drei nach unten in die Kombüse, wo das Frühstück schon auf sie wartet. Es gibt köstliches Brot und Wurst. Der Capitano ist natürlich auch wach, der erste Offizier, der Kanonier auch. Alle haben großen Hunger.

»Haut alle richtig rein, der Schinken ist fantastisch. Wir brauchen alle viel Kraft, wenn wir diese Schiffe versenken wollen. Und sehr viel Glück. Das wird kein Spaß, das wird Todernst. Ich lege mich auch nicht jeden Tag allein mit zwei Schiffen an. Das habe ich zwar schon gemacht, aber ein zweites Schiff wäre immer besser. Haben wir aber jetzt nicht. Aber wir haben einige Tricks in der Tasche und die beiden werden sich wünschen, niemals ihren Heimathafen verlassen zu haben. Wenn sie auf dem Grund des Ozeans liegen, dann ist es für sie zu spät. Dann kann der Schwarze Orden toben wie er will, die haben meine Familie getötet. Man tötet keine Kinder. Die haben keine Ehre, das sind Barbaren und

Schlächter. Aber jetzt schlägt mal einer zurück und sie werden geschlachtet.«

Alvaro sagt danach zu Capitano Lopez:

»Wenn der Schwarze Orden davon Kenntnis nimmt, dass ihr seine zwei Schiffe versenkt habt, dann werden sie euch jagen.«

»Das sollen sie mal machen. Dann segele ich nach Tortuga und hetzte denen die ganze Piratenflotte auf den Hals. Was glaubt ihr, was dann los ist. Piraten haben nämlich eine Ehre. Die töten keine Frauen und Kinder. Aber da dieser Schwarze Orden das macht, werden wir bald sehen, ob sie mich jagen wollen.«

»Aber habt ihr auf euren Fahrten auch mal schwarze Schiffe gesehen? Schiffe, die dem schwarzen Orden gehören.? Aber diese beiden Schiffe sind nicht schwarz.«

Alvaro hat gerade diese Gedanken gehabt, deshalb fragt er das dem Capitano.

»Schwarze Schiffe sieht man viel, aber ich bin nicht angegriffen worden. Also waren das keine von diesem Orden. Außerdem sieht am auf den Meeren selten kleine Schiffe. Und wenn, dann schippern die nur nah am Ufer entlang und nicht raus aufs Meer. Wenn die in einen Sturm geraten würden, dann saufen die gleich ab.«

In dem Moment kommt ein Matrose von Lopez in die Kombüse

»Capitano Lopez, wir haben alles verladen, die Kanonenkugeln haben wir auf den Kanonenplätzen aufgefüllt und der Vorrat ist auch verladen.«

Da sagt López zu seinem Matrosen:

»dann lass die Männer das Schiff klar machen zum Auslaufen. Ich komme gleich hoch. Der erste Offizier kommt gleich mit und gibt schon die Kommandos.«

Der Matrose geht nach oben und die Crew macht das Schiff klar zum Auslaufen. Jetzt denkt sich Cortez, dass hoffentlich alles klar geht mit dem Versenken der Feindschiffe. Das wird vielleicht viel schwerer als er zunächst gedacht hat. Wenn man als Commandante eine Armee befiehlt, dann ist das was anderes, wenn man ein

Schiff unter seinen Füssen hat. Das kann man nicht miteinander vergleichen.

Nun ist das Schiff ausgelaufen und der Capitano lässt Kurs Richtung Norden, Barcelona setzen. Von dort her müssten die Schiffe kommen, aber da er nicht weiß, ob sie nahe am Ufer segeln oder weiter auf dem Meer, macht López so ein Mittelding. Er segelt ein Stück weg vom Ufer, aber nicht zu weit draußen. Dann kann er immer noch reagieren, wenn der Feind in Reichweite kommt. Ein Mann ist oben auf dem Ausguck postiert und sobald er zwei Schiffe entdeckt, die nahe beieinander segeln, meldet er es sofort dem Capitano.

Zunächst passiert erst mal nichts. Sie sind jetzt zwei Stunden auf See. Lopez meint zu Cortez:

»Es kann sein, wir segeln hier tagelang rum und es passiert nichts. Und dann sind sie plötzlich da. Wir wissen ja nicht, wann sie aus Frankreich los sind. Aber von der Zeit her, wie es Sanchez gesagt hat, müssten die Schiffe jetzt unterwegs sein,«

Cortez schaut Lopez an und meint:

»Dass wir keine genaue Zeit wissen, ist natürlich nicht ideal. So müssen wir hier schauen und suchen und abwarten. Aber ich hoffe, ihr habt genug Zeit und Ausdauer mitgenommen.«

»Ach Zeit ist hier draußen unbedeutend. Ich hatte sowieso nichts anderes vor. Wenn ihr nicht gekommen wäret, dann hätte ich einfach eine Erholungsfahrt gemacht. Ohne Ziel. Hier draußen ist man so frei wie nirgendwo. Ihr auf dem Land habt es nicht so gut, meine ich. Schaut nur mal da raus. Seht ihr was? Ich sehe nur Wasser und Freiheit. Ihr habt auf dem Land auch Freiheit, aber das hier ist eine andere Freiheit. Abe ihr wollt sicher nicht tauschen?«

Cortez schaut Elena an:

»Nein ich tausche nichts, obwohl es für den Moment hier bei euch sehr angenehm ist. Aber ich habe dann doch lieber wieder festen Boden unter den Füssen.«

Nun sind bereits vier Stunden vergangen und es wird langsam Zeit, dass der Koch das Mittagessen zubereitet. Eine Stunde später sitzen alle am Tisch und speisen, als plötzlich von oben ein Schrei kommt

»Feindliche zwei Schiffe in Sicht.«

Elena und die Männer gehen schnell nach oben und Capitano Lopez schaut durch sein Fernglas und sagt dann zu seinem ersten Offizier

»Alles fertig machen zum Kampf. Männer alle auf eure Positionen. Das sind unsere beiden Schiffe. Ihr habt richtig geschaut, Senior Cortez, es sind zwei kleinere Schiffe und sie liegen tief im Wasser. Irgendwas haben sie geladen, aber nicht unbedingt viele Soldaten. Da ist noch was anderes an Bord, aber egal, was da noch drauf ist auf den Schiffen. Die werden bald nicht mehr segeln.«

Cortez und Elena und Pedro gehen zur Seite, stellen sich an die Reling, wo sie die Mannschaft auf dem Schiff nicht stören. Der Capitano schaut nochmal durch sein Fernrohr. Dann sagt er zu seinem 1. Offizier:

»Victor, schau durch dein Fernglas, was meinst du, sollen wir ihnen durch die Mitte begegnen oder besser Außen nach rechts?«

»Capitano, wir sollte durch die Mitte und sie von beiden Seiten Feuer geben. Soll ich den Befehl dazu geben?«

»Ok. Wir gehen mitten durch, die werden gleich wissen, was ihnen blüht, mal sehen, wie sie reagieren.«

Das Schiff fährt geradezu auf die beiden Schiffe zu. Die beiden anderen ändern zunächst ihre Linie nicht. Cortez denkt sich, dass der Capitano jetzt die Schiffe beidseitig beschießen will. Aber dann gibt Lopez plötzlich ein Kommando, was Cortez sehr verwundert.

»Hart Backbord nach rechts. Dann geradeaus weiter, mal sehen, was die beiden dann machen.«

Cortez versteht langsam, was der Capitano bezweckt. Er will die Schiffe aus der Reserve locken und sie verwirren. Nach einem Moment gibt Lopez das Kommando:

»Harte Wendung nach Links und dann auf die Schiffe drauf zu.«

Das Schiff fährt hart nach links, und dann, wie der Capitano sagte, auf die anderen Schiffe drauf zu. Als es gerade so aussieht, auch für die anderen Schiffe, dass Lopez auf Ramm Kurs ist, da scheren beide Schiffe aus, das eine nach links, das andere nach rechts. Und darauf hat Lopez wohl spekuliert, denn er macht wieder das Kommando:

»Hart Backbord nach links.«

Er fährt auf das eine Schiff drauf zu und das Schiff lenkt nach rechts. Da gibt Lopez das Kommando:

»Fertig machen zum Feuern, auch die Bord Kanone, die feuert auf die Wasserlinie.«

Das Schiff des Capitanos fährt jetzt ganz dicht an das andere Schiff vorbei, und man kann sehen, dass auf dem Schiff große Hektik herrscht. Offensichtlich haben die jetzt nicht mit einem Angriff gerechnet und versuchen selbst, ihre Kanonen zu laden, aber Lopez ist schneller. Die Schiffe berühren sich fast und López gibt das Kommando:

»Feuer, Feuer, alle Kanonen abfeuern.«

Es kracht sehr heftig und die Kanonen richten auf dem anderen Schiff großen Schaden an. Die Kanonen des anderen Schiffs werden auch getroffen und Lopez gibt das nächste Kommando:

»Harte Wendung, sofort nachladen.«

Das andere Schiff hat auch gewendet und fährt auf Lopez Schiff zu, aber der lässt sein Schiff nach rechts fahren und das andere Schiff bleibt zunächst auf seiner Linie. Dann befiehlt López :

»Auf das Ruder schießen, Feuer.«

Und die Kanonen von Lopez zerfetzen das Ruder des zweiten Schiffes und dann befiehlt der Capitano wieder:

»Hart Steuerbord links, fahrt eine scharfe Wendung.«

Und als er wieder in Position ist, seine Mannschaft hat schnell wieder nachgeladen, da lässt er wieder den Befehl los:

»Feuer, Feuer«

Und sie treffen das Schiff volle Granate und die Bordkanone hat auch nochmal unter die Wasserline gefeuert, man sieht, wie das Schiff schlängert und es scheint in Schlagseite zu geraten.

Nun kümmert sich Lopez wieder um das erste Schiff, das er schon eine Breitseite verpasst hat, aber das Schiff versucht, zu fliehen, das kann López gar nicht erlauben und lässt den Schützen der Bordkanone auf das Ruder schießen. Und gleich der erste Schuss sitzt, der zweite zerfetzt das Ruder.

Cortez schaut kurz zurück auf das andere Schiff, aber das ist schon halb gesunken. Nun muss das zweite Schiff noch versenkt werden und als sie am Hintern des Schiffes dran sind, da gibt Lopez einen überraschenden Befehl:

»Fertig machen zum Rammen. Und dann sofort Anker werfen.«

Lopez Steuermann steuert voll auf das feindliche Schiff zu, dann gibt er dem Steuermann den Befehl:

»Hart Steuerbord rechts.«

Inzwischen ist der Anker gefallen, das Schiff wird nach links herumgezogen und somit ist es nicht mehr hinter dem kleinen Schiff, sondern seitlich in Schussposition und Lopez schreit laut

»Feuer, Feuer, alles raus Feuer.«

Und alle 10 Kanonen der einen Seite feuern los und machen Kleinholz aus dem feindlichen Schiff. Zusätzlich feuert der Schütze der Bord Kanone noch zwei Schüsse unter der Wasserlinie ab und so ist das Schiff zum Sinken verurteilt. Aber nun will Lopez dem Schiff noch einen letzten Gnadenschuss geben.

»Bringt das Schiff nochmal in Schussposition.«

Der Steuermann fährt nochmal an das schon zur Seite neigende Schiff und López gibt nochmal den Befehl zum Feuern und die Kanoniere feuern nochmal 10 Kanonen ab. Damit ist das eine feindliche Schiff zerstört und Lopez gibt den Befehl:

»Zurück zu dem anderen Schiff.«

Das ist mittlerweile zur Hälfte gesunken, aber Lopez reicht das nicht aus, er will noch mal nachlegen und Cortez ist ein wenig erschrocken, aber lässt Lopez seine Arbeit machen.

Als Lopez Schiff die richtige Position erreicht hat, gibt er noch einmal den Befehl

»Feuer, Feuer.«

Dann schaut er sich ein letztes Mal das zerstörte Schiff an, das andere schiff ist nun auch fast versunken, aber es sind einige Männer im Wasser, aber die kümmert López nicht. Aufnehmen will er sie nicht, denn er erinnert sich an seine Familie und gibt dem Steuermann den Befehl:

»Beidrehen, wir sind hier fertig.«

Und geht allein unter Deck, während sich Alvaro und Elena anschauen. Da kommt der 1. Offizier zu den beiden und sagt:

»So habe ich den Capitano noch nie erlebt. Dass er nach einem Angriff wortlos unter Deck geht. Er musste wohl an seine Familie denken, die wurden bei einem Angriff auf ein Schiff getötet. Das hat er immer noch nicht verwunden, deshalb hat er jetzt die beiden Schiffe richtig zerschossen. Früher hatte er die Überlebenden eingesammelt und mitgenommen, aber jetzt sagt er sich, meine Familie wurde auch getötet, ich überlasse euch den Haien.«

Elena sagt zu dem 1. Offizier:

»Das kann ich gut verstehen, der Schwarze Orden hat auch meine Eltern und meinen kleinen Bruder getötet. Da hätte ich auch kein Pardon.«

Cortez nimmt seine Elena in seine Arme und versucht sie, zu trösten und Elena schaut ihren Liebsten wieder mit einem Lächeln an.

»Dieses Lächeln jetzt ist nur für meinen kleinen Bruder. Er wäre jetzt 20 Jahre und hätte vielleicht auch eine Liebe gefunden wie ich. Er fehlt mir in solchen Momenten besonders.«

Der Capitano kommt nach einem kurzen Moment von 15 Minuten wieder an Deck. Er geht zu Cortez und sagt:

»Verzeiht bitte mein plötzliches Verschwinden. Aber ich musste kurz mal inne halten. Als ich die Männer da im Wasser sah, da erinnerte ich mich daran, wie meine Familie umgekommen ist.

Da sah ich sie vor mir, wie sie im Wasser rum ihr Leben kämpfen mussten und nicht gerettet wurden. Für einen Moment hatte ich sogar überlegt, die Männer aus dem aus dem Wasser zu holen. Aber dann konnte ich es nicht. Ich hoffe, ihr versteht das.«

Elena schaut den Capitano an und meint zu ihm:

»Ich kann euch gut verstehen, die Männer da im Wasser ihrem Schicksal zu überlassen. Ich habe auch meine Familie verloren, da ist der Schmerz tief und ihr hattet 3 Kinder, die nicht gerettet wurden. Ihr habt uns aber ziemlich überrascht mit euren Manövern. Aber das werde ich mein Leben nicht vergessen, wie ihr diese zwei Schiffe versenkt habt.«

Capitano Lopez schaut Elena an und sagt dann:

»Eine meine Töchter wäre jetzt in eurem Alter. Sie hatte auch schwarze Haare. Das letzte Manöver mit dem Anker hat mir mal ein portugiesischer Capitano gezeigt. Das habe ich ehrlich gesagt noch nicht allzu oft gemacht. ich greife auch selten zwei Schiffe allein an.«

Diesen Satz sagt Lopez mit einem schelmischen Grinsen.

Cortez sagt dann zu Lopez.

»Mit eurem ersten Manöver habt ihr mich sehr überraschst, als ihr plötzlich nach rechts gefahren seid und dann gewendet habt.«

»Ihr müsst euch eines merken. Der Überraschungseffekt ist manchmal das Entscheidende. Ihr wart sicher auch verwundert, das habe ich kurz gesehen. Aber ich wollte eigentlich zunächst wirklich durch die Mitte gehen. Aber dann dachte ich, ich verwirre die beiden Kapitäne einmal und fahre ein anderes Manöver. Und ich vermute mal, die beiden haben noch nie eine Schlacht geschlagen, denn die haben so dilettantisch manövriert, das waren sicher Capitanos, die sonst nur Handelsschiffe steuern. Da lernt man keine Schlachtmanöver.«

Cortez ist beeindruckt von dieser kleinen Schlacht gerade. Er weiß aber auch, dass der Schwarze Orden, wenn er davon erfährt, zurückschlägt. Aber Cortez macht sich darüber jetzt keine Gedanken. Das Schiff vom Capitano war ungefähr 5 Stunden auf dem Meer, als die beiden Schiffe auftauchten und es ging sogar ziemlich schnell, dass Lopez die Schiffe besiegt hatte.

Jetzt fahren sie wieder 5 Stunden zum Hafen nach Alicante und da werden sie nochmal ein wenig feiern. Alvaro denkt in diesem Moment schon an seine Schlacht. Ramon muss jetzt noch 3 oder 4 Tage entfernt sein. dann müssen sie die Söldner vernichten. Aber im Gegensatz zu den beiden Schiffen, die Capitano Lopez gerade versenkt hat, wird diese Aufgabe ungleich schwerer. Denn Cortez hat hier keine Handelskapitäne vor sich, sondern Söldner, eiskalte Killer. Solche Gegner hat Alvaro schon des Öfteren gehabt, aber solche Söldner sind eben unberechenbar. Da sind auch oft ehemalige Soldaten dabei.

Lopez lädt seine Gäste in die Kapitänskajüte ein und hat wieder einige Flaschen Wein da. Und Bier für Pedro, der sich schon mächtig freut, mal wieder was Richtiges zu Trinken. Lopez bringt einen Trinkspruch aus:

»Ich möchte auf meine Mannschaft trinken. Denn was wäre ein Capitano ohne seine Mannschaft? Ein Nichts. Die Kanonen müssen abgeschossen werden, das Essen muss gekocht werden und die Manöver, die der Capitano anordnet, müssen ausgeführt werden. Und dann ist da noch der Steuermann. Mein Steuermann hat heute seine besten Manöver gefahren, auch wenn ich die Befehle gab. Aber diese Befehle müssen erstmal ausgeführt werden und mein Steuermann ist der Beste, den es gibt. Und darauf trinken wir jetzt. Das war nur eine kleine Schlacht, aber eure große Schlacht kommt erst noch. Das wird schwerer und das, was danach kommt, das weiß jetzt niemand. Ich werde jetzt erstmal entspannen, irgendwo in er Südsee. Meine Männer brauchen auch mal etwas Ruhe.«

Alvaro steht daraufhin auf und sagt zu Lopez:

»Ihr habt gerade auf eure Mannschaft angestoßen, ich trinke jetzt auf euch und euer Schiff, ihr habt die zwei Schiffe wie ein ganz großer Capitano ausmanövriert. Nein, lasst mich verbessern, ihr seid ein großer Capitano.«

»Alvaro ich danke euch, ihr seid ja auch ein großer, obwohl ihr ein bisschen jünger seid als ich. Aber es war mir eine Ehre, für euch zwei Schiffe zu versenken, denn der Schwarze Orden oder wer auch immer wollen hier einen Krieg entfachen und das müssen wir verhindern. Ich mit meinem Schiff und ihr mit euren Soldaten. Wir werden sehen, wie das Ganze jetzt weitergeht. Aber ich wünsche euch für eure anstehende Schlacht alle Gute.«

Dann steht Pedro auf und sagt zu dem Capitano:

»Ich möchte auf etwas ganz persönliches Trinken. Auf euren Koch und euren Kaffee.«

Plötzlich müssen alle laut lachen, das hat Pedro wieder mal geschafft. Er macht solche Witze immer wieder und diesmal bringt er den Capitano so zu lachen, dass der daraufhin zu Pedro sagt

»Euch möchte ich nicht in der Schlacht als Gegner haben, ihr tötet eure Feinde bestimmt nicht durch das Schwert, bei euch sterben sie einen schlimmeren Tod. Ihr vergewaltigt sie seelisch mit euren Sprüchen. Auf meinem Schiff hat noch nie jemand einen Trinkspruch auf unseren Kaffee ausgesprochen, das muss ich mir merken. Aber das ist jetzt nicht böse gemeint, lieber Pedro, ihr seid ein komischer Kauz. Ich bitte euch noch um eines. Passt mir gut auf euren Commandante auf.«

Alvaro sagt daraufhin zu Lopez:

»Auch wenn ihr es mir vielleicht nicht glaubt, Pedro kämpft immer an meiner Seite, er ist sozusagen mein Schwertführer. Da fühle ich mich immer sehr sicher. Und jetzt habe ich noch eine Schwertführerin, meine Elena. Da kann mir eigentlich gar nichts mehr passieren.«

Capitano Lopez entgegnet:

»Das glaube ich euch. Mit so einem Riesenkämpfer und einer so graziellen Kämpferin kann bei der Schlacht am Strand gar nichts schiefgehen. Denkt euch noch eine gute Taktik aus, das ist immer wichtig für eine Schlacht. Wie heute Nachmittag mit den beiden Schiffen. Ihr müsst versuchen, den Gegner zu überraschen und das machen, womit er nicht rechnet. Aber was sage ich hier, ihr seid Commandante, ihr wisst selbst, wie ihr eure Schlacht schlagen müsst.«

Cortez sagt zum Capitano:

»Eine Überraschung habe ich schon für die Söldner, unser Turm. Daraus wird einer meiner Kämpfer mit seinen Pfeilen schießen und dann haben wir einige Brandbomben vorbereitet, das alles machen wir von dem Turm aus. Ich hoffe, das funktioniert so, wie ich es mir ausgedacht habe.«

»So ein Turm ist eine sehr gute Idee, ein guter Schutz. Hängt vorn dran einige Pferde, sonst wird der Turm zu schwer. Und fahrt mit dem Turm nicht über den Strand, sondern um das Bergmassiv herum, das ist besseres Ge- lände für eine Schlacht. Der Sand am Strand ist zu weich für euren Turm.«

»Capitano Lopez, ich wollte die Schlacht eh nicht am Strand ausfechten, sondern genau da, wo ihr grad gesagt habt. Ich kenne das Gebiet da noch nicht, da habe ich noch keine Schlacht geschlagen. Aber wir müssen um das Bergmassiv herum und dann vom Süden Richtung Strand. Dann müssen wir den Turm platzieren, ich weiß jetzt noch nicht, wohin.«

Capitano López gießt allen nochmal Wein in die Becher und der 1. Offizier bringt einen Trinkspruch auf seinen Capitano:

»Ich möchte nun auf unseren Capitano Lopez trinken, der heute wieder mal gezeigt hat, wie genial er ist. Es schafft nicht jeder Capitano, zwei Schiffe mit einmal zu versenken. Auch wenn die Schiffe klein waren und die Capitanos wohl mit Kanonengefechten keine Erfahrung hatte. Sie waren wohl Handelscapitanos. Aber man muss das erstmal schaffen. Capitano, ihr seid der Größte.«

López schaut seinen 1. Offizier an.

»Marcello vielen Dank. Du bist auch der beste 1. Offizier, den ein Capitano haben kann. Ohne dich hätten wir es nicht geschafft. Aber dann dürfen wir unseren Steu mann Gabriel nicht vergessen, denn er hat das Schiff gesteuert. Wir müssen Gabriel mal herholen.«

Lopez geht kurz raus und ruft Gabriel herbei. Der kommt schnell runter zur Kapitänskajüte. Und Lopez sagt zu ihm:

»Gabriel setzt euch zu uns und trinkt mit uns. Aber erstmal trinken wir auf euch. Ihr habt heute die besten Manöver eures Lebens gesteuert. Vor allem, als ihr ganz nah an das eine Schiff vorbei seid. Das war meisterhaft. Es gibt keinen besseren Steuermann als ihr es seid, mein lieber Gabriel.«

Nachdem viel geprostet wurde, wird in den nächsten Stunden noch weiter viel getrunken und gesungen und gelacht. Es ist eine schöne Stimmung an Bord. Auch die Besatzung hat Wein von Lopez bekommen und feiert an Deck. Am Abend läuft das Schiff in Alicante ein und nachdem es angelegt hat, feiern die Männer und Elena noch weiter.

Der Ernst geht erst am nächsten Tag weiter. Pedro ist wieder viel am Biertrinken und der Steuermann Gabriel sagt zu ihm:

»Mann Pedro, ich kann auch viel saufen. Aber so viel, wie du trinkst, da kann ich nicht mithalten. Du säufst alles untern Tisch, was saufen kann. Aber kannst du auch so kämpfen, wie du saufen kannst?«

Pedro schaut den Steuermann etwas grimmig an und entgegnet »Du hast mich noch nicht kämpfen sehen, heute wart ihr dran und ihr wart sehr gut. In einigen Tagen sind wir dran und ich bin auch sehr gut. Kannst du mir glauben. Aber jetzt bin ich müde und gehe schlafen. Du bist ein toller Steuermann.«

Mit diesen Worten nimmt sich Pedro eine Decke und geht an Deck und suchst sich einen Schlafplatz. Elena und Alvaro sind auch müde und legen sich jetzt auch an Deck zum Schlafen, aber weit weg vom Schnarchmonster Pedro. Elena legt sich ganz nah an Alvaro ran und flüstert zu ihm:

»Sowas wie heute habe ich noch nie gesehen. Der López ist ein verrückter Capitano, aber umso ein Manöver fahren zu können, muss man auch ein bisschen verrückt sein. Jetzt musst du etwas Verrücktes machen und die Söldner vernichten. Ramon müsste auch bald hier sein. Du hast gesagt, noch 3 oder 4 Tage.«

Mit diesen Worten schlafen beide ein. Harte Zeiten stehen vor ihnen. Aber sie sind bereit.

KAPITEL 13

Zur selben Zeit ist Ramon kurz vor dem Abritt von Cortez` Armee nach Alicante. Aber er kann nur 1500 Soldaten mitnehmen, viele sind krank geworden und viele sind weggegangen, weil sie lange Zeit dachten, ihr Commandante sei tot. Jetzt muss sich Ramon mit der dezimierten Truppe auf den Weg machen. Aber das wird reichen müssen, denn die Armee der Söldner sind höchstens 1000, eher weniger. Da sind sie noch in der Überzahl und sie sind eingekämpft, während die Söldnertruppe einfach nur so zusammengekauft ist. Am Morgen kommen Ramon, Domingo und Tomas zurück zur Truppe, die haben bereits alles, so dass Domingo den Befehl zum Abmarsch geben kann. Sie werden 7 Tage brauchen, bis sie das Bergmassiv erreicht haben und dann kann die Schlacht beginnen.

Die Soldaten von Cortez kommen ganz gut voran. Domingo fragt Ramon, wie es denn danach weitergeht.

»Ich glaube, dass Alvaro erstmal zum König reitet, um ihm zu berichten, was in Alicante am Strand passiert ist und dass General Sanchez ein Verräter des Schwarzen Ordens ist. Dann wird sich auch zeigen, ob der König wirklich so unschuldig ist, wie wir jetzt alle denken. Ich glaube eher, dass er in diesen Orden irgendwie verwickelt ist, aber es ganz geschickt im Hintergrund hält. Alvaro zweifelt ja auch, aber er glaubt trotz allem immer noch an den König. Kann ich ja auch verstehen. Wir haben jetzt nur Beweise gegen Sanchez und wenn der von der anstehenden Schlacht erfährt, da wird der sowieso zum Gegenschlag ausholen.«

»Dann müsste ja der König unsere Armee Unterstützung geben, denn Sanchez Armee hat selbst mehr als unsere und da wir jetzt weniger sind, könnten wir allein gegen Sanchez Schwierigkeiten bekommen. Ich hoffe mal, dass Cortez ein Schiff gefunden hat, um die beiden Schiffe zu versenken. Denn wenn die Franzosen am Strand mitbekommen, dass nicht nur die Schiffe versenkt wurden, sondern auch ihr Geld, dann werden die vielleicht gar nicht mehr kämpfen.«

»Das wäre vielleicht das Beste für alle, aber das glaube ich nicht. Die kämpfen trotzdem, dazu hat Sanchez sie zu sehr eingeschüchtert. Der würde die jagen und jedem einzelnen den Kopf abschlagen.«

Domingo ist überzeugt, dass die Schlacht auch stattfindet, wenn die Soldaten kein Geld bekommen, auch wenn das bei der Versenkung der beiden Schiffe durch Capitano Lopez mit untergegangen ist.

Ramon meint dazu:

»Wenn der es nicht macht, dann machen wir es. Deren Köpfe sind sowieso nicht mehr lange auf deren Schultern.«

»Also werden diese Söldner so oder so ihre Köpfe verlieren, dann doch lieber besser durch uns, weil Sanchez sie vorher noch foltern würde, als nur die Köpfe abzuschlagen. Es kommt der Tag, da verliert Sanchez selbst seinen Kopf. Das wäre dann eine Aufgabe für Pedro, denn der Sanchez hat sicher einen harten Hals, den schlägt nicht jeder einfach so durch.«

Als Ramon das sagt, muss er fast lachen, denn bei sowas lacht er sonst nicht, wenn jemandem der Kopf abgeschlagen wird. Aber dieser Sanchez wird noch ein erbitterter Gegner werden. Da fragt sich Ramon, was dieser Schwarze Orden eigentlich bezwecken will, den König zu stürzen? Will dieser Bund Spaniens Macht an sich reißen? Wollen die Spanien ganz vernichten oder was wollen die? Diese Fragen müssen alle beantwortet werden. Aber dazu bräuchte Cortez die Unterstützung anderer Commandantes, wie General Vito Garcia, ein alter Freund aus der Mlitärschule.

Sie haben sich zwar schon viele Jahre nicht gesehen, aber sie kennen sich natürlich noch und schätzen sich immer noch. Aber von den anderen Commandantes, wird Cortez nicht so sehr geschätzt, weil die meinen, Cortez ist nur wegen der Beziehung zum König zum Commanndante ernannt worden. Dass er sich diesen

Titel durch gute Schlachten verdient hat, darauf kommen die anderen nicht. Das ist aber Cortez egal, weil er genug Leute kennt, die ihn schätzen und seine Erfolge zu würdigen wissen.

Nun haben es die Soldaten um Ramon nicht mehr allzu weit. Vielleicht 3 Tage, dann müssen sich die Soldaten das erste Mal ausruhen vom langen Ritt und dann geht's den Söldnern an den Kragen. Der Tross kommt nicht so schnell vorwärts, weil die Soldaten noch einige Kanonen mitgenommen habe. Aber eine Gefahr hat Cortez schon beseitigen lassen, die Schiffe sind versenkt worden. Aber selbst, wenn die Söldnerarmee beseitigt ist, bleibt die Gefahr des Schwarzen Gefahr bestehen. Man weiß davon bisher so gut wie nichts, nur dass Sanchez da mit drin steckt und dass er den Hinterhalt für den Überfall auf Cortez vor 4 Monaten verantwortlich ist. Sonst hätten Cortez und die anderen damals schon von der Söldnerarmee gewusst.

Nun ist Ramon mit den Soldaten fast am Bergmassiv nur noch wenige Stunden und Cortez sieht seine Soldaten wieder. Das wird ein freudiges Wiedersehen, wenn sie ihren Commandante wiederhaben. Auch wenn sich einige der Soldaten aus dem Staub gemacht haben, die dachten, ohne Cortez können wir eh nicht mehr Schlachten gewinnen. Aber er ist wieder da und nun haben sie eine Schwierige Aufgabe vor sich.

Ramon lässt jetzt Domingo und Tomas vorreiten, damit die anderen Bescheid wissen, dass Alvaros Armee fast da ist. Cortez selbst hat den anderen von der Versenkung der Schiffe erzählt und wie der Capitano Lopez die beiden Schiffe ausmanövriert hat. Zum Abschied hatte der Capitano Pedro noch ein kleines Fass Bier geschenkt und Cortez eine Kiste Wein.

Lopez sagte dann zu Cortez:

»Von dem Zeug habe ich genug da, hier habt ihr mal einen guten portugiesischen Tropfen. Und für Pedro habe ich noch dieses kleine Fass Bier. Auch aus Portugal. Es war mir eine Ehre, Senior Cortez, für euch diese beiden Nussschalen versenkt zu haben. Aber im Ernst, es ging schneller, wie ich dachte, da die überhaupt keine Gegenwehr geleistet haben und das hat das Ganze natürlich leichter gemacht. Trotzdem war mein Steuermann ein toller Mann.«

»Naja und ihr habt ja auch so einiges drauf. Es war mir auch eine Ehre Capitano Lopez. Ich wäre erfreut, wenn wir uns mal wiedersehen würden.«

Cortez ist wirklich beeindruckt von Lopez, der, wie er selbst immer sagt, freischaffender Capitano ist. Er arbeitete früher für fast jeden, Hauptsache, das Geld stimmte. Seit dem Tod seiner Familie sucht er sich die Fracht, die er transportiert, sehr genau aus. Er sagt dann, das sei er seiner Familie schuldig. Früher machte er auch krumme Geschäfte, heute aus Rücksicht auf die tote Familie nicht mehr. Aber diese Schiffe hat er mit Wonne und Freude versenkt. Auch wenn sich das herumsprechen wird. Denn dann muss er aufpassen, dass er nicht mal angegriffen und versenkt wird. Da hat er mal zu seinen Leuten gesagt:

»Wenn es mal einer schaffen sollte, uns zu versenken, dann sehe ich meine Familie wieder.«

Domingo und Tomas sind inzwischen am Bergmassiv angelangt und sind sehr beeindruckt, als die den Schlachtturm sehen.

»Da habt ihr euch aber selbst übertroffen, da bekommen die Söldner Angst, wenn das Teil Ihnen entgegenrollt. Ich würde verschwinden vor Angst.«

Tomas ist sehr beeindruckt und Pedro sagt zu ihm:

»Extra für dich, du Zauberschütze. Dass du in Ruhe deine Pfeile abschießen kannst.«

»Pedro da wirst du mitschieben müssen, sonst kommen wir keinen Meter vorwärts. Das Teil ist ja ziemlich schwer. Das ist ja der Wahnsinn.«

Alvaro empfängt seinen besten Soldaten und meint zu Domingo und Tomas:

»Also Ramon hat euch vorgeschickt, wann wird er denn hier sein?«

»Vielleicht in 2 Stunden, die Soldaten werden ganz große Augen bekommen, wenn die den Turm sehen und dazu noch dich. Du könntest auf dem Turm stehen, wenn unsere Soldaten hier eintreffen.«

Cortez schaut Tomas an und ist verwundert:

»ich bin doch kein Politiker auf einem Podest. Wie schaut das denn aus?«

Domingo ist auch derselben Meinung wie Tomas.

«Aber Alvaro, das ist doch keine Inszenierung, die Männer verehren dich, da musst du ihnen mal was bieten, einen großen Auftritt, es dachten schließlich alle, dass du tot bist. Elena, sag ihm bitte, dass wir Recht haben.«

Da schaut Elena ihren Liebsten an.

»Alvaro, das ist doch eine gute Idee. Deine Soldaten lieben dich und wenn du auf dem Turm stehst, wenn sie hier ankommen, dann ist deren Freude riesengroß.«

»Meinst du wirklich, dass ich mich da hochstellen soll?«

»Ja das ist doch für deine Soldaten toll, wenn sie dich sehen, da werden sie sich freuen und dir zujubeln. Du liebst doch deine Soldaten auch.«

Alvaro schaut Elena an und erwidert:

»Wenn du meinst, dass sie sich darüber freuen, wenn ich mich tatsächlich da hochstelle, wenn sie hier eintreffen, dann mache ich das.«

Alvaro ist immer noch skeptisch, aber seine Elena ist sehr klug und wenn sie das sagt, dann ist das für Cortez richtig. Denn man kann auch als Mann im 13. Jahrhundert auf seine Frau hören.

Dann kommt der Moment, wo die Soldaten in Sichtweite sind und Cortez geht in den Turm rein und geht die inneren Treppen rauf. Durch das Fenster in der oberen Etage klettert er raus nach ganz oben und stellt sich da hin.

Jetzt kann er seine Armee ganz überblicken und ihm durchgeht ein seltsames Gefühl. In seinem Inneren ist plötzlich eine Zufriedenheit, denn seine Soldaten sehen ihn gleich wieder. Er sieht seine Soldaten immer näherkommen, sie sehen jetzt den großen Turm und ein Soldat schaut nach oben und ruft ganz laut »Da ist der Commandante. Commandante Cortez ist da oben, schaut alle da hoch. Da oben ist unser Anführer.«

Und mit einem Mal jubeln alle Soldaten

»Cortez, Cortez, Cortez«.

Alvaro umgibt ein herrliches Gefühl, seine Soldaten jubeln und freuen sich, sie haben ihren Commandante. wieder. Alle schauen sie nach oben und in dem Moment weiß Cortez, dass es richtig war, was Elena gesagt hat, dass er auf den Turm steigen soll. Domingo und Tomas haben das auch gesagt und sie haben auch Recht gehabt. Cortez hebt seine Arme hoch und die Soldaten sind ganz leise. Sie wollen ihren Commandante reden hören.

»Meine geliebten Soldaten«

Weiter kommt Cortez erst mal nicht, denn ein Jubelschrei geht durch die Menge.

»Unser Commandante ist wieder da.«

»Meine Soldaten, ich freue mich, dass ihr hier seid.«

Wieder lauter Jubel

»ich freue mich, dass ihr hier seid, wir haben eine schwierige Aufgabe zu erfüllen. Wir müssen Spanien von feindlichen Eindringlingen befreien.«

Wieder jubeln die Soldaten und Cortez sagt weiter.

»Wir haben für euch diesen Turm gebaut, zum Schutz der Soldaten, aber vor allem, um die feindlichen Söldner vernichten zu können. Tomas mit seinen Pfeilen und die anderen Bogenschützen. Und wir haben Brandbomben gebaut, die werfen wir auch von dem Turm«

Die Soldaten jubeln wieder und sind grenzenlos glücklich, ihren Commandante lebend wieder zu haben.

»Am Strand hier in der Nähe wimmelt es von feindlichen französischen Söldnern. Die wollen zusammen mit General Sanchez die Wilde Horde, unseren Freund Carlos Finjero angreifen und alle aus seinem Clan töten. Das müssen wir verhindern. Also müssen wir diese Eindringlinge vernichten. Helft ihr mir dabei?«

Und die Soldaten jubeln wieder und Cortez hebt die Arme zur Faust und streckt sie nach oben.

Wieder großer Jubel. Dann beruhigt Cortez seine Soldaten nochmal und sagt »Jetzt sucht euch alle erstmal einen Schlafplatz und ruht euch aus. Morgen machen wir den Schlachtplan und dann geht es den Franzosen an den Kragen.« Cortez geht vom Turm wieder runter und seine Soldaten wollen ihm noch die Hand reichen. Er genießt das und ist froh, dass sie hier sind. Dann suchen sich die Soldaten jeder einen Schlafplatz, manche gehen rein ins Bergmassiv. Manche bleiben außerhalb. Es ist schon eine Weile her, dass Cortez seine Soldaten so gesehen hat, wenn sie sich schlafen legen. Das letzte Mal war das, als er mit seiner Armee bei Carlos war, dann aber plötzlich wieder wegmusste. Jetzt weiß er, warum. Und er weiß auch von Sanchez. Das gute ist, dass Sanchez bis jetzt nichts von Cortez weiß, dass er ihn belauscht hat. Aber Cortez weiß., dass Sanchez etwas mit dem Schwarzen Orden zu tun hat.

Und bald wird es Sanchez erfahren, bald wird der ganze Schwarze Orden wissen, dass ihr großer Feind Alvaro Cortez noch lebt. Und Cortez weiß, dass der Schwarze Orden dann zurückschlagen wird. Die Frage, die noch eine Weile braucht, um beantwortet zu werden, ist, wer hinter diesem Orden eigentlich steckt und was bezweckt wird damit. Aber heute und morgen wird Cortez darauf keine Antwort bekommen. Das ist erstmal auch nicht wichtig. Jetzt zählt nur, dass diese Söldner vernichtet werden.

Cortez geht nach der Begrüßung seiner Soldaten zu den Freunden und Elena. Pedro sagt zu Cortez:

»Schau Bruder, diese Männer lieben dich. Und wir lieben dich auch. Und schau dir diese Frau an, diese Augen. Nimm diese Frau in deine Arme und liebe sie. Und denk an dein Versprechen, wenn dieser Krieg mal vorbei ist, hilfst du mir, bei der Horde eine Frau zu finden.«

Elena lächelt Pedro an und sagt »Hey mein Großer, jetzt schlagen wir die Franzosen, dann den Schwarzen Orden und dann bekommst du deine Frau. Ich verstehe dich ja gut, Du brauchst auch eine Liebe, das ist auch etwas Wunderbares. Aber jetzt musst du etwas Geduld haben.«

Pedro lächelt Elena an und meint:

»Na klar du hast Recht, Wir müssen jetzt die Franzosen zum Teufel jagen. Dann der nächste Schritt. Wir haben sehr viel zu tun für Spanien. Dann ist Pedro aber dran.«

Mittlerweile ist es spät geworden, fast dunkel und alle sind müde. Elena legt sich wieder ganz dicht an Alvaro heran und flüstert ihm ins Ohr:

»Morgen machst du den Schlachtplan, wann greifen wir dann die Söldner an?«

»Wir müssen nochmal durchs Bergmassiv reiten und nochmal schauen, wie es am Strand aussieht. Ob sich da irgendwas verändert hat. Dann müssen wir um das Bergmassiv herumgehen mit den Soldaten und von Süden her in Stellung gehen. Wir werden sie überraschen. Damit rechnen sie überhaupt nicht. Ich weiß nicht, ob sie die beiden Schiffe schon erwartet haben. Weil sie nicht mehr kommen werden.«

»Die werden sich wundern, woher jemand weiß, dass sie da sind. Und ich bezweifle, dass sie organisiert sind. Du hast doch gesagt, dass sie dort seit Monaten nur rumsitzen, wie es der getötete französische General zu Sanchez gesagt hatte. Das müsste doch für uns von großem Vorteil sein, wenn die jetzt überhaupt nicht mit einem Angriff rechnen.«

Cortez gibt Elena einen dicken Kuss und sagt:

»Die werden schockiert sein, aber wir lassen ihnen auch keine Zeit, sich zu organisieren und zu formieren. Sie sind böswillige Eindringlinge, die uns unser Land kaputt machen wollen, aber das lassen wir nicht zu. Wir müssen die Menschen in unserem Land beschützen. Deshalb werden wir die Söldner vernichten. Und mit einer Kämpferin wie dir an meiner Seite werden wir auch nicht verlieren können.«

Da zieht Elena Alvaro nochmal an sich heran und küsst ihn, dann sagt sie

»Ich werde ganz nah an deiner Seite sein und dir den Rücken freihalten, damit dir auf keinen Fall was passiert. Und du hast gesagt, Pedro ist dein Schwertführer. Jetzt hast du zwei davon.«

Mit diesen Worten fallen Elena die Augen zu, Alvaro gibt ihr aber noch einen Kuss und dann schläft auch er ein.

Am nächsten Morgen hat Consuela wieder ganz früh jede Menge Kaffee gekocht und Pedro ist auch schon wach und genießt das. Heute werden Cortez und die Freunde nochmal am Strand spionieren, ob sich irgendwas verändert hat und ob den Söldner schon aufgefallen ist, dass die beiden Schiffe noch nicht wieder zurück sind, um die nächsten Söldner und vor allem das spanische Geld zu bringen. Aber nun liegen die Schiffe auf dem Grund des Meeres und werden kein Geld bringen. Und wenn die Söldner das mitbekommen haben, dann hat der Schwarze Orden ein Problem, denn Söldner, die nicht bezahlt werden, die sind irgendwann weg und gehen dahin, wo sie ihr Geld auch bekommen. Nun sind auch die anderen wach, und Cortez hat sich auch schon einen Kaffee genommen, aber Elena schläft noch, da will er sie noch nicht wekken. Pedro geht zu Cortez und beide genießen zusammen den Kaffee und das Morgenbrot.

»Bruder bald wird es ernst, wir werden wieder kämpfen und ich bin wieder an deiner Seite.«

»Ja Pedro, du bist ein treuer Kamerad und Freund, wie musst du dich eigentlich gefühlt haben, als ich nach dem Überfall verschwunden war, als ihr alle dachtet, ich sei tot?«

»Ach Cortez, frag mich nicht, wie es mir da ging. Diesen Moment habe ich aus meinem Gedächtnis gestrichen, weil es einfach schlecht war. Es zählt jetzt nur noch, was ist und dass du hier bist mit deiner Elena. Sie ist ein tolles Weib und kann so fantastisch kämpfen mit dem Schwert. So eine Frau brauche ich auch. Aber jetzt werden wir erst mal die Söldner vernichten und dann sehen wir weiter.«

»Du sagst es Pedro. Ramon und Domingo werden mitkommen, du und Elena natürlich auch und dann werden wir nochmal schauen. Wenn wir wieder zurück sind, dann machen wir den Schlachtplan. Du kämpfst wieder an meiner Seite, genau wie Elena. Du wachst während des Kampfes auch über sie. Sie ist eine sehr gute Schwertkämpferin, aber sie hat noch nie in einer großen Schlacht gekämpft. Deshalb bist du immer in ihrer Nähe.«

Pedro schaut Cortez an und sagt:

»Alvaro habe ich dich schon jemals in einer Schlacht im Stich gelassen?«

»Entschuldige, Pedro, das hast du noch nie. Mir ist noch nie was passiert in einer Schlacht, weil du immer in meiner Nähe warst. Und das bist du auch diesmal. Beim Hinterhalt im Bergmassiv war das was anderes, weil wir da verraten wurden. Aber ich konnte mich immer auf dich verlassen.«

»Das hast du nett gesagt, Bruder. Und jetzt hast du gleich zwei Schwertführer.«

Inzwischen sind alle wach, auch Elena, die inzwischen auch Kaffee trinkt. Als alle damit fertig sind, sagt Cortez:

»Ramon, Domingo, Pedro und Elena kommen mit mir, die anderen bereiten alle vor für den Abmarsch morgen Wir wollen die Söldner nach dem Kaffee morgen überraschen. Für die gibt es morgen kein Mittag mehr. Wer in unser Land einfach sich einschleicht wie eine hinterhältige Schlange, der wird entweder sofort wieder rausgeschmissen oder wenn er nicht will, dann muss derjenige eben kämpfen und sterben.«

Die Fünf reiten dann langsam los durch das Bergmassiv und nach dem sie durch sind und den Strand sehen, hat sich zum letzten Mal nichts geändert. Sie schleichen sich durch die Dünen wieder ran, nur nicht so nah, wie das letzte Mal. Cortez nimmt nochmal sein Fernrohr und auch Ramon hat seins dabei und beide schauen den Strand ab.

»Die Söldner sehen so aus, als ob sie von nichts etwas ahnen, sie sehen aus, als machten sie ein Strandpicknick, aber sie sehen nicht aus, wie eine Söldnerarmee. Der neue Kommandeur Pierre hat doch dem Sanchez gesagt, dass sie jederzeit bereit sind, das sieht hier gar nicht danach aus, als wären die zu irgendwas bereit.«

Cortez ist wirklich sehr verwundert, dass hier nicht mal wenigstens einige Söldner mal herumreiten, um sich vorzubereiten, wie es Cortez` Armee immer ständig macht, um für den Ernstfall vorbereitet zu sein. Aber das ist der große Unterschied einer richtigen Armee und einer Söldner Truppe. Ramon wundert das auch sehr

»Oder die verarschen uns, aber wie kann man denn eine Truppe hier monatelang so rumgammeln lassen. Die sind doch völlig aus dem Kampfmodus raus. Die müssen doch Manöver trainieren, wie wir es auch machen.«

Cortez erwidert Ramons Satz:

»Das macht man als Söldner wahrscheinlich nicht. Da hält man die Hand auf, wird bezahlt und dann kämpfen sie. Ohne Ehre und ohne Vaterland. Nur für Geld, Aber wir werden denen zeigen, wie man für sein Land kämpft. Und dann fegen wir sie aus Spanien heraus.«

Nun haben die Freunde genug gesehen, sie werden zurück reiten zum Lager und dann alles vorbereiten für den morgigen Kampf. Die Söldner sind völlig ahnungslos, da werden sie morgen schokkiert sein. Und Sanchez wird sich dann fragen, wie das wohl möglich sei. Und der Schwarze Orden wird Sanchez dann fragen, wie es einem abgezockten General wie Sanchez sowas passieren konnte.

Aber erstmal muss die Schlacht auch für Cortez und seine Männer geschlagen werden. Natürlich sind sie vorberietet und sie kämpfen mit Herz, aber die Söldner können auch kämpfen, wenngleich ihr Ansinnen nur Geld ist. Die Freunde reiten wieder zurück ins Lager und Cortez sagt zu Ramon:

»Lass mal einige Pferde vor den Turm spannen, wir müssen das Ding schon mal richtig postieren für morgen.«

Ramon sagt, dass zu den Soldaten und zusätzlich gehen an den Seiten jeweils 10 links und rechts Soldaten in Position, denn da haben die Männer, die den Turm gebaut haben, noch Stämme eingebaut zum Schieben. Nachdem die Pferde angespannt sind, setzen die Soldaten den Turm in Bewegung, es ist gigantisch, der Turm rollt und die Pferde haben Mühe, das zu schaffen und auch die 20 Männer an den Seiten kommen mächtig ins Schwitzen, aber der Turm rollt, und das ist wichtig. Pedro hat hinten auch noch für sich einen Schieber angebaut und so kann er seine Kraft auch noch einbringen. Somit wird es für die Soldaten und auch die Pferde ein bisschen leichter, denn Pedro hat Bärenkräfte, somit ist der Turm jetzt in Bewegung und es ist ein Stück bis zu der Stelle, wo der Turm morgen starten soll.

Cortez ist zufrieden, aber jetzt müssen sie den Turm nach links steuern, das ist nicht ganz einfach. Pedro nimmt einen langen Stamm und drückt wie mit einem Hebel den Turm ein Stück nach oben und die Pferde ziehen den Turm jetzt nach links, bis er weiter Richtung Strand geschoben werden kann. Hier bleibt das Teil erstmal stehen, dann wird er morgen noch ein Stück geradeaus geschoben. Die Freunde haben inzwischen die Brandbomben in den Turm ganz nach oben geschafft, von da wird Tomas mit seiner Bogenschützen-Truppe die Soldner beschießen und außerdem haben sie noch 4 Kanonen, die aber erst später zum Einsatz kommen sollen.

Cortez sieht nämlich an dieser Stelle auch ein Problem. An dem Strand können sie nicht kämpfen, da haben sie keinen Platz und hier ist es nicht besser. Aber jetzt können sie nicht mehr änders, aber es ist kein idealer Platz für eine Schlacht. Abe das heißt auch, dass die Söldner es auch nicht besser haben. Da kommt Cortez eine Idee.

»Ramon, wir werden einen Teil unserer Soldaten durchs Bergmassiv kommen lassen, die führst du an. Dann nehmen wir sie in die Zange. Die Kanonen kommen dann später zum Einsatz. Du kommst also von der Seite. das letzte Stück zu Fuß, und wir kommen von hier aus. Dann haben sie keine Chance zum Rückzug und sie sitzen in der Falle. Was meinst Du?«

Das ist ein guter Plan, Alvaro. So haben wir sie am Arch und sie können nicht vor und nicht zurück. Und mit dem Turm haben wir unsere Geheimwaffe, wenn die den sehen, bekommen die Panik. Aber wir müssen trotzdem aufpassen, es darf keiner entkommen, sonst könnte die den Sanchez warnen. Aber der dürfte eigentlich kaum in der Nähe sein.«

Cortez überlegt kurz und meint dann zu Ramon:

»Jetzt, wo du Sanchez erwähnst, er ist sicher nicht in der Nähe, aber es wäre möglich, dass die Spione des Ordens uns beobachten, nicht nur Louis hat gute Spione.«

Ramon schaut Cortez überrascht an:

»Das haben wir bei aller Planung nicht gesehen, dass auch der Orden seine Spione haben kann. Wir müssen jetzt alle Augen aufmachen, man muss auch eines noch bedenken. Auch bei unseren Soldaten kann ein Spion des Ordens dabei sein.«

Jetzt schaut Cortez etwas überrascht.

»So ist das im Krieg, du musst immer wieder mit Überraschungen rechnen, gute wie schlechte. Aber selbst, wenn der Orden hier Spione hätte, ich glaube nicht, dass Sanchez hier befürchtet, überfallen zu werden. Er denkt nicht soweit, da ist er viel zu arrogant. Sanchez käme nie auf die Idee, er könnte hier in dieser Bucht entdeckt werden. Dabei hatte schon der Wirt Esteban zu mir gesagt, dass es hier Gerüchte gibt, es kämen hier Schiffe an. Das Gute an der Arroganz von Sanchez ist auch, dass er meint, Gott zu sein. Wir sind Soldaten, die strategisch denken und einen Plan haben, er dagegen hatte nie einen Plan und genau da lag immer das Problem, vor allem für seine Leute, die das dann ausbaden mussten. Indem ihre Köpfe rollten.«

Nun reiten die Freunde wieder ins Lager und Cortez lässt seine Soldaten antreten. Er muss sie auf die anstehende Schlacht einstimmen und er sagt zu ihnen:

»Meine Soldaten, wir werden morgen die Söldner von zwei Seiten in die Zange nehmen. Ramon wird mit einem Teil von euch durch das Bergmassiv gehen und dann seitlich abgreifen und die anderen greifen mit mir frontal an. Das wird hoffentlich so kommen, wie ich es mit Ramon geplant habe. Die Söldner werden natürlich total überrascht sein, dass sie plötzlich angegriffen werden. Denn der Mann, der sie beauftragte, hat extra diese Stelle ausgesucht, wo er dachte, in dieser Bucht werden die Söldner nicht entdeckt.

Und noch eines muss ich euch sagen. Der Mann, der hierfür verantwortlich ist, das ist Commandante General Alfredo Sanchez. Den Namen müssten viele von euch kennen. Dieser Mann ist ein Verräter, er hat den Hinterhalt vor 5 Monaten gegen mich und 50 andere Männer befohlen und 40 Männer getötet. Er gehört zum Schwarzen Orden. Was das für eine Organisation ist, wissen wir noch nicht, aber das wird ein langer Kampf. Wir wissen auch nicht, was dieser Orden bezweckt, aber wir wissen, wir können dieser Organisation morgen einen schweren Schlag verpassen, wenn wir diese Söldner-Truppe zum Teufel jagen, wo sie auch hingehören. Niemand kommt einfach so in unser Land geschlichen und tötet hier ungestraft unschuldige Menschen. Sanchez will mit den Söldnern den Clan von Carlos Finjero vernichten, auch die Frauen und Kinder. Das können wir aber nicht zulassen. Und deshalb werden wir dieses Pack zum Teufel jagen.«

Und wieder jubeln die Soldaten ihren Commandante zu und der streckt die Fäuste hoch. Morgen werden sie alle hoffentlich eine erfolgreiche Schlacht erleben. Wenn sie sonst eine Schlacht geschlagen haben, dann stehen sie dem Feind gegenüber und es ist ein offenes Visier. Aber bei dieser Schlacht gibt es kein offenes Visier, weil Cortez die Söldner mit seinen Soldaten ohne Vorwarnung angreifen wird. Sie werden sich zwar noch formieren können, aber dieser Überraschungseffekt müsste den Söldnern das Genick brechen. Das wird Cortez morgen sehen, aber sie sind allen guten Mutes, obwohl sie eine solche Schlacht noch nicht geschlagen, wo sie ohne Vorwarnung den Feind angreifen.

Nun ist langsam Abend und die Freunde sitzen wie oft noch zusammen und trinken von Capitano Lopez Wein. Pedro trinkt wie immer sein Bier, aber er hat auch Consuela gebeten, für ihn Kaffee zu kochen. Die Stimmung ist sehr gut, angesichts des morgigen Tages. Der Wein vom Capitano schmeckt großartig, Cortez erinnert sich nochmal an die Versenkung der beiden Schiffe und sagt zu den Freunden:

»Dieser Capitano Lopez ist ein bisschen verrückt, aber im Guten, wie der die Manöver gefahren hat, das war schon beeindruckend. Ich war ja noch nicht so oft bei einer Seeschlacht dabei, aber diese war doch schneller vorbei, als wir alle gedacht haben. Die beiden Schiffe hatten keine Chance. Wenn das der Sanchez erfährt, habe ich zu López gesagt, dann jagt ihn der Schwarze Orden bis nach Amerika. Aber mal im Ernst, der Capitano ist schon genial, wie der allein die beiden Schiffe angegriffen hat, das war schon toll. Und so genial müssen wir morgen die Söldner zur Hölle jagen.«

Pedro, dem das Bier wieder mehr schmeckt als der Wein, meint:

»Alvaro wir werden den Söldnern morgen die Hölle auf Erden bereiten, die werden sich wünschen, nie an den Strand gekommen zu sein. Ich werde denen die Kanonenkugeln an den Kopf werfen. Oder ich reiße denen den Kopf ab. Und dann scheisse ich ihnen in den Hals,«

Da müssen alle wieder lachen und Elena sagt:

»Dir möchte ich nicht als Feind gegenüberstehen. Du kannst deine Gegner mit deiner Kraft zerquetschen, und das ohne Schwert oder Lanze.«

»Das werden wir morgen sehen, ich werde jeden Franzosen, der vor meiner Lanze auftaucht das Ding in den Arsch schieben und ihn dann nach Frankreich zurückschießen.«

Pedro ist schon richtig in Schlacht-Laune und würde wahrscheinlich gerne sofort an den Strand gehen und dort die Söldner zur Hölle schicken. Aber nun ist er erstmal müde und schläft im Rausch ein und vergisst dabei, sich einen Schlafplatz zu suchen. Aber dann muss er jetzt die ganze Nacht da schlafen, denn niemand kann ihn woanders hintragen. Hoffentlich tut ihm dann am nächsten Morgen nicht der Rücken weh.

Alvaro liegt wie immer mit seiner Elena zum Schlafen bereit, sie haben sich ein Bett aus Stroh gemacht, dass sie in der Umgebung gefunden haben. Sie kuschelt sich wieder an ihn ran und flüstert:

»Ich habe ein bisschen Angst, dass morgen irgendwas passiert, was uns Probleme macht. Aber selbst, wenn das passiert, schaffen wir das sicher auch dann, ich bin jedenfalls ganz an deiner Seite.

»Da kann dann ja nichts schiefgehen, zumal Pedro auch auf mich aufpasst.«

Nach diesen Worten machen beide die Augen zu und schlafen ein.

Als Alvaro am nächsten Morgen aufwacht, ist Pedro wie immer der erste, der schon wieder Kaffee trinkt und er hat ein großes Stück Brot zum Essen.

»Komm Cortez, der Kaffee ist wieder Spitze, und das Brot ist auch gut Du musst Essen, bevor wir kämpfen, damit du genug Kraft hast, die Söldner zu schlagen.«

»Du isst ja für alle mit. Aber gut, gib mal ein Stück von deinem Brot ab. Und Consuela, machst du mir bitte einen Becher Kaffee fertig?«

»Na klar, mache ich dir das, mein kleiner Engel«

Und Consuela schaut dabei Cortez an, wie eine Mutter ihren kleinen Sohn. Sie schaut auch Elena an und sagt zu ihr:

»Pass mir gut auf meinen kleinen Jungen auf. Auch wenn Pedro auch dabei ist.«

»Mach dir keine Sorgen, Consuela, er ist nicht allein. Wir werden den Franzosen in den Arsch treten. Und sie dann nach Frankreich zurückschicken.«

Als alle fertig sind mit essen, ziehen sich die Soldaten ihre Kampfrüstung an und stellen sich auf. Ramon wird mit einem Trupp durch das Bergmassiv reiten und dann die Söldner von hinten angreifen. Dann sagt Cortez noch einige Worte, bevor sich Ramon mit seinem Trupp in Bewegung setzt.

»Ramon, wenn ihr durch das Bergmassiv durch seid, wartet ihr, bis die Söldner loslaufen. Das bedeutet dann, dass sie uns gesehen haben und ihr geht langsam los und wir kesseln sie ein.«

»Zu Befehl, mein Commandante.«

Dann geht Ramon mit seinen ungefähr 400 Soldaten in das Bergmassiv rein. Cortez steigt auf sein Pferd, und auch die Soldaten besteigen ihre Pferde. Pedro und Elena reiten mit Cortez voran Richtung Turm und die Armee folgt ihrem Commandante. Die Kanonen stehen schon bereit, aber erstmal reiten die Soldaten so Richtung Söldner. Der Turm wird in Bewegung gesetzt und während Cortez, Elena und Pedro vorneweg reiten, folgen ihnen ganz dicht die Soldaten von Cortez.

Als sie die Söldner in Sichtweite haben, reiten sie ganz langsam weiter. Cortez will die Franzosen zu sich locken, und dann kommt der Moment, wo die Söldner sich richtig erschrecken, sie sehen die Armee auf sich zu kommen. Da schreit ein Söldner plötzlich

»Pierre, Pierre, wo ist Pierre?«

Während Cortez angehalten hat und die Situation beobachtet, kommt Pierre aus seinem Zelt und sieht an Unheil auf sich zukommen.

»Alle sofort auf die Pferde und dann angreifen.«

Bei den Söldnern bricht eine totale Hektik aus, die Männer laufen kreuz und quer, suchen ihre Pferde und ihre Schwerter und Lanzen und das nutzt Cortez für einen ersten Angriff.

»Attacke Männer, für Spanien und die Freiheit.«

Dann reiten Cortez und die Soldaten los und die Söldner sind noch gar nicht geordnet. Sie werden von Cortez` Männern total überrascht und die ersten Söldner werden getötet und weitere werden von den Soldaten mit ihren Schwertern überrascht. Die Söldner können es nicht glauben, was ihnen hier gerade passiert. Damit haben sie nie gerechnet, so ungeordnet, wie die da rumirren. Es kommen keine Befehle von Pierre, aber im nächsten Moment kann er auch keine Befehle mehr geben, weil Pedro auf ihn zureitet und ihn mit einem kräftigen Schwerthieb niederstreckt. Schwer getroffen und am Boden liegend, reitet Pedro zu ihm hin und nimmt seine Lanze und gibt Pierre den Rest. Jetzt stehen die Söldner ohne Anführer da, aber ein anderer übernimmt das Kommando, als er gesehen hat, dass Pierre getötet wurde.

»Männer, eine Formation bilden, Zweier Reihen und dann Angriff auf den Feind.«

Die Söldner haben sich jetzt etwas geordnet, während Cortez sich mit seinen Männern und Elena etwas zurückgezogen hat. Die erste Welle hat den Franzosen schon einige Verluste gebracht, aber jetzt kommt Ramon mit seinen Männern von hinten und die Söldner sind plötzlich eingekesselt. Da ruft Ramon laut:

»Männer Attacke«

und Cortez ruft auch:

»Attacke«

Und die Söldner werden von beiden Seiten in die Zange genommen.

Elena schreit noch zu Cortez:

»Alvaro, wir haben sie in der Zange, jetzt können sie nicht mehr heraus.«

Cortez sieht das auch und der Plan, den er sich mit dieser Aktion überlegt hat, Ramon vom Bergmassiv aus angreifen zu lassen, ist aufgegangen. Jetzt müssen die Soldaten konzentriert weiterkämpfen, während Tomas und seine Männer vom Turm aus ihre Pfeile abschießen und auch die Brandbomben. Die Söldner sind so überrascht, dass sie schwer zu tun haben, sich zu wehren und es fallen immer mehr von ihnen den Schwertern von Cortez` und Ramons Leuten zum Opfer. Es sieht nach einer sehr kurzen Schlacht aus, Cortez scheint es geschafft zu haben. Die Söldner sind besiegt. Dann gibt es plötzlich ein lautes Trampeln, wie ein Erdbeben hört sich das an und Cortez und die anderen schauen um sich und plötzlich kommt von hinten, wo Cortez mit seinen Soldaten hergekommen ist, mit schnellem Tempo, eine Armee angeritten, alle schwarz gekleidet und Cortez befiehlt schnell:

»Rückzug, Rückzug«

Aber dafür scheint es zu spät zu sein. Die andere Armee ist zu schnell und auch Ramons Männer sehen das Unheil kommen. Aus dem Turm kommen die Pfeile geflogen und die feindliche andere Armee wird getroffen, es stürzen einige Angreifer vom Pferd. Aber das reicht noch nicht aus, um die zweite Armee zu stoppen. Cortez sieht an der Spitze einen Mann mit einem schwarzen Helm, der ständig schreit:

»Attacke, Attacke, tötet Cortez.«

Das hört Elena und auch Pedro hat das mitbekommen und beide reiten zu Cortez und können gerade noch verhindern, dass ihn einer mit dem Schwert schlägt. Elena kämpft mit dem Angreifer und in ihrer unnachahmlichen Art gelingt es ihr, den Angreifer mit einem kräftigen Schwertschlag zu töten. Aber der Anführer schreit weiter:

»Tötet Cortez«

Da schlagen neben den Angreifern die Kanonen ein, die Cortez nahe dem Walde platziert hatte. Und die haben die Angreifer nicht gesehen. Aber die Söldner sind jetzt durch die Hilfe der anderen Angreifer wieder gesammelt und es entsteht jetzt eine offene Schlacht. Die Söldner waren fast besiegt, aber diese schwarz gekleideten Angreifer, wer auch immer die sind, haben die Söldner vorm sicheren Tod bewahrt.

Jetzt müssen Cortez Leute sehen, wie sie sich aus dieser plötzlich kippenden Situation retten können. Das sieht gar nicht gut aus. Woher zum Teufel kamen diese Schwarzen Kämpfer her? Das ist der Schwarze Orden, anders kann es nicht sein. Die haben hier auch ihre Leute gehabt, und haben wohl auch spioniert. Das denkt sich Cortez, während diese Angreifer zusammen mit dem Rest der Söldner, die sich wieder gefangen haben, Cortez`Armee weiter hart unter Druck setzt. Die Kanonen, die von Cortez`Soldaten abgeschossen werden, helfen gerade nicht mehr viel, weil sie selbst von den Schwarzen Angreifern attackiert werden und dabei werden 2 Kanonen ausgeschaltet, die Männer an diesen Kanonen getötet.

Cortez muss erstmal Rückzug befehlen, weil sie sich neu sammeln müssen, die Kanonen scheinen verloren zu sein und auch vom Turm kommen keine Pfeile mehr, plötzlich steht das Ding in Flammen. Der Turm ist verloren. Was ist mit Tomas und seinen Männern, die mit im Turm waren. Cortez kann sich im Moment nicht darum kümmern, er muss schauen, wie sie aus dieser Umklammerung wieder herauskommen. Cortez sieht, dass er und seine Soldaten in der Unterzahl sind und sie vielleicht kapitulieren müssen, wobei das auch der sichere Tod wäre. Der Schwarze Orden, macht keinen Gefangenen und Cortez wäre der Foltertod sicher. Also ist Aufgeben keine Möglichkeit, diese Schlacht zu beenden. Somit muss Cortez weiter die wohl schwerste Schlacht seines Lebens kämpfen, es sah Anfangs so aus, dass die Söldner sehr schnell erledigt waren, aber dann kamen die Schwarzen Angreifer wie aus dem Nichts und haben Cortez und seine Truppe überrumpelt.

Die Schlacht geht jetzt schon über eine Stunde und so langsam schwinden auch bei Cortez die Kräfte, aber die Schwarzen Angreifer lassen ihnen keine Ruhe.

»Ein bisschen Hilfe wäre jetzt nicht schlecht.«

Schreit Elena zu Cortez und Pedro, der ganz in der Nähe der beiden ist. Ein kleines Wunder könnte sie jetzt gebrauchen, aber sie müssen da jetzt ohne Wunder auskommen, sie müssen ihre Kräfte jetzt nochmal bündeln und versuchen, so viel von den Angreifern zu töten, damit sie nicht mehr in der Unterzahl sind. Der Anführer der anderen schreit weiterhin :

»Cortez töten, Cortez töten«

Aber Cortez ist nicht so einfach zu töten, nur in einem Hinterhalt. Das ist jetzt auch ein Hinterhalt, aber nicht so wie im Bergmassiv, hier muss der Feind offen kämpfen und das ist die Chance für Cortez, Ramon und den Soldaten, hier noch gut raus zu kommen. Aber die nächste Angriffswelle läuft und die schwarzen Soldaten setzen Cortez wieder mächtig unter Druck und dann geschieht etwas, was die Schwarzen Soldaten aufschreckt. Sie hören auf einmal ein erdbebenähnliches Geräusch, wie vorhin, als die Armee der Schwarzen Männer angeritten kam.

Und als Cortez schaut, sieht er, dass da ein großer Trupp Männer angeritten kommt. Die schwarzen Soldaten und der Rest der Söldner sehen sich plötzlich in einer Zange, auf der einen Seite Cortez, auf der anderen die neuen Soldaten, oder wer das ist. Jedenfalls sind sie nicht schwarz gekleidet und scheinen auf Cortez' Seite zu sein, denn als die Truppe auf die Schwarzen Soldaten trifft, tötet sie gleich einen ganzen Haufen von denen. Und Alvaros Soldaten können aufatmen, sie haben unerwartete Hilfe bekommen, woher auch immer. Jetzt sind die schwarzen Angreifer in der Unterzahl und werden schnell immer weniger.

Aber da bemerkt Cortez, dass der Anführer der schwarzen Soldaten plötzlich flüchten will und Cortez schreit Ramon zu:

»Ramon übernehme du die Führung.«

Ramon nickt und Cortez schreit zu Pedro und Elena:

»Folgt mir.«

und die drei reiten hinter dem Anführer mit dem Schwarzen Helm her und können ihn nach einem kurzen Moment stellen. Der Mann steigt ab und sagt zu Cortez:

»Lebend bekommt ihr mich nicht. Cortez.«

Da erkennt Alvaro seinen ersten Commandante Hispolito wieder. Cortez hat sein Schwert in Kampfstellung, fragt aber noch »General Hispolito, ich kenne eure Stimme, setzt den verdammten Helm ab, dass ich euer verräterisches Gesicht sehe.

Hispolito setzt den Helm ab und sagt zu Cortez:

»Ihr wisst doch gar nicht, mit wem ihr euch hier anlegt. Ihr seid bloß ein kleiner, unbedeutender Soldat, ein kleiner, dummer Commnandante.«

»Ich weiß von dem Schwarzen Orden. Und ihr scheint ja auch einer davon zu sein. Aber eure Zeit ist jetzt vorbei. Und Sanchez kriegen wir auch noch.«

»Ach Cortez, meint ihr, dann ist der Schwarze Orden besiegt. Wenn ihr mich jetzt tötet, ändert ihr gar nichts.«

»Das denkt ihr. Ich habe schon sehr viel geändert. Sanchez wollte mit den Söldnern die Horde angreifen und Carlos Finjero töten und seine Frauen und Kinder. Wieso macht ihr da mit. Das ist Barbarei.«

Hispolito schaut ganz finster daher und sagt:

»Cortez ihr habt keine Ahnung, was hier eigentlich gespielt wird und wer da ganz oben wirklich was zu sagen hat. Ich bin bloß ein kleines Werkzeug. Aber der große Boss, an den kommt ihr sowieso nicht ran und ihr findet auch nie raus, wer das ist.«

»Ihr werdet es mir sicher nicht sagen, auch wenn ich euch foltern würde. Da verreckt ihr doch lieber. Aber ich kann euch den Wunsch nach sterben erfüllen. Kommt greift mich an, ich töte keinen Mann, der sich nicht wehrt.«

»Dann werden wir hier heute noch den ganzen Tag stehen. Denn ich kämpfe nicht mit einem Verräter.«

»Ihr sagt zu mir Verräter. Wer verrät hier Spanien? das seid ja wohl ihr und Sanchez und weiß der Geier wer noch von den Commandantes.? Wenn das der König erfährt, dann geht es dem Orden an den Kragen. Er ist zwar oft sehr schwierig. Aber er setzt sich durch und das wird der Orden zu spüren bekommen.«

»Cortez, ihr seid so blauäugig. Der König ist der größte Verräter am spanischen Volk. Und ihr kämpft noch für diesen Verräter.«

»Der König mag manches sein, aber gewiss kein Verräter. Er ist mehr Patriot als ihr es jemals gewesen seid.«

»Wir sind Patrioten, wir schützen unser Land vor Ratten wie euch, die das Land verkommen lassen und Soldaten haben wie Weicheier. Sanchez zeigt euch mal, wie man mit Leuten wie die Horde umgeht, die nicht parieren wollen. Und dazu gehören nun mal auch Kinder.«

Da schreit Alvaro plötzlich ganz laut:

»Barbar«

Er nimmt sein Schwert über Kopf und ehe Hispolito reagieren kann, schlägt Cortez ihm den Kopf ab.

Der getötete Hispolito fällt daraufhin zu Boden und Elena sagt zu Alvaro:

»Hast du nicht gesagt, du tötest keinen Mann, der sich nicht wehrt?«

»Das war kein Mann, sondern ein feiger Verräter und Barbar, der Kinder tötet. Bei so jemand zählt das nicht.«

Elena nimmt Alvaro an ihre Hand und Pedro nimmt die andere Hand und alle drei stehen sie da und Elena weiß in dem Moment, wie Alvaro sich gerade fühlt. Er musste einen Mann töten, den er zwar schon immer gehasst hat, aber er wollte ihn besser in einem richtigen Kampf töten. Jetzt aber musste er Hispolito hinrichten.

Aber Cortez weiß, dass es nicht anders ging, einem Menschen, der ohne mit der Wimper zu zucken, Kinder töten würde, den musst du zum Tode verurteilen. Und dann sagte Hispolito, der König sei ein Verräter. Alvaro möchte erstmal nicht weiter darüber nachdenken. Jetzt müssen Pedro, er und Elena zurück zu den anderen und schauen, wer ihnen da zu Hilfe kam.

Die Schlacht ist mittlerweile zu Ende, die Franzosen, die noch am Leben sind, sitzen im Kreis und sind gefangen genommen worden. Da kommt auf Cortez ein Mann zu und grüßt ihn.

»Ihr seid doch sicher Alvaro Cortez. Ich grüß euch. Ihr wundert euch sicher, was hier jetzt los ist, das erkläre ich euch. Ich bin Fisco Marcia und ein Cousin von Roberto. Und der kam zu mir und fragte mich, wie schnell ich so viel wie möglich Männer zusammenbekomme, ihr seid am Strand von Alicante und schlagt eine Schlacht. Da haben wir schnell 400 Leute zusammengetrommelt und sind hier her geritten. Und dann haben wir schon von weitem diesen Turm brennen sehen. Eure Bogenschütze konnte von uns gerettet werden.«

Cortez geht zu Roberto und sagt zu ihm:

»Mein Freund, wie habt ihr so schnell die Männer zusammen bekommen, und ihr kamt gerade zur rechten Zeit. Wir hatten die Söldner schon fast besiegt. Aber dann kam ihnen eine andere Truppe zu Hilfe und wir bekamen richtig Probleme. Dann seid ihr uns zu Hilfe gekommen und der Anführer der schwarzen Angreifer wollte fliehen, aber ich habe ihn gestellt und dann zeigte sich, dass ich den Kerl kenne, es war ein früherer Commandante von mir. als er dann immer unverschämter wurde und unverhohlen zugab, er werde in den anstehenden Kämpfen auch Kinder töten, da habe ich ihm den Kopf abgeschlagen.«

»Und habt ihr was vom Schwarzen Orden erfahren?«

»Nicht direkt, nur dass sie den König für einen Verräter halten und ihn auch vernichten wollen. Sonst wissen wir nichts Wichtiges. Was das für Leute sind, woher die kommen? Das wird noch ein schwerer Kampf und wir stehen erst am Anfang. Aber Roberto, ihr habt mir und meinen Leuten das Leben gerettet. Ich weiß nicht, ob wir das ohne eure Männer, die ihr geholt habt, geschafft hätten.«

»Wozu hat man denn Freunde. Als ich wieder nach Alicante zurückgekommen bin, da kam ein Bekannter zu mir, der erzählte mir, dass er einige Hundert Schwarze Männer außerhalb von Alicante gesichtet hatte, die nur auf dem Weg zum Strand sein könnten. Da trommelten wir aus allen umliegenden Dörfern alle

Männer zusammen, die kämpfen können und die Männer machten sich dann schnell auf den Weg. Da sind wir ja zur rechten Zeit gekommen.«

Cortez fragt dann den Cousin von Roberto:

»Wisst ihr irgendwas vom schwarzen Orden? Habt ihr schon was von denen gehört?«

»Nein, das habe ich jetzt zum ersten Mal gehört. Hat mich Roberto auch schon gefragt. Eine geheime Organisation soll das ein, sagte er, nein das ist neu für mich. Aber seltsam ist, dass diese Männer alle schwarz gekleidet waren. Ansonsten würde mich schon interessieren, was das alles für uns bedeutet?«

Cortez weiß in diesem Moment nicht, was er dem Mann antworten soll, er weiß es jetzt selbst nicht. Und schon deshalb wäre es jetzt sehr hilfreich, wenn Louis und Fraya Alvaros Mutter finden würden, denn die kennt sicher die ganze Wahrheit über den König, die kann sagen, ob er etwas mit dem Schwarzen Orden zu tun hat oder ob er vielleicht doch dazu gehört.

Was hatte die Aussage von Hispolito zu bedeuten, dass der König ein Verräter ist? Alvaro hatte noch nie ein gutes Verhältnis zum König, aber ein Verräter? Der König? Das glaubt Alvaro nicht. Warum sonst hätte aber der Hispolito sowas sagen sollen? Es ist so verwirrend, Darauf müssen jetzt Antworten gefunden werden.

Fisco Marcia kommt nochmal zu Alvaro und die beiden fangen an, über die Schlacht zu reden.

»Wie habt ihr die Leute so schnell zusammen bekommen? Und wie kommt es, dass ihr so gut kämpfen könnt?«

Alvaro ist immer noch verwundert, dass da plötzlich Soldaten des Schwarzen Ordens auftauchten und Cortez und seine Leute so richtig einheizten und sogar den Turm in Brand stecken konnten, wahrscheinlich sogar mit den Brandbomben, die in dem Turm drin waren und eigentlich für die Schlacht gegen die Söldner gedacht waren. Fisco sagt »Roberto und ich haben schon vor Jahren so etwas ähnliches wie eine Bürgerwehr aufgebaut. Aus Männern, die in Alicante lebten und in den Dörfern um Alicante herum. Das sind 4 kleine Dörfer. Und im Laufe der letzten 5 Jahre mussten wir öfter zu kleinen Auseinandersetzungen ausrücken, aber niemals ging es da um Schwarz gekleidete Angreifer. Wir können innerhalb weniger Stunden die Truppe zusammenholen, da werden Männer losgeschickt, die dann in die Dörfer reiten und Alarm schlagen. Dann sind wir sofort los und sind so schnell her geritten, wie wir konnten.«

Cortez drückt Fisco die Hand und bedankt sich.

»Ohne euch und eure Männer hätten das hier für uns ein schlimmes Ende nehmen können, wir hatten ziemliche Schwierigkeiten bekommen. Hispolito mit seinen Leuten ist uns in den Rücken gefallen, darum konnten wir uns zuerst nicht richtig wehren, mussten uns erst formieren. Dass unser Turm verbrannt wurde, tut mir auch sehr weh, denn wir hatten das Ding mit Herzblut gebaut und konnten es gar nicht richtig nutzen. Aber was ich mich jetzt frage, woher wusste Hispolito von unserem Angriff und wo kam der so plötzlich her? Gibt es überall nur noch Spione und Verräter?«

»Es gibt nicht nur bei den Guten Spione, sondern auch bei den Bösen. So ist das leider. Und diese Spione müssen euch beobachtet haben und dann diese andere kleine Truppe fiel euch dann in den Rücken.

Ramon ist inzwischen wieder zurückgekommen, er hatte einige Söldner mit anderen Soldaten verfolgt und konnte sie einholen, überwältigen und töten. Aber auch er wundert sich, wo Hispolito plötzlich herkam und dass sie selbst dann Hilfe bekamen. Es war eine völlig verrückte Schlacht.

»Alvaro ich bin sehr verwundert, was hier passiert ist, wo kamen diese Angreifer plötzlich her?«

Da sagt Alvaro Ramon und der bekommt fast einen Schock. »Das war General Hispolito. Der gehörte wie Sanchez auch zum Schwarzen Orden, aber jetzt gehört er nicht mehr dazu. Ich habe ihm seinen verräterischen Kopf abgeschlagen. Als er sagte, dass es für ihn nichts Schlimmes ist, auch Kinder zu töten, da konnte ich mich nicht mehr zurückhalten und habe ihn um seinen Kopf erleichtert. Aber das war hier erst der Anfang. Der schwarze Orden wird diese Niederlage nicht hinnehmen. Die werden sich dafür blutig rächen. Wir müssen in nächster Zeit auf alles gefasst sein.«

»Das hat du ja schon mal vermutet, aber dann sahen wir, wo wir das Lager ausspioniert haben, den Sanchez und haben nicht mehr an diesen Hispolito gedacht. Aber dass der jetzt plötzlich hier auftauchte und uns überfallen wollte und den Söldnern helfen wollte, das ist einfach unfassbar. Was ist bloß bei den Commandantes los, sind denn die alle verrückt geworden. Siehst du irgendeinen von den anderen hier? Wo sind die anderen? Sind wir die einzigen, die sich um Spanien Gedanken machen und die sich nicht verstekken?«

Alvaro schüttelt mit dem Kopf. Er wird genauso wütend, wie es Ramon gerade ist »Ich verstehe auch nicht, warum kein anderer Commandante irgendetwas unternimmt. Wir sind hier ganz allein auf uns angewiesen, alle anderen verstecken sich. Wir hatten mal eine Zeit, da hielten die Commandantes zusammen. Diese Zeiten sind wohl vorbei. Dann müssen wir uns eben allein helfen, oder die Hilfe von einige mutigen Bauern bekommen.«

Ramon und Cortez gehen zu Fisco, der hat einen Mann dabei, der medizinische Kenntnisse hat und der sich gerade um Tomas kümmert. Tomas ist bei Bewusstsein und Alvaro freut sich, dass er am Leben ist.

»wie geht es dir Tomas, was ist passiert, dass der Turm abgebrannt ist?«

»Plötzlich waren da ein Haufen Schwarzer Angreifer und die haben uns überwältigt. Ich konnte mich gerade noch wehren, bekam dann aber einen Schlag auf den Kopf und erwachte erst, als sich dieser Mann hier über mich beugte und meinen Kopf verbunden hat. Die meisten Männer, die mit mir im Turm waren, sind wohl tot. Wer waren diese Verbrecher. Etwa der Schwarze Orden?«

»ER kann nur dieser Orden gewesen sein. Jemand anders kämpft nicht so hinterhältig. Du musst froh sein, dass du noch lebst.«

Da fällt plötzlich Cortez ein, dass Consuela und die Mädchen im Lager noch sind. Er nimmt sich sein Pferd und Elena und Pedro reiten auch los. Alvaro hat Angst, dass Hispolito die 5 Frauen einfach getötet hat. Das wäre schlimm, das wäre völlig unnötig, aber nachdem, was Hispolito zu Cortez gesagt hatte, wäre es „normal", hätte dieses Schwein die Frauen einfach umgebracht hat. Als die drei im Lage rankommen, sind die Frauen aber nicht da, keine Leichen liegen da, auch keine Spuren eines Kampfs.

Plötzlich kommen aus dem Wald schreiend und weinend die 4 Mädchen, Consuela ist aber nicht dabei. Cortez fragt die vier, wo Consuela ist. Da antwortet eines der Mädchen:

»Sie hat uns im Wald versteckt und hat dann die schwarzen Angreifer von uns abgelenkt. Die sind dann auf sie gestürzt und haben sie vergewaltigt. Vier Mann und dann haben sie einen Strick genommen und sie aufgehängt. Es war so furchtbar. Diese liebe Frau hat sich jahrelang um uns gekümmert und jetzt ist sie tot.«

Alvaro kann es nicht fassen, dass seine Amme tot ist. Diese Frau hat noch die Mädchen gerettet und sich geopfert und Alvaro war nicht da, um sie zu retten. In ihm steigt die Wut an, immer mehr und er sagt zu Elena und Pedro:

»Jetzt werden wir den Gefangenen mal zeigen, wie das ist, wenn man wehrlos ist und dann getötet wird. Consuela hätte sie das nicht antun dürfen. Diese Frau hat niemand etwas getan und wurde brutal getötet.«

Cortez ist richtig Stinkwütend und aufgebracht und reitet zurück an den Strand. da angekommen, hocken die Gefangenen, etwa noch 100 Männer im Kreis. Er kommt scharf angeritten und sagt zu Ramon:

»Diese Barbaren haben Consuela umgebracht. Aber sie konnte noch die Mädchen verstecken, und hat die schwarzen Bestien dann abgelenkt und diese Schweine haben sie dann vergewaltigt und dann halbtot aufgehängt. Sowas tut man nicht mal einem

Schwein vor der Schlachtung an. Jetzt werde ich denen mal zeigen, wie Alvaro Cortez mit Barbaren umgeht, die wehrlose Frauen ermorden.

»Alvaro ich verstehe, dass du aufgebracht bist, aber diese Gefangenen müssten nach Alicante ins Gefängnis und dort können sie gefoltert werden, vielleicht sagen einige irgendwas, was uns hilft.«

»Ramon, wie lange kennen wir uns jetzt? Du glaubst doch nicht im Ernst, dass irgendeiner von denn hier ein Wort sagt. Die sterben lieber, als dass sie reden. Das bekommen die wahrscheinlich vom Schwarzen Orden so eingeimpft. Aber jetzt bekommen sie meine Impfung zu spüren.«

Alvaro richtet einige Worte in forschem hasserfülltem Ton an die Gefangenen.

»Ist es bei euch normal, dass ihr Frauen vergewaltigt und dann aufhängt? Oder hat mir irgendjemand von euch was zu sagen über euren Schwarzen Orden.? Ich gebe euch einige Minuten Zeit. Wer mir etwas zu sagen hat, dem versichere ich, dass er nicht gefoltert wird, sondern nur den Rest seines Lebens ins Gefängnis kommt. Und er wird auch nicht getötet. Also gibt es einen oder mehrere, die mir was sagen wollen? Ich habe nicht den ganzen Tag Zeit. Eine wehrlose Frau töten, das ist eine neue Art von Krieg, aber nicht meine Art. Es ist wohl die Art des schwarzen Ordens. Aber ich werde dem Schwarzen Orden zeigen, wie ich mit Männern umgehe, die wehrlose Frauen erst vergewaltigen und dann aufhängen, wie ein Stück Vieh, das geschlachtet werden soll. Also jetzt beeilt euch, meine Geduld geht nicht ewig. Wer möchte mir was sagen, der darf auch weiterleben.«

Ramon geht zu Alvaro und auch Elena fragt ihn, was er denn vorhat. Da sagt Alvaro zu Elena:

»Consuela war ein wunderbarer Mensch, sie hat sich wie eine Mutter 5 Jahre um mich gekümmert. Dann musste sie fliehen, weil sie verfolgt wurde. Das war auch damals ziemlich sicher der Schwarze Orden. Und jetzt, wo ich sie wiedergefunden habe und sie 4 junge Frauen beschützen wollte, wird sie getötet wie ein Vieh. Ich zeig dir jetzt, wie ich solche Barbaren bestrafe,« »Alvaro nein, sonst wirst du noch selbst zu einem Barbaren.«

Elena aber stellt sich vor Alvaro und auch Pedro. Da wird Cortez richtig böse und nimmt sein Schwert gegen Pedro hoch und sagt

»Beiseite Pedro, sonst muss ich dich dazu zwingen.«

»Dann zwing mich dazu, aber du schlägst jetzt niemandem den Kopf ab. Das hätte Consuela nicht gewollt.«

»Sie hätte auch gewollt, dass ich ihren Tod räche.«

»Aber dann in einer Schlacht, Du bist aber kein Scharfrichter. Das erledigt für dich der Henker in Alicante.«

»Ich sage es nicht nochmal, beiseite«

Da nimmt Cortez sein Schwert und schlägt gegen Pedro zu, der sich natürlich wehrt und Elena kommt dazu und stellt sich mit ihrem Schwert zwischen Pedro und Cortez. Der lässt nicht locker und schlägt auch sein Schwert gegen Elena. Die aber drängt ihn zurück, wie vor einigen Monaten, wo Alvaro noch das Gedächtnis verloren hatte. Er ist rasend vor Wut und nicht zu beruhigen.

»Diese Barbaren haben meine Consuela abgeschlachtet und ihr nehmt sie in Schutz. Ihr seid selbst Barbaren.«

Alvaro ist kaum zu beruhigen, obwohl Pedro und Elena das versuchen und sie müssen beide gegen ihn mit ihrem Schwert alles geben, weil er so in Hass versessen ist und dann nimmt Pedro schließlich seine Faust und streckt Cortez nieder, der dann bewusstlos liegen bleibt. Pedro sagt zu Elena »Hoffentlich habe ich meinen Bruder nicht zu heftig getroffen. Wir haben uns noch nie so bekämpft. Ich kannte Consuela nicht vorher, aber seit wir sie gefunden haben, hatte ich ein herzliches Verhältnis zu ihr und sie kochte so fantastischen Kaffee. Wer kocht mir den jetzt?«

Elena schaut Pedro an und sagt:

»Jetzt muss Alvaro erstmal wieder aufwachen und dann koche ich dir Kaffee. Vielleicht können das auch die Mädchen für dich machen.«

Pedro ist sehr traurig in diesem Moment, dass er seinem Bruder einen Schlag geben musste, aber es war nötig, Pedro wollte verhindern, dass Alvaro später Probleme mit sich bekommt, weil er in seiner Wut einen von den Söldnern den Kopf abgeschlagen hat. Denn dafür ist der Henker in Alicante zuständig und das Gericht, obwohl man sich hier eigentlich die Verhandlung sparen könnte. Aber es könnte in dem Fall auch eine Schnellverhandlung geben, wo der Richter nur die Urteile verliest und dann danach die Hinrichtungen erfolgen.

Elena kümmert sich derweil um Alvaro und kühlt ihm mit einem feuchten Tuch den Kopf, denn Pedros Schlag war

heftig, aber sonst hätte Cortez angefangen, Köpfe rollen zu lassen. Und das wollten Elena und Pedro lieber dem Scharfrichter überlassen.

Nach einer Stunde kommt Cortez langsam zu sich und Elena schaut ihn an und er sagt:

»Kannst du mir verzeihen? ich hätte fast eine Dummheit gemacht und in meinem Hass und Ärger über Consuleas Tod einen großen Fehler gemacht.« »Mein Liebster, ich kann dich ja sehr gut verstehen, aber du brauchst mich nicht zu bitten dir zu verzeihen, es gibt nichts. Du warst in Rage, weil sie deine Consuela getötet haben und da mussten Pedro und ich dich von abhalten. Als du Hispolito getötet hast, das war was anderes. Aber bei den Söldnern, die soll der Henker hinrichten. Du bist ein Soldat und kein Barbar.«

»Was habe ich nur für eine schlaue Frau an meiner Seite. Du hast vollkommen Recht. Das soll der Henker erledigen. Wenn das in einer Schlacht passiert, das ist was anderes. Aber als ich so in Rage war, weil ich nur noch Haas spürte, das hätte ich später vielleicht bereut.«

»Aber Pedro hat mir ganz schön eine reingehauen. Das tut immer noch weh. Aber vielleicht habe ich das gebraucht. Rache ist ja ganz richtig, aber das wäre schlecht gewesen. Aber ich hatte mich nicht mehr unter Kontrolle. Ich danke dir, dass du mich zurückgehalten hast und auch Pedro danke ich, das sage ich ihm noch selber.«

»Das kannst du gerne gleich tun, mein Bruder.« Alvaro ist kurz erschrocken, aber Pedro kam gerade wieder zu Alvaro und Elena zurück und hörte, wie Alvaro das über Pedro sagte.

»Mensch Pedro, du hast einen ganz tollen Bumms drauf, der Schlag hat gesessen. Aber ich habe ihn gebraucht. Danke dir mein Großer.«

»Wozu sind denn Brüder, Freunde und Geliebte da, um zu helfen, wenn man sie am meisten braucht. Du hättest das hinterher bereut. Überlass das dem Henker, da hat der viel Arbeit. Wir brauchen dich jetzt mit voller Kraft. Weißt du Bruder, ich kannte Consuela erst kurze Zeit, aber sie war ein toller Mensch, mir fehlt sie auch. Aber wir haben noch genug Gelegenheit, uns dafür zu rächen. Aber nicht heute und nicht so.« Elena schaut Alvaro lächelnd an.

»Ich habe Consuela auch nur kurz gekannt, aber sie war eine herzensgute Frau. Wie sie umgebracht wurde, das ist schrecklich und dafür wird der schwarze Orden auch bezahlen. Aber das wird nicht heute passieren, sondern an einem anderen Tag. Heute trauern wir um diese fantastische Frau und Pedro wird zu Ehren von ihr den Kaffee kochen«

»Aber ich will nicht vergiftet werden.«

Sagt Domingo in die Runde.

»Ha ha ha, das wird der beste Kaffee, den du je getrunken hast. Ich habe viel von Consuela gelernt. Und ihr zu Ehren koche ich heute Abend den Kaffee«

»entschuldige Pedro, ich wollte nicht respektlos sein. Dir hat diese Frau anscheinend sehr viel bedeutet. Dann werde ich jeden Schluck genießen, denn wir wollen heute Abend alle Consuela ehren.« »Domingo, ich danke dir. Und wir beten alle zusammen. Und auch, dass Tomas den Überfall gut überstanden hat.«

Elena sagt dann zu Alvaro

»Was haltet ihr davon, wenn wir zu Consuelas Ehren ein großes Feuer entzünden?«

Und dann hat Pedro die Idee, Consuela auf einem Floss zu bestatten und das Feuer dann mit einem Pfeil zu entfachen mit einem Pfeil. Den Pfeil soll Alvaro abschießen. Da sagt Alvaro

»Pedro, das hätte Consuela sehr gefreut, das machen wir so. Das wird eine schöne Feier zum Andenken an eine tolle Frau, auch wenn ich sie die Letzen 30 Jahre nicht mehr gesehen habe. Aber uns alle blieb die Ehre zuteil, ihr letzten Tage und Wochen mit ihr verbringen zu dürfen. Und ihre Mädchen aus dem Dorf haben die letzten Jahre sehr viel Zeit mit ihr verbracht, das werdet ihr auch nie vergessen.«

Dann machen sich alle an die Arbeit, ein Floss zu bauen. Inzwischen ist aus Alicante einige Leute gekommen, um die gefangen genommen Söldner und den Rest von Hipolitos Leuten vor den Scharfrichter zu stellen. Sie werden alle dann vom Henker hingerichtet werden.

Das Floss ist nach drei Stunden fertig, Roberto, der Tischler, hilft da wieder mit und er sagt noch zu Alvaro:

»Diese Mörderbande sollte zweimal hingerichtet werden. Die haben unseren tollen Turm einfach abgefackelt. Dabei wollten wir das Ding in Alicante aufstellen. Das geht ja jetzt nicht mehr.«

»Frag dich mal, wo die so plötzlich herkamen.? Überall muss man in der jetzigen Zeit mit Verrätern und Spionen rechnen, und das wird noch schlimmer werden. Jetzt müsst ihr auch noch mehr aufpassen, überall lauern Verräter. Auch in Alicante.«

»Tja Alvaro, dieser Schwarze Orden hat jetzt sein Gesicht gezeigt. Ihr müsstet herausfinden, wer dahintersteckt, wer das Gesicht dieses Ordens ist. Was aber richtig Angst macht, dass die keine Rücksicht auf Frauen und Kinder nehmen. Wie bei Consuela gesehen.«

Die beiden Männer sind immer noch erschrocken, ob der Brutalität dieses Ordens. Aber nun müssen sie überlegen, wie sie sich und ihre Leute schützen können, obwohl sie beide wissen, dass es vor diesem Orden keinen Schutz gibt.

Nun haben sie das Floss mit Holz beladen und die Mädchen haben Consuela ein neues Kleid angezogen. Vorher haben Elena und die Mädchen den Leichnam frisch in der Bucht gewaschen. Nun legen sie Consuela auf den Holzhaufen.

Es ist mittlerweile ganz dunkel und das Floss wird von Pedro in die Bucht geschoben. Nach vielleicht 10 Minuten macht Tomas eine Pfeilspitze mit Harz voll und brennt sie an. Er hat seine Kopfverletzung gut überstanden. Den Bogen und den Pfeil übergibt er Alvaro und der spannt den Bogen mit dem Pfeil und zielt nach oben, zieht den Pfeil nach hinten und schießt ihn dann ab. Und der Pfeil landet auf dem Floss und binnen Sekunden ist das Floss hellerleuchtet von den Flammen.

Alle schauen sie auf dieses Feuer und sie legen sich dabei die Hände gegenseitig auf die Schultern. Es ist ein bewegender Moment und bei Alvaro kommen Tränen zum Vorschein. Seine liebe Amme aus Kindeszeiten ist tot und er spürt in seinem Inneren, wie sehr sie ihm gerade fehlt. Er sagt zu Elena:

»Vielleicht hätten wir sie nicht suchen sollen, sie war in diesem Dorf sicher.«

»Alvaro, sag das nie wieder, denn sie hat die letzte Zeit, seit wir sie gefunden haben, das Leben wieder genossen. Sie war froh und glücklich darüber, dass du wieder bei ihr warst . Sie wird allen sehr fehlen, aber ich verspreche dir etwas. Du wirst deine Rache noch bekommen.«

»Dieser Anblick hätte sie sehr gefreut, das schönste Feuer, dass ich je gesehen habe. Endlich mal ein Feuer, das einen guten Zweck hat. Einem lieben Menschen zu Gott zu bringen.«

Das Feuer brennt eine ganze Weile und die ganze Zeit schauen die Freunde zu. Auch Roberto und Fisco sind gekommen, um diese Frau zu Ehren. Der Tischler spricht auch einige Worte.

»Ich kannte diese Frau nicht, aber ihr Kaffee ist sogar besser wie der meiner Frau. Diese Frau hat ihr eigenes Leben hingegeben, um das Leben ihrer Freundinnen zu retten. Das sagt viel über diese Frau aus.«

Pedro findet auch noch einige Worte:

»Ich kannte sie ja auch erst, seit wir sie in ihrem Dorf gefunden haben. Aber sie war gleich wie eine Person zu mir, die ich schon lange kannte. Sie hatte ein freundliches und liebevolles Wesen. Man musste sie einfach lieben.«

Dann sagt Alvaro noch etwas.

»Ich habe diese Frau 5 Jahre gekannt, aber da war ich noch sehr klein, ich habe nicht viel Zeit mit ihr gehabt, aber die wenige Zeit habe ich sehr genossen. Es gibt nicht viele solche Menschen, die ihr eigenes Leben so selbstlos opfern. Sie hat ihre Mädchen vor den Mördern versteckt und wusste vielleicht, als die schwarzen Soldaten kamen, dass sie das nicht überleben wird. Aber sie hat das für ihre Mädchen getan und dafür gilt ihr von allen hier, von uns allen, der allergrösste Respekt. Liebe Consuela, Ruhe in Frieden, dein kleiner Held.«

Dann muss Alvaro hemmungslos weinen, denn er ist sehr, sehr traurig. Aber gleichzeitig ist er glücklich, dass er diesen Moment nicht allein ist, sondern seine Freunde bei ihm sind. So kann er den Schmerz ertragen, der tief in seinem Herzen steckt. Elena nimmt ihn in ihre Arme und versucht, ihn zu trösten, obwohl sie weiß, dass das jetzt sehr schwer ist. Das Feuer hört langsam auf zu brennen. Alvaro geht mit Elena noch am Strand entlang, um in die Nacht zu gehen. Sie beide werden heute Nacht am Strand schlafen. Ganz in der Nähe des Floßes und ganz in der Nähe von Consuela.

KAPITEL 14

Am nächsten Morgen ist Pedro wieder früh wach und hat wie versprochen für alle Kaffee gekocht. Alvaro ist auch früh aufgewacht und nimmt als erster einen Becher von Pedros Gebräu. Aber da staunt er, denn das schmeckt wirklich nach gutem Kaffee.

»Also das hätte ich nicht gedacht, dass jemand solch guten Kaffee wie Consuela macht. Alle Achtung, mein Bruder«

»Ich habe dir doch schon oft gesagt, ich habe noch anderes drauf, als nur kämpfen und draufhauen. Außerdem muss ich ihr Andenken bewahren und anständigen Kaffee servieren. Sonst wäre sie womöglich enttäuscht von mir.«

»Eins kannst du mir glauben, mein lieber Pedro. Sie wäre nicht enttäuscht, sondern stolz auf dich, denn der Kaffee schmeckt fast so gut wie der, den sie gemacht hat. Aber eins wollte ich dir noch sagen, wegen gestern.

Ich bedaure, dass ich so ausgerastet bin und des war richtig von dir, mir eine reinzuhauen. Ich habe mich noch nie so gesehen, weil ich es nicht ertragen habe, dass sie so brutal und ohne Sinn von uns gegangen ist, nein noch schlimmer, sie wurde uns entrissen. Eines ist aber auch klar. Dass wir sie rächen werden. Aber während eines Gefechtes, nicht durch eine Hinrichtung.« »Bruder, ich bin stolz auf dich. Ich verstehe dich auch, dass du gestern so aufgebracht warst. Aber das wäre der falsche Weg gewesen. Du wirst deine Rache bekommen. Vielleicht schneller, als du denkst.«

Jetzt werden auch langsam die anderen wach und Ramon ruft Alvaro zu sich.

»ich muss mit dir reden. Ich habe mir beim Einschlafen noch Gedanken gemacht.«

Dann wendet sich Ramon an Pedro:

»Hey, Großer, machst du mir einen Kaffee fertig und ein Stück Brot?«

»Kommt sofort Senior.«

»Alvaro, hast du schon nachgedacht, wie wir jetzt weitermachen? Du hast doch schon öfter auf mich gehört.«

»Ja das habe ich, was hast du denn für eine Idee?«

Ramon schaut Alvaro an und Alvaro sieht in Ramons Augen eine tiefe Entschlossenheit.

»Eigentlich müssten wir dem König Bericht erstatten. Seit deiner Wiederauferstehung warst du noch nicht beim ihm. Aber ich wette, dass er inzwischen weiß, dass du noch lebst. Aber jetzt zum König reiten, wäre Zeitverschwendung. Wir sollten stattdessen Sanchez verfolgen, ihn stellen und ihn töten. Und seine Soldaten ausschalten.«

»Du wirst nicht glauben, was ich dir jetzt sage, aber genau diese Gedanken hatte ich auch schon, sogar gestern Abend, als wir die Trauerfeier abhielten. Wir sollten tatsächlich Sanchez hinterher reiten und ihn stellen. Aber das wird alles andere als einfach. Das ist ein abgebrühter Hund, den kriegst du nicht so einfach zu fassen. Der hat mehr Wachhunde als der König, aber du hast Recht, wir müssten ihn verfolgen, aber wo ist er hin? Das wissen wir nicht. Andererseits denke ich, er will Richtung Norden. Aber er müsste jetzt neue Soldaten anheuern. Seine Armee ist nicht groß genug, um sich allein mit der Horde anzulegen. Aber wo will er so schnell neue Söldner herbekommen?«

Ramon fällt da nur eines ein.

»Es gibt doch im nördlichsten Spanien an der Grenze zu Andorra so ein Bergvolk, ähnlich dem der Horde. Aber während der König bei der Horde immer wieder stichelt und meint, er müsse Krieg gegen die führen, da lässt er dieses andere Volk einfach links liegen. Und die wollen gar nichts mit dem König zu tun haben, weil die eh sich nicht als Spanier, mehr als Franzosen fühlen. Und da könnte der Weg von Sanchez hinführen. Also müssen wir ihm dahin folgen. Wir sollten vielleicht einige Späher vorschicken, die sich schon mal umhorchen.«

»Du hast Recht und so machen wir das auch.«

Ramon trinkt auch seinen Kaffee und Alvaro sagt noch:

»Bei dem Sanchez müssen wir brutal auf der Hut sein. Der ist unberechenbar und du hast ja gesehen, was sie mit Consuela gemacht haben. Den Hund zu verfolgen wird alles andere als leicht. Aber so schnell kann der nicht vorwärtskommen, denn er muss seine Armee dabei haben. Wir müssen ihn aber schnell einholen, weil wir sonst zu weit nördlich kommen. Und dann würden wir damit rechnen müssen, von dem Bergvolk angegriffen zu werden. Und gegen die ist die Horde ein Friedensvolk.«

Ramon und Cortez hatten mit diesem Bergvolk schon mal eine Schlacht ausgefochten. Das wir damals nicht lustig, die kämpfen sehr hinterlistig, vielleicht holt Sanchez sich deshalb Hilfe von denen. Aber bei dem Bergvolk muss selbst ein Sanchez aufpassen, denn wenn die eins nicht mögen, dann sind es Verräter. Sie sagen sich, wenn der sein eigenes Volk verrät, dann kann der auch uns verraten. Es wird ein seltsames Bündnis werden, da keiner dem anderen traut. Aber genau das müssen Ramon und Cortez verhindern, dass dieses überhaupt zustande kommt, da sonst viele Menschen in tödlicher Gefahr sind.

Nun muss erstmal der neue Plan beredet werden, um Sanchez aufzuhalten. Die anderen müssen in Alvaros und Ramons Idee eingeweiht werden. Alvaros Armee bleibt vorerst beim Bergmassiv. Wenn sie benötigt wird, dann schickt Alvaro einen Boten. Cortez erklärt nun Pedro und den anderen, was sie vorhaben und Domingo fragt Cortez:

»Bedeuted das, wir jagen den Sanchez jetzt und exekutieren ihn dann? Oder liefern wir ihn an den König aus?«

Cortez schaut Domingo an:

»Weder das eine noch das andere. Er wird nicht exekutiert. Wenn wir ihn stellen können, dann kämpfen wir. Und ein Sanchez ist keiner, den man ausliefern kann. Der würde sich dann lieber in einem Zweikampf töten lassen, als sich ausliefern zu lassen. Außerdem ist das ein abgezockter Schweinehund, der sogar seine eigenen Leute ins offene Messer laufen lässt, wenn es seinen

Plänen dient, da müssen wir sehr aufpassen. Dem gewachsen zu sein, da muss sogar ich mich auf dessen Niveau begeben. Er muss denken, dass man sein perfides Spiel mitmacht, sonst hat man keine Chance.«

Domingo sieht Alvaro etwas erschrocken an.

»Wie kommt es dann, dass so einer zum Commandante ernannt wird?«

Alvaro überlegt kurz und dann sagt er:

»Weil er und der König schon seit früherer Jugend Freunde sind, genau wie der König mit Hispolito befreundet war, aber das muss in den letzten Jahren auch gelitten haben, das Verhältnis der beiden. Der König ist, wie er ist, aber was die Mörder vom Schwarzen Orden mit Consuela gemacht haben, das würde er nicht gutheißen. Aber wenn das stimmen würde, was Consuela gesagt hat, dass mein Vater bei der Flucht ermordet wurde und dass der König das befohlen hat, dann könnte es sogar sein, dass er doch mit dem Schwarzen Orden zu tun hat. Aber den Mord hat sicher entweder Sanchez oder Hispolito begangen.«

Da sagt Domingo :

»kann es auch möglich sein, dass der König nichts mit dem Mord zu tun hatte, sondern das nur von einem der anderen beiden gemacht wurde, ohne Wissen des Königs?«

»Das wird sich irgendwann aufklären, vielleicht, wenn wir den Sanchez gestellt haben. Dieser Irre muss endlich aufgehalten werden, bevor der wirklich noch Kinder umbringt.«

Elena ist inzwischen wiedergekommen, sie war mit den Mädchen am Strand. Um sie etwas abzulenken, denn die 4 leiden sehr unter dem Verlust ihrer Ziehmutter Consuela Sie geht als erstes zu ihrem Geliebten Alvaro und der berichtet ihr, was sie jetzt vorhaben. Da hört sie gespannt zu und sie weiß auch, dass dieser Sanchez noch gefährlicher ist als es der Hispolito war und dass es der nächste schwere Kampf wird.

»Meine Elena, ich brauche dich auch wieder in bester Verfassung, so wie du die letzte Schlacht die Söldner geschlagen hast, das war unglaublich. Ich bin stolz, eine so tolle Frau zu haben.«

»Das hast du mal wieder schön gesagt. Ich werde immer in deine Nähe sein, dass dir auch nichts passiert. Den Mädchen geht es gut. Sie haben den Tod ihrer Freundin aber noch nicht verkraftet. Sie hat sich seit Jahren um die Mädchen gekümmert und nun stehen sie plötzlich ohne sie da. Sie waren zusammen in einem Waisenhaus und sind da abgehauen, als sie 13 Jahre alt waren. Dann sind sie in Consuelas Dorf gekommen und sie hat sich ihrer angenommen, wie wenn es ihre eigenen Töchter gewesen wären. Und das ist jetzt 4 Jahre her. Nun ist praktisch ihre Mutter ermordet worden. Aber ich habe ihnen gesagt, dass wir uns um sie kümmern werden, Du und ich, wenn der Krieg, der jetzt kommen wird, vorbei ist. Und weißt du, was sie da zu mir gesagt haben? Sie möchten helfen, das sind sie Consuela schuldig.«

»Natürlich werden wir uns nach dem Krieg um die Mädchen kümmern. Sie wollen uns helfen, das können sie sogar. Dazu gleich mehr. Wir müssen jetzt überlegen, wie wir Sanchez stellen. Er ist sicher keiner, den man leicht findet. Und selbst wenn wir ihn gefunden haben, müssen wir ihn dann erstmal bezwingen. Das ist dann nochmal eine ganz andere Geschichte.«

»Wie kann so ein Mann nur so bösartig werden und so brutal?«

»Das kann ich dir nicht sagen. Womöglich hat das mit dem Schwarzen Orden zu tun. Das Geheimnis müssen wir noch lösen. Das wird eine schwierige Aufgabe und das Land befindet sich in großer Gefahr, wenn dieser Orden die Macht an sich reißen würde.«

»Aber selbst wenn wir Sanchez erwischen und kaltstellen können, so gibt es doch sicher noch viel mehr solcher Männer wie Sanchez und Hispolito. Und die sind wahrscheinlich nur die Werkzeuge für die Leute, die im Orden das richtige Sagen haben.

Elena hat plötzlich ganz düstere Gedanken, denn in ihr kommen Erinnerungen hoch, da sie einige Jahre gefangen war, und das war sicher der Schwarze Orden. Sie bekommt eine innere Angst und Alvaro spürt das. Er nimmt Elena in seine Arme und sagt zu ihr

»Ich werde dir deine Angst nehmen, Ich bin immer bei dir. Keiner von diesen Verbrechen wird dir jemals noch mal etwas antun, das verspreche ich dir.«

Cortez sieht Elena an und da sie lächelt wieder.

»Ich weiß, dass du immer für mich da sein wirst und sollte mir doch etwas passieren, dann jage sie und vernichte sie. Diese Barbaren dürfen keine Kinder wieder entführen oder sogar töten. Dieser Schwarze Orden muss vernichtet werden.«

Cortez nimmt Elena an die Hand und geht mit ihr in das Bergmassiv herein und zeigt ihr, dass es auch schöne Sachen gibt. Sie gehen sogar nochmal an die Stelle, wo Alvaro abstürzte. Sie schauen sich den Wasserfall genau an und Elena meint »Eigentlich ist das etwas Wunderbares. Schau wie das Wasser spritzt. Ein schönes Schauspiel. Und doch auch so bedrohlich. Ich danke dir, dass wir hierher gegangen sind. Meine Angst legt sich wieder. Der Schwarze Orden darf keine Macht mehr über mich haben, wir müssen das bekämpfen und ich weiß, wir werden sie besiegen.«

»Du hast Recht, wir werden sie besiegen. Auch wenn das eine Weile dauern wird. Wir dürfen nur keine Zeit verlieren. Die Schlacht von vorgestern war der erste Schritt. Jetzt jagen wir Sanchez und dann muss ich zum König und ihn erzählen, was bisher passiert ist.«

»Aber der wird dich fragen, warum du dich nicht gleich gemeldet hast, nachdem du dich wieder erinnert konntest.«

Cortez schaut Elena an und erwidert:

»Dann sage ich ihm, dass es nicht ging. Wir mussten schnell handeln, Spaniens Freiheit stand auf dem Spiel. Und schließlich ist er der König von Spanien. Da wird er dann keine Argumente mehr dagegen haben.«

»Und du bist ja schließlich sein bester Commandante. Der einzige, auf den er sich wirklich verlassen kann. Wo sind denn die anderen. Verkriechen ich in ihren Löchern, weil sie Angst vor dem Schwarzen Orden haben. Das habe ich auch, aber ich kämpfe an deiner Seite und die unserer Freunde.«

Da lächelt Cortez seine Elena an und meint:

»Der Sanchez muss sich vor dir fürchten, ich glaube, du könntest ihn im Duell sogar besiegen. Der ist nicht der beste Schwertkämpfer, der kann nur Leute ohne Probleme töten, wenn sie vor ihm knien. Eigentlich ist er der größte Feigling des Schwarzen Ordens. Und dieser Feigling muss vernichtet werden, sonst sterben viele Kinder der Horde.«

Die beiden sind ziemlich lange am Wasserfall. Es ist eine gespenstische und gleichzeitig beruhigende Umgebung. Aber Cortez sagt noch zu Elena:

»Wenn wir irgendwann Kinder haben, dann möchte ich mit dir und die Kinder nochmal hierher.«

»Oh, Senior Cortez denkt schon an Kinder. Naja, ein schöner Gedanke, einige kleine Commandantes zu bekommen.«

»Und sie sollen alle so schöne Augen haben wie ihre

Mutter.«

Da küsst Elena ihren Alvaro und danach gehen beide wieder zurück zu den anderen. Pedro hat sie schon vermisst, aber er dachte sich schon, dass Elena und Alvaro mal allein für sich sein wollen. Nun ist schon wieder fast Zeit zum nächtigen, aber Cortez ruft alle nochmal zusammen, um eine kurze Besprechung zu machen, wie es morgen weitergehen soll.

»Morgen werden wir losreiten, zunächst nach Valencia. Dann schauen wir uns da um und holen Erkundigungen ein, ob Sanchez irgendwo dort gesichtet wurde, denn der ist ziemlich groß und so jemand wie er sollte auffallen. Dann müssen wir sehen, er wird sicher nicht allein unterwegs sein, wie viele Leute er bei sich hat. Einen offenen Kampf können wir nicht riskieren.

Ich glaube, aber, dass seine Soldaten einen anderen Weg nehmen, er wird vielleicht höchstens 30 Männer dabeihaben. Mit denen können wir es in einem Kampf aufnehmen, wenn wir sie nacheinander ausschalten können. Der Rest seiner Armee wird nichts ohne seine Befehle machen. Und solange er keine Befehle weitergeben kann, wäre das nur eine Armee ohne Befehlshaber. Diese Sorte Soldaten kenne ich, die gehen nicht mal aufs Klo ohne Befehl. Lieber scheissen sie sich in die Hose.«

Ramon fragt Cortez:

»Wäre es nicht sinnvoll, etwas Dynamit mitzunehmen, ist denn noch was von den Brandbomben übrig oder ist das alles draufgegangen, als der Turm abbrannte?«

Cortez sieht zu Ramon.

»Da ist leider nichts mehr da. Aber wir wollen ja auch niemand in die Luft jagen. Die Armee von Sanchez greifen wir nicht an, jedenfalls noch nicht. Dazu müssten wir erst mal wissen, wie viele das sind. Wenn wir es schaffen würden, Sanchez selbst zu stellen und auszuschalten, dann brauchen wir seine Armee nicht ausschalten. Denn ohne ihn ist seine Armee kopflos. Schlag einer Schlange den Kopf ab und der Rest verreckt schnell.«

Ramon ist skeptisch wegen Sanchez.

»Alvaro entschuldige meine Skepsis . Aber das wird uns nur schwer gelingen, den zu stellen. Du hast selbst gesagt, der hält sich lieber selber im Hintergrund. Genau wie am Strand hier. Er schaute mal vorbei, gab Befehle und wenn jemand widerspricht, tötet er ihn sofort. Dann verschwindet er und lässt einen anderen die Drecksarbeit machen, wie Hispolito. Der Sanchez ist doch in Wirklichkeit eine feige Drecksau. Aber er ist auch gerissen und es wird schwer werden, ihn zu stellen.«

»Ramon, sei nicht immer so pessimistisch. Ich habe nicht gesagt, dass es leicht wird, ihn zu finden und zu vernichten. Aber letztendlich ist er auch nur ein Mensch und als solcher macht auch er mal einen Fehler. Und dann müssen wir da sein. dann ist er verwundbar. Dann verliert der seinen Kopf. Aber bei dem werde ich der Henker sein.«

Nachdem das besprochen wurde, gehen alle schlafen. Morgen haben sie einen anstrengenden Ritt vor sich, 3 Tage brauchen sie bestimmt bis Valencia und dann müssen sie schauen, ob jemand diesen Sanchez erkennt. Es ist aber auch möglich, dass Leute große Angst haben, und Cortez nichts sagen. Denn die Brutalität von Sanchez ist bekannt. Und keiner hat freiwillig Lust, seinen Kopf zu verlieren oder das Messer dieses Schlächters an der Kehle zu spüren. Deswegen ist das ein Unterfangen mit wenig Aussicht auf Erfolg. Aber sie müssen es versuchen, denn wenn man einen Wolf in die Enge treibt, dann macht auch der Fehler und das wäre dann die Gelegenheit, ihn aus dem Verkehr zu ziehen.

Am nächsten Morgen hat Pedro wieder früh Kaffee gekocht und Cortez ist auch früh wach.

»Guten Morgen, mein Freund. Hast du auch Brot für deinen Commandante?«

»Für dich immer, kleiner Bruder.«

»Aber ich bin der ältere von uns beiden. Auch wenn es nur 2 Monate sein sollen. Vielleicht hast du auch gemogelt bei deinem Alter.«

»Ich habe nicht gemogelt So ungefähr stimmt mein Alter, Plusminus. Wer weiß das schon so genau.«

»Bei deiner Größe kannst du aber nicht mogeln, da bist du unschlagbar.«

»Alvaro, da hast du aber sowas von Recht.«

ZUR GLEICHEN ZEIT IRGENDWO IN SPANIEN IN EINER GROSSEN HÖHLE

Es sind viele schwarz gekleidete Männer zu sehen und sie tragen alle schwarzen Masken über ihre Gesichter. Es könnten auch Frauen dabei sein. Sie hören sich an, als ob sie zu irgendjemanden beten, aber es könnte sich auch um Sekten Gebete handeln.

Da tritt plötzlich eine ebenfalls schwarz gekleidete Person auf eine Anhöhe in der Höhle. Er ist nicht zu sehen, wer er ist, denn er hat einen schwarzen Helm auf und alle anderen Gestalten fangen an zu sagen:

»Schwarzer Orden, du bist mein Herr und Gebieter. Du gibst die Befehle und wir führen sie aus, ohne zu fragen.«

Als der schwarz gekleidete Mann auf dem Podest anfängt zu sprechen, erkennt man seine Stimme nicht. Denn die ist ganz dunkel und verzerrt. Er hat wahrscheinlich in seinem Helm irgendwas drin, was die Stimme verändert. Und er will allen Anschein nicht von der Stimme her erkannt werden.

»Seid gegrüßt, meine Untertanen. Ich freue mich, euch wieder zu sehen. Es gibt beunruhigende Nachrichten. Unsere Mission in Alicante wurde sabotiert. Es war Alvaro Cortez mit seinen Männern und einer Frau. Cortez hat außerdem General Hispolito ermordet, als der unsere Söldnerarmee schützen wollte. General Sanchez ist aber erstmal aus Alicante verschwunden, hat sich in Sicherheit gebracht und ist jetzt in Valencia. Dort wird er auf weitere Befehle von mir warten.«

»Alvaro Cortez muss sterben. Er hat General Hispolito ermordet.«

Da sagt der Mann auf der Anhöhe, der wahrscheinlich der Anführer des schwarzen Ordens ist:

»Nein, Alvaro Cortez wird nicht sterben. Das sage ich ausdrücklich. Ich habe einen besseren Plan. Er hat eine Frau, und die werden wir töten. Das wird Cortez viel mehr wehtun und ihn mehr treffen. Und dann wird er versuchen, den Tod der Frau zu rächen und dann wird er Fehler machen. Und diese Fehler werden wir nutzen und ihn dadurch in die Enge treiben. Dann können wir ihn ausschalten und unseren Plan weiterverfolgen, aus Spanien, wie es jetzt regiert wird, wieder Spanien zu machen, wie es früher war. Der heutige König ist ein Verräter und er muss irgendwann beseitigt werden.«

Dann ruft ein Mann aus der Menge dem Anführer zu:

»Mein Herr und Gebieter, wir haben erfahren, dass die zwei Schiffe des Schwarzen Ordens von einem spanischen Capitano versenkt wurden. Plant ihr irgendwas, um diesen Mann zu bestrafen?«

Der Anführer überlegt einen Moment und dann sagt er:

»Natürlich wird dieser Mann dafür bestraft, aber erst muss Cortez unseren Zorn zu spüren bekommen. Wenn er sich mit dem Schwarzen Orden anlegt, dann werden wir ihm zeigen, dass wir stärker sind als er und er wird das bitter bereuen.«

Ein anderer Mann aus der Menge fragt den Anführer:

»Mein Herr und Gebieter, wir sehen euch in letzter Zeit sehr selten. Können wir euch in Zukunft wieder öfter sehen? Wie benötigen eure Führung. Ohne euch fühlen wir uns wie ohne Kopf.«

Da nimmt hinter dem Mann ein anderer Mann ein Messer und schneidet dem Mann die Kehle durch. Die anderen schreien erschrocken und der Mann ruft dem Anführer zu:

»Mein Herr und Gebieter, ich habe diesen Mann hier getötet, weil er eine Gefahr für euch und den schwarzen Orden ist. Der schwarze Orden braucht starke Männer und Frauen, aber keine Menschen, die Führung brauchen. Wir nehmen eure Befehle entgegen. Aber wir müssen für euch stark sein.«

Da schaut er Anführer zu den anderen und sagt ganz laut:

»Dieser Mann hat Recht. Und ab sofort ist dieser Mann euer neuer Anführer, wenn ich nicht da bin. Ich werde aber im Moment nicht öfter da sein können, da ich in ganz Spanien die Befehle unseres großen Anführers des Schwarzen Orden kundtun muss. Aber jetzt seid ihr in guten Händen, denn dieser Mann, der gerade diesen Feigling getötet hat, dem gehorcht ihr jetzt wenn ich nicht da sein kann.«

Der Mann aus der Menge, der jetzt der neue Anführer vor Ort ist, sagt zu dem Großen Anführer:

»Mein Herr und Gebieter, ich werde euch nicht enttäusche.,«

Der große Anführer antwortet dem Mann:

»Das hoffe ich für euch, denn sonst endet ihr genauso wie der Mann, den ihr getötet habt. Aber jetzt schickt ihr einen Trupp Männer nach Valencia und warnt Sanchez, dass Cortez hinter ihm her ist, und ihr sagt Sanchez, dass ein enger Vertrauter von Cortez entführt und gefangen genommen und dann gefoltert wird. Aber er soll diese Person nicht töten. Denn Cortez soll diesen Vertrauten sterben sehen. Das ist dann unsere Rache für Alicante und die beiden versenkten Schiffe.«

Der Mann sagt daraufhin zu dem Großen Anführe:

»Der Schwarze Orden ist das größte, was es gibt und er sollte Spanien regieren, nicht der König. Ich werde sofort einen Trupp nach Valencia schicken, wie ihr es befohlen habt. Was machen wir wegen der Horde, wann schicken wir da Männer hin?«

»Wir müssen erstmal neue Söldner anwerben, wir haben in Alicante alle verloren. Und das Geld, mit dem wir die Söldner bezahlen wollten, ist mit der Versenkung der Schiffe auch verloren. Das heißt, wie müssen neues Geld besorgen und das ist nicht so einfach. Wir müssen vielleicht einen Goldtransport des Königs überfallen. Ich gebe euch neue Befehle, wen ich überlegt habe, woher das Geld für neue Söldner kommt.

Also ihr seid jetzt der neue Anführer hier und bekommt von mir eure Befehle über einen Boten. Enttäuscht mich nicht. Ich verlasse mich auf euch.«

»Ich werde euch nicht enttäuschen. Aber eine Frage habe ich noch, mein Herr und Gebieter des Schwarzen Ordens. Wen sollen wir denn entführen von Cortez' Leuten?«

Der Anführer schaut den Mann an und erwidert:

»Ich habe gehört, die Frau des Commandante soll sehr schön, sehr klug sein und sehr gut mit dem Schwert sein. Das ist eine lohnende Aufgabe für euch. Wenn euch das gelingt, diese Frau in eure Gewalt zu bringen, dann habt ihr euch eine große Belohnung verdient.«

Da ist der Mann fasziniert. Er sagt zu dem großen Anführer:

»Mein Herr und Gebieter, ich werde euch sicher nicht enttäuschen, wir werden diese Frau gefangen nehmen und an einem geheimen Ort foltern und dann werden wir dafür sorgen, dass Cortez sie da findet und sie sterben sieht. Dann begreift er, dass man sich nicht ungestraft mit dem Schwarzen Orden anlegt.«

Noch einmal ergreift der große Anführer das Wort:

»Das ist ein guter Plan und ich werde weiterverfolgen, wie ihr das macht. Seht euch aber vor, wenn ihr die Frau entführt. Schaltet sie irgendwie aus, nicht in einen Kampf verwickeln, denn da habt ihr gegen sie keine Chance. Die kämpft allein besser wie 10 Mann von uns. Ihr müsst sie betäuben. Geht in Valencia zu einem Arzt und lasst euch Betäubungsmittel geben.«

Nach diesen Worten verschwindet der große Anführer im Dunkel der Höhle und der neue Anführer der Menschen, die hier in der Höhle sind, geht auf die Anhöhe und sagt zu den Leuten:

»Ihr habt gehört, was unser großer Anführer gesagt hat. Ich bin jetzt hier euer Anführer. Ich brauche 20 Leute, mit denen ich nach Valencia reite und die Frau entführe. Ihr anderen bleibt hier und erwartet meine Rückkehr. Die Frau wird von uns im Norden in den Kammern in der Mitte der Höhle gefangen gehalten und dann gefoltert.«

WIEDER ZURÜCK ZU CORTEZ, ELENA UND DEN ANDEREN

Nachdem sie alle Kaffee getrunken haben, sagt Cortez nochmal zu den anderen:

»Ihr wisst ja alle, worum es jetzt geht. Aber ich sage euch auch eins. Es wird schwer, Sanchez zu fangen, geschweige denn festzunehmen. Bei Hispolito hatten wir Glück. Sanchez ist ein anderes Kaliber, der ist gerissener und hinterhältiger. Und er hat ja auch den Hinterhalt im Bergmassiv veranlasst, wo ich dann schwer verletzt wurde. Wir müssen bei dem mit allem rechnen, auch dass er uns schon erwartet und versucht, uns eine Falle zu stellen.«

Ramon entgegnet Cortez »Aber, wenn du sagst, wir müssen damit rechnen, dass er uns empfängt, dann können wir uns doch darauf einstellen. Und unsererseits ihm eine Falle stellen.«

Cortez überlegt kurz.

»Wir werden im Hellen in Valencia einreiten, aber nicht alle zusammen, in kleinen Gruppen. Und in einigen Momenten Abstand. Die Spione von Sanchez schauen sicher nach einem ganzen Trupp Reiter, weniger nach einzelnen. Und dann sollten wir einfache Bauernkleidung tragen, das heißt, Pedro du reitest mit Elena und Roberto nochmal nach Alicante und holst alte Sachen. Roberto, du weißt ja sicher, wo du auf die Schnelle alte Sachen herbekommst. Und Pedro du kaufst noch etwas Bier, ein kleines Fass. Und Brot.«

»Soll ich auch noch Schminke mitbringen?«

Elena lächelt ihren Alvaro an und der sagt:

», wenn du geschminkt bist, dann erkennen dich die Leute von Schwarzen Orden nicht, falls sie jemand überfallen wollen. Aber wer dich überfällt, der erlebt sein blaues Wunder.«

Elena erwidert:

»Reiten wir zusammen?«

»Nein ausnahmsweise nicht. Du reitest mit Pedro und einem von den Mädchen. Ich reite mit Ramon und auch einem Mädchen. Roberto reitet mit den beiden anderen Mädchen. Wenn dann die Spione von Sanchez schauen, wer denn da in die Stadt geritten kommt, dann sehen die nur einige Reisende in ärmlichen Klamotten, wie eine Familie. Da denkt keiner daran, wer hier wirklich ankommt. Und Elena, Du ziehst was lodderliches an, dann sieht niemand, wie schön du wirklich bist. Ein bisschen was ins Gesicht schmieren, wäre nicht schlecht, dass man deine schöne Haut nicht sieht.«

Alvaro denkt sich dabei, dass sie zusammen auffallen. Aber wenn

Elena mit Pedro reitet, ist das nicht so, dann denken die Leute, das sind irgendwelche armen Leute, die von Stadt zu Stadt reiten und keiner kommt auf den Gedanken, dass das Alvaro Cortez' Leute sind. Und Sanchez Spione werden überall versteckt sein und lauern. Und hoffen, dass sie Cortez Frau finden, erkennen und sie dann entführen können. Und deshalb ist diese Mission auch so gefährlich. Nachdem Roberto, Pedro und Elena nach Alicante geritten sind, kommen sie nach einigen Stunden am Abend wieder zurück.

Cortez lässt sich die Sachen alle zeigen, die Roberto zusammengesucht hat. Es sind sehr alte Sachen und das passt sehr gut in Alvaros Plan. So sehen die Freunde alle aus wie arme Bauern und nicht wie Soldaten, die einen Feind suchen. Trotzdem wird diese Aufgabe sehr schwer und gefährlich. So einfach lässt sich ein Alfredo Sanchez nicht überrumpeln. Der ist gerissen und gleichzeitig gemeingefährlich und natürlich brutal. Aber Roberto kennt in Valencia einige Leute aus dem Untergrund und das ist gegen Sanchez ein Vorteil.

Am nächsten Morgen kocht Pedro wieder für alle Kaffee und nachdem alle ihr Brot gegessen haben, reiten sie alle los. Bis Valencia brauchen sie vielleicht 3 Tage. Sie wissen auch nicht, was sie da erwartet. Sie wissen nur eines. Sanchez muss gestellt und ausgeschaltet werden. Eine Mammutaufgabe. Sie müssen sich mit dem brutalsten und gefährlichsten General und Commandante der spanischen Armee anlegen und auch wenn Cortez der beste Commandante von Spanien ist, so treffen hier bald zwei Männer aufeinander, die unterschiedlicher nicht sein können.

Auf der einen Seite der Verräter, der die Horde auslöschen und den König beseitigen will. Und auf der anderen Seite ein Mann, der prinzipientreuer nicht sein könnte. Der nur immer das Gute erreichen will und der für seine Soldaten mehr als nur der Commandante ist.

Alvaro Cortez muss seine schwerste Mission überhaupt angehen und gegen den Schwarzen Orden sein Land verteidigen. Aber er hat gegenüber Sanchez noch einen gewichtigen Vorteil. Seine Leute kämpfen alle mit Herz und Verstand, während die andere Seite gefühlslose Barbaren sind und nur ihre Brutalität im Kopf haben. Die Freunde um Cortez sind nun auf dem Weg nach Valencia und reiten auf in ein großes Abenteuer. Sie müssen versuchen, Sanchez zu finden und aufzuhalten, auch wenn das sehr schwer wird. Cortez stand schon vielen Feinden gegenüber, aber keiner ist so unberechenbar wie dieser Sanchez. Cortez, seine Freunde und ihre Verbündeten müssen alles an Kampfeskraft und Patriotismus aufbieten, was sie haben.

ZUR SELBEN ZEIT IN EINEM GEFÄNGISVERLIES BEI ZARAGOZA

Die Gefängniszellen sind alle voll. Es ist ein richtiges Rattenloch, so ist die heimliche Bezeichnung der Verbrecher, die hier alle einsitzen. Und in einer dieser Zellen liegt ein Gefangener, der vor 7 Jahren noch unter Commendante Alvaro Cortez als Soldat gedient hat. Der Mann dreht sich gerade um, so dass man sein schmutziges Gesicht sehen kann.

Es ist anscheinend gerade Essenszeit und die Wärter rufen die Gefangenen zur Zellentür. Dann stehen sie vor besagtem Gefangenen.

»Gonzalez bring deinen Essnapf her. Sonst bekommst du heute kein Essen mehr.«

Da steht der Gefangene mit Nachnamen Gonzalez an der Tür, gibt dem Wärter den Napf und sag:t

»Sag nicht nochmal zu diesem Fraß Essen, Fernando. Hast du vielleicht auch was anderes für mich?«

Der Wärter greift in eine Tasche und gibt dem Gefangenen Gonzales ein Stück Fleisch.

»Für besondere Gefangene, mein Freund Lorenzo.«

Da antwortet der:

»So hast du mich schon lange nicht genannt. Aber tut gut, mal wieder seinen richtigen Namen zu hören. Wie lange werde ich nochmal hier sein, so 20 Jahre mindestens?«

»Das kann ich dir nicht sagen, da bin ich eh nicht mehr hier. Aber es ist schwer für mich zu glauben, dass du dieses Verbrechen wirklich begangen hast, weswegen du hier einsitzt. Du hast ja schon oft gesagt, dass du kein Dynamit dabeihattest.«

Sagt der Wärter zu Lorenzo und der meint:

»Ich weiß, dass ich einen Fehler gemacht habe, aber die Leute habe ich nicht getötet. Das war einer von den anderen. Aber mir hat keiner geglaubt, nicht mal mein Commandante.«

»Vielleicht hilft es dir, dass ich dir glaube. Du bist echt verrückt manchmal, aber du sprengst niemand in die Luft.«

»Ach Fernando, dass bedeutet mir sehr viel. Auch wenn mich das hier nicht rausbringt. Ich wünsche Dir eine Gute Nacht.«

»Dir auch eine Gute Nacht, Lorenzo.«

Und der Wärter geht weiter und der Gefangene Gonzales bleibt wie jeden Tag oder jede Nacht allein in seiner versüften Zelle zurück. Noch ahnt er nicht, dass sich sein Leben bald wieder grundlegend verändern wird.

UND DAS ABENTEUER GEHT WEITER...